U0105599

福建師範大學文學院百年學術論叢　第四輯

廣義修辭學研究——理論視野和學術面貌

譚學純　著

第四輯
總序

福建師範大學已歷經百又十年春秋，回想晚清帝師陳寶琛弢庵先生創立「福建優級師範學堂」時所題校訓：「化民成俗其必由學，溫故知新可以為師」，將教育宗旨植根於「學」字，堪稱高瞻遠矚。百多年來，學校隨著時代的更替發展變遷，而辦學理念始終沿循校訓精神，學高為師，身正為範，英才輩出，教澤廣布，為學術建設與文化教育作出了富有意義的貢獻。從我校文學院協同臺北萬卷樓圖書公司編選出版的「百年學術論叢」前三輯三十種論著，以及這次推出的第四輯十種作品，均可印證這一觀點。

第四輯又再現「四代同堂」的學術勝景：已故李萬鈞先生的《中西文學類型比較史》開拓了中西文類比較研究的遼闊視野；資深學者中，林海權先生的《李贄年譜考略》以精密的考辨展示了明代著名思想家李卓吾的生平事跡，歐陽健先生的《中國歷史小說史》以史論結合方式展現了中國歷史小說的發展脈絡，賴瑞雲先生的《孫紹振解讀學簡釋》昭顯了孫紹振先生文本解讀學體系的理論與實踐意義，譚學純先生的《廣義修辭學研究——理論視野和學術面貌》開拓了修辭學發展的一個嶄新局面；中青年學人中，祝敏青《當代小說修辭性語境差闡釋》就修辭性語境差問題作了細緻的解析，王漢民《傳統戲曲與道教文化》將戲劇連同宗教作有機的思考，袁勇麟《中國當代雜文史》梳理了兩岸三地雜文五十年的發展演變，呂若涵《另一種現代性——「論語派」論》對論語派散文作出切實的價值評估，蔡彥峰《元嘉體詩學研究》對劉宋時期詩學進行了系統的深入探討。

以上只是簡約提示本輯各位作者各有專攻和創獲。綜觀這四輯四十種論著，可謂蔚然大觀，並有學脈貫通。六庵先生之經學，桂堂先生之散文學，喆盦先生之詩學文說，穆克宏先生之六朝文學，李萬鈞先生之比較文學，陳一琴先生之詩話批評，孫紹振先生之文本解讀學，姚春樹先生之雜文史，齊裕焜先生之小說史，陳良運先生之詩學史，莊浩然先生之話劇史，陳慶元先生之福建文學史，以及其他學者的專題著述，不僅體現了我校人文學術的特色優勢，也呈示了我校文學院薪火相傳、嚴謹精進的治學傳統。溫故知新，繼往開來，理應為我輩後學義不容辭的學術使命。

近幾年來，我校文學院持續開展和加強兩岸文化教育的交流合作活動，以文會友，廣結善緣，深獲臺灣學界同仁的鼎力支持和真誠勉勵，我們對此感念於心，永誌不忘！兩岸一家親，閩臺親上親，血緣割不斷，文緣結同心。在此戊戌仲春之際，我依然深信，兩岸的中華文化傳人，秉持同種同文的民族自尊心、自信心和責任心，必將跨越歷史鴻溝，進一步交流互動，昭發德音，化成人文，為促進中華文化復興繁榮而共同努力！

汪文頂

西元二〇一八年夏正戊戌仲春序於福州

目次

下篇　修辭學科發展：走出困局的另一種思路

附錄

譚序

我對修辭學的早期認知，是從狹義修辭學開始的。

我父親研究狹義修辭學，那時候沒有電腦，父親很多研究成果是我幫著手抄的。我在謄抄這些文稿的過程中走近了狹義修辭學；也在這個過程中萌發了走出狹義修辭學研究格局的意向。

從我的修辭學啟蒙，到早期的狹義修辭學研究經歷，再到此後的廣義修辭學探索，驅動我做出改變的，有主客觀原因：

客觀上中國修辭學科的生存狀態限制了這個學科的發展空間；主觀上自己的研究過程中產生了拓寬修辭學研究空間、提升修辭學研究層次的想法。於是我開始思考：狹義修辭學的研究格局是否存在可拓展空間和可提升層位？也開始思考：廣義修辭學如何實現這種可能性向現實性的轉換？

狹義修辭學的特點是：功能定位上的「修辭技巧論」、研究視角的「表達中心論」、學科歸屬的「語言本位論」。這幾個特點，是我思考的起點。

應該承認，修辭技巧是修辭學研究的一個十分重要的話語場，但「技巧」之外的修辭世界更廣闊。我的《廣義修辭學》《廣義修辭學演講錄》《問題驅動的廣義修辭學論》《文學和語言：廣義修辭學的學術空間》等書約略展現了「技巧」之外的修辭世界。以「技巧論」為中心的「修辭」定義，屏蔽了更豐富的「修辭」內涵。由此產生的一個可能結果，是修辭學研究的學術性在技巧性中稀釋。修辭學研究價值縮水、修辭學研究「小兒科」的詬病，多由此而來，這可以在縱橫參照的座標上觀察：

橫向觀察，「修辭技巧論」與西方當代修辭學研究前沿的對話處於弱勢。學術界反思中國學者在國際性的學術對話中失語，強調在相同的學術層次與國外同類研究對話，卻很少有人意識到，主要圍繞修辭技巧的中國修辭學研究，如何在不知不覺中拉開了與國外修辭學研究前沿對話的距離：一個專注於話語行為的微表情；一個關注重大事件的修辭能量。這是修辭學思想不對等的對話，是學術話語權不對稱的對話。從價值訴求到學理蘊含，注重細微末節的「修辭技巧論」相對於修辭理論的宏大敘述而言，都在對話中處於弱勢。

縱向觀察，「修辭技巧論」割斷了中國修辭研究的傳統學脈。中國古代修辭理論，關注焦點並不限於修辭技巧，《周易》《毛詩序》《文心雕龍》以及歷代的詩話詞話等，一直是中國修辭學、詩學、文藝美學，乃至哲學共同開發的學術富礦。如果認為其中只是一些話語技巧，而丟棄了技巧之外的修辭思想，無啻於買櫝還珠。

如果說「修辭技巧論」影響中國修辭學研究格局之大氣；那麼「表達中心論」則影響中國修辭學研究格局之完整。後者也可以從兩個方面考察並印證：基於學術事實的宏觀考察，可以觀察到中國修辭研究重表達、輕接受的不平衡狀況；基於語言事實的微觀分析，可以釐清修辭活動≠修辭表達的學理。二者共同說明：作為完整的修辭理論，「表達中心論」有它的欠缺。而「語言本位論」和「修辭技巧論」互相支持，互為因果，不僅將修辭在遣詞造句的「書房技巧」（巴赫金語）中綁定，更重要的是，語言學的學科生態限制了修辭學的學科生長。

如何營造中國修辭學研究的大氣象、大格局？如何提升中國修辭學研究的價值品味？學者們以不同的修辭理念、不同的研究風格、不同的學術邏輯傳遞重建學科形象的信息，其中包括廣義修辭學的探索：

廣義修辭學走出技巧論和表達中心論，構建「三個層面、兩個主體」的理論框架。「三個層面」包含修辭技巧，是對狹義修辭學研究傳統和研究成果的尊重，但不限於修辭技巧而向修辭詩學、修辭哲學延伸；「兩個主體」貫穿於修辭技巧、修辭詩學、修辭哲學三個層面，在「表達—接受」互動格局中支持基於話語生成與理解的修辭學研究。

廣義修辭學不同於「純語言學」的狹義修辭研究、不因為修辭學在國內現行學科目錄中屬於語言學科，而限於「純語言學」的學科定位，但吸納「純語言學」的理論資源；也不盲從巴赫金等學者強調的「超語言學」修辭研究，但根據研究對象的性質和目標而向「超語言學」場域開放，探索始於語言學觀察而不終於語言學解釋的理據和實踐途徑。

本書下篇一組文章，從不同側面論述了修辭的功能定位和學科定位都需要走出「就語言談語言」的學科發展思路。而上篇和中篇兩組文章，則是基於這一思路的研究實踐。

從解釋的有效性說，統轄「三個層面、兩個主體」、在「純語言學」和「超語言學」之間重建研究支點的廣義修辭學解釋框架，應該可以推導，本書作者的廣義修辭學研究系列成果，也許可以部分地印證廣義修辭學解釋框架的可推導性。具體操作可以變通：將廣義修辭學「三個層面、兩個主體」部分地糅合、或有所側重。近年不同學科的一些作者，以不同的研究對象，印證了變通運用這一解釋框架的可能性，也為我進一步修正這個解釋框架提供了有價值的參照。

完整地或變通地運用廣義修辭學解釋框架，解釋力如何？只能用研究成果說話。廣義修辭學研究能否提供中國當代修辭學研究多元格局中個性鮮明的學術觀點？需要讀者認證，這也是廣義修辭學基於「互動論」的一個核心觀點：學術表達完成之後呈現的文本現實，會以不同的方式在閱讀接受中重新展開。

譚學純

本書主要觀點

上篇　修辭認知：信息加工的另一種路徑

壹　人是語言的動物，更是修辭的動物

人們通過語言來構築或者接近現實世界的時候，不斷借助修辭手段，修辭每每成為認知主體抵達彼岸的舟筏。這決定了：人作為修辭的動物，比作為單純的語言動物，更利於表達與理解鮮活的世界。即使「反修辭」論者，他們的反修辭本身也還是修辭，無論是西方的柏拉圖、賀拉斯、巴克斯特，還是中國古代批評「巧言」的老、莊，他們對修辭的批評，都是絕佳的修辭。這是一個深深的悖論，也是人無法逃離「修辭的動物」的存在本質。

貳　中國古代時空秩序的修辭建構及其認知理據

中國古人在「空間⟷時間」的複合認知中建構時空秩序。由於古人以太陽運行的空間位置作為推斷時空的客觀參照物，因此中國古人所認知的時空，是以太陽為參照座標的修辭化世界。根據日照長短和方向，建構時空秩序，是中國古人對與自身生存息息相關的太陽長期細微觀察的結果。在這一過程中，太陽不僅照亮了中國古人的身外世界，也照亮了他們的心靈世界。

參　仿擬和戲擬：形式、意義、認知

外語界和漢語界（語言學科／文學學科）有關仿擬和戲擬兩個概

念的學術表達和理解，存在形式和意義的認知糾纏。這兩個概念應該區分、也不難區分：仿擬置換本體給定形式的部分構成元素，依託本體的意義；戲擬依託本體的形式，解構本體的意義。仿擬對空符號的接納，可能是封閉性的，也可能是開放性的；戲擬永遠是開放性的召喚結構。模仿性和顛覆性分別是仿擬和戲擬的本質，由此決定了仿擬和戲擬不同的認知難度。

肆　「～～入侵」：修辭認知和術語創新

「～～入侵」可以納入一個仿擬類推的修辭結構，而不會因為「入侵」義素的修辭變異增加認知難度。由於可以還原出一個認知原型，這個認知模型被轉置到了「～～入侵」的仿擬類推結構上，作為認知引導，把「～～入侵」的認知引向舊有經驗，為重新建構的認知對象提供意義參照，確保「～～入侵」的意義自明性。「～～入侵」是以修辭化的方式生成的新術語，其理論意義在於：新術語如何為解讀新的學術現實，提供新的思維框架；新術語在介入學術研究的同時，如何激活認知主體的新思維。就此而言，學術推進，不可能排除相應的術語創新。從索緒爾到拉波夫，從巴赫金到海德格爾，從福柯到哈貝馬斯，都常常衝破「語言的囚牢」，另造一些新術語，表達自己的觀點。這意味著，我們無法拒絕新術語作為體現某種話語權力的文化符號。

伍　亞義位和空義位：語用環境中的語義變異及其認知選擇動因

提出「亞義位」和「空義位」兩個新概念，前者的次級共用語義和後者的臨時語義存在於詞典釋義之外，也很少進入漢語教材的知識譜系，但社會流通度較高。關注社會語言生活的語言研究在解釋自然語言的同時，不應該迴避自然語言在語用環境中的語義變異。後者的認知行為伴隨著認知主體的認知選擇：或依據自然語言義位的概念認知；或依據亞義位／空義位的修辭認知，這種認知選擇出自相關的動因，受制於相應的語用環境。

陸　《名作細讀》：關鍵詞語義及認知博弈

人通過語言認知對象世界，有兩條路徑：概念認知和修辭認知。兩種認知每每處在博弈狀態，前者是語義共享的經驗平臺，後者是語義突圍的經驗通道。文學敘述和文學閱讀，在語言層面可以歸結為讀寫雙方能不能超越語義共享的經驗平臺，突破現成話語；在認知層面，體現為讀寫雙方個人經驗與公共經驗的博弈，以及能在多大程度上走向心靈的自由。

中篇　修辭批評：解釋世界的另一個維度

柒　百年回眸：一句詩學口號的修辭學批評

一句詩學口號有悖學理的預設，由相關的詩學理論推動著，在近百年中國文學史進程中，有效地控制著白話詩從表達到接受的雙向運作，它的負面影響直到二十世紀九○年代才開始得到理論界認真的反思。作為中國現代文學史上「詩界革命」的標誌性口號，黃遵憲倡導的「我手寫吾口」，隱藏著預設的多重理論疏漏：一、口語＝白話／日常話語；二、出自「吾口」的白話／日常話語，可以直接轉換為「我手」寫出的白話詩；三、白話詩的可接受性大於文言詩；四、詩學建構中話語形態的「文白」之爭＝意識形態建構的「新舊之爭」。對這個詩學口號的修辭學批評，在修辭學和詩學的雙重話語空間穿行。

捌　一個微型文本的修辭學批評

拓展修辭學研究空間，對一篇獲獎微型小說的形式與功能作廣義修辭學解釋。注重微型小說作為文學生產過程的修辭處理，在「表達⟷接受」互動過程中論證：小說為什麼選擇公文的語言包裝。在此基礎上解析，文本中承載核心信息的祈使句和否定句如何推動小說敘述，「祈使－否定」分別依據已然事實、未然缺失，產生必然結果，由此形成負性循環，導向敘述終端。文本隱喻義指向浪費人才資源的權力運作和支持這種權力運作的官僚規則，同時指向個人努力滯後於社會運行節奏的現實，隱含了一種追問：誰為個人服務於社會的無效努力買單？

玖　修辭幻象：一個修辭哲學概念及一組跨學科相關術語辨

將E．G．鮑曼定義的「修辭幻象」重新定義為「語言製造的幻覺」。在很多情況下，人沉醉於語言虛構的世界，卻相信自己抵達了世界的真跡。作為西方戲劇主義修辭批評理論的一個概念術語，修辭幻象與跨學科語境中的語言烏托邦、烏托邦語言、話語興奮劑、審美幻象等相關概念有聯繫，也有區別，辨析其異同，意在減少學科對話的隔膜。承認修辭幻象，並不說明人無法逃離語言製造的幻覺，相反，它恰恰是人追問自身真實「在場」的理性認證。

拾　釋「日」：審美想像和修辭幻象

漢字「日」和以「日」為結構素的符號系列，借助審美想像重建為修辭幻象。當我們體驗「日」這個幻象符號的時候，作為自然物的太陽引導我們進入一種象徵性的現實，去接近太陽在先民心靈世界中的意義。本文在這一認識前提下依次討論：「日」的修辭幻象形態；「日→火／龍／鳥／君」的修辭置換；作為生命符號的「日」姓和「日」名及其蘊含的審美文化信息。

拾壹　〈減去十歲〉：語言驅動的非組織傳播

分析小說《減去十歲》中的語言傳聞怎樣以弱勢的非組織傳播激起了集體狂歡，驅動人們重返十年前的人生驛站。當既定的現實秩序無法變更時，人們所能做的，僅僅是通過語言改寫現實秩序，並在改寫現實秩序的修辭活動中獲得象徵性的滿足。語言在這裡成為行為主體重建心理平衡的手段，現實世界通過話語的權力重建一種秩序，這是修辭幻象的魔力。

拾貳　《紅高粱》：戰爭修辭的另類書寫

從四個角度分析這篇小說戰爭修辭話語的「另類」傾向：一、小說中的非宏大、非高調敘事，引導了關於戰爭的另類想像；二、對強悍生命的修辭書寫，召喚著民族的剛健之魂，並接續了中國現代文學史上的「尚力」傳統；三、莫言的時間修辭為他本人所擅長，也被其他文本效仿；四、作家在戰爭現實之外，重建了一個關於戰爭的審美現場，同時重建了戰爭修辭話語的審美價值尺度。

拾參　余光中《鄉愁》的廣義修辭學闡釋

綜合觀察與解釋余光中《鄉愁》在修辭技巧、修辭詩學、修辭哲學三個層面，以及表達者——接受者兩個主體互動過程中的語義變異，挖掘語義變異被忽略的修辭能量，同時以個案分析檢驗廣義修辭學「三個層面、兩個主體」解釋框架的解釋力。

拾肆　鄉土情結：主題話語和文化行為

透視中國鄉土社會和地緣群體，循著戀鄉→擇鄉→離鄉→現實性還鄉→象徵性還鄉的情感邏輯，依次解釋華夏子民的鄉土情結及其主題話語：「月是故鄉明」、「適彼樂土」、「人離鄉賤」、「衣錦還鄉」、「狐死首丘」，分析現實世界不甚理想的生存空間如何在人們的心理層面進行詩意化的修辭重建，以及被重建的修辭話語如何影響人們的行為選擇。

拾伍　我所理解的「集體話語」和「個人話語」

集體話語作為一種積極能量，蘊含著一定的公眾智慧，形成一個有聚合力的修辭場，為個體「在場」提供參照座標和價值認同的可能性。在這種情況下，選擇集體話語，等於為個體的生存安全買了一道保險。但從負面影響說，集體話語常常是公眾不斷複製的現成話語，因集體認同而弱化了自我質疑功能，因集體效仿而強化了話語的權力。世界的豐富性在集體話語的一致性中，按有限的話語方式編碼，對個人形成某種話語壓力，並可能引導個體在他性的效仿中弱化乃至喪失我性的參與和創造，走向傀儡生存。個人話語釋放了集體話語壓抑的主體意識，輯錄了生命的多彩，在拒絕媚俗的旗幟下，部分地疏離了公共頻道，但很難想像對集體話語作真正意義上的「告別」。二者之間有對抗，也有對話。集體話語和個人話語在潛對話中緩釋生存的緊張感。

下篇　修辭學科發展：走出困局的另一種思路

拾陸　修辭學研究突圍：從傾斜的學科平臺到共享學術空間

中國古代修辭學一體化於文藝學／哲學，中國現代修辭學歸屬於語言學。但定位在語言學學科框架內的中國修辭學，基本上或極少擁有語言學的共享資源。這是一條越走越窄的學術之路，也是一個傾斜的學科平臺。基於學理和應用的雙重考慮，本文參照學術史上的中外修辭學，直面中國當代修辭學研究在語言學科「牆內開花牆外香」的現象，主張修辭學研究突圍，修辭學的學科建設和發展，需要一個交叉於多學科的共享學術空間。

拾柒　融入大生態：中國修辭學研究突圍十年回顧與反思

修辭學研究突圍、融入大生態、「修辭學大視野」（學術專欄）互動共生、十年同步，基於同樣的廣義修辭觀，遵循相同的學術邏輯，落實為相應的學術實踐。觀察與思考其間的個人探索、團隊協作和學科反應，分析問題驅動的學術選擇，透視深層阻力：中國學術體制和評價系統主要以學科分割的模式運作，而融入大生態的修辭學研究突圍，走交叉學科路線，打跨學科牌，面向多學科話語平臺，適應國際化的學科滲融趨勢，但隱藏著學術風險。回顧與反思十年探索之路，傾向於在學者「說法」和學科「活法」之間更多地關注學科民生。

拾捌　融入大生態：問題驅動的中國修辭學科觀察及發展思路

學科建設關係到學術共同體希望建構什麼樣的學術空間，及其深層掩蓋著的學科利益、學術資源、學術體制相互制衡、相互協調、共同作用的活動和博弈。優化的學術體制應該有利於調動學者的學術創新潛能，而不是滋長學科投胎意識。在學科滲融的學術背景下，原本有著多重理論資源的修辭學學術空間，不宜自我收窄。走出學術「生產—消費」的自給自足模式，融入學科大生態，是修辭學研究介入社會的更寬廣的舞臺。

拾玖　修辭觀：話語權和學術操作

修辭觀論爭，出自不同的學術立場和專業背景。尊重修辭觀論爭中不同的話語權，即尊重思想的「在場」和學術對話的平等規則。理念層面的修辭觀付諸學術操作，進入一定的研究模式。作為研究模式的直接現實——研究成果，既是學術生產鏈的終端，也是學術傳播鏈的起點。研究模式只是產生最終結果的一種可能性，研究成果才是可能性轉化為現實性的真實形態。因此，研究成果較之研究模式更具實質意義。

貳拾　廣義修辭學三層面：主體間關係及學術概念問題

「主體間性」是多學科共享的工具性概念，修辭活動中的「主體間性」在「表達—接受」的主體間關係中實現。廣義修辭學重視主體間關係，體現在修辭技巧、修辭詩學、修辭哲學三個層面；但廣義修辭學慎用「主體間性」概念，這有四重考慮：一、某種理論框架及其核心概念是否構成層層支撐的邏輯結構；二、某種理論指向及其核心概念是否共同支持研究重點；三、某種理論資源及其核心概念的關係能否減少多頭敘述；四、某種源理論及其核心概念進入目標文本是否產生源理論信息的大量漏失。學術研究選用或慎用某種概念術語，是作者以自己的方式表示的對學術概念的尊重。

上篇

修辭認知：信息加工的另一種路徑

壹

人是語言的動物，更是修辭的動物

一　人如何認知世界：概念路徑和修辭路徑

如果說「人以語言的方式擁有世界」是道出了人的普遍存在方式，那麼「人以修辭的方式擁有世界」則道出了人的審美化存在方式。

哲學家對語言的重視，驅動著人們向語言的認識深度掘進。在語言哲學的意義上「語言的囚牢」和「語言是人類存在的家園」在看似對立的表述中揭示著同樣的道理：作為一種思想資源，「語言的囚牢」和「語言是人類存在的家園」，從不同的向度引導主體走出語言工具論的認識框架，重新審視語言的功能。準確地說，語言相對於真實的存在，既是囚牢，也是家園。人陷入語言構築的囚牢中，也棲居在語言構築的家園中。「囚牢」說揭示了語言表達的困境，「家園」說揭示了語言是主體在場的基本方式。存在被語言遮蔽，也由語言去除遮蔽；語言既可能使「存在」成其為「存在」，又可能威脅它，遮蔽它。[1]「存在」通過語言證明，也可以通過語言證偽。據此，卡西爾認為：

> 全部理論認知都是從一個語言在此之前就已賦予了形式的世界出發的；科學家、歷史學家、以至哲學家無一不是按照語言呈現給他的樣子而與其客體對象生活在一起的。[2]

1　王一川：《語言烏托邦》（昆明市：雲南人民出版社，1999年），頁102。

2　E·卡西爾著，于曉等譯：《語言與神話》（北京市：生活·讀書·新知三聯書店，1988年），頁55。

指出人以語言的方式在場，是現代語言哲學的理論貢獻，但是進一步追究會發現，人對世界的認知，存在著不同的路徑：概念路徑和修辭路徑。

人以修辭的方式抵達自己所認識的世界，是更便捷、更豐富的認知路徑。所以卡西爾的論述要與下面的話聯繫起來分析：

> 人類文化初期，語言的詩和隱喻特徵確乎壓倒過其邏輯特徵和推理特徵。但是，如果從發生學的觀點來看，我們就必定把人類言語的想像和直覺傾向視為最基本的和原初的特點之一。[3]

不管是語言的詩意和隱喻特徵壓倒邏輯特徵，還是作為人類言語原初特點的想像和直覺，都是越過普通的語義系統、語法規則和邏輯的權力，在主體的審美自由狀態下抵達更豐富的對象世界。前者概念化地鎖定對象，後者審美化地展開對象，重返語言的詩意。修辭以審美化的方式，不知不覺地介入我們的思維運作。

培根精闢地指出過一個事實：人被詞語佔有和支配。按照培根的說法，言辭影響最聰明的人的理智，攪亂和歪曲他的判斷。也許應該補充一下培根的意思：人一方面是被賦予了概念化語言的動物，另一方面又是不斷走出概念化世界，重建審美化修辭世界的動物，因此，影響人判斷的最常見的形式，不是乾巴巴的概念，而是審美化的修辭。

修辭以審美的權力顛覆意義的權威、句法的權力和邏輯的權力。當人們使用或者接受一個概念的時候，往往通過對這個概念現成意義的修辭化重建來重新接近主體所認知的世界。下面的比較分析可以說明一點問題。

3　E·卡西爾著，于曉等譯：《語言與神話》，頁134。

（1）〔歷史是〕自然界和人類社會的發展過程，也指某種事物的發展過程和個人的經歷。[4]

（1a）歷史是任人打扮的小女孩。

（1b）歷史是吃人和被吃的循環。

（1）關於「歷史」的釋義，從影響人對「歷史」的認知來說，也許不如例（1a）和（1b）。

（1a）出自一位名人之口，是一句引用率比較高的隱喻，從修辭哲學的角度讀解，這句隱喻的生成，是隨著「歷史」本義的丟失而完成的。當「歷史」被納入「任人打扮的小女孩」這個喻象結構時，「歷史」的意義已經偏離了客觀存在的歷史，成為主體轉述的「歷史話語」。正是在這個意義上，有人對尊重歷史究竟有多大的可能性表示懷疑，因為被尊重的歷史是在語言中複現的。這裡，話語主體顛覆了本真的歷史，還原出歷史被修辭化（任人打扮）的非歷史性。

（1b）出自另一位名人對歷史的文學書寫。「吃人」和「被吃」的隱喻，撕開了歷史殘酷的一面，使「歷史」作為文化批判的對象進入修辭話語。

（1a）和（1b）共同支持了美國後現代主義歷史哲學家和新歷史主義文學批評的代表人物海頓・懷特對歷史和修辭的關係的認知。

伽達默爾說「人以語言的方式擁有世界」，這句話是精闢的，但是它的哲學意味大於美學意味。人對世界的認知，一旦進入審美境界，主體對世界的表述和理解，都是修辭化的。同樣，當代修辭批評認為，言語行為都有可能是修辭性的，這一論斷可能過於絕對化，但是，如果說概念化表述一旦置換為審美化表述便是修辭性的，則完全

4　本書所涉語詞的固定語義，均據《現代漢語詞典》（北京市：商務印書館，2012年，第6版）。

可以成立。修辭使現實世界在言說中成為審美化的世界，使之更深地植入人的意識，成為主體認識世界的一種方式，並在這個意義上成為人存在的標誌。

列維－斯特勞斯有一句著名表述：「工程師靠概念工作，而『修補匠』靠記號工作。」[5]概念使對象透明，記號是一種識記的中介形式。然而，一旦主體進入貼近生命的交談，概念與記號都將被鮮活的修辭話語所替代。

孫紹振〈談讀書的三種姿勢〉把讀書方法分為三種，觀點很亮，表述觀點的話語更亮。文章把「讀書有三種讀法」的概念，置換成了「讀書的三種姿勢」的修辭化表述，準確地說，作者在構思〈談讀書的三種姿勢〉時，不僅對概念本身進行了修辭化的置換，而且對概念的延伸和展開也進行了修辭化的置換，文章所說的讀書的三種姿勢，分別是：躺著讀，坐著讀，站著讀。在作者的修辭化表述中「躺、坐、站」偏離了常規語義，完成了意義重建和思想突圍。就常規語義而言，躺、坐、站，屬於同一行為層面的姿態，但是在作者的修辭化表述中，躺、坐、站的行為產生了主觀認同的分化，在重新建構中被編碼進另一種秩序：躺，是一種休閒的在場姿態。坐，是一種凝神靜思的姿態。跟躺相比，坐有一種強制自己心無旁騖的意味。[6]站，是一個自我確證的象徵性造型——人之為人的第一次自我肯定，就是站立。在孫紹振先生看來，躺著讀書是讀閒書，坐著讀書才算進入狀態，站著讀書是上佳之境——走近作者而又不迷失自我，惟此才能與書本權威作平等的對話。[7]從概念轉換和延伸的角度說《談讀書的三

5　列維－斯特勞斯著，李幼蒸譯：《野性的思維》（北京市：商務印書館，1987年），頁26。

6　孫紹振：〈談讀書的三種姿勢〉，《挑剔文壇——孫紹振如是說》（福州市：福建人民出版社，2001年），頁236-238。

7　孫紹振：〈談讀書的三種姿勢〉，《挑剔文壇——孫紹振如是說》（福州市：福建人民出版社，2001年），頁236-238。

種姿勢》不僅是出色的修辭化文本，而且本身就是「人是修辭的動物」的簡潔證明。

二　發現和遮蔽：修辭認知的「雙刃劍」

例（1）對「歷史」有所發現，也都有所遮蔽。修辭話語超越有關「歷史」的現成語義，重建新的意義，它提供的是「歷史」的修辭化真實，而不是概念真實。但它介入人對「歷史」的認知，卻在某種程度上具有真實的概念所不具有的減少「語言遺忘」的功能。

發現和遮蔽共存於同一句修辭話語的例子比比皆是，例如社會學家說：進化有時以另一種退化為代價。這句話很具有修辭上的警策意味，但是警策背後的悲涼、甚至殘酷，卻被修辭表述遮蔽了。人們認為「進化有時以另一種退化為代價」是略帶遺憾的美麗，卻很少進行穿透遮蔽的追問：事實上，進化和退化指向現實的兩端，一部分人享受進化的成果，另一部分人對退化的代價作無可奈何的承擔，自然風景區建起了度假村，在度假別墅裡休閒的是遠道而來的白領階層，家住度假村附近的鄉民卻要承受風景區被開發帶來的環境壓力。當發達國家通過戰略性開發大幅度地提高自己的財富積累時，開發帶來的環境污染、生態破壞、資源短缺等影響人類生存的負性因素卻多半由發展中國家去消化。面對「進化有時以另一種退化為代價」的修辭表達，我們通常會產生邏輯層面的認同性接受，而在倫理層面，進化和退化交織的不和諧圖景，也會使我們的接受產生一些困惑。

發現和遮蔽，是修辭認知的雙刃劍。在教科書上，包括在一些語言學著作中，常常提到：語言反映人們對世界的認識，其實，這句話既對，又不全對。事實上，語言在反映世界的同時，也遮蔽著世界的另一部分，就修辭話語來說，尤其如此。比較：

（2）門神老了不捉鬼——（遮蔽了）薑是老的辣

（3）眾人拾柴火焰高——（遮蔽了）三個和尚沒水吃

（4）寧為玉碎，不為瓦全——（遮蔽了）好死不如賴活

（5）窮家難捨，熟地難離——（遮蔽了）哪兒黃土不埋人

（6）謊言重複一千遍便是真理——（遮蔽了）話說三遍如屎臭

作為修辭的動物，人創造了修辭，又被修辭所纏繞。修辭洞開我們的思維空間，也堵塞我們的思維空間。修辭啟動我們的感覺，也窒息我們的感覺。修辭聚集我們的經驗，也擴張我們的經驗。修辭規定我們思考的方向，也改變我們思考的方向。修辭創設一個新的焦點，不同的經驗、不同的表象，在這裡相遇，重新凝聚成我們關於對象世界的認識。

當一個新生兒來到世上的時候，他所認識的有限的世界，就已經部分地以修辭的面貌改裝過了，嬰幼兒所認識的外部世界，並不是真實世界，而是修辭化的。例如「狼外婆」、「山羊公公」、「貓頭鷹博士」、「春姑娘」、「月亮姥姥」、「北風爺爺」……，外部世界以「人化」的方式重新命名，兒童在接受這類命名的時候，這些命名所代表的事物已經部分地偏離了真實世界，成為修辭化重述的世界。客觀世界一旦進入主觀視野，便具有了某種修辭化特徵。所謂「自然的人化」，在話語層面，常常表現為對象世界的修辭化。

如果說上面的修辭話語提供的是似真的世界，那麼下面的例子提供的則是失真的世界：例如「笨得像豬」、「髒得像豬」。修辭規定了豬以笨和髒的形象進入人的視野，這其實是修辭強加給豬的「不實之詞」，它並不是科學化的表述，所以一些科普雜誌上已經有文章為豬的「笨」、「髒」形象翻案。

也許，正是因為較多地看到了修辭的遮蔽性，柏拉圖才偏狹地認為，修辭是語言的巫術，是用巧言設計的騙局和陷阱。柏拉圖批評高

吉阿斯，實際上是批評巧言。曾經擔任雅典大使的高吉阿斯，在雅典人心中是能辯善言的偶像，但是在柏拉圖看來，卻是一個巧言令色者，在柏拉圖的對話錄《高吉阿斯》中，這位當年西西里最負盛譽的雄辯之士，成為巧舌如簧的代名詞，並認為製造巧言的修辭，是偽修辭，是精於言辯之術的人所從事的職業活動。賀拉斯也批評過分的話語修飾是「大紅補丁」，巴克斯特批評「經過粉飾的布道文像窗上的彩色玻璃隔絕了靈光」，然而，這些批評修辭的話語，本身恰恰是修辭。

無論是西方的柏拉圖、賀拉斯、巴克斯特，還是中國古代批評「巧言」的老、莊，他們的批評話語，都是絕佳的修辭。此外，當厭倦了修辭的人們決心「反修辭」的時候，這反修辭本身別無選擇地也還是一種修辭，這是一個深深的悖論，也是人無法逃離「修辭的動物」的存在本質。

三　人是語言的動物，更是修辭的動物

哲學家說「人是語言的動物」——這是相對於非語言動物的一種界定。我們說「人是語言的動物，更是修辭的動物」，是針對人如何更有效地通過語言證明自己、走近他人的一種描述。

當代女權主義學者明確意識到語言是意義的爭奪場所，但卻忽視了：意義的爭奪場所可以是抽象表述，也可以是修辭表述。在很多情況下，人際交流並不是把存在著的世界轉化為抽象的表述，而是把真實世界轉換為似真、甚至失真的修辭世界。這意味著，在更多的情況下，主體以修辭的方式「在場」，或者說，修辭對主體之「在場」的影響，比不假修飾的語言的影響更大。

我們說「人是語言的動物，更是修辭的動物」，還包括了另一層意思：區分「語言即修辭」的含混用法。鮑曼曾批評：

> 社會學家設論的前提通常是，語言產生於社會環境，而不是語言即社會環境。[8]

從字面上看，鮑曼的表述隱含了「人是語言的動物」的意思。因為，語言產生於社會環境，也建構社會環境，語言在參與社會環境建構的同時，本身也融入了社會環境，在社會運作的很多方面，都有著修辭的影響力，只是人們沒有自覺到它的存在罷了。如果從這個意義上理解「語言即社會環境」，確實有一定的道理。例如，在很多風景區，都有關於這個景區各景點的文字介紹，這些景點，一方面付諸遊客的視覺感官，另一方面也通過語言重建了一種現實，遊客們通常都有這樣的印象：語言描述的景點，比現實中的景點更美。這實際上表明：語言建構的現實，已經是修辭化了的現實。

大概正是看到了這一點，鮑曼才強調：

> 在很多重要的事例中，語言，即修辭，就是社會現實。硬要把符號現實與另一種現實區分開來，是一種在歷史學界與社會學界氾濫成災的謬誤。修辭批評家可以為消除這種謬誤大顯身手。[9]

人以修辭的方式進入關於這個世界的表達，也以修辭的方式進入關於這個世界的審美化理解，當人把世界的結構修辭化的時候，這個世界才能成為人的世界。

人與他所置身的世界可以有多種聯結關係，修辭把人帶入與世界的審美關係。修辭提供一個觀察世界、解釋世界的視點，人在這個過

---

8 E．G．鮑曼著，王順珠譯：〈想像與修辭幻象：社會現實的修辭批評〉，《當代西方修辭學：批評模式與方法》（北京市：中國社會科學出版社，1998年），頁84。

9 E．G．鮑曼著，王順珠譯：〈想像與修辭幻象：社會現實的修辭批評〉，《當代西方修辭學：批評模式與方法》（北京市：中國社會科學出版社，1998年），頁84。

程中，走進世界，融入世界，也在這個過程中開發自己，擴展自己。

人賦予世界以某種意義，而意義的載體往往被賦予一個修辭化的結構。即使最日常的用語，如果把修辭化的意義載體換作非修辭化的意義載體，主體認識對象世界的方式將變得枯澀，試想，如果把「桌腿」、「山腰」、「路口」、「河床」、「瓶頸」、「針眼」、「燈頭」，換作非修辭化的意義載體，將會增加怎樣的認知難度？事實上，這些最日常的用語，都是喻象思維的產物，只是這種用法已經完全詞化了，人們對這些意義的比喻化載體已經習焉不察。

從修辭哲學的角度說，人類以自己的語言系統承載主體經驗時，往往已經按照修辭的方式組織為相應的結構模式，物質世界本身無所謂意義，是我們賦予物質世界以意義。現實借助語言而存在，現實是語言指向的存在。因此，人對世界的體驗不能不受他的語言模式的制約，不能不經過他的語言過濾。人按照自己的語言方式來分割主體眼中的世界，他的語言方式不是機械化的、數學化的，而是修辭化的；不是僵死的，而是靈動的。人們通過語言來構築或者接近現實的時候，不斷借助修辭手段，修辭每每成為主體抵達認識彼岸的舟筏。

當然，這並不是說所有的意義都必須進入修辭化的載體，本文的標題「人是語言的動物，更是修辭的動物」，表明我們沒有否認「人是語言的動物」的文化特性，我們強調人「更是修辭的動物」，意在表明：人作為修辭的動物，比作為非修辭化的語言動物，更容易認識對象，也更容易認識自我。自我需要一種與對象、與他者的交流方式，這種交流方式在話語層面以修辭方式進行，更適於把理性意義的傳達付諸情感化的表達和體驗。

修辭使有些難以表達的表達成為可能，也使有些難以接受的接受成為可能。外部世界一開始進入人的視野的時候，充滿了神秘化的色彩，即使在人類經歷了漫漫文明之途的今天，這個世界的某些角落仍然是不透明的。表達和理解不透明的世界，是修辭發生的基礎。表達乏味和遠離詩意的理解，則刺激了修辭話語的自我建構。

悟性思維和詩性表達特別擅長的中國人，在很多情況下，更是作為「修辭的動物」出場的。即使在專門化的領域，例如在文論話語中，中國人也很少借助抽象概念進入對象，而是常常以修辭化的方式抵達對象：比較一下「分敘」和「花開兩朵，各表一枝」、「起伏」和「文似看山不喜平」之類的同義表達，表面上，這是「修辭的動物」比「語言的動物」的「說法」更為鮮活，在深層，它透露出一種意向：「修辭的動物」比「語言的動物」的「活法」更富詩意。

貳

中國古代時空秩序的修辭建構及認知理據

中國古人按照「日出而作，日入而息」的文化指令安排生產和生活，根據太陽的空間位置判定時間。這種記時方式，隱含了時空合一的視點。在「空間⟷時間」的複合認知中，觀察外部世界，建構時空秩序。由於古人以太陽運行的空間位置作為推斷時空的客觀參照物，因此中國古人所認知的時空，是以太陽為參照座標的修辭化世界。空間概念和時間概念的修辭化轉換及其理據，是本文的闡釋重心。

一　以太陽為參照的時空分割模式

中國古人以太陽為客觀參照物建構的時空秩序，一開始就是有序的。

由於黑夜給初民帶來的生存困境和不安全感，使原始人對天明懷有本能的期待。作為天明的標誌是日出。日出景觀，輝煌而又神秘，它在造成古人崇敬心理的同時，也萌生了古人朦朧的時空意識，這一過程可以描述為：

由日之出入的天象變化
（對外部空間的視覺把握）
↓
模模糊糊地感覺到時間流逝
（由關涉空間的視覺表象，激發了時間意識）
↓
由時間流逝注意到天明的標誌——日出
（由時間意識向空間意識返射）

由注意日出現象，連帶注意日出的方位——東
（由時間過程轉向空間定格）

《說文》對「東」的字形分析是「从日在木中」。「木」，根據《說文》的解釋，指神木「扶桑」，於是，「太陽從有神樹的地方升起」這一空間指向，隱含著一種時間過程。這種時空意識的原始發生，與太陽有著密切的關聯；或者說，在中國古人時空意識的朦朧覺醒中，有著「日」象的文化投影，它在太陽運行的時間過程中展示空間位相，又從太陽在空間的投影中展示時間流動。

本來，作為物質存在的基本形式，時間和空間彼此交融，時間過程在空間序列的展開形態中呈現，空間運動也在時間流程中展開。但是古人不可能有這樣清醒的認識。他們也許只是從「日出而作，日入而息」的生產方式，朦朧地感覺到日出日落與白天黑夜的某種聯繫，在這種聯繫中，隱含了一種不自覺的時空交織視點：

表一

自然現象	日出	日落
時間 ↘ 視點 ↗ 空間	白天 東方	黑夜 西方

日出預告了白天的到來，日出的方位是東。日落預告了黑夜的到來，日落的方位是西。這裡，時間和空間各自的存在，暗示了對方的存在。時間和空間不可剝離的關係在話語的修辭建構中也始終存在著對應關係。

聯繫新石器時代陶器和商周甲骨文、青銅器銘中那些帶圓形邊框的十字符號，我們可以推知上古人稚拙的「立象盡意」：這些符號，既是太陽之「象」（與漢字「日」的初文很相似）；也是時空之「象」（圓形邊框之內的十字符號四向延伸，具象地顯示了以日之運行為參照的四維空間，而日之運行又暗含了時間的流變）。因此，這類文化符號似乎整合了原始宗教自然崇拜的物化形式和原始科學時空觀念的物化形式。游順釗先生認為：「無形的、看不見的時間要用空間或視覺行為來體現，人類就是用藉以體現的空間和視覺行為來再現時間的。」[1]這句話是不是可以作一些補充：正像時間詞的意義生成借助空間和視覺的再現，空間詞的意義生成也無法從時間分離。

在漢語經驗中，太陽與東方相關，所以日神又被修辭化為「東

1　游順釗著，徐志民等譯：《視覺語言學論集》（北京市：語文出版社，1994年），頁87。

君」、「東王父」、「東王公」、「東皇公」。「東」，在時間上配清晨，表示清晨這一時間段的一系列漢字構形，常常著眼於太陽的空間位置，如「旦」，《說文》解作「从日在一上」，即初升的太陽躍出地平線的時間；「早」，李富孫認為是上「日」下「甲」之會意的隸變寫法，這與《說文》關於「早」字「从日在甲上」的字形分析相符。「日」下之「甲」，是古人想像中天上十日的「十干之首」。

與「東」相對的方位「西」，《說文》解作：

鳥在巢上，象形。日在西方而鳥棲，故因以為東西之西。

西是日落的方位，在時間上配黃昏，表示黃昏這一時間段的漢字構形，也常常著眼於太陽的空間位置，如「暮」的文字構形是太陽落在草叢中；「昧」，《尚書》〈堯典〉解作「分命和仲，宅西，曰昧谷。」孔傳：「日入于谷而天下冥，故曰昧谷。」

由於這種時空分割的依據主要是太陽的運行位置，所以太陽投射於時間流程的位置，必然同時指向太陽投射於空間的某一具體位置，例如：

表二

語言符號	語義指向
	（時間／空間）
日中	中午／南方
日西	黃昏／西方
日冥	夜晚／北方（幽都）

二　四方和四時的修辭化對應

以太陽為參照的時空分割模式還從一天擴大到一年。

董仲舒《春秋繁露》：

> 木居東方而主春氣，火居南方而主夏氣，金居西方而主秋氣，水居北方而主冬氣。

東、南、西、北四方和春、夏、秋、冬四時對應。在漢語中存在著一個有序化的自我解釋系統。

中國古人以東方配春季，「春」的文字構形，反映了時空合一的視點，而且與太陽關涉。

《說文》對「春」的解釋是：

> 春，推也，从草從日，从春時生也。

「草春時生」，表示了「春」的時間意義；「从草从日」的會意方式，隱含了草木在煦陽照耀下的空間畫面，或者也可以說，「从草从日」的「春」和「从日在木中」的「東」，在意義上被賦予詩性關聯，所以「春」和「東」成為可以互相詮釋的修辭代碼：

> 東方者，何也？動方也，物之動也。何以為之純？春，出也，故謂東方春也。(《尚書大傳》卷一)

「東──春」對應的修辭化，在古漢語中用例甚多，如：

表三

空間	時間
東風	春風
東帝	春帝
東君	司春之神
東耕	春耕
東作	春耕

葉舒憲曾經談到，空間方位和時間觀念在中國古人的神話思維中都是具有某種原型意義的價值範疇，「東方由於同春天相認同，在空間意義之外又有了生命、誕生、發生等多種原型價值。所以，各種與上述原型價值相聯繫的神話、傳說、儀式和風俗都照例要以東方和春季為其時空背景。」[2]價值範疇層面的東方和春天相認同，投射到語言上，表現為「東」和「春」的語義纏繞，所以，漢語「春宮」一方面可以指傳說中東方青帝的居所；另一方面也可以指東宮，即太子宮，顯然這裡包含了東方主春的修辭文化信息。

此外，漢語「春路」可以同時指向時間和空間，分別表示「春天的道路」和「東方的道路」，各舉一例：

> 春路逶迤花柳前，孤舟晚泊就人煙。（孫逖〈春日留別〉）
> 飛雲龍于春路，屯神虎于秋方。（張衡〈東京賦〉）

2　葉舒憲：《中國神話哲學》（北京市：中國社會科學出版社，1997年），頁60。

與「春路」相對的「秋方」，同樣是一個時空合一的修辭符號。上引〈東京賦〉中「秋方」，即西方。《文選》李善注引薛綜曰：「春路，東方道也；秋方，西方也。」當「秋方」作為一個空間概念時，語義與「東方」相對：

回首瞻東路，延翮向秋方。（〈懷園引〉）

詩中「東路」和「秋方」對列使用，表明在這一特定語境中，「秋」的時間意義被空間指向暫時覆蓋，但其時間意義並未消解。隨著語境的置換，表示空間指向的「秋方」，也可以從時間上指向人的晚年：

余年在秋方，已迫知命。（盧思道〈勞生論〉）

例中「秋方」的語義指向了時間。而兼納了時間意義和空間指向的「秋」，又是一個與「日」象關涉的符號：

孟秋之月……其位在西，其日庚辛。（《淮南子》〈時則訓〉）

其間的闡釋邏輯，即是以太陽為參照的時空合一視點。

在漢語詞彙系統中，「炎天」的語義分別指向時間上的夏天和空間上的南方。前者如《唐語林》〈補遺四〉：「方屬炎天，手汗模糊。」後者如《淮南子》〈天文訓〉：「南方曰炎天」。

由此泛化，漢語中大量「炎×」符號的語義也可以分別指向時間上的「夏×」和空間上的「南×」，構成「炎──夏／南」的修辭化對應：

表四

炎＝夏	炎＝南
炎（夏）暑	炎（南）土
炎（夏）節	炎（南）方
炎（夏）序	炎（南）國
炎（夏）雨	炎（南）荒
炎（夏）霧	炎（南）州
炎（夏）靄	炎（南）區

這類時空合一的「炎×」符號，「把時間平面上最炎熱的季節同空間平面上最炎熱的地區彼此等價認同」[3]，從而完成「夏」／「南」之間的修辭化轉換，其間也明顯地有著太陽的投影，李善注引《白虎通》「炎者，太陽」。炎既釋日，日之盛，在時間上為夏，在空間上為南。《白虎通》〈五行〉：「時為夏，夏之言大也。位在南方……」這也可以解釋，為什麼在中國神話系統中，具有太陽神格的炎帝，同時被尊為時間上的夏神和空間上的南方之神。

此外，《後漢書》〈祭祀志〉所述「立冬之日，迎冬於郊，祭黑帝玄冥。」玄冥雖為水神，但兼為時間上的冬神和空間上的北方之神，這裡，冬——北時空對應的依據，仍然是太陽。

3 葉舒憲：《中國神話哲學》（北京市：中國社會科學出版社，1997年），頁70。

三　建構時空秩序：認知發生及理據

「空間和時間是一切實在與之相關聯的構架。我們只有在空間和時間的條件下才能設想任何真實的事物。」[4]也就是說，外部世界正是在特定的時空秩序中才是可以被感知的存在。

在認知的意義上描述人類的空間經驗和時間經驗，我們感興趣的是，人類的時空知覺，如何通過修辭建構，重組為符號層面的時空秩序。

從認知發生的角度說，人類的空間意識早於時間意識。人類在身體的活動中體察到了當前位置和目標位置之間的張力，產生了最初的方位感，進而產生空間意識和空間概念。

卡西爾曾經從哲學認知的意義上分析人的空間知覺：

> 我們可以假設，空間觀念的感覺基礎就在於一定的視覺、觸覺和運動的感覺，可是這些感覺的總和並不包含我們稱為「空間」的那種特殊的統一形式。毋寧說空間觀念在某種同格中顯現出來。這種同格使我們可以從諸多性質中的任何一種到達它們的整體。在任何一個設定為空間的要素裡，我們的意識都設定了無數的潛在方向，這些方向的總和構成我們空間直觀的整體。只有當在某一方面擴充相對說來受限制的特殊觀察力，才能形成我們對某一具體經驗對象的空間「圖像」。把非全面的認識能力只是當作起點和刺激因素，我們才能通過它建造出各種空間關係的高度複雜的總體。從這個意義上看，空間決不是靜止不動的容器，不是用來注入現成「事物」的箱子。毋寧說它是各種觀念作用的總和，這些觀念作用互相決定互相補充而

4　E·卡西爾著著，甘陽譯：《人論》（上海市：上海譯文出版社，1986年），頁54。

> 產生出一個統一的結果。從簡單的時間上的「此時」出發，「之前」和「之後」表示時間的基本方向，同樣，在任何一個「這裡」我們都設定了一個「那裡」。具體地點並不先於空間的系統，它只有參照這個系統並與它相聯繫才存在。[5]

這段話的中心意思是：

1. 空間知覺產生於事物之間一定的動態關係
2. 空間方向的設定依賴於一定的參照系統

在分析「人類的空間和時間世界」時，卡西爾斷言，「人並非直接地，而是靠著一個非常複雜和艱難的思維過程，才獲得了抽象空間的概念——正是這種觀念，不僅為人開闢了一個新的知識領域的道路，而且開闢了人的文化生活的一個全新方向。」[6]這種抽象空間概念的形成，是隨著人的知覺空間向符號空間轉換而形成的。

比較起來，時間關係與知覺的聯繫相對複雜。來自語源學的一些例證表明，很多時間語詞都來自空間範疇，如：

↗ 空間語義指向：高
英語 high
↘ 時間語義指向：正當時
（high noon，正午）

圖一

5 E．卡西爾著，于曉等譯：《語言與神話》（北京市：生活．讀書．新知三聯書店，1988年），頁236。

6 E．卡西爾著著，甘陽譯：《人論》（上海市：上海譯文出版社，1986年），頁56。

↗ 空間語義指向：靠近／至
古漢語「即」
↘ 時間語義指向：當時／當天

圖二

但是上述現象不能導向機械的、絕對化的理解，不能認為人類關於空間概念系統向時間概念系統的映射軌跡是不可逆的。有學者認為：「如果把對時間的『自我在動／時間在動』的橫向空間隱喻作為橫坐標，把『上／下』縱向空間隱喻作為縱坐標，它們則構成了整個時間的空間隱喻平面，因而用空間來喻指時間就是在所難免的。另一方面，把時間視為第四維空間也就不足為奇了。」[7]用空間概念喻指時間是常見的，而在空間知覺基礎上生成的時間知覺，也會向空間知覺反射。

中國古人早期認知的「宇」和「宙」，分別指向「四方上下」和「往古來今」，語義指向空間的「宇」和語義指向時間的「宙」，在漢語中合成「宇宙」的詞彙形式，是不能切分的語言單位，表明中國古人在用語言承載自己的時空知覺時，遵循著時空不可分離的系統觀，這也是中國古人以修辭化的方式建構時空秩序的認知基礎。

一種時空秩序的建構，必定存在著某種理據。

首先，不同維面的時空之所以能夠合一，與中國古人選擇了太陽作為客觀參照物有關。

人類以什麼樣的方式分割時空，往往反映著一種集體經驗，投射著特定的歷史、文化心理。按照列維—施特勞斯的解說：

7　周榕：〈隱喻認知基礎的心理現實性——時間的空間隱喻表徵的實驗證據〉，《外語教學與研究》2001年第2期，頁9-14。

> 人從不被動地感知環境；人把環境分解，然後再把它們歸結為諸概念，以便達到一個絕對不能預先決定的系統。同樣的情境，總能以種種方式被系統化。[8]

當中國古人按照一定的秩序分解環境，並將其歸結為相應的概念系統的時候，他們智睿地選擇了太陽作為客觀參照物，這是早期農耕民族最合理的選擇。根據日照長短和方向建構時空秩序，是中國古人對與自身生存息息相關的太陽長期細微觀察的結果。

從史籍看，中國人很早就學會了根據日照下物體的投影長度和方向變化，來推斷時空。《尚書》〈堯典〉記述了上古人通過觀察日照下樹影的位置和長短判定時間；《考工記》〈匠人〉記述了戰國工匠利用表杆上日出和日落的投影點，標記東西二方；《史記》〈五帝本紀〉謂黃帝「迎日推策」，即通過觀察太陽推算歷數。古人立表杆測太陽在特定空間的投影以驗時節，日影最短為夏至，最長為冬至，逐日遞差，曆家常據以推求節氣。《元史》〈曆志一〉「劉宋祖沖之嘗取至前後二十三四間晷景，折取其中，定為冬至；且以日差比課，推定時刻。宋皇佑間周綜則取立冬立春二日之景，以為去至既遠，日差頗多，易為推考。」《羅經會要》述「古人春分之日，樹八尺之臯，以測太陽之景表而定東西，再架十子以分南北，四正定而八方之正位皆得矣。」在操作程序上，先以日出日落的投影點測出東西二方，再據日影垂直線測出南北二方。

其次，從思維方式說，中國古人建構的時空秩序體現了列維—斯特勞斯所說的「等價認同」原則：也就是在不同對象、不同系統之間建立同態關係，「在不同平面上的諸意義的對比關係之間確立等價法

8　列維—斯特勞斯著，李幼蒸譯：《野性的思維》（北京市：商務印書館，1987年），頁109。

則。」[9]這種等價認同在建立時間和空間的同態關係上，建構出「四方——四時」模式，即時空合一的秩序。

再次，從學理層面分析，太陽運行的方位與四季的劃分存在著科學關聯，一般來說：

從春分正午開始，太陽由地球赤道正上方位置，每天向北移動，到秋分正午，太陽返回赤道正上方位置（看來古人選擇春分之日，測太陽之景表，以定東西、分南北，決不是隨意性的）。

從夏至正午開始，太陽由北回歸線正上方位置，每天自北向南移動，到冬至正午，太陽處在南回歸線正上方位置。

此後，太陽重新自南而北運行，如此循環往復。可見，太陽的空間位置，與春夏秋冬時令變化的關係是有序的。古人可能憑著長期的觀察，感覺到了這一點。晉人楊泉《物理論》述「日者，太陽之精也。夏則陽盛陰衰，故晝長夜短；冬則陰盛陽衰，故晝短夜長；氣之引也。行陰陽之道長，故出入卯酉之北；行陰陽之道短，故出入卯酉之南；春秋陰陽等，故日行中平，晝夜等也。」《釋例》言「春秋分而晝夜等，謂之日中。」孔穎達疏「中者，謂日之長短與夜中分，故春、秋二節謂之春分、秋分也。」古人認為日行赤道南北，於夏至運行到極北處、冬至運行到極南處，所以漢語用「日至」修辭化地指稱夏至或冬至，以「長至」和「短至」別其日照之長短，《論衡》〈說日〉「夏時日在東井，冬時日在牽牛。牽牛去極遠，故曰道短；東井近極，故曰道長。」這種觀察有時非常細緻：如《周髀算經》曾描述「冬至日晷丈三尺五寸，夏至日晷尺六寸。」;《禮記》〈月令〉孔穎達題解也曾描述「赤道之北二十四度為夏至之日道，去北極六十七度也；赤道之南二十四度為冬至之日道，去南極亦二十四度。」漢語用

9　列維—斯特勞斯著，李幼蒸譯：《野性的思維》（北京市：商務印書館，1987年），頁107。

「日永」（永，長也）表示夏至，用「日南至」和「日短」表示冬至，即由此而來，這裡實際上包含著中國古人以修辭化的方式所構建的時空秩序。

在這一過程中，太陽不僅照亮了中國古人的身外世界，也照亮了他們的心靈世界。

參

仿擬和戲擬：形式、意義、認知

一　仿擬和戲擬：影響學科對話的兩個概念

仿擬和戲擬，是學術界使用頻率比較高，也比較混亂的概念術語。常見的情況是：

(一)在外語界，仿擬和戲擬有時是同一概念的不同表述

造成這種現象的原因，可能有語義理解方面的問題，也存在翻譯過程中的信息不對稱和信息損耗問題。[1]

英語表述仿擬概念的詞彙形式有：

nonce-word　意為臨時仿造的新詞，語義範圍小於漢語中的仿擬，大致對應於漢語語詞平面的仿擬修辭格，即仿詞。如：

英語：Watergate（水門事件）
→Irangate（伊朗門事件）
→Camillagate（卡米拉緋聞）

漢語：陰謀→陽謀　　幫忙→幫閒

不管是英語所說的 nonce-word，還是漢語所說的仿詞，共同的特徵是：從本體（仿擬原型）仿造而來的仿體（仿擬的完成形態），不進入固定的詞彙系統，只是一種臨時的修辭現象。至少在這種修辭話語生成之初是如此，如果因為在使用過程中被廣泛接受而從臨時修辭現

1　譚學純：《漢語俗語英譯：信息減值的三種形式及其原因》，《福建外語》2001年第2期，頁52-55。

象轉化成固定的詞彙現象，則涉及到修辭話語的詞化問題，本文暫不討論。

漢語中有幾類與仿擬有關的語言現象，不屬於英語 nonce-word 的語義範圍：

1 屬於詞彙學範疇的仿擬式造詞

導航→導遊→導郵→導讀→導醫→導播→導購

例中的「導～」，通過填補一個語言形式中的空符號，按照仿擬修辭方式造出新詞，但不是臨時仿造，也不是在特定語境中的臨時使用，而是進入了漢語詞彙系統，屬於仿造後長期使用的固定語言單位，並且有很強的能產性，不符合 nonce-word 作為「臨時仿造的新語詞」的定義。

2 屬於短語平面的仿擬式修辭話語建構

（1）該出手時就出手→該出腳時就出腳
（2）將革命進行到底→將愛情進行到底
（3）生命不可承受之重→學生不可承受之重
（4）金錢不是萬能的→沒有錢是萬萬不能的

例（1）模仿電視劇《水滸傳》中〈好漢歌〉歌詞「該出手時就出手」，臨時造出「該出腳時就出腳」，體現球迷對足球隊員臨場射門技藝的期待。例（2）的仿擬原型是《毛澤東語錄》，「將愛情進行到底」是臨時仿造出的電視劇名。例（3）的仿擬原型是米蘭・昆德拉的小說篇名，臨時造出的仿語，傳達了社會對學生負擔的憂慮。例

（4）的反語義模仿，是資本運作的世俗空間的寫真。這幾組例子，雖然符合臨時仿造和臨時使用的特點，但仿造和使用的語言單位不是詞，不符合 nonce-word 的語義規定。

3 屬於句段平面的仿擬式修辭話語建構

> 老師您大膽往前走，酒瓶不離口，鋼筆別離手，寫出文章九千九百九十九！

該例出自莫言小說《酒國》，根據電影《紅高粱》插曲〈妹妹你大膽往前走〉，臨時仿造的語言單位是一個複雜的句子，也與 nonce-word 的語義不符。

4 屬於篇章平面的仿擬式修辭文本建構

下面一篇題為〈陋室銘〉的短文，仿唐代詩人劉禹錫的同名文本：

> 官不在高，有威則名。學不在深，有權則靈。驕嬌八室，唯其德馨。前廳「碧蘿」綠，後門「竹葉青」。捧場有庸儒，差使有壯丁。張口亂彈琴，假正經。愛甜言以悅耳，喜鑾轎之隨行。出入「醉歸廬」，往來「賞心亭」。神仙曰：「吾樂何有？」

來自民間的批評指向與中共中央的反腐倡廉異曲同工，整個文本，仿同名「前文本」而作。這種修辭化的文本建構方式，在漢語修辭中也稱仿擬，屬於仿擬的下位層次仿篇，顯然無法納入英語 nonce-word 的指稱範圍。

以上列舉的四種漢語語言現象，（1）類容易與 nonce-word 相混。（2）至（4）類容易與 parody 相混。這就造成了 nonce-word、 parody 翻譯成漢語語碼時的信息不對等現象：

> 語義範圍小於漢語仿擬的 nonce-word 被譯作仿擬
> 語義不同於漢語仿擬的 parody 也被譯作仿擬。[2]

總之，語義邊界不清晰的翻譯，混淆了分屬上下位概念的仿擬和仿詞，也混淆了仿擬和戲擬。

parody　意為戲謔模仿，一般也譯作仿擬，但實際上 parody 的語義與近年文學理論和文學評論中出現頻率較高的戲擬更接近。

按照巴赫金的理論，戲擬在借用他人現成話語的同時，賦予一種與他人話語的原初意向不同的語義，作為第二種聲音滲入他人話語，解構話語的原初意義。巴赫金稱「這是關於世界的第二種真理」、「好像是在遊戲和詼諧中對世界的第二次新發現」。[3]

困難的是，英語中似乎沒有與戲擬的語義對應的語碼。於是，有了一個勉強的對譯——

playful parody　直譯為戲劇性的戲謔模仿。我曾就戲擬得英譯與福建師範大學外國語學院林大津教授交流，他主張譯作 playful parody，這與《金山詞霸》所列 playful parody 漢語語義相同，以區別被譯作仿擬的 parody。注意到仿擬和戲擬的不同，顯然很必要，但是用 playful parody 區別 parody，可能也是沒有辦法的辦法。

本文的觀點是：nonce-word 的語義小於漢語仿擬，通常也譯作仿擬的 parody，應譯作戲擬，用 playful parody 表述戲擬，是無奈之舉，playful parody 在語義上的累贅，也是修辭處理中不提倡的。

2　許建平、沈達正：〈試論 nonce-word、parody 與「仿詞」的關係〉，《外語教學》2001年第4期，頁28-31。

3　M．巴赫金：〈弗朗索瓦．拉伯雷的創作和文藝復興時期的民間文化〉，《巴赫金全集》（石家莊市：河北教育出版社，1998年），第5卷，頁98。

（二）在漢語界，語言學科較多地使用仿擬，文學學科較多地使用戲擬

仿擬和戲擬字面接近、美學功能也相近，二者都具有模仿性和戲謔性。但後來出現了美學上的分化：仿擬偏重模仿，戲擬偏重戲謔。只是學術界對此缺少理論的清醒，因此在實際的使用和理解中，混亂就在所難免：

1. 語言界所說的仿擬，有時是戲擬；文學界所說的戲擬，有時是仿擬。

2. 更糟糕的是，文學界按照自己對戲擬的理解，評價語言界的仿擬研究，覺得瑣細的技巧分析弱化了整體的藝術觀照；語言界也按照自己對仿擬的理解，評價文學界的戲擬研究，覺得審美自由的感悟和大而無當的思辨淡化了學術的科學性。

3. 由此產生的一個連鎖反應是，外語界與漢語界，以及在漢語界內部，語言界和文學界的學科對話，因為缺少一個討論問題的平臺、缺少各方理解一致的語碼，而使對話受阻。要變阻隔為融通，需要重建一個學科對話的平臺，也需要一套相對固定的、為對話各方共同認可的概念範疇。

這裡的關鍵是仿擬和戲擬的概念糾葛，本文從三個方面廓清這兩個造成使用和理解混亂的概念。

二　仿擬和戲擬：形式與意義

仿擬置換或增減本體（仿擬原型）給定形式的部分構成元素，依託本體的意義；戲擬依託本體（戲擬原型）的形式，顛覆本體的意義。

「Watergate（水門事件）」，通過形式的局部置換，生成「Irangate（伊朗門事件）」。「革命不是請客吃飯」，通過形式的局部置換，生成

「革命就是請客吃飯」；通過符號增添，生成「革命不是請客，就是吃飯」。而在意義方面，仿體依託著仿擬原型，離開了仿擬原型的意義參照，仿擬無法憑空生成。雖然，從「革命不是請客吃飯」仿造出的「革命就是請客吃飯」、「革命不是請客，就是吃飯」，意義已經變異，但是「革命不是請客吃飯」作為話語原型的意義，始終參與著人們對「革命就是請客吃飯」、「革命不是請客，就是吃飯」的認知。

就英語詞來說，導致尼克松退出美國政壇的「水門事件」發生之後，Watergate 作為一個概念範疇，具有了生成 -gate（～門）的意義參照功能。-gate 的概念內涵具體到 Irangate 和 Camillagate 來說，都指類似水門事件的政治醜聞或宮廷醜聞。

就漢語詞來說，表達者不可能在沒有任何依託的情況下，造出「革命就是請客吃飯」，接受者也不可能在沒有意義參照的空白中理解這類臨時性修辭話語。

因此，從根本上說，仿擬的意義變異，依託著仿擬原型——它只是朝著仿擬原型相關、相近、相反的意義方向重新建構新的意義。

戲擬跟仿擬的生成方式正好相反：在仿擬中被局部置換的本體的形式，正是戲擬所依託的；在仿擬中被依託的本體的意義，正是戲擬所破壞的。戲擬借用他人現成話語，只是借「形」，即依託現成的話語單位。解構他人話語的意義，才是戲擬的實質。圖示如下：

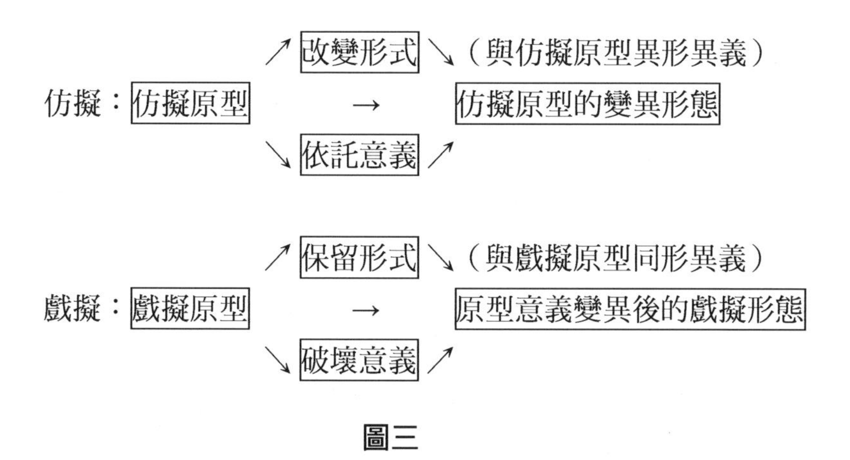

圖三

在魯迅小說《阿Q正傳》中，阿Q的「革命」是通過民間狂歡話語對官方意識形態話語的戲擬來表現的。

「革命」，在官方意識形態話語中，指的是一個階級推翻另一個階級的暴力行動。修訂本《現代漢語詞典》對「革命」的解釋是：

> 被壓迫階級用暴力奪取政權，摧毀舊的腐朽的社會制度，建立新的進步的社會制度。革命破壞舊的生產關係，建立新的生產關係，解放生產力，推動社會的發展。

《南方周末》發表的一篇文章對「革命」作了如下的修辭化描述：

> 在最近一千年裡，要找出人類最驚懼而中國最熟悉的一個共同詞彙，也許只有「革命」。革命是歷史的火車頭，革命能使歷史沸騰，革命是摧枯拉朽的風暴。[4]

概括起來，官方意識形態話語中的「革命」，在語義上需要滿足下列

4　朱學勤：〈革命〉，《南方周末》，1999年12月29日。

條件：

1. 革命是被壓迫者階級的集體行為，而不是個人行為。
2. 革命是奪取敵對的政權，而不是掠取個人的財物。
3. 革命是為了解放生產力，而不是釋放個人欲望。
4. 革命是為了建立進步的社會制度，而不是編織個人化的烏托邦神話。

參照以上語義規定，我們說，阿Q在「革命」的符號形式中輸入了與「革命」的實質相去甚遠的語義內容：

> 阿Q的耳朵裡，本來早聽到過革命黨這一句話，今年又親眼見過殺掉革命黨。但他不知從哪裡來的意見，以為革命便是造反，造反便是與他為難，所以一向是「深惡而痛絕之」的。殊不料這卻使百里聞名的舉人老爺有這樣怕，於是他未免也有些「神往」了，況且未莊的一群鳥男女的慌張的神情，也使阿Q更快意。
>
> 「革命也好罷，」阿Q想，「革這夥媽媽的命，太可惡！太可恨！……便是我，也要投降革命黨了。」

在阿Q對「革命」的戲擬中，我們可以解讀出阿Q的生存壓力，同時，「革命」也成了阿Q緩釋生存壓力的心理幻象。它不是通過生產資料的重新分配，建立新的生產關係，實現生產力的解放，進而實現階級的解放，而是通過物質財富的個人化轉移，改變個人的生存狀態：

> 造反？有趣，……來了一陣白盔白甲的革命黨，都拿著板刀，鋼鞭，炸彈，洋炮三尖兩刃刀，鉤鐮槍，走過土穀祠，叫道：「阿Q！同去同去」於是一同去。……
>
> 這時未莊的一夥鳥男女才好笑哩，跪下叫道「阿Q，饒命！」

> 誰聽他！第一個該死的是小 D 和趙太爺，還有秀才，還有假洋鬼子，……留幾條麼？王胡本來還可留，但也不要了。……
> 東西，……直走進去打開箱子來：元寶，洋錢，洋紗衫，……秀才娘子的一張寧式床先搬到土穀祠，此外便擺了錢家的桌椅，……或者也就用趙家的罷。自己是不動手的，叫小 D 來搬，要搬得快，搬得不快打嘴巴。……
> 趙司晨的妹子真醜。鄒七嫂的女兒過幾年再說。假洋鬼子的老婆會和沒有辮子的男人睡覺，嚇，不是好東西！秀才的老婆是眼胞上有疤的。……吳媽長久不見了，不知道在哪裡，——可惜腳太大。

阿 Q 的「革命期待」，他對「革命」之後利益再分配的想像，與「革命」的目的和紀律相悖。這種對「革命」的狂歡化戲擬，依託著「革命」的符號形式，但是已經遠離了「革命」的含義，並且解構了「革命」的語義內容。或者說，魯迅借阿 Q 對「革命」的理解，顛覆了官方話語系統中關於「革命」的語言記憶，這種語言記憶經過阿 Q 狂歡化的塗改，變得面目全非。

在魯迅的故事新編《起死》中，起死的漢子向莊子索討被劫的衣物，莊子的戲擬性應答，解構了「彼亦一是非，此亦一是非」的形而上意味：

> 你不要專想衣服罷，衣服是可有可無的，也許是有衣服對，也許是沒有衣服對。鳥有羽，獸有毛，然而王瓜茄子赤條條。此所謂「彼亦一是非，此亦一是非」，你固然不能說沒有衣服對，然而你又怎麼能說有衣服對呢？

這是魯迅借莊子之口對「無是非論」的戲謔性解構，用形而下的世俗話語，解構了「彼亦一是非，此亦一是非」的形而上追問，把哲學家的終極關懷，拉回到平民大眾的世俗場景。

三　仿擬的結構框架和戲擬解構的路徑

仿擬是在原結構框架內填補某個空符號，原結構框架對空符號的接納，可能是封閉式的，也可能是開放式的。戲擬主要表現為對戲擬對象在意義上的解構，解構的路徑是多維多向的，因而戲擬是開放性的召喚結構。

仿擬原型對空符號的接納大致可分四類，我們用底線表示可替換的空符號位置：

A 組：Watergate → Irangate → Camillagate

B 組：其樂無窮 → 騎樂無窮　隨心所欲 → 隨心所浴

這兩組對空符號的接納是開放性的。從理論上說：

A 組在 -gate（～門）的框架內生成新詞，類似「水門事件」的政治醜聞或宮廷醜聞都可以仿擬生成 -gate 形式。事實上，像 Nannygate（內塔尼亞胡夫人醜聞）、Hostagegate（人質醜聞）之類的新詞不斷生成，也說明 -gate 對空符號的接納沒有封閉。

B 組分別在「其樂無窮」、「隨心所欲」的結構框架內，生成與仿擬對象聲音相近的「騎樂無窮」、「隨心所浴」。很多讀音為「qi」、「yu」，或者與「qi」、「yu」讀音相近的語言符號，都可以進入「其樂無窮」、「隨心所欲」的仿擬結構。例如：

其樂無窮 → 棋樂無窮 → 齊樂無窮 → 妻樂無窮

隨心所欲 → 隨心所娛 → 隨心所寓 → 隨心所育

補充兩組情況有些特殊的例子：

C 組：寶玉 → 寶金 → 寶銀 → 寶天王 → 寶皇帝（《紅樓夢》四十六回，鴛鴦語）

（芸哥兒）→ 雲哥兒 → 雨哥兒（《紅樓夢》二十六回，李嬤嬤語）

D 組：文化 → 武化　陰謀 → 陽謀（毛澤東）

C 組在「寶玉」的結構框架內，生成與仿擬對象意義相關的「寶金」、「寶銀」、「寶天王」、「寶皇帝」；C 組另一例「芸哥兒」的情況要複雜一些，從「芸哥兒」到「雲哥兒」、從「雲哥兒」到「雨哥兒」，表面上看，前者是音仿，後者是義仿，實際上二者的生成機制有別：

「芸哥兒」→「雲哥兒」，經過了直接表達者和間接表達者分離的二次活動：[5]直接表達者（李嬤嬤）不知「雲哥兒」是「芸哥兒」之誤，間接表達者（作者）明知其錯，故意效仿，這屬於修辭上的飛白。

「雲哥兒」→「雨哥兒」，經過了直接表達者和間接表達者相一致的修辭活動：直接表達者（李嬤嬤）仿「雲哥兒」，臨時生造出「雨哥兒」，間接表達者（作者）重述間接表達者的臨時仿造，這才是仿擬。

不管是從「寶玉」到「寶金」、「寶銀」，還是從「雲哥兒」到「雨哥兒」，仿擬的完成形態對空符號的接納都是開放性的。例如還可以在上述仿擬對象的結構框架內生成「寶金剛」、「寶太歲」，「風哥兒」、「雪哥兒」等。

與 A、B、C 組不同，D 組對空符號的接納是封閉性的。D 組分別在原有詞形的結構框架內，生成臨時的修辭單位。與 D 組的例子同構的語言單位，對空符號的接納有限。換句話說，D 組的仿擬生成，封閉於仿擬對象在意義上的對立形式。

5　關於直接表達者／間接表達者和直接接受者／間接接受者的區分及相關論述，參見譚學純、唐躍、朱玲：《接受修辭學》（上海市：上海教育出版社，1992年），頁10-13。

仿擬對空符號的接納，是開放性的，還是封閉性的，與替換符號和被替換符號在邏輯和語義上的限制有關，即：

1. 替換符號和被替換符號在邏輯上是否同屬一個上位概念。

2. 替換符號和被替換符號在語義上是否同屬一個沒有其他可能性的反義義場。

由於仿擬中的替換符號是話語主體主觀設定的，又由於詞彙系統中多義詞的存在，所以仿擬對象對空符號的接納，究竟是封閉性的，還是開放性的，需要一個補充條件，這就是：

3. 替換符號和被替換符號在邏輯上共同歸屬的上位概念層次越低，對空符號的接納，呈現封閉性的可能性越大。反之，替換符號和被替換符號在邏輯上共同歸屬的上位概念層次越高，對空符號的接納，呈現開放性的可能性越大。

依據上述條件，D 組仿擬對象對空符號的接納是封閉性的，就「文化」、「陰謀」等語言形式而言，「文」和「陰」的語義反向投射於「武」和「陽」，「文」和「武」、「陰」和「陽」，構成的二元對立模式，無法插入第三者，空符號的位置，只召喚一個絕對反義詞，一旦這個空符號的位置被填補，原語言形式的召喚結構就隨之封閉。比較起來，A、B、C 組仿擬對象對空符號的接納是開放性的，B 組的「～樂無窮」、「隨心所～」，C 組的「寶～」、「～哥兒」，～代表的替換符號，可仿造空間比較大，空符號的位置，是一個開放的召喚結構。

在仿擬中，不管是對空符號的封閉式接納，還是開放式接納，都是在原語言形式的結構框架內完成意義的重新建構。而在戲擬中，正如上文所說的，重在意義的解構，並且，戲擬永遠是開放性的召喚結構。

王蒙小說《冬天的話題》，從討論洗澡的最佳時間是早晨或是晚上，引發了兩代人的觀念衝突，又引發了中西兩種文化的衝突，單位領導為此傳達了文件講話，下面是這個講話的片段：

> 對於一些發表錯誤意見的同志還是要團結，要注意政策界限。他們還是好同志，他們還是愛國的。他們畢竟還是回來了嘛。不回來也可以愛國嘛。許多外籍華人還不是我們的朋友？要允許人家的思想有一個轉變過程。要善於等待。一個月認識不了可以等兩個月，一年認識不了可以等兩年嘛！無產階級為什麼要怕資產階級呢？東方為什麼要怕西方呢？社會主義為什麼要怕資本主義呢？我看不要緊張嘛。我們的力量是強大的嘛。政權，軍隊都在我們手裡嘛。既要弄清思想，又要團結同志嘛。連蔣經國我們也要團結嘛。我們歡迎他們回來走一走，看一看，看完再回臺灣也可以嘛。當然，這不是偶然的。我們越是實行開放政策，就越要界限分明……。

這個講話是王蒙虛構的，它戲擬了一套權力話語，這些話語是人們非常熟悉的，但話語的意義已被解構。這段話的原初形態，作為戲擬對象，可以根據多重意向進行多重解構，而不會封閉於任何一個經驗通道。它可以用在任何場合，卻任何實質性的問題都沒有涉及，也解決不了任何問題。作家批判的不是這種話語本身，而是生成這種語言的土壤。與其說這是對某種語言方式的戲擬，不如說是對某種生存方式的戲謔性嘲諷。

上面的例子是不是可以歸入仿擬的下位類型——仿調呢？

我們先做一個小小的試驗：刪除上面這段話中所有顯示語調的語氣詞。很顯然，刪除語氣詞之後，話語的意義沒有變，修辭功能也沒有變。可見，語氣詞不是這段話的意義承載體，語氣詞也不能決定上面這段話的權力話語特徵。作者是把不同語境中的權力話語抽離出來，重組成一個語言拼盤，並且賦予它與原初意向不同的意義，完成了對話語原初意義的解構。它符合我們對戲擬形式和意義的描寫，而與仿擬有重要的區別——仿擬對仿擬原型意義的依託是它生成的認知前提。

據此，可以延伸到下面的討論——

四　仿擬和戲擬：認知框架與認知難度

仿擬對仿擬原型的認知框架依賴性較大，從仿擬原型到仿擬的完成形態，主體處於相同的經驗平臺。戲擬對戲擬原型的認知框架依賴性程度不強，從戲擬原型到戲擬的完成形態，主體處於不同的經驗平臺。因此，戲擬的認知難度一般大於仿擬。

仿擬的認知前提，預設了仿擬原型的存在。

「陽謀」的認知前提，預設了與「陽謀」語義相關的「陰謀」的存在，「十全十美」的認知前提，預設了與「十全十美」語音相關的「食全食美」的存在，而且，「陰謀」、「食全食美」的認知模型被強制性地轉置到了仿擬的完成形態上。從表達者說，它是主體經驗系統中的仿擬原型啟動了仿擬的完成形態，「陰謀」、「食全食美」的認知參照，激活了「陽謀」、「食全食美」修辭建構。從接受者說，是仿擬的完成形態喚起了主體經驗中對仿擬原型的記憶。這裡的激活性因素作為仿擬原型，可以不出現在話語層面，但它一定作為認知引導，存在於話語主體的經驗系統中，並且一定會被話語主體從經驗系統中提取出來，加入到對仿擬完成形態的認知活動中。

可以把仿擬的認知機制表述為：人的既定經驗系統中，具有理解語言的某種深層結構的能力，憑藉著這種能力，人們可以在一個表層相似的形式模塊中，嵌入不同的意義，把某種言語現象的深層結構轉換為另一形態的表層結構。具體地說，「陰謀」、「十全十美」作為一個符號形式的深層結構，規範了「陽謀」、「食全食美」的生成和理解。從表層結構看，仿擬是模仿現成的語言格式，但其深層機制，卻是由於主體經驗世界內仿擬原型的認知引導，而在同一個認知模型中臨時生成一個在當前語境中意義自明的語言單位，這個語言單位中被仿的成分，是可替換的非固定性符號。這裡，仿擬原型的認知引導十分重要，如果主體的經驗世界根本就沒有「陰謀」、「十全十美」這些詞，那麼「陽謀」、「食全食美」的臨時生成也就失去了依託。

換一個角度說，仿擬生成的語言單位，對接受者來說，之所以是意義自明的，是因為有了仿擬原型的認知參照。哪怕在實際的言語表達——理解中，仿擬原型並不顯現，也不會影響仿擬的意義自明性。例如：

（郎才女貌）→ 郎財女貌　　（隨心所欲）→ 隨心所浴
（古往今來）→ 股往金來　　（步步為營）→ 步步為贏
（其樂無窮）→ 騎樂無窮　　（默默無聞）→ 默默無蚊

括弧中的仿擬本體如果不顯現，它仍然是一個隱在的認知引導因素，因為在理論上，仿擬總是有被仿的本體，才會有重新生成的仿體。

確保仿擬意義自明性的認知引導，在戲擬中模糊、甚至隱匿了。我們看王蒙小說《淡灰色的眼珠》的一個話語片段：

> 親愛的兄弟呀，哦，我的命根子一樣的弟弟啊，你的阻攔是完全正確的……但是偉大的導師教導我們：遇到什麼事，都要想一想，眉頭一皺，計上心來，心之官則思。世界上的事，怕就怕認真，政策和策略是黨的生命，萬萬不可粗心大意。關心群眾生活，打擊貧雇農，便是打擊革命。而我呢，是真正的無產階級，真正的雇農，我來到毛拉圩孜公社的時候……是誰，發揚了深厚的階級感情幫助了我呢……那就是你的阿麗亞姐姐呀！當然也是黨的教導的結果，也是人民群眾的幫助的結果。群眾是真正的英雄，而我們自己則是幼稚可笑的，不了解這一點，就不能得到起碼的知識。沒有文化的軍隊是愚蠢的。

小說主人公馬爾克，一個木匠、一個忠誠而又帶些傻氣的男人，為了給妻子阿麗亞籌湊醫藥費，趕早市賣床，被「割資本主義尾巴」的值勤民兵阻攔。馬爾克機智地淡化了當時的緊張空氣，不倫不類地張冠李戴，不斷對「最高指示」進行「語義走私」，掩護著深層的語義偷換，產生修辭效果。它因為表達者引證態度的虔誠，使一場貌似喜劇的政治宣傳產生了悲劇效應：馬爾克生拉硬扯地援引語錄，加上語義偷換、嫁接，乃至不自覺的改造，使人忍俊不禁。由於語錄凝聚了人類較高的經驗智慧、體現了主體對世界超於常人的認識深度，因而得到了社會的認同，但是語錄所體現的經驗智慧和認識深度，一般有特定的意義。當語錄從原初的表達語境中被抽離出來，進入馬爾克的二度創造時，已經偏離了原初的語義指向，成為一種意義泛化的政治符號。王蒙正是一方面讓主人公嚴肅認真地引用語錄，另一方面又讓主人公沖淡語錄的嚴肅性，通過戲擬，在語錄的原初意義之外，注入臨時賦予的意義，它雖然偏離了語錄的現實意義，但是作為交織在偉人語錄中的另一種聲音，喜劇性地調整了現實的不和諧，為小人物的生存困境解了圍。當我們讀到這位善良正直的中國公民從特定歷史時期無處不在的真理彙集中尋找自救的武器時；當小說寫到馬爾克因為「活學活用」而由專政對象變為「講用會」預備代表時，我們在笑得輕鬆過後，讀出了加倍的苦澀。社會的畸形、人性的扭曲，在馬爾克搞笑的辯解中，化作一股淡淡的輕煙。在本質上，它是對僵化的世界作靈動的反映，對悲劇性的存在作喜劇性的調控，對生命沉淪作調侃式的精神超越。

表面上，仿擬和戲擬都是「擬」，但這兩個「擬」的語義特徵不一樣。仿擬和戲擬是兩種不同的語言方式，也是兩種不同的思維運作方式。簡單地說：

1. 仿和擬是同義語素，仿擬的「擬」除了具有「模仿」的語義之外，兼有「設計」的意思，這種「設計」可以理解為重新建構，所以，仿擬是一種模仿性的建構手段。戲和擬不是同義語素，戲擬的「擬」的「模仿性」語義已經弱化，強調的是它的「設計」意義，這種「設計」和「戲」的語義互相投射，重在解構，所以，戲擬是一種顛覆性的解構手段。

2. 仿擬的模仿性建構偏重於改造現成話語格式的形式要素，給人的第一印象是形式錯誤，然後才去追尋形式錯誤中的理據；戲擬的顛覆性解構偏重於置換現成話語的意義指涉，給人的第一印象是形式完好，但實際所指已經被偷換，借此達到拆解意義、甚至掏空意義的目的。因此——

3. 戲擬在美學——哲學層面的意指，遠非仿擬所能達到。戲擬以戲謔性陳述解構莊嚴性陳述，在後現代文化語境中，較多地表現為對曾經監控當代人存在的正統意識形態的調侃式告別，帶有某種嬉皮色彩。這決定了——

4. 從認知機制說，由於仿擬是模仿性的，從仿擬對象到仿擬的完成形態，主體處於相同的經驗平臺。由於戲擬是顛覆性的，從戲擬對象到戲擬的完成形態，主體處於不同的經驗平臺。

5. 從認知難度說，模仿性的仿擬易於認知。雖然，仿擬也是一種言語創造，但因為偏重於模仿而屬於重複性的創造，即不脫離原先認知模型的創造，它的認知難度小於顛覆性的戲擬。

以上描述，簡如下圖：

仿擬：[仿擬原型] → [仿擬的完成形態]

↓認知引導功能較強↓

[認知原型] → [當前認知]

↑認知引導功能較弱↑

戲擬：[戲擬原型] → [戲擬的完成形態]

圖四

根據圖四，對照本文分析過的仿擬和戲擬的例子，可以發現：

在仿擬中，從認知原型到當前認知，思維運作軌跡清晰，或反向運作、或相關運作，思維跳躍跨度不大，仿擬原型的意義參照，作為認知引導，確保了仿擬完成形態的意義自明性，例如「陰謀」→「陽謀」。

在戲擬中，從認知原型到當前認知，思維運作軌跡不明顯，思維跳躍跨度較大，戲擬原型的意義參照，認知引導功能較弱，不能確保戲擬完成形態的意義自明性。

事實上，戲擬原型，不像仿擬原型，能夠讓人無需解釋就可以理解重新生成的話語意義。無論是魯迅筆下的戲擬，還是王蒙筆下的戲擬，包括本文在內的解讀，都只是意義追尋的一種可能性，而且這種意義絕不是自明的。不像仿擬「陽謀」之於「陰謀」，在表達者和接受者之間，存在著一個表達者和接受者共建的經驗平臺，以及共享的意義空間。

肆

「～～入侵」：修辭認知和術語創新

「～～入侵」是近年出現的能產性很強的新術語簇，見於不同學科的學術文本，也用於不同行業的話語場。

《中國語文》二〇〇二年第六期、二〇〇三年第二期連載魯國堯先生〈「顏之推謎題」及其半解〉上、下篇，文章認為：

> 在中國語言史上，四世紀開始，同時發生兩場「語言入侵」，一是逐漸進居中國北方的少數民族大舉進入中原，成為統治民族，當然其語言也成了強勢語言。另一是黃河流域的漢語北方方言大舉「入侵」吳方言區，迫使吳方言全線退卻，喪失自淮河至今常州地區的地盤。[1]

作為長篇論文〈「顏之推謎題」及其半解〉的關鍵詞之一，「語言入侵」是魯國堯先生對「生物入侵」的語義進行修辭改造後，自創的新術語。而「生物入侵」則是近年語用頻率很高的「～～入侵」術語創新形式之一。

出於同一結構模式的新術語另如：

網路入侵　生態入侵　物種入侵　海水入侵
文化入侵　經濟入侵　商業入侵　資本入侵
信息入侵　視覺入侵　聽覺入侵　廣告入侵
空間入侵　宗教入侵　愛情入侵　思想入侵

1　魯國堯：〈「顏之推謎題」及其半解〉（上），《中國語文》2002年第6期，頁58-71。

在不同學科、不同行業廣泛使用的「～～入侵」，為什麼沒有產生理解的混亂，可以有多種解釋。本文選擇修辭解釋路徑，出於兩個目的：

1. 檢驗修辭對新語詞的解釋力。
2. 嘗試比較：看走出言語技巧層面的修辭研究，[2]有多少可生長的理論空間和解釋空間。

一　隱喻：語義生成修辭化

「～～入侵」的語義生成是循著修辭化的路徑實現的。「～～入侵」中與空符號相鄰的「入侵」的語義結構包括以下要素：

〔+武力　+強行　+進入　+另一主權區域　±有形　+破壞性〕

「入侵」的這些義素，不同程度地經過修辭化改造，重新進入「～～入侵」的語義框架。如：

> 文化入侵　一種為武力征服和維持壓迫的目的服務的異族文化強行介入形式。文化入侵意味著一種狹隘的現實觀、一種固定不變的世界觀和把某種世界觀強加於另一種文化之上的野蠻行徑。它意味著侵略者的「優勢」和被侵略者的「劣勢」，以及前者佔有後者又擔心失掉他們而強行灌輸自己的觀念準則。這種現象在近代以來的世界文化史上屢見不鮮。歐美文化以基督教為前鋒，以炮艦為後盾，對殖民地、半殖民地的強行介入就

2　譚學純、朱玲：《修辭研究：走出技巧論》（合肥市：安徽大學出版社，2004年），頁1-10。

是文化入侵的典型例證。[3]

在「文化入侵」中，「入侵」的義素〔＋武力〕、〔＋強行〕、〔＋進入〕基本保留，〔＋另一主權區域〕、〔＋破壞性〕等經過修辭改造而保留，保留的部分義素不同程度地修辭化了。「文化入侵」的實質，是強勢文化對弱勢文化的意識形態佔領。局部的文化滲透或平等對話意義上的文化交流，不屬於「文化入侵」範疇。「文化入侵」更多地是一種價值觀對另一種價值觀的衝擊、乃至剝奪。「文化入侵」對入侵區域的佔領是無形的，但會在修辭層面喚起「軍事入侵」等有形佔領的語義經驗。

這種經驗進入「生物入侵」，再度修辭化：

> 生物入侵　（生物）由原生存地經自然或人為的途徑侵入到另一個新環境，對入侵地的生物多樣性、農林牧漁業生產以及人類健康造成經濟損失或生態災難的過程。通俗地說，就是外來物種「入侵並打敗」當地物種，「反客為主」，導致當地生態失衡，進而引發一系列問題。[4]

在「生物入侵」中，「入侵」的〔＋武力〕、〔＋強行〕等義素消失，〔＋另一主權區域〕、〔＋破壞性〕等義素經過修辭改造而保留。綜合曾北危主編《生物入侵》一書的相關界說，參照魯國堯先生引述的「生物入侵」定義，「生物入侵」應包括以下條件：

1. 入侵物種自然分佈區域擴展，或通過直接、間接的人類活動引入非本源地區。

3　覃光廣：《文化學詞典》（北京市：中央民族學院出版社，1988年），頁120。

4　魯國堯：〈「顏之推謎題」及其半解〉（上），《中國語文》2002年第6期，頁58-71。

2. 入侵物種在引入區域的生態系統中形成自我再生能力。

3. 入侵物種在引入區域的生態系統中具有某種程度的優勢。

4. 入侵物種對引入區域的生態系統產生不同程度的危害。[5]

除條件三之外，其他條件進入「語言入侵」的語義結構，各項又都有一些修辭化的改造。據魯國堯先生的定義：

> 語言入侵　由於人群的大規模的遷徙，一種語言（方言）由原所在地「侵入」「擴張」到另一新地區，其結果或者被原來土著語言（方言）同化了，或者在新區「打敗」了當地語言（方言），「喧賓奪主」、「反客為主」。[6]

「語言入侵」由人類大規模遷徙所致，必伴隨著人類活動，因而排除了「生物入侵」可能具有的自然模式。入侵物種在當地生態系統中的自我再生能力，改造為入侵語言在當地語言系統中的自我擴張能力。入侵物種對當地生態系統的危害不作為必要條件進入「語言入侵」的語義結構，因為「語言入侵」的結果，可能造成本土語言的消亡，也可能形成雙語格局。

重新給出「軍事入侵」和「文化入侵」、「生物入侵」、「語言入侵」中「入侵」的語義結構，「入侵」語義生成的修辭化面貌更加清晰：

（軍事）入侵　〔+武力　+強行　+進入　+另一主權區域
+有形　+有害〕

（文化）入侵　〔+武力　+強行　+進入　+非本土區域
-有形　+有害〕

（生物）入侵　〔-武力　-強行　+進入　+非本源區域
+有形　+有害〕

5 曾北危：《生物入侵》（北京市：化學工業出版社，2004年），頁1-6。

6 魯國堯：〈「顏之推謎題」及其半解〉（上），《中國語文》2002年第6期，頁58-71。

（語言）入侵　〔±武力　±強行　+進入　+非本土區域
+有形　±有害〕

單純從義素呈現方式看，「～～入侵」中「入侵」的語義結構是同一的，但是從空符號與「入侵」的組合關係看，只有「軍事入侵」進入常規組合關係，「文化入侵」、「生物入侵」、「語言入侵」，都進入修辭化的變異組合關係。後三種「入侵」不同程度地以修辭的方式重建概念語義，通過修辭認同（而不是語義認同或邏輯認同），把原概念的所指移植進新概念，完成新語詞的語義生成。

二　義素的修辭變異：認知修辭化

語言界研究認知，較多地從概念認知的角度切入。事實上，在概念認知之外，還存在一種對認知主體影響更大的認知方式——修辭認知。「～～入侵」的認知機制是修辭化的。

從意義區分度說，「軍事入侵」釋義中蘊涵的概念角色不是「軍事」本身，而是支配軍事行動的人，「生物入侵」、「文化入侵」釋義中蘊涵的概念角色是「生物」、「文化」本身。換句話說，蘊涵的概念角色從人（軍事入侵者）到物（生物、文化）的修辭化轉換，把我們對未知事物（生物入侵、文化入侵）的認知拉回舊有的認知經驗（軍事入侵）。

由於開放性的待填補空符號的「～～入侵」，蘊涵著認知主體開放性新經驗的多種可能性，必然同時蘊涵著「～～入侵」中「入侵」義素修辭變異的多種可能性。例如，第三者的「愛情入侵」、可視性傳媒的「視覺入侵」、對公共空間或個人空間構成侵犯的「空間入侵」，雖然都修辭化地使用了「入侵」，但「入侵」的義素是有區別的：

1 愛情入侵

是第三者的愛情以非武力的方式，非強制性地進入原愛情伴侶中一方的情感世界。愛情入侵的方式，在很多情況下，不是剛性的，而是柔性的。愛情入侵的結果，可能產生危害，也可能不產生危害——如果沒有動搖原婚戀伴侶感情基礎的話。

2 視覺入侵

可視性傳媒以非武力的方式，強勢進入受眾的視覺空間。由於視覺入侵中有傳媒權力的介入，它的強制性明顯大於愛情入侵。典型形式是捆綁在電視連續劇中的廣告，有些廣告，彷彿成為被捆綁的電視劇的一部分，沒有廣告出場，待播的電視劇不會開始。沒有廣告插播，中斷的電視劇不會繼續。視覺入侵的方式，剛性多於柔性。

3 空間入侵

可以通過武力的方式，強行進入公共空間或他人的個人空間；也可以通過非武力的方式，非強行侵犯公共空間或他人的個人空間，如在非吸煙場所吸煙，在要求安靜的場所喧嘩等。它可能引發暴力衝突，或導致暴力壓制，也可能以無衝突的形式出現。空間入侵的方式，可以是剛性的，也可以是柔性的。

這裡包含著細微的關於「入侵」義素的修辭變異，需要認知主體敏銳的語感。

作為一種自我生成能力極強的術語生成模式，我們無法確切地規定「～～入侵」語義變異方向和意義邊界。「～～入侵」的語義變異方向和它偏離「入侵」原初語義的方向，取決於待填補的空符號位置，以及空符號與給定符號的組合關係。這是由術語生成模式的開放性所決定的。例如，相對於「生物入侵」來說，「語言入侵」的義素至少有三種可能偏離原初語義方向，如表五所示：

表五

生物入侵	語言入侵
〔-武力〕 〔-強行〕 〔+有害〕	〔±武力〕 〔±強行〕 〔±有害〕

當「語言入侵」採取〔+武力〕的方式時，往往伴隨著軍事入侵，並具有強制性特徵；當「語言入侵」的結果表現為〔+有害〕時，極端的後果是導致本土語言的消亡。但是從認知主體來說，參照「生物入侵」自創的「語言入侵」，核心義素朝著「生物入侵」相反的語義方向生成，不產生表達和接受的誤差。這是因為，無論是表達者，還是接受者，都沒有拘泥於「生物入侵」的概念語義，而是默認了「入侵」語義修辭化變異的多種可能性。

三　仿擬類推：結構修辭化

「～～入侵」不會因為義素修辭變異增加認知難度，而是相反。

由於可以還原出一個認知原型「軍事入侵」，這個認知模型被轉置到了「～～入侵」的仿擬類推結構上，「軍事入侵」作為一個符號形式的深層結構，規範了「～～入侵」的語義生成和理解。作為認知引導，把「～～入侵」的認知引向舊有的經驗，為重新建構的認知對象提供意義參照，確保了「～～入侵」的意義自明性。它的前提是，在表達者和接受者之間，存在著一個共建的經驗平臺，以及共享的意義空間。從表層結構看，「～～入侵」是對現成語言格式的模仿性建構，但深層機制，是由於表達者／接受者經驗世界內認知原型的引導，而在同一個認知模型內修辭化地生成當前語境中意義自明的語言單位。大量進入修辭組合關係的「～～入侵」，被仿造的成分，是可替換的非固定性空符號。

「～～入侵」可以納入一個仿擬類推的修辭結構，結構內部的「～～」是可替換的空符號。在給定的修辭結構中，空符號的位置是開放性的，因此「～～入侵」的可仿造空間比較大。也就是說，在「～～入侵」的原型框架中，可以作開放性的仿擬類推。如果我們設定「～～入侵」的仿擬原型為「軍事入侵」，則能夠在修辭關係上類比為「軍事入侵」的行為、活動、現象等，都可以在「～～入侵」的框架內修辭化地生成新術語。事實上，新術語「～～入侵」在跨學科語境中不斷生成，也說明「～～入侵」對空符號的接納沒有封閉。

四　師其義而不襲其意：「術語間性」和術語創新

從形式創新說，仿擬類推產生的「～～入侵」，通過填補、置換空符號的方式生成新術語，易於認知，能產性很強。

從意義創新說，「～～入侵」相對於仿擬原型來說，師其義而不襲其意，確保了新術語能給人新的智性刺激。

魯先生在文章注釋中引述《狙擊生物入侵》一段話，按曰：

> 在科學史上一個學科借用另一學科的術語時，多是取其精義，並非簡單套用，筆者亦師其義罷了。[7]

在「生物入侵」的認知框架內，「語言入侵」是師其義而用之。師其

7　魯國堯：〈「顏之推謎題」及其半解〉（下），《中國語文》2003年第1期，頁43-53。

義和原語意義的差異，固然會構築意義的模糊空間，但也可能在某些方面體現出認知主體視野的拓寬、或主體認知的方向性轉移。不管是「生物入侵」，還是「語言入侵」，我們都不必介意「入侵」的語義特徵在重新生成的語言結構中是否產生了修辭變異。

正像「語言入侵」是魯先生仿「生物入侵」自創的術語，「術語間性」是我們仿「文本間性」自創的術語。

「文本間性」（intertextuality，一譯「互文性」）是法國後結構主義代表人物朱麗亞·克里斯蒂娃提出的概念，意思是：每個文本都是對其他文本資源的吸收、轉化、改造和修正，是先前各種各樣的文本碎片整合而成的一個網狀織體。在這個意義上，美國批評家哈羅德·布魯姆的觀點是有道理的：不存在孤立的文本，只存在文本間的關係。這也是對「文本間性」的最直接的解釋。

從文本間性到術語間性，我們看到很多術語如中國古代文論話語「意象」、「興象」、「氣象」、「境象」、「形象」，西方哲學－美學話語如阿多爾諾的「審美幻覺」，佛洛伊德、榮格的「幻覺」，弗雷澤、柏格森的「影像」、拉康的「鏡像」等，向我們提供的，都不僅僅是孤立的術語，而是術語間的關係，即術語間性。

正是術語間性，使我們在接受每一個新術語的時候，以與之相關的現成術語作為認知參照，減少了新術語的認知難度。同時，術語創新也存在對相關術語資源的吸收、轉化、改造和修正。因此，「～～入侵」可以在不同學科、不同行業之間仿擬類推，而不同學科、不同行業對「入侵」義素的特別規定，不會成為「～～入侵」的認知障礙。具體地說，「文化入侵」、「生物入侵」、「語言入侵」等語言形式中「入侵」義素相類、相關的成分被自動提取，「入侵」義素變異的成分經過修辭化改造，重新進入「～～入侵」的舊有認知經驗。因此，所有以「～～入侵」形式出現的新術語，都向一個有著原型經驗的認知框架匯聚，並在這個框架內獲得意義的自明性。當我們認知

「～～入侵」的時候，仿擬類推的修辭結構幫了很大的忙。這是一個修辭化的認知過程。

五　術語創新和學術推進

關於新術語，學術界的認同是謹慎的，有時也不乏貶抑。現有的學術評價，比較多地關注新材料、新的研究方法在推動學術研究方面的作用，卻較少注意新的學術話語和新的闡釋路徑的關係。在這一點上，巴赫金那句沒有引起重視的表述其實十分重要：

> 對象只有在那些用來規定其認識方法的範疇中，才成為某種現實。[8]

一篇學術論文，重要的是學術含量、文獻資料、研究思路、研究方法等，但理論入口常常是一些概念範疇、關鍵術語。學術規範要求學術論文提供關鍵詞，正說明關鍵術語之於解讀全文的重要。

很難想像，學術發展和學科建設，可以離開塑造學術形象、豐富學科經驗的話語譜系。研究者精心提煉的新概念、新範疇進入學術研究，可能在一定程度上標誌了理論的創獲乃至突破。二十世紀六〇年代，中國學者錢鍾書提出的「通感」概念，對於文藝學、心理學、語言學等學科的理論研究，都富於建設性。從索緒爾到拉波夫，從巴赫金到海德格爾，從福柯到哈貝馬斯，都常常衝破「語言的囚牢」，另造一些新術語，表達自己的觀點。這其中，尤其值得關注的是，新術語如何為解讀新的學術現實，提供新的思維框架；新術語在介入學術

8　M·巴赫金：《文藝學中的形式主義方法》，《巴赫金全集》（石家莊市：河北教育出版社，1998年），第2卷，頁207-208。

研究的同時，如何激活認知主體的新思維。就此而言，學術推進，不可能排除相應的術語創新。事實上，我們也無法拒絕新術語作為體現某種話語權力的文化符號。

學術推進和重建該學科的話語系統互為因果，這在一定程度上決定了話語系統的重建和術語更新的聯繫：在語言學史上，離開了「共時／歷時」、「語言／言語」等術語，很難從外在標誌上劃出現代語言學和傳統語言學的界限；在心理學史上，離開了「本我／自我／超我」，無法讀懂佛洛伊德；離開了「個人無意識／集體無意識」等術語，無法走近榮格；在哲學史上，離開了「物自體」，無法理解康德；離開了「表象／意志」，無法與叔本華對話；離開了「絕對理念」，無法進入黑格爾的理論腹地；離開了「陰／陽」、「有／無」、「天／人」、「動／靜」、「形／神」等術語，無法了解中國古代哲學體系。

理論創新和觀點更新，都有可能召喚一些新術語。從這個意義上說，術語創新，對於傳達主體的新感受、新認識，是必要的。信息革命也好、技術革命也好，現代化也好、全球化也好，在最直觀的意義上，往往首先是術語更新。術語不拒絕新面孔，反映了學術的活躍、思想的活躍。當學術和思想的活躍超出了現有語言符號的承載限度時，便呼喚新術語出場。例如，當「教材」這一為廣大教育工作者和受教育者所熟悉的概念不能滿足課程改革的要求時，新的概念術語——「課程資源」便誕生了。「教材」成了「課程資源」的一個下位概念，教材只是課程資源的一種，是反映國家意識形態在特定歷史時期落實課程標準的教學文本。「教材」不能取代師生交往、學生交往、媒體信息、社會生活、公共事件、歷史文化等課程資源。也就是說，當教育工作者意識到，教育是對課程資源的開發與利用，而不僅僅是對教材的解讀的時候，「課程資源」的語用頻率必然呈現上升趨勢。

六　怎樣看待新術語和術語爆炸

應該區分有學術價值的新術語和無學術含量的單純的術語爆炸。

術語是促進思維碰撞的中介，也是語言使用者認識世界和表現世界的某種價值參照。利用現成的話語資源自創新術語，已經不同程度地伴有語義改造，我們在運用這些新術語介入學術研究的同時，不同程度地啟動了話語主體的學術思維。新術語的介入，常常意味著開啟一個新的闡釋空間，魯先生的「語言入侵」，誕生於怦然心動的一刹那，[9]正是思想的火花照亮對於，也照亮自我的輝煌瞬間。

從共時的角度說，新術語有時可能形成一定的閱讀障礙，但這種障礙不是不可消除的。從歷時的角度說，如果考慮學術規範的因素，一個新術語進入學術傳播，通常需要經過一段時間的沉澱。經過沉澱和過濾而保留下來的概念術語，其外在形式和內在的意義規定，至少得到了一定範圍的認同，不會招致「術語爆炸」的指責；而在沉澱和過濾中自然淘汰的概念範疇，既然已經失去了存在的可能性，也就不必擔心「術語爆炸」了。也就是說，參照「軍事入侵」修辭化生成的「～～入侵」，會接受語言實踐的檢驗。接受了檢驗留存下來的「～～入侵」，不存在「術語爆炸」；在語言實踐中被淘汰的「～～入侵」，也不存在「術語爆炸」。

學術傳播是通過一套特定的話語和話語規則實現的，學術傳播離不開有生命力的概念術語。「～～入侵」如此，其他反映社會生活的新語詞同樣如此。以這樣的心態看待學術研究中的新概念範疇，也許會多一分平靜，少一分焦慮。

9　魯國堯：〈創造新詞的心路歷程〉，《語言教學與研究》2005年第1期，頁10-17。

伍
亞義位和空義位:語用環境中的語義變異及認知選擇動因

一　亞義位／空義位：語用環境中的語義變異

從自然語言的義位觀察語用環境中的語義變異，本文試提出「亞義位」和「空義位」兩個概念，以及區別義位、亞義位、空義位的相關參數。下表中的＋、－符號分別表示具有或不具有該參數：

表六

參數	義位	亞義位	空義位
自然語言的詞條身分	＋	＋	－
詞典記錄的固定義項	＋	～	－
依據詞典釋義概括的義位	＋	－	－
小於義位的次級共用語義	－	＋	＋

表六所示相同參數呈遞減排列：義位＞亞義位＞空義位。亞義位的語義已凝固，但未進入詞典記錄的詞義系統，從有無辭典紀錄的固定義項觀察，「～」表示不完全「有」，也不完全「無」。據此，似可進一步描述：

（一）亞義位

屬於詞自身的內涵義變異。即在靜態詞義系統之外，可以概括固定義項的、最小的、能獨立運用的語義單位。具有小於義位的次級共享語義，語義共享受語用環境的限制。

（1）一句話雷倒你。（為節約篇幅，本文語例除特別注明外，均為自造例）

「雷」具有自然語言的詞條身分，詞性由名詞變異為動詞。詞典未記錄的語義次級共享範圍小於「雷」的自然語義義位，但仍有社會知曉度，本文稱作亞義位。意指「（言行）像打雷一樣使震撼」，語義特徵為：〔+人 +言行 +震撼 +程度深〕。在網絡語境和非嚴肅性語境中，亞義位的「雷」成為一種話語時尚，以「八〇後」、「九〇後」的城市青年為主要使用群體。央視一臺直播的二〇〇九年元宵晚會上，幾位主持人共同回顧春節聯歡晚會「雷人」的話語，提高了亞義位的「雷」在娛樂性語境進入大眾傳播的流通度。

由義位變異為亞義位的自然語言詞條，有增多趨勢：

（2）山寨消息。

（3）這檔節目水得很。

（4）那個女人會來電。

（5）媒體有時很八卦。

（6）曬曬你的春節開銷。

（7）長得挺委婉。

例（2）至（4）「山寨」、「水」、「電」從一般名詞轉化為流行語的前提條件，是隱藏自然語言的義位，凸顯語用環境中的亞義位。例（5）

「八卦」由中國古代有象徵意義的專用符號變異為「沒有根據，荒誕低俗」的同義表述。例（6）動詞「曬」以次級共享語義「公開」／「使透明，暴露」進入社會流通。例（7）形容詞「委婉」，在亞義位指向男人行為舉止的性別特徵模糊，這一變異用法因二〇〇九年春節聯歡晚會小品《不差錢》的表演和強勢媒體的放大效應，可能進一步流行。

同是語用環境中的語義變異，宜區別兩類情況：

1. 具有自然語言的詞條身分和義位，但詞典未全部反映。如陸儉明指出量詞「位」的變異用法，並據此給出新的語用原則——「應答協調一致性原則」。[1]

2. 具有自然語言的詞條身分，但不具有自然語言的義位。如例（1）至（7）的變異用法，此類次級共享語義會不會部分地升級為義位？會不會因為流通領域的進一步擴大而成為面向中文信息處理的詞義標注對象？或者只是停留在修辭化變異階段？需要進一步觀察社會知曉度和語言實踐的檢驗。

具有自然語言詞條身分的詞語，義位和亞義位有時比較接近。二者的界限，似較多地在於是否被詞典釋義記錄：

（8）裸泳
（8a）裸婚　（8b）裸鑽　（8c）裸烹　（8d）裸官
（8e）裸商　（8f）裸退　（8g）裸辭　（8h）裸學
（8i）裸映　（8j）裸漂

「裸」（8）是單義動詞，《現代漢語詞典》釋為「露出，沒有遮蓋」。「裸」（8a）至（8j）都是形容詞。「裸」（8）和「裸」（8a）至（8j）

1　陸儉明：〈從量詞「位」的用法變異談起——中國語言學發展之路的一點想法〉，《語言科學》2007年第6期，頁35-37。

共有同一個語詞參構成分，「裸」（8）的義位與「裸」（8a）至（8j）的亞義位之間有一定的語義關聯，也有語義區別：

表七

	語詞	**語義特徵**
義位	裸（泳）	〔（身體）+沒有遮蓋 +伴隨態 +中性〕
亞義位	裸（婚）	〔（人）+沒有婚姻儀式的 +伴隨態 +中性〕
	裸（鑽）	〔（鑽石）+沒有附加成分的 +伴隨態 +中性〕
	裸（烹）	〔（菜餚）+沒有非天然食材和調味料的 +結果 +褒義〕
	裸（官）	〔（官員）+沒有直系親屬在國內的 +結果 +貶義〕
	裸（商）	〔（資產）+轉移出境的 +結果 +中性〕
	裸（退）	〔（權力）+沒有保留的 +結果 +褒義〕
	裸（辭）	〔（工作）+沒有保留和沒有退路的 +結果 +中性〕
	裸（學）	〔（幹部）+免職脫產的 +伴隨態+中性〕
	裸（映）	〔（電影）+沒有宣傳、沒有首映禮的 +伴隨態+中性〕
	裸（漂）	〔（人在移居地）+無房無車無配偶／情人的 +伴隨態+中性〕

「裸」的自然語義，只有「露出（身體），沒有遮蓋」的義位。對照義位和亞義位的「裸」，可以觀察到語義描寫的「主體」參數、「狀態」參數不同，感情色彩有別，且核心語義〔+沒有〕的關涉成分也不同。「裸」的核心語義〔+沒有〕，是「裸」的義位和亞義位的關聯點，也是「裸」的語義變異基礎。其間的區別特徵，可以顯示「裸」從義位到亞義位的語義變異路線。據此，也可以觀察和解釋處於不同亞義位的「裸～」詞系列。

（二）空義位

不屬於詞自身的內涵義變異。即在靜態詞義系統之外，能夠提取臨時語義的、最小的意義單位。其臨時語義可根據語用環境填空，語義共享範圍小於亞義位。

（9）望洋興嘆（本義指在偉大事物面前感歎自己的藐小，後比喻做一件事情而力量不足，感到無可奈何。）[2]

（9a）望醫興歎（老百姓看病難）

（9b）望學興歎（特困生讀書難）

（9c）望文興歎（文難懂或字難認）

（9d）望女興歎（窮漢娶妻難）

（9e）望房興歎（工薪階層買房難）

（9f）望股興歎（股民面對股市遊戲規則的困惑）

（9g）望權興歎（老百姓對權力的無奈）

（9h）望餅興歎（媒體報導某地特價月餅售價8888元／盒，百姓望而生畏）

---

2 本文所涉語詞的自然語義，除另行注明的以外，均據《現代漢語詞典》（北京市：商務印書館，2005年，第5版）。

從自然語言「望洋興嘆」變異為「望～興歎」，經過了違反規則和重建規則兩道程序：

1. 在詞彙層面，違反源語的構成規則。源語「望洋興嘆」是成語，構成規則必須符合結構凝固性和意義整體性條件，該結構中的「望洋」是一個語素，作為最小的意義單位，不能再拆分。結構和語義都固定化的語言單位「望洋興嘆」，不可以改造成異於「望洋興嘆」的能指形式，也不能置換「望洋興嘆」的所指內容。

2. 在修辭層面，重建目標語生成規則（仿擬類推規則），把構詞不合理轉化為修辭合理。認知主體出於修辭目的，對「望洋興嘆」進行修辭改造：

表八

	結構	**意義**
源語	望洋（單純詞）	抬頭向上看的樣子
目標語	望～（動賓短語）	看著（某事物）

相對於例（9）的結構凝固性和意義整體性，例（9a）至（9h）產生了雙重變異，由此產生的空義位是自然語言的形式和意義在語言運用中的雙重變體：

結構變異：望洋興嘆 → 望～興歎

意義變異：義位 → 空義位（進入語用環境可以填補空符號的臨時義）

如果從自然語言的義位觀察，「望～興歎」是出位的，不具有詞條身分，「望～興歎」進入公眾話語，模糊了源語「望洋興嘆」的本體面貌；如果從語義變異的空義位觀察，「望～興歎」是可以填補空符號的修辭單位（詳後）。

亞義位和空義位，存在於詞典釋義之外。對照《漢語大詞典》和最新版《現代漢語詞典》，以上用例或查不到自然語言的詞條身分，或找不到自然語言的義位。

亞義位和空義位，也存在於漢語教材的知識譜系之外。以使用面極廣的普通高等教育「十一五」國家級規劃教材黃伯榮、廖序東主編《現代漢語》「增訂四版」為例，實詞的核心意義，稱作理性義（概念義），另有附屬於理性義的色彩義。[3]對詞義的這種認識，在教材使用群體中有很高的知曉度。

圖示詞典釋義，及黃、廖本《現代漢語》詞義分類，（1）至（9）例的語義變異，可直觀地顯示為：

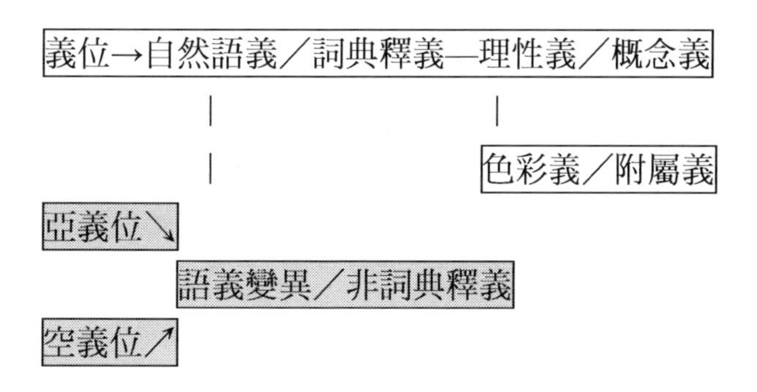

圖五

圖五帶暗影的一塊，屬於語用環境中的語義變異。詞典不涉及，也較少進入教材知識譜系。這一方面因為詞典和教材吸收已有研究成果的謹慎和滯後，另一方面也因為詞彙研究為詞典編撰和詞彙教學所提供的學術資源有限，這在一定程度上反映了語言研究與語言事實之間需

3　黃伯榮、廖序東主編：《現代漢語》（北京市：高等教育出版社，2007年），頁229-232。

要拉近的距離。關注社會語言生活的語言研究，應該對這類語義變異現象給出解釋。

二　語用環境中語義變異的認知解釋：不平衡的研究現狀

邢福義主張漢語詞彙詞義研究應結合語法語用分析。[4]隨著近年認知語言學研究的活躍，從語義認知、語法認知、語用認知、邏輯認知等角度研究語義問題的成果相對密集。當語用環境中的語義變異進入研究視野時，認知解釋在一定程度上成為熱點。但熱點中的不平衡也比較明顯。主要表現為：

（一）語用環境中的語義變異問題與語義認知、語法認知、語用認知、邏輯認知等結合的研究成果較多，與修辭認知結合研究較少[5]

語義認知、語法認知、語用認知、邏輯認知等方面的研究成果，不同程度地涉及語用環境中的語義變異現象，有的也涉及修辭問題。由於研究領域不同，其中的非修辭解釋深入而精細。相比之下，同類研究中的修辭解釋，多點到即止。

同類成果多的研究領域，可為本文的研究提供理論資源和價值參照；同類成果少的研究領域，存在著可以再開發的解釋空間。

從語言事實和現有研究成果觀察，進入動態語用環境的語義變異，很多實例需要引入修辭解釋。後者或可作為前者的一點補充。比較：

4　邢福義：〈「最」義級層的多個體涵量〉，《中國語文》2000年第1期，頁18-28。

5　分別以「語義認知」、「語法認知」、「語用認知」、「邏輯認知」、「修辭認知」為關鍵詞，搜索清華期刊全文資料庫中文期刊「文史哲」類相關研究，顯示的成果記錄表明：「修辭認知」方面的研究明顯偏少。當然這裡存在分類上的交叉問題，但總體上不影響本文的觀察。

（10）綠色原野
（10a）綠色通道
（10b）綠色語文
（10c）綠色消費

「綠色」在《現代漢語詞典》中，有兩個義項：

綠色1：名詞。綠的顏色。
綠色2：屬性詞。指符合環保要求、無公害、無污染的。

認知「綠色1」和「綠色2」，需要滿足下列條件：

表九

顏色概念「綠色 1」	環保概念「綠色 2」
是可視形象 符合「綠」的色覺條件 能喚起 「綠」的色覺反應	有環保要求 符合無公害認證標準 符合無污染認證標準

對照上表，例（10a）至（10c）的「綠色」不具有色覺形象，也不一定關聯環保要求。但是「綠色」作為構詞元素進入新語詞，可以通過對顏色概念的修辭聯想喚起「綠」的色覺表象，也可以通過對環保概念的修辭聯想喚起「無（精神）公害」、「無（精神）污染」的心理感覺。所以，雖然廣泛進入公共話語空間的「綠色」不同程度地偏離了「綠色1」或「綠色2」的自然語義，但認知主體並不介意「綠色～

～」中「綠」的色覺／環保形象弱化或失落。相反，一些既非顏色概念，亦非環保概念的「綠色～～」仍在不斷生成，且流通度很高。它們進入言語交際的認知支持，更多地來自修辭認知。

也許會有讀者質疑：在對語義變異的認知解釋方面，語義認知、語法認知、邏輯認知與修辭認知的區別特徵比較明顯，語用認知與修辭認知，是否可以等同呢？

討論語用認知與修辭認知是否等同，首先需要考察語用學與修辭學是否等同。

語用學與修辭學之間確有這樣那樣的聯繫，但二者的區別更多。觀察二者的區別，需要考慮兩個參照系：學科史和學科專業術語——這是區分語用學和修辭學的重要參照指標：

從學科史看，語用學和修辭學，各有自己的學科淵源、學脈傳承關係。語用學從學科準備到學科興起，至今約三十多年；而修辭學，不管是中國古代，還是古希臘，至少已有二千多年歷史。即使從中國現代修辭學的意義上說，如果以陳望道《修辭學發凡》的出版為標誌，至今也有近八十年歷史。

從學科專業術語看，語用學和修辭學的公共術語遠少於區別性術語，後者如：

語用學術語：預設　指示詞語　會話含義　會話結構　會話原則　關聯理論

修辭學術語：積極修辭／消極修辭　常規修辭／變異修辭　辭格　題旨情境

語用學和修辭學各有自己的學科史和一套專業術語，二者即使面對共同的言語行為，觀察點不同，解釋的路徑不同，學術面貌也有別。既然語用學和修辭學的學科基礎不一樣，語用認知和修辭認知對語義變異的解釋當然也不能等同。

（二）國外的認知語言學理論中「隱喻／轉喻說」部分地涉及修辭認知，但針對漢語特點、深入地解釋漢語事實的研究成果偏少

語言事實顯示修辭認知在解釋語用環境中自然語義變異為非自然語義方面存在可拓展空間。借助「百度」搜尋引擎，搜索漢語古詩名句「春色滿園關不住」，互聯網上顯示很多以此為源語的修辭化目標語，其中一則標題話語為：

（11）春色滿園關不住（《愛情呼叫轉移》影評）

標題前半句是南宋葉紹翁詩〈遊園不值〉中的名句，熟悉源語的認知主體，了解「春色滿園關不住」的後續話語是「一枝紅杏出牆來」。在目標語的話語銜接顯現之前，「春色」的語義變異隱藏著，認知主體通常會依照「春色」自然語義的認知方向，去接近認知對象。但目標語的話語銜接卻變換認知方向，後續話語「《愛情呼叫轉移》影評」具有雙重功能：

1. 使得基於源語的接受期待落空，干擾言語理解過程中認知主體對「春色」自然語義的提取，這有助於促成言語交際過程中接受者的認知方向與表達者的修辭意圖一致或接近。

2. 重建基於目標語的語用環境，為目標語前半句提供語義參照，使「春色」的語義從已知信息變異為未知信息。

雙重功能是人腦在瞬間實現的。瞬間的認知活動，支持了認知主體的語義識別，確認目標語「春色」偏離源語的自然語義，變異為臨時生成的隱喻義：

春天的景色（宋詩源語義）→美女的性感符號（目標語隱喻義）

從影評文本，可以提取支持「春色」語義變異的關鍵詞：

整部影片就是那部魔幻手機
十個鍵即是十個美女帶著十種風情和妖嬈
而且它永不關機，因為春色滿園「關」不住
若是關機了
讓我們拿什麼來演繹我們的電影？
沒有美女我們的電影又將何去何從？
設想一下，那也許是遠古死寂的洪荒
也許是寂寞蕭疏的戈壁
缺乏顏色和吸引眼球的長腿和乳房的電影
恐怕才是中國電影真正的末日……。

關鍵詞「美女」、「風情」、「妖嬈」、「長腿」、「乳房」，作為美女的性感符號集合，成為影評語境中「關」不住的「春色」。

探討此類語義變異的深層機制，需要修辭解釋的介入，同時涉及下面的問題——

三　認知主體的認知選擇及其動因

進入認知活動的認知主體，處於公共經驗和個人經驗的博弈狀態，與公共經驗和個人經驗對應的認知方式，分別是概念認知和修辭認知。

需要進一步探討的是，處於公共經驗和個人經驗博弈狀態的認知主體，如何選擇概念認知或修辭認知？認知選擇和語境制約呈現為什麼樣的關係？認知選擇的動因是什麼？對此，我們嘗試給出解釋：

（一）由於認知行為是社會性和個體性的統一，因此：認知主體無法脫離來自公共經驗的概念認知；同時又不失時機地超越公共經驗，從概念認知突圍，走向修辭認知

（12）要國腳，不要國足。

「國腳」是仿「國手」造出的新語詞，意指「國家足球隊的優秀隊員」。「國足」為「中國國家隊男子足球隊」的略縮語，語義變異為「弱智；無能」，可以與部分程度副詞超常共現，如「太國足」、「很國足」。變異後的語義過濾了國足球員的拼搏精神和國家榮譽感，放大了球場智慧和競技的不盡人意，主要用於非嚴肅語境。國內高端媒體《南方周末》評選的二〇〇八年流行語中，「國足」在榜。網上更有「惡搞國足」、「國足版」彙集，「表明「國足」的變異用法已進入公眾話語。

有意思的是：名詞「足」與「腳」同義，但「國足」與「國腳」不同義，例（12）肯定表述與否定表述並置，也表明「國足」與「國腳」的語義存在某種對立傾向。但二者都是在公共經驗基礎上變異求新的產物：

國腳：在源語「國手」的公共經驗基礎上，仿擬出新。

國足：在全稱「中國國家隊男子足球隊」的公共經驗基礎上，變異出新。

例（12）仿擬出新和變異出新，伴隨著從概念認知向修辭認知的轉換。概念認知依託的公共經驗，使社會化的言語交際成為可能；修辭認知攜帶的個人經驗，使社會化的交流不以犧牲個體的自由表達為代價。

(二) 由於認知行為是穩定性和變化性的統一，因此：當概念認知固化了認知空間時，往往刺激修辭思維，驅動認知主體選擇修辭認知

（13） 魔鬼殺手
（13a）魔鬼身材
（13b）魔鬼詞典
（13c）魔鬼訓練

《現代漢語詞典》解釋的「魔鬼」是：

> 宗教或神話傳說裡指迷惑人、害人性命的鬼怪。比喻邪惡的人或勢力。

對照釋義，給出「魔鬼」的語義特徵及其義素變異：

表十

語詞	語義特徵
魔鬼（殺手）	〔+鬼怪／人 +兇殘 +迷惑人 +傷害性命 +貶義〕
魔鬼（身材）	〔+人 +女性 -兇殘 +性感 -傷害性命 +褒義〕
魔鬼（詞典）	〔+事物 -兇殘 +迷惑 -傷害性命 +中性〕
魔鬼（訓練）	〔+行為 +嚴厲 +不可思議 -傷害性命 +中性〕

「魔鬼」的自然語義，支持了認知的穩定性。由於認知的穩定性，人們的認知經驗中，「魔鬼」與〔+鬼怪／人　+兇殘　+迷惑人　+傷害性命　+貶義〕等語義特徵構成了固化的認知關聯。與此同時，「魔鬼」這個概念指稱的對象也受到了某種規定。但是依據「魔鬼」的自然語義，認知與「身材」、「詞典」、「訓練」共現的「魔鬼」，會阻礙言語交際。當「魔鬼」進入例（13a）至（13c）」的話語組合時，認知主體需要從概念認知進入修辭認知。

屈承熹分析「魔鬼」在以上用例中與自然語義的偏離狀態，認為：

魔鬼（詞典）＞魔鬼（訓練）＞魔鬼（身材）＞魔鬼（殺手）[6]

這裡的排列順序或許可以從另一個角度支援本文的解釋：與自然語義呈零偏離狀態的「魔鬼（13）」，其自然語義的穩定性和概念認知的規定性，被「魔鬼（13a）至（13c）」的語義變異和修辭認知的變化性不同程度地打破。認知主體在「魔鬼（13）」和「魔鬼（13a）至（13c）」之間的認知選擇，取決於認知主體接受概念認知規定，而又不拘於概念認知規定的語用環境和心理動因。

（三）由於認知行為是遵守語言規則和超越規則的統一，因此：當認知主體暫時擺脫語言規則的強勢制約時，多選擇修辭認知；反之，多選擇概念認知

部分語文工作者對本文例（9）及類似語言現象表示憂慮：擔心依託現成語詞臨時生成的修辭單位，會不會與這類詞所依託的源語混淆，造成語言混亂？

6　屈承熹：〈合則雙贏：語法讓修辭更扎實，修辭讓語法更精彩〉，《修辭學習》2008年第2期，頁12-18。

我們認為，就例（9）而言，似宜區分源語「望洋興嘆」和目標語「望～興歎」，二者是不同性質的認知對象：

望洋興嘆：提取整體義，捨棄字面義（由概念認知完成，認知對象是成語）

望～興歎：臨時義＝字面義相加（由修辭認知完成，認知對象是修辭單位）

當認知主體面對「望洋興嘆」和「望～興歎」，分別選擇概念認知和修辭認知時，原本不需要糾纏在一起的問題，可以基於義位和空義位的不同觀察，思考不同的理據：「望～興歎」的非詞條身分，使之可以在特定的語用環境中錯開漢語詞彙規範的針對性。與此相應，用於源語「望洋興嘆」的語言規則被擱置。這也可以解釋：為什麼以成語為源語，變異生成的廣告語在消費市場具有較強的言語誘導功能：

表十一

源語	目標語
隨心所欲	隨心所浴（熱水器廣告語）
隨心所欲	隨心所浴（熱水器廣告語）
默默無聞	默默無蚊（驅蚊器廣告語）
其樂無窮	騎樂無窮（摩托車廣告語）
十全十美	食全食美（食品廣告語）
古往今來	股往金來（股市廣告語）

以上語例從源語（成語）到目標語（廣告語），經過了擱置構詞規範的修辭改造，其語義理解對語用環境的依賴很強。進入流通的已不再

是成語，而是成語的變異形式。雖然這類廣告語客觀上可能混淆源語和目標語，產生違背廣告創意初衷的傳播效應。但廣告語傳播的，是商品信息、投資信息或社會公益信息，而不是廣告語自身。語文工作者擔心的，是廣告語流通過程中在客觀上的言語誤導。如何在廣告語修辭效果和語言規範之間重建一個平衡點，也許不是簡單肯定或簡單否定就能解決的問題。

類似現象，見於詞彙層面，也見於語法和邏輯層面。從尊重語言規範、同時尊重語言事實的雙重立場考慮問題，必然涉及詞彙、語法、邏輯、修辭等不同層面語言規範的價值尺度。對此，需要立足漢語事實，參照漢語規範，分析其違背漢語規範的修辭合法性。當然，也涉及到違背語言規範之後，重建修辭合理性的限度。

陸
《名作細讀》：關鍵詞語義及認知博弈

孫紹振《名作細讀》以作品關鍵詞的詞典語義和文本語義進入閱讀，詞典語義和文本語義對應於概念認知和修辭認知，由此探究文本世界和人的精神世界。本文是對極富盛名的孫紹振文本細讀法的廣義修辭學詮釋。

一　我們的文學閱讀缺失什麼

不滿文學閱讀的現狀，最好的辦法是不滿意現狀的同時，拿出自己的招式。

孫紹振對文學閱讀現狀表示了相當的不滿，概而言之：

1. 文學閱讀中，宏觀的概覽多，微觀的細讀少：「不管在中學還是在大學課堂上，經典文本的微觀解讀都是難點，也是弱點。」[1]

2. 在質和量都有限的微觀分析中，打文本外圍戰的多，深入文本內部的少；重複已知信息的多，提供未知信息的少：「在文本外部，在作者生平和時代背景、文化語境方面，他們一個個口若懸河、學富五車，但是，有多少能夠進入文本內部結構，揭示深層的、話語的、藝術的奧秘呢？就是硬撐著進入文本內部，無效重複者有之，顧左右而言他者有之，滑行於表層者有之，捉襟見肘者有之，張口結舌者有

1　孫紹振：《名作細讀》（上海市：上海教育出版社，2006年），頁1。

之，洋相百出者有之，裝腔作勢，借古典文論和西方文論術語以嚇人，以其昏昏使人昭昭者更有之。」「反覆在文本以外打游擊，將人所共知的、現成的、無需理解力的、沒有生命的知識反覆嘮叨。」[2]

3. 進入文本內部的文學閱讀，語言之外的分析多，抓住語言的分析少。一些表面上注重字詞句的分析，也是死在語言的詞典義中的多，在語言的文本義中活起來的少。「詞典裡的意義非常有限，而在具體上下文（語境）中的語義，卻因人而異，因事而即時生成。可以毫不誇張地說，在無限多樣的語境和人物身上，同一語詞所能表達的意義是無限的。」[3]

4. 能夠在語言的文本語義中活起來，已屬難得。可惜仍是「從語言到語言」的分析多，從語言到文本到人的精神世界的分析少。「為什麼會對明明有可講性的地方，視而不見？很大程度上是因為，忽略了語言的人文性。沒有把語言和人物、作者的精神生命結合在一起來解讀。」[4]

經過以上層層遞減，能夠從語言世界解釋文學世界和人的精神世界的文學閱讀少之又少。真正能夠從語言理清作品文脈，並且能夠通過自己的講述體現清晰的從語言到文本的藝術線路的文學解讀，相對於時下文學理論和文學批評每年生產的學術文本總量來說，寥若晨星。

這是我們的文學閱讀在「文學是語言的藝術」的意義上最讓人遺憾的缺失：理論上，「文學是語言的藝術」是文壇最熟悉的語錄；實踐中，「文學是語言的藝術」又是文壇最陌生、卻又自以為熟悉的審美盲區。[5]

---

2 孫紹振：《名作細讀》（上海市：上海教育出版社，2006年），頁2。

3 孫紹振：《名作細讀》（上海市：上海教育出版社，2006年），頁254。

4 孫紹振：《名作細讀》（上海市：上海教育出版社，2006年），頁255。

5 譚學純：〈再思考：語言轉向背景下的中國文學語言研究〉，《文藝研究》2006年第6期，頁80-87。

正因為「文學是語言的藝術」在文學閱讀的操作程序中幾乎成了空殼資源，注重語言分析的《名作細讀》與一般的文學鑒賞拉開了距離。

讀者一定會注意到，《名作細讀》很多篇章，正文前都用黑體字提示了需要細緻分析的關鍵詞。文本細讀從關鍵詞句入手，基於孫紹振的如下認識：在經典的文學文本中，語言常規運用的可分析性，小於超常規的運用，而超常規的語言運用「只是在一些局部的、關鍵的詞語中，表現得特別明顯。正是在這種地方，隱藏著作者和人物的心靈密碼，也正是在這裡，顯示出語言的精妙。」[6]

從文本關鍵詞句解讀作品，進入操作程序，很容易產生偏誤的是，「就語言談語言」，如三仙姑的臉「像驢糞蛋下了霜」（趙樹理《小二黑結婚》）、葛郎臺的頭髮「像黃金裡摻著白銀」（巴爾扎克《歐也妮・葛郎臺》）之類的修辭如何形象。文學描寫詞典是匯聚這類佳句的集大成者。至於這些語言單位建構的文本及其指向的人的精神世界，常常被丟棄不顧。或者，主觀上試圖從語言進入文本腹地和人物精神深處，但是力不從心。其結果，要麼隔靴搔癢；要麼玩幾下花拳，外行看得眼花，內行不當回事。

為什麼從文本關鍵詞句解讀作品容易在「就語言談語言」的認識區間擱淺？這裡有一個被忽視了的問題：從理論上說，每一個「有句無篇」的文學文本，都有麗詞佳句。哪怕沒有多少寫作經驗的習作者，也可以憑著閱讀記憶，移植一兩處有亮色的語言運用佳例進入當前文本。但如果這類麗詞佳句沒有融入文本的整體構築，那麼，它們作為獨立運用的語言單位的意義，可能大於進入文學文本的意義。這樣一來，用於文學修辭批評的可分析性就值得懷疑，或者要打折扣。也許，這類用例的分析價值，更多地在於說明：「有句無篇」的語

6　孫紹振：《名作細讀》（上海市：上海教育出版社，2006年），頁254。

例，如果不能成為「有句有篇」的語例，就好像一個沒有氣質、穿戴彆扭的婦人，佩著一款優雅漂亮的首飾，不但不能增加首飾佩戴人的美，反而可能暗淡了首飾本身。

文本細讀，理論可以是多元的，路徑可以是多向的。從語言細讀文本，是其中的一種方式。一旦讀者選擇了這樣的閱讀路徑，就必須清醒地意識到：從語言細讀文本，不是讀文本中的語言，而是讀能夠對文本整體建構有解釋力的語言。如果僅僅抓住文本中「有意味」的語言，丟下語言建構的文本和人本，那是對文本世界的肢解、對人的精神世界的盲視：

> 我們讀懂作品不能滿足於字、詞、句、段、篇的解釋，因為閱讀不光是為了文字，也是為了讀懂作者和人物的生命，他們內在的精神和情感。這一切並不是抽象的，而是在非常具體、非常靈活的語言中的。我們的中學語文教學最大的弱點，往往是讀懂了文字，卻沒有讀懂作者在特殊語境中的心靈，因而，從根本上說，也就談不上可分析性。[7]

文本細讀從語言出發，不能到語言終止。不能「從表面到表面的滑行」[8]，不能滿足於分析文本中的佳詞麗句，而需要從語言讀文本，進而透視人的精神世界。兼顧文本內部和文本外圍，同時聚焦文本世界和人的精神世界的語言形態。關注作品中的哪些詞、句、段對文本整體建構和人的精神世界有解釋力？以及這些詞、句、段在文本整體建構和解釋人的精神世界的意義上為什麼是效果優化的？這是一個立體的分析框架。

---

7 孫紹振：《名作細讀》（上海市：上海教育出版社，2006年），頁253。

8 孫紹振：《名作細讀》（上海市：上海教育出版社，2006年），頁258。

書中〈還原法分析和關鍵詞解讀〉以魯迅〈從百草園到三味書屋〉為分析對象，強調關鍵詞閱讀：「樂園」的詞典釋義是「快樂的園地」或基督教語境中的「天堂」，但在〈從百草園到三味書屋〉中，只是一個長滿野草的荒廢的園子，是孩子的童心把荒廢的園子當作快樂的園地和人間天堂。〈從百草園到三味書屋〉中的「樂園」，存在於孩子的心靈世界，而不是存在於「樂園」的詞典語義指向的客觀世界。丟開孩子的心靈世界，讀不懂〈從百草園到三味書屋〉中的「樂園」。從成人視野看詞典中的「樂園」，也讀不懂魯迅筆下洋溢著童心、童趣的「樂園」。而對童心、童趣的肯定，就是對扼殺童心、童趣的舊的教育體制的批判。因為不管教育體制怎樣壓制人的快樂欲望的釋放，孩子活潑的天性，總能找到屬於自己的樂園，在荒廢的百草園如此，在乏味的三味書屋也如此。

由解讀文本關鍵詞「樂園」，到解讀關鍵詞「樂園」參與建構的文本〈從百草園到三味書屋〉，在操作層面，有一對概念範疇強有力的介入。這是《名作細讀》中複現率很高的一對概念範疇——

二　詞典語義和文本語義

詞典語義是語言的詞彙系統記錄的固定語義，進入動態的語用環境，不改變固定語義。如果是多義詞，進入動態的語用環境，也只需要切合語境的語義選擇，不出現語義改變的情況。

文本語義是語詞進入動態的語用環境產生的意義變異，這種意義在特定的語用環境中臨時生成，屬於從使用這種母語的社群的公共經驗中分離出來的個人經驗。

文本語義如果脫離動態的語用環境，回到靜態的語義系統中，往往因為意義的固定和普通、因為人們對這些固定和普通的熟知化，而屏蔽了其中潛藏的精神含量。所以孫紹振強調相對於詞典語義來說，文本語義是藝術家創造出來的嶄新的、深厚的意義。[9]而讀者對文本語義的敏感，同樣是智性的創造。

〈詞典語義和文本情景語義——〈最後一片葉子〉解讀〉代表了這一類閱讀模式。文章的懸念和思想的焦點被孫紹振收縮在文本的最後一句：

> 現在你看牆上還趴著最後一片藤葉，你不是奇怪為什麼風吹著它也不飄不動嗎？唉，親愛的，那是貝爾曼的傑作，在最後一片葉子落下來的晚上，他又在牆上補上了一片。

「傑作」的語義含量，豐富了這個語段的可分析性：

「傑作」的詞典語義：超過一般水準的好作品。（記作「傑作1」）

「傑作」的文本語義：超過一般效果的高能量。（記作「傑作2」）

「傑作1」連續幾次見於文本，使用的都是詞典語義，帶有反諷意味：一個作畫四十年但一事無成的老頭，無法提供「超過一般水準的好作品」。「傑作2」在文末出現，語義產生了修辭化的臨時變異，帶有抒情意味：正是這個老人畫出一片葉子，燃起了女畫家喬安西快要熄滅的生命之火。淒風苦雨中頑強傳遞著生命信息的葉子，成為一種生命能量的象徵，喚回了喬安西幾近絕望的生命感覺。但老貝爾曼卻因為雨中作畫，受了風寒，得了肺炎，失去了自己的生命。於是，「貝爾曼的傑作」作為「傑作2」的語義，照亮了喬安西，也提升了自己。

從詞典語義和文本語義的角度細讀文學作品，實際上是參照靜態的語義系統，解讀動態的語用環境中語義的修辭化生成。

9　孫紹振：《名作細讀》（上海市：上海教育出版社，2006年），頁237。

同一個詞的詞典語義進入動態的語用環境，可以保留這個語詞在詞彙系統中的固定語義，也可以臨時生成修辭化的文本語義。《名作細讀》解讀臧克家《有的人》中的同語對立，由此生發：

有的人活著，
他已經死了；
有的人死了，
他還活著。

句中關鍵詞「活」和「死」的詞典語義都有好幾個義項，示如下表：

表十二

語詞	活	死
語義	①有生命 ②維持生命 ③在活的狀態下 ④活動的 ⑤不死板	①失去生命 ②不顧生命 ③至死；堅決 ④不活動 ⑤死板[10]

「活」和「死」的詞典語義進入《有的人》的語用環境，只保留了各自的義項①，同時又在所屬語義系統中的一個對應義項臨時生成修辭化的文本語義，由此構成同語對立：

10 釋義依據《現代漢語詞典》（北京市：商務印書館，2005年，第5版），略有調整。

表十三

語詞	活	死
詞典語義保留為文本語義	①有生命	①失去生命
臨時生成的文本語義	②有生命價值	②失去生命價值

把「活」①和「死」②、「死」①和「活」②的語義帶入上引詩句，字面上的邏輯悖理消除了，一個經典的句子就此誕生。生物學意義上生命現象的存在與虛無，社會學意義上生命價值的永恆與消亡，都在「活」與「死」的詞典語義和文本語義中聚焦。

三　認知的博弈

詞典語義和文本語義包含了認知主體不同的認知經驗：概念認知和修辭認知。

概念認知和修辭認知在詞語、句段、篇章等不同層面，有不同的分析點。在詞語的語義層面，主要體現為詞典語義和文本語義（《廣義修辭學》稱作語詞義和修辭義）的不同認知路徑。詞典語義為概念認知提供公共平臺，社會化的交流在這一層面完成；文本語義是修辭認知的變換圖式，個體化的創造在這一層面實現。文本閱讀過程中的語義識別和語義理解，反向地投射出文本閱讀者經驗世界中概念認知和修辭認知的博弈。

〈解讀余光中的〈當我死時〉〉提供了鮮活的例證。

死是個體生命的生物性終結。這是「死」的詞典語義交付概念認知的公共經驗，這種公共經驗為讀寫者共有，社會化的交流才不會受阻。但是，如果文學閱讀完全交給社會化的交流，那就等於把審美欣賞交給莫爾斯電碼翻譯。

〈當我死時〉是余光中的死亡想像，活著的人想像自己死亡，常與恐怖、痛苦相伴。痛苦的死如何轉化為「滿足的睡」，並且可以「滿足的想」，這就不是人們的公共經驗，而是詩人的個人創造。解讀詩人的個人創造，需要變換認知圖式——從概念認知轉向修辭認知。

一個遠離中國故土的海外遊子，如果死後能夠安葬「在長江與黃河之間」，那麼，概念認知圖式中的「死」，便轉化為修辭認知圖式中的「睡」和「想」。這裡經過了幾重轉換：

表十四

概念認知／公共經驗	修辭認知／個人經驗
痛苦的死	滿足的睡／滿足的想
長江與黃河之間（安葬地）	安眠的床
長江、黃河的濤聲	安魂曲

死 → 睡 → 想、安葬 → 安眠 → 安魂，之所以能夠跨越經驗的阻隔，進入審美創造和審美接受，存在一種看不見的認知博弈。所以孫紹振強調：

> 詞語並不是抽象的概念，而是喚醒讀者感覺和經驗，進行對話和交流的符號。如果光把語言當作硬梆梆的工具，就沒有辦法完成喚醒讀者經驗的任務，也就無法讓讀者的想像參與創造，難以讓讀者受到感染。[11]

11 孫紹振：《名作細讀》（上海市：上海教育出版社，2006年），頁237。

也許可以調整一下上述表述：語詞既是抽象概念，又不是抽象概念。當語言作為達意的工具時，它是抽象概念；當它激活了認知主體的想像，喚醒了認知主體的感覺和經驗時，原先的抽象概念就加入了鮮活的思想。與此相應，認知主體也就從公共經驗突圍，從概念認知轉向修辭認知。

並不只是余光中的〈當我死時〉才能提供由「死」的概念認知向修辭認知的轉換。對應於詞典語義的概念認知轉換為對應於文本語義的修辭認知，是認知主體的潛能。問題是，我們能夠在多大程度上釋放這種潛能。

在修訂本《現代漢語詞典》中，屬於動詞語義場的「坐」有八個義項（為避免理解的混亂，這裡不涉及名詞、介詞、副詞「坐」）：

①把臀部放在椅、凳或其他物體上，支持身體重量。

②乘；搭。

③（房屋）背對著某一方向。

④把鍋、壺等放在爐火上。

⑤槍炮由於反作用而向後移動。

⑥瓜、果等結出果實。

⑦定罪。

⑧形成（疾病）。

一經詞典釋義，動詞「坐」的語義空間基本封閉，表現在兩個方面：

其一，在歷時的意義上，詞語的義項消失、改造或重新生成，一般在一個相當長的歷史階段完成。從「坐」①到「坐」⑧，濃縮了漫長的語義演變過程。

其二，在共時的意義上，詞語的某一義項一經固定，便固化為使用該語言的社群的公共經驗。「坐」①在詞典中固定，也在人們的經驗世界中固定。「坐」的其他義項同此。

但是，人是語言的動物，更是修辭的動物。

作為語言的動物，人們需要釋義大全性質的詞典，根據詞典語義，通過概念認知去把握世界，介入社會，完成公共經驗意義上的交流。

作為修辭的動物，人不會拘泥於詞典提供的詞語釋義。於是，重建修辭義，通過修辭認知去把握世界，介入社會，完成個人經驗意義上的思想突圍。

以「坐」①為例，它的語義在詞典中固定下來的時候，也就差不多封閉了該義項的意義空間。進入概念認知的「坐」①，不會改變它在詞典中的語義。但是，「坐」①的詞典語義在修辭化重建過程中，可以獲得新的生命：

孫紹振〈談讀書的三種姿勢〉用「坐」著讀書，表示一種強制自己心無旁騖的意味，坐著讀書，指的是「我思考，故我在」的閱讀狀態。它以修辭化的方式產生對「坐」①的詞典語義的認知偏離。也就是說，當詞典語義封閉了動詞「坐」①的認知空間的時候，「坐」的文本語義可以重新打開一個偏離「坐」①的概念認知、而又關聯「坐」①語義場的修辭認知空間。而且，這個認知空間是一個開放性的「召喚結構」，可以被不斷地填空——

朱大可、張擎《都市的老鼠》用「坐」概括格非小說的修辭策略：格非是一個坐者。他的小說《沒有人看見草生長》和《褐色鳥群》，從一個坐姿開始，在另一個坐姿上結束。小說女主人公「棋」的名字隱喻了一種靜坐遊戲的永恆展開。

魯迅〈孔乙己〉中的「坐」，是一種身分地位的象徵符號。坐著喝酒的意義在喝酒的過程，而過程，需要一個具有延時效應的姿態來承載，它當然是坐，不是站。

譚運長〈足球場上的行為藝術〉中的「坐」，是一種生命狀態的象徵符號。包廂裡坐著的貴賓，看球賽時與站著的球迷的生命沉酣不可同日而語，坐著的貴賓優雅的姿態、端莊的神情，表明他們是足球狂歡節中的「另類」。

于長敏〈坐著的佛主和站著的基督〉中的「坐」，是一種文化形態的象徵符號。作者從釋迦佛主安詳的坐像，讀出肉軀的坐和心理的靜，及其所建構的求穩求安的民族性格。

譚學純〈坐——在場姿態和生存寓言〉重建了一個有關「坐」的修辭場：在很多情況下，中國人的生存智慧交給不動聲色的坐姿。穩坐釣魚臺的靜觀，可能正掩護著「偷天陷阱」的精心策劃。刺刀見紅的搏殺，不敵杯酒釋兵權的坐式謀略。運動著的形象往往同時向世界公開了自己的運動規則，而凝神靜坐的造型卻是一個謎、一個巨大的問號。坐，是一個民族生存寓言的精練文本。[12]

「坐」①的詞典語義對每個人來說，理解是相同的，因為「坐」①與人的公共經驗對接，道出了「把臀部放在椅、凳或其他物體上，支持身體重量」的「類化」的存在方式，經過語義重建的「坐」，儘管受到「坐」①的語義牽引，但是都掙脫「坐」①的實在語義從「坐」①的公共經驗突圍，轉向虛化的個人經驗，原先基本封閉的「坐」①的詞典語義，在以上不同的文本語義中打開新的認知空間，尋找每個人重新認知「坐」①的一個感覺激活點。從這個角度說，不僅文本語義的空間是開放的，話語主體重建意義空間的認知通道也是多維、多向的。

已知的世界通過詞典語義在概念認知中鎖定，未知的世界在文本語義不斷重建的過程中，開啟修辭認知空間。修辭認知每一次啟動，都是語言活動主體與「活語言」相遇之後心靈的一次「輝煌敞開」。不同的語言活動主體與「活語言」相遇，可以有不同的情境。同一認

12 參見譚學純：《廣義修辭學演講錄》（上海市：上海三聯書店，2012年），頁155-166。

知主體與「活語言」相遇，也可能有不同情境。不同情境作為文本內語境和文本外語境的總和，是修辭認知處理語言信息的一個變項，修辭認知因此成為一種未完成的建構。

其實，每個人的認知圖式中，都同時存在著對應於公共經驗的概念認知和對應於個人經驗的修辭認知。概念認知是語義共享的經驗平臺，修辭認知是語義突圍的經驗通道。概念認知和修辭認知，每每處在博弈狀態。當公共經驗屏蔽個人經驗的時候，概念認知浮出水面；當個人經驗超越公共經驗的時候，修辭認知浮出水面。文學敘述和文學閱讀，在語言層面，可以歸結為讀寫雙方能不能超越語義共享的經驗平臺，突破現成話語；在認知層面，體現為讀寫雙方個人經驗和公共經驗的博弈，以及能在多大程度上走向心靈的自由。

《名作細讀》屢屢向讀者展示這種心靈的自由。

四　細讀名作：語言亮點和語言斑點

名作比一般作品更有內涵，名作的語言比一般作品更出彩，更值得玩味，也更需要細讀。在細讀中放大作家的語言運用，在細讀中展示讀者的語言理解。當讀者與作者在這個維度相遇的時候，讀者可以條分縷析地說清楚：名作怎樣在語言中誕生。

名作的光彩在語言中顯影，名作的瑕疵也在語言中成為抹不掉的斑點。

《名作細讀》中，藝術得分很高的臧克家《有的人》兩處語言失之精煉，沒有逃過細讀的審美過濾：

有的人
他活著別人就不能活；
有的人

他活著為了多數人更好地活。

他活著別人就不能活的人

他的下場可以看到；

他活著為了多數人更好地活著的人，

群眾把他抬舉得很高，很高。

孫紹振認為：這樣的詩句，為了思想的鮮明，犧牲了藝術的精煉。中國古代文論、詩論強調煉字，臧克家早期詩歌也講究煉字，上引詩句中不增值修辭信息的話語重複，破壞了語言的精煉，「他活著別人就不能活」和「他活著為了多數人更好地活」的話語組合，破壞了詩語的質感。[13]至於這裡隱藏的意識形態對文學修辭的引導和制約，更是一個值得深度透視的話題。

比較臧克家的另一首詩〈三代〉，更顯出上引〈有的人〉的語言失之精煉：

孩子

在土裡洗澡

父親

在土裡流汗

爺爺

在土裡埋葬

同一話語結構在一個連貫性語流中三次呈現，不同於〈有的人〉不增值修辭信息的話語重複，因此沒有破壞語言的精煉，語言情緒的流動不經任何阻隔。孩子、父親、爺爺，變換的是角色；洗澡、流汗、埋

---

13 孫紹振：《名作細讀》（上海市：上海教育出版社，2006年），頁237。

葬，變換的是生命圖像；不變的，是生命場所「在土裡」——這就是生於土地、死於土地的三代人的生存狀態，也是一個世世代代與土地進行廉價的價值交換的民族的生存狀態。思想鮮明，而藝術的精煉不曾稀釋。

通常從語言細讀名作，比較容易捕捉語言的亮點，忽略語言的斑點。原因是多方面的，例如：

- 名作的經典意味，一定程度上強化了構築經典的良性元素，淡化了其中有限的負性元素（如果負性元素多了，不足以成為名作）。
- 名作作者的隱性權威，作為一種無形的引導力量，對讀者認同的驅動，大於對讀者批判力的驅動。
- 名作閱讀中的「格式塔」效應，可能不同程度地遮蔽名作的負性元素。
- 讀者的語感，有時不一定支持他發現名作的負性元素。
- 讀者的審美注意分配，有時可能會忽略名作的負性元素。
- 排除批判性寫作，一般情況下，讀者由名作的良性元素激起的寫作興奮，大於負性元素激起的寫作興奮。
- 由閱讀而生成的文本，結構上的佈局，有時不一定留有批評名作負性元素的理想位置。這可能導致批評從當前文本向其他文本轉移。
- 出於情感、現實、後果等文本外因素的考慮。

此外，還有更為微妙、更為複雜的因素。這麼多「懸擱」名作語言瑕疵的原因，恰恰說明名作存在語言瑕疵。就像一位優秀的體操運動員，一套精湛流暢的表演動作，博得在場觀眾的喝彩，贏得評委的高分，但不一定是滿分。名作的語言也一樣。注重語言分析的《名作細讀》，既讀出了語言在建構修辭化文本中的積極能量，也讀出了語言的另一種可能：如何成為建構修辭化文本過程中的負性元素。前者告訴讀者，成功的文學修辭「該如何」；後者告訴讀者，不成功的文學修辭「是如何」，二者從正反兩極逼近同一個價值尺度：文學經典，應該同時是語言經典。

中篇

修辭批評：解釋世界的另一個維度

柒
百年回眸：一句詩學口號的修辭學批評

二十世紀六〇年代以來，修辭學批評在西方興盛，漸至形成了流派紛呈的多元格局。諸如新亞里斯多德主義修辭批評、戲劇主義修辭批評、權力與修辭批評、意識形態修辭批評、女權主義修辭批評等，共同參與了二十世紀西方當代修辭學復興的理論建構。

八〇年代後期，中國學者把修辭學批評引進了文學讀解。

較早的信號是唐躍、譚學純發表於一九八六年十一月一日《文論報》的〈寄希望於文學的語言學批評〉，隨後有：

譚學純、唐躍在《文藝研究》等刊發表的「語言情緒」系列論文，在《文藝理論研究》等刊發表的「語言變異」系列論文。

唐躍、譚學純在《文學評論》等刊發表的「理論與批評」系列論文，在《上海文學》等刊發表的「文本分析」系列論文。

王一川在《文藝爭鳴》、《東方叢刊》等刊發表的「修辭論轉向」系列論文。

席揚在《文學評論叢刊》等刊發表的「作家修辭行為」系列論文。

近期相對集中的研究記錄是《福建師範大學學報》「修辭學大視野」專欄陸續發表的成果，以及《文學評論》、《文藝研究》、《文藝理論研究》、《文藝爭鳴》、《當代文壇》等刊發表的相關論文。[1]

1　參見高萬雲：〈關於文學修辭批評的批評〉、袁影：〈中西修辭批評：淵源與特徵簡論〉，《福建師範大學學報》2011年第6期，頁56-63；64-67。

上述研究成果顯示了修辭學介入文學批評的學術態勢，本文嘗試把修辭學批評引入詩學理論，以此辨析：貫穿了近百年的理論誤導如何成為可能。

我選擇理論預設作為闡釋的路徑。

預設即話語行為中隱藏的沒有見於字面的認知前提。例如《詩經》〈衛風〉〈碩鼠〉中不堪生存重壓的奴隸們發出「誓將去女，適彼樂土」的生命呼喊，話語背後潛在的認知前提是：

1. 存在一個理想的家園

2. 可以抵達這片樂土

這種潛在的意義設定，以不參與字面信息交流的形式，參與話語主體心理層面的信息交流，也就是在認知心理上把話語融入預先設定的意義。它在邏輯上先於表達而存在，也先於接受而存在，邏輯學上把它叫做預設，這一概念後來也進入了語用學。

在文學傳播中，預設先在地介入文本生成和讀解，成為讀寫者雙向交流的認知前提。一種話語表達，可能暗含了某種預設；一種話語接受，可能認同了某種預設。在這種情況下，預設作為隱匿在話語深層的無形力量，既規定了表達者的話語權，也規定了接受者的解釋權。

預設在文學傳播中的影響可能是正面的，也可能是負面的；可以是現場的，也可以是延時的。本文分析的個案是，一句詩學口號有悖學理的預設，對中國詩歌從創作到接受產生了將近一個世紀的影響。黃遵憲倡導的「我手寫吾口」，既是詩歌話語變革的口號，也是中國現代文學史上著名的「詩界革命」口號。這個口號由相關的詩學理論推動著，在二十世紀中國文學史進程中，有效地控制著白話詩從表達到接受的雙向運作，它的負面影響直到九〇年代才開始得到理論界認真的反思。

「我手寫吾口」作為一個重要的詩學話題，隱藏著預設的多重理論疏漏：

預設1：口語＝白話／日常話語

預設2：出自「吾口」的白話／日常話語，可以直接轉化為「我手」寫出的白話詩

預設3：白話詩的可接受性大於文言詩

預設4：詩學建構中話語形態的「文白」之爭＝意識形態建構的「新舊之爭」（它不是「我手寫吾口」的初始預設，而是在後來的創作——接受互動過程中產生的畸變）

我們逐一分析：

一　口語≠白話／日常話語

預設1隱藏著語體常識方面的錯誤。

在語言運用的同一層級，口語、白話、日常話語各有相對應的概念，示如下表：

表十五

概念符號	對應概念	參照座標
口語	書面語	共時座標
白話	文言	歷時座標
日常話語	非常規話語	共時座標

依據上表所列參照座標和相關概念，可以體會到：

(一) 口語≠白話

口語和白話，分別是相對於書面語和文言的不同語體範疇，屬於不同的語言譜系，不能劃等號。唐人李白〈靜夜思〉用的是當時的口語，這裡所說的口語不能和白話劃等號。徐志摩〈再別康橋〉〈沙揚娜拉〉是白話詩，魯迅《傷逝》《故鄉》是白話小說，這裡所說的白話也不能和口語劃等號。

從語體角度說，白話進入口語系統和書面語系統，在語義、句法和語用等不同層面都有差異。比較：

(1) 我冒了嚴寒，回到相隔二千餘里，別了二十多年的故鄉去。

→(1a) 大冷天，回故鄉，大老遠的，二十多年沒回了。

例(1)是魯迅《故鄉》的起始句，是進入書面語的白話，如果改作口語，可以有不同的轉換式，(1a)是可能的轉換式之一。

在句法層面，例(1)是一個短句的擴展：

我(冒了嚴寒，)回到(相隔二千餘里，別了二十多年的)故鄉(去)。

在語義層面，例(1)括弧內外的文字，分別屬於焦點信息和附加信息。

在語用層面，例(1)的流暢性好，語言情緒舒緩。

比較起來，(1a)把例(1)句子長度的擴展，變成句子格局的重組；把例(1)的焦點信息和附加信息，變成並置的焦點信息；把例(1)舒緩的情緒節奏，變成短促的節奏。但例(1)和(1a)都是白話，不能因為白話可能是口語，就認為口語＝白話。進入口語系統的白話，轉入書面語系統，不改變它屬於口語的語體定位。這正像口語進入相聲、小品文本，仍然是口語，不因為相聲、小品出了集子，有了書面記錄，用口語編出的相聲段子，就變成了書面語。

從歷時的角度說，白話在不同的歷史時期有不同的所指。胡適《白話文學史》中所說不同時期的「白話」，並不是同一個所指，白話詩中的「白話」，也是有語義差別的：

> 一千八百年前的時候，就有人用白話做書了；一千年前，就有許多詩人用白話做詩做詞了；八九百年前，就有人用白話講學了；七八百年前，就有人用白話做小說了；六百年前，就有白話的戲曲了；《水滸》、《三國》、《西遊》、《金瓶梅》，是三四百年前的作品；《儒林外史》、《紅樓夢》，是一百四十五年前的作品。[2]

內涵如此豐富的「白話」和「口語」更不是同一個概念。

（二）口語≠日常話語

口語是相對於書面語的概念，日常話語則是相對於非常規話語的一個概念。它的指稱對象大致對應於胡塞爾所說的日常生活的世界，語義具有原初自明的特點，語義指向與日常生活中的行為直接相關，區別於超常規的普通話語，也區別於專門化的科學話語。

口語可以是日常話語，也可以是超常規的普通話語。

「吃食堂」是口語，但是「吃食堂」的話語結構和語義關係卻是超常規的。從語義關係說，「吃」的施事隱藏了，「吃」在形式上的受

2　胡適：《白話文學史》（合肥市：安徽教育出版社，1999年），頁2。

事「食堂」，實際上只是「吃」的行為發生的場所。既然「吃食堂」的話語結構和語義關係中包含了這麼多的超常規因素，也就不能算作簡單的日常話語。

在一些專業性很強的科學領域，科學工作者的口語中夾帶著大量的專業用語，但這不屬於日常話語。

日常話語可以用於口頭，也可以用於書面。不能因為日常話語具有口語形態，就把口語和日常話語這兩個不同系統的概念等同起來。

正是在這裡，「我手寫吾口」的理論預設，模糊了口語、白話、日常話語這幾個內涵和外延都不同的語言學概念——

「吾口」說出的，從語體意義上說是口語，從語義指稱的世界說是日常話語。

「我手」寫出的，是「白話詩」。

口語、白話、日常話語，原本屬於不同層次的交叉概念，在「我手寫吾口」的理論預設中變成了同層次的相關概念。於是，口語／日常話語和「白話詩」中的「白話」，在一句著名的詩學口號中對等了將近一個世紀。以至在這種詩學觀念中，寫白話詩＝用口語／日常話語寫詩。讀「白話詩」，首先要找到口語／日常話語的語感。這樣，從創作到接受，一個概念模糊的預設，幾乎蒙蔽了幾代人的慧眼。它的更深層的失誤在於——

二　出自「吾口」的白話／日常話語，不能直接轉換為「我手」寫出的白話詩

預設2隱藏著詩歌話語建構和詩歌文本建構方面的理論疏漏，這種疏漏對讀寫者雙方來說，都可能模糊「詩」與「非詩」的界限。

「我手寫吾口」越過了一個不應該越過的詩學常識：語詞平面的

口語／日常話語，在詩歌文本建構過程中，往往需要組合成句平面的非口語／非日常話語。

詩人兼詩歌理論家鄭敏的一個觀點切中了要害：

> 詩與散文的不同之處不在是否分行、押韻、節拍有規律，二者的不同在於詩之所以成為詩，因為它有特殊的內在結構（非文字的、句法的結構）。詩的內在結構是一首詩的線路、網路，它安排了這首詩裡的意念、意象的運轉，也是一首詩的展開和運動的路線圖。[3]

「我手寫吾口」在理論上與詩歌的內在結構很難達到美的和諧，在有些情況下，二者完全可能是背離的。

中國古代詩論推崇人人心中所有、人人筆下所無的詩句，十八世紀英國詩人蒲伯有過類似的表述：詩人的使命是說出人人都感覺到了、卻沒有人能夠很好地表現出來的東西。可見，詩之為詩，在話語層面，比較多地需要按詩的方式進行修辭化重構。「我手寫吾口」在這一點上陷入了誤區。

不錯，口語可以入詩，日常話語也可以入詩，問題是：口語或日常話語如何入詩？

> 稻香啄餘鸚鵡粒，碧梧棲老鳳凰枝。

這是杜甫的名句。詩句遣詞接近口語，但造句偏離了口語，口語進入詩歌話語結構，形成與習慣性口語句式相背離的效果，獨特的句法結構阻礙了情緒流動，產生一種內在的張力，以語法規則的鬆動和邏輯

3　鄭敏：《詩歌與哲學是近鄰》（北京市：北京大學出版社，1999年），頁21。

規則的弱化，增強了詞際關係的審美膠合，促成日常經驗向超常經驗轉移，追求陌生化效果。這裡容易產生理解混亂的是，口語入詩的陌生化處理，指的是話語組合，而不是話語本身，語詞可以明白如話，語詞組合不一定必須明白如話，否則白話詩等同於大白話，也就失去了詩的存在價值。

從另一個角度說，詩歌話語不拒絕多義性，有時甚至故意製造多義，為的是擴展詩歌的審美空間。但是口語或日常話語，除了特殊需要（如語境要求一語雙關）之外，從根本上排斥多義性，為的是增加交際暢通的可能性。就此而言，「我手寫吾口」不僅取消了詩歌話語和口語的界限，也取消了詩歌話語和日常話語的界限。

日常話語和詩歌話語的距離，也就是普通人與繆斯的距離。《紅樓夢》中的香菱學詩進入癡迷境界，是在她終於找到了詩歌話語的直覺之後，而不是「我手寫吾口」的簡單操作。所謂「出口成章」，絕不是將劉姥姥進大觀園的所言原汁原味地呈現為「詩」。出自「吾口」的語言是日常話語，而詩歌話語則需要偏離日常話語的瑣碎、平庸，通過對現實的審美變形，製造修辭幻象，讀者走進詩歌話語，也就進入審美現場，進入文本幻覺，這決定了詩歌文本的修辭建構很難是「吾口」的轉錄。相對於日常話語來說，詩歌話語是日常話語的一種功能變體。詩歌話語的修辭規則，應該交給詩歌語法，而不是普通語法。尤其是中國詩歌語法鬆散、語象凝煉。[4]從詩人的內在體驗轉化為外顯的詩歌話語，存在著複雜微妙的可能性。同樣觀察落花，薛寶釵、史湘雲、賈寶玉都做不出林黛玉的〈葬花詞〉，即便是林黛玉本人，換一個時空、換一種心境看落花，也不一定能夠複製〈葬花詞〉。

---

4 葉維廉：《語法與表現：中國古典詩與英美現代詩美學的匯通》，見溫儒敏、李細堯編：《尋求跨中西文化的共同文學規律》（北京市：北京大學出版社，1987年），頁57。按：此處所說的「意象」，其實可以別為心理層面的意象和文本層面的語象，詳見〈物象．意象．語象：學術記憶和當下情境〉，譚學純、朱玲：《修辭研究：走出技巧論》（合肥市：安徽大學出版社，2004年），頁215-225。

什克洛夫斯基認為詩歌話語處於文學話語的最高層次，是陌生化程度很高的語言，是從自動感知狀態下解放出來的語言。雅柯布遜也強調詩的功能在於符號和指稱不能合一，詩歌話語的修辭價值在於「詩趣」，這就是說，詩語可以掙脫符號和指稱之間固定的邏輯關係，重建能指和所指的審美關係，詩語的語義信息和審美信息相比，後者是主導的方面。詩性功能越強的語言，越是偏離語言的現實所指。中國詩人任紅淵的一段陳述很值得玩味：

> 好像是早已安排好的，由我一歲的女兒 T.T 來給我再現女媧的語言。1986年初夏的一個晚上，我抱她到陽臺上去玩，並非在等待什麼奇跡的發生。她已經開始學語。她的小手指著夜空最圓最亮的一點。那是什麼？月亮。她便歡呼地叫著：月亮！月亮！在她的叫聲裡，拋在我天空的那麼多月亮，張若虛的，張九齡的，李白的，蘇軾的，一齊墜落。天空只留給我的女兒升起她的第一輪明月。這是她的月亮。她給自己的月亮命名。從一歲到兩歲，她天天都在給她的新世界命名。她的生命——世界——語言一同在生長。
> 今晚，我女兒的那一聲聲「月亮」，震落了別人拋在我天空的一切，震落了年歲和歷史，語言支撐著的古老的世界倒塌了。這是一個生命充實的虛空，一個創世紀的開始。我能第二次找回女媧的語言嗎？我已經把衰老的語言交給了女兒，不知道是否能夠再從她那裡接過從生命中重新生長出來的語言。這場更新語言的童年遊戲將有怎樣的結局？
>
> 到今晚，她1歲的月亮也快滿16歲了。「T.T 的月亮」，已經成為我的一個詩學名詞，現在我又在她的語言中最具活力與魅力的部分，尋找明天的詩。我是一個隨著女兒成長的父親。[5]

5　任紅淵：〈為了叫出自己的漢語世紀〉，《山花》2002年第3期，頁51-54。

作為現實所指的月亮，不是一歲的 T.T 第一次命名的，但卻是 T.T 經驗世界中的第一輪月亮，是一個稚嫩生命與外部世界的詩性對話，是詩人的女兒和詩人自己共同創造了一個詩意化的審美現場。正因為如此，所以詩人覺得：在女兒對著月亮的那一聲歡叫裡，「拋在我天空的那麼多月亮，張若虛的，張九齡的，李白的，蘇軾的，一齊墜落。天空只留給我的女兒升起她的第一輪明月。」當「T.T 的月亮」成為詩人的詩學名詞時，我們不僅看到了一個在詩意化的語言中生長的女兒，也看到一個在女兒的語言中尋找詩的父親。任紅淵認為，「詩是發現新世界的驚喜」，從語言的角度說，詩人的驚喜就是一種發現語言的超現實所指的驚喜。

雅柯布遜把詩歌作品界定為：以美學功能為主導的文字信息，主張讓詞語從詞彙意義中解放出來。既然詩歌話語是從自動感知狀態下解放出來的語言，詩歌文本建構落實到話語層面，就很難是一次成型的。中國古代詩話有「苦吟」之說，當代詩人于堅從反面印證詩歌話語難以一次成型：

> 許多不好的詩歌其實沒有過程，看不出詞是如何一個一個被生下來的。
>
> 一首詩的技藝就是語詞在途中不斷改變方向的運動。[6]

寫詩，從文本的藝術構思到文本的藝術實現，重要的是詞語一個一個被「生」下來的「過程」，這個過程往往伴隨著語詞對常規運動方向的偏離，也就是于堅所說的「語詞在途中不斷改變方向的運動」，從審美的角度說，就是改變主體與世界的關係，重新設計主體觀察世界

6　于堅：〈世界在上面　詩歌在下面——回答詩人朵漁的20個書面問題（節選）〉，《山花》2002年第3期，頁55-57。

的座標。詩歌話語在語言運動過程中對原初方向的偏離，不僅改變了語義指向，也改變了主體與世界的關係；不僅改變了世界的存在形態，也改變了主體對世界的認知。如顧城〈遠和近〉：

你，
一會看我
一會看雲。

我覺得
你看我時很遠，
你看雲時很近。

處於恆定位置的「你」，在進行雙重的對話：與人對話——看我；與自然對話——看雲。在「我」的主觀感受中，人與人的對話受到阻壓，而人與自然的對話比較親近，所以，物理距離的遠和近，在心理距離中反向地顯示。如果說常規世界是 A，詩歌世界是 X，主體通過詩歌話語所認識的世界也就成了自我設定的 X。著名的例子另如：艾青把「我向太陽走去」的詞語運動方向逆轉過來，重新編碼為「太陽向我滾來」的驚世之語；聞一多《靜夜》「靜夜裡鐘擺搖來的一片閒適」的語詞常規運動方向也經過了審美化的二度設計。

日常話語關聯著話語主體的常規經驗，日常話語的修辭變異對應於話語主體的超常經驗。日常話語經過陌生化處理之後，進入詩歌話語，是做詩的一般經驗。這種陌生化處理，往往通過對常規語義的偏離，強化語言的詩學功能。艾亨鮑姆所說的「無意義性」和「語言」之間經常出現的不一致性，可以看作修辭詩學的內在辯證法。西方意象主義詩歌的重要人物休姆，認為詩歌話語需要克服日常話語在詩美意義上的侷限性，途徑之一是抗拒公共話語。然而困難的是，日常話語要歸附的，有時恰恰是公共話語，其間的關係即：

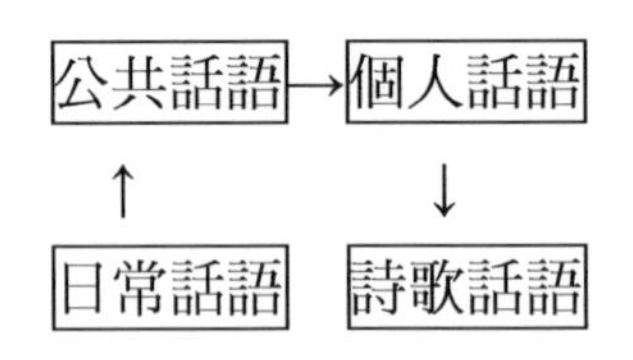

圖六

箭頭所示轉換路徑表明：公共話語和日常話語很難直接進入詩歌話語，它們需要通過個人化的語義重構，進入詩歌話語。

寫詩，是詩人從現實秩序進入藝術秩序的一種語言活動，語言是詩人從現實場景進入審美場景的審美變形材料，詩人走近繆斯，攜帶著經過修辭化重組的日常話語，不可避免地伴隨著對「吾口」的偏離。詩人觀察世界的時候，需要重建一個經驗平臺；詩人表現世界的時候，需要重建一個語言平臺。當詩人陷入「此中有真意，欲辯已忘言」的尷尬時，繆斯的召喚決不是「我手寫吾口」的簡單置換。

詩歌話語與日常話語的關係大致可以分作兩類：

超越日常話語，製造陌生化的審美世界，與「我手寫吾口」的聯繫比較鬆散。不容易導向「我手寫吾口」的結論。

貼近日常話語，製造生活化的擬現實世界。從表面上看，與「我手寫吾口」的聯繫比較密切，但是實際上，這裡隱藏了一個更深層的疏漏：它把詩歌話語主體的存在之悟，等同於實在之言；把詩歌話語作為修辭幻象，等同於日常話語的現實圖像。因此，「我手寫吾口」隱藏著「摹仿說」的理論基因，從摹仿口語，到摹仿日常話語，它跳過了詩人觀物運思過程中不能跳躍的環節：自我的內在世界如何向外投射，外在世界又如何成為自我內在世界的修辭幻象？

詩人感受世界的方式有他的特殊性，有特殊的觸鬚、特殊的感受，才有特殊的表達。在這方面，白話詩的寫作難度在「我手寫吾口」的隨意性中，被大大地低估了。同時，白話詩的接受難度也被不經意地取消了。

詩貴含蓄，要求詩人不吐平直之語，在模糊、混茫、似斷似續、如幻如真之境，逼近深藏的詩心；「不著一字，盡得風流」的不寫之寫，更要求詩人善於調遣筆墨，追求無語而妙的魅力。暗送秋波的愛意，比通體透明的徵婚廣告更具誘惑；煙雨朦朧的西湖，比麗日煦照的西湖更美，這是審美的常識。但是詩歌話語變革的注意力從審美退出，專注於話語的文言形態／白話形態、口頭形態／書面形態、常規用域／非常規用域，這時候，偏頗就不容易避免了。如果白話詩成了白開水，那只是白話，不是詩。

馬拉美認為詩人用詞語寫詩，而不用觀念寫詩，這種感覺化的表達，在遇到理性化的接受時，會遭到抵抗。在理性的王國，不存在根本脫離觀念的語言，因此，詩人也就不可能用完全脫離觀念的詞語寫詩。其實，馬拉美的看法作為象徵主義的詩美主張，準確的表達應該是：詩人用意象啟動思想（觀念），用語象凝固觀念——在文本的物質實現層面，按照詩美規則進行語象的詩性組合。物質世界、心理世界，一旦被改寫為詩，也就是世界按詩的方式進行了修辭化的重組。

不同詩人的創造性表現在不同的方面，但是有一點是共同的，那就是詩人運用語言的創造性。我們面對的符號世界既有限，又無限。符號的能指是有限的，但是能指飄移、離合、重組的可能性是無限的。凡人拘於前者，詩人敏於後者。從這個意義上說，詩人是在重建符號世界的修辭化運作中誕生的。除了出口成章的天才之外，詩人很難誕生於「吾口」。詩語和「吾口」之語確如于堅所理解的那樣難以劃一：

> 詩人的創造性只是在語詞的運動中才呈現出來，說出什麼意義不重要，處理了什麼材料也不重要，意義、材料必須在語詞的

流動活躍中才會被賦予生命。[7]

不僅純正的抒情詩不能「我手寫吾口」，就是最接近口語的民歌詩體，也不可能「我手寫吾口」。天才的民間歌手不一定能夠成為優秀的詩人，民間歌手可以是文盲，但只要他掌握了民歌的話語模式，就可以創作民歌，與聽眾交流。這種話語模式不僅是民間歌手運用自如的，也是聽眾熟悉的，當民間歌手按照聽眾熟悉的模式進行語言編碼時，便會激起聽眾的熱情。在這個意義上，民間歌手的話語模式和聽眾的接受方式是歷史地形成的，而「我手寫吾口」卻接近即時創作，它只需要接受者的現場理解，詩歌讀解中更重要的「品賞」，卻無用武之地。

口語／日常話語，語義指向意義自明的世界，可以自動感知，因而口語／日常話語的接受多半是一步到位的。但是詩歌話語的接受卻拒絕一步到位。詩歌話語呈線狀排列，對詩歌話語的接受卻是思維的放射性展開過程，讀者的文化層次越高，審美經驗越豐富，越是不會遵照詩歌話語的線性組合，進行逐字逐句的語義追尋。為詩歌欣賞的發散性思維開拓空間的一個重要前提，就是詩歌話語的詞際或句際之間的張力，「我手寫吾口」的詩句一般不具有這樣的張力，它更適合非詩化的線性讀解。

提倡白話詩，初衷是引導詩歌走向大眾，但這裡隱含著兩個難題：

(一) 詩在本質上究竟是不是大眾化的

一個民族可以進行全民體育、全民健身，但是很難開展全民詩歌運動，尤其是在詩歌話語方面，普通大眾有時會認為詩語酸溜溜

7 于堅：〈世界在上面　詩歌在下面——回答詩人朵漁的20個書面問題（節選）〉，《山花》2002年第3期，頁55-57。

的，這也許是詩歌讀者永遠少於小說讀者的原因之一。于堅甚至認為，「全球化要消滅世界的差異和等級，詩歌是最後的等級制度，它的等級制度不是依據知識的佔有量、財富和權利，而是依據此人與上帝的距離。」[8]撥開這段表述的神秘霧障，我們還是應該承認它有合理的成分。

（二）強調大白話，會不會偏離詩歌大眾化的初衷，把大眾引向打油詩

這裡涉及一個理論問題：重建中國白話詩的話語系統，驅動詩歌話語走向民眾，是否意味著引導審美趣味走向平面化？白話詩的倡導者們可以指責求文守雅的話語方式自娛多於娛人，但是他們似乎忽視了一點：求白趨新的詩歌話語，如果不能兼求意境之美和聲韻之美，同樣難以娛人，在這樣的情況下，貼近民眾的，是話語，還是詩語？抑或是白話詩人丟失了詩語而不自知？理論在相當長的時期內似乎都沒有認真地追問。

「語言只有在具體的詩學結構中才具有詩學的特性」，[9]一方面，明白如話的語言，需要按照審美的方式組合進入特定的詩學結構，才能傳達詩意；另一方面，詩歌文本的意義生成，有時又恰恰是通過對明白如話的語言的局部否定來實現的。詩語，得之內養，應之我心；而不是簡單地出自吾口，得之我手。「我手寫吾口」的簡單操作，很容易導致口中之言和筆下之言的平面置換，不能給詩歌話語審美信息的融匯留下足夠的空間。很難想像，丟失詩美的口語詩能夠幫助詩人步入繆斯的聖殿。

8　于堅：〈世界在上面　詩歌在下面——回答詩人朵漁的20個書面問題（節選）〉，《山花》2002年第3期，頁55-57。

9　任紅淵：〈為了叫出自己的漢語世紀〉，《山花》2002年第3期，頁51-54。

瑞恰茲用「偽陳述」區別詩歌語言和科學語言，所謂「偽陳述」，就是不介意指稱的真偽，不恪守客觀真實。如果我們去除這一見解的絕對化成分，它還是存在一定的合理性的。就此而言，「我手寫吾口」進入了理論上的二難境地：

- 如果出自「吾口」的白話是「偽陳述」，可能失落「我手」照錄的原始意義；
- 如果出自「吾口」的白話反映了客觀真實，則「我手」寫出的又未必是詩。

前述艾青詩句「太陽向我滾來」，是典型的「偽陳述」，而這樣的陳述雖然是大白話，卻很難出自「吾口」而應之「我手」。優秀的詩人善於通過感官經驗的挪移和互滲創造詩美，善於運用悖論語言傳達主體對世界的矛盾感受，詩人從概念思維切換到意象思維的過程，有時恰恰是「我手」和「吾口」分離的過程。

如果用海德格爾關於詩、言、思的關係來解說，那麼「我所說」屬於群體對「存在物」的普遍認識，「我所思」才是個體對「存在」的獨特體驗，「我所說」未必成詩，「我所思」卻可能成就一首好詩，前者強調大眾規範和形式邏輯，而削弱了詩意，語言成為無生命的信息載體；後者超越大眾規範和形式邏輯，隨著死去的語言復活，詩意通過「去蔽」而趨向「澄明」，從而把詩人對存在的獨特思考以獨特的話語方式外化出來。

既然「我手寫吾口」的理論預設如此經不起推敲，為什麼這句中國新詩革命的標誌性口號在那麼長的時間內影響了新詩寫作，也影響了新詩接受呢？

於是引申出下面的討論——關於預設三的理論失誤。

三　白話詩的可接受性是否絕對地大於文言詩

在很長的一段時間內，「我手寫吾口」的白話詩，代表了詩歌革命的走向，它的可接受性大於文言詩。而這，似乎成為表達者和接受者之間的潛在共識。

白話詩重「白話」、輕「詩」的認識傾斜，造成了詩歌話語審美信息的稀釋。透明的、一眼見底的話語，表面上是注重詩歌話語的可接受性，實際上，一目了然的意義規定正好偏離了詩歌話語所需要的意義的模糊性和多指向性。讀者欣賞詩歌的感覺被簡單化為讀白話，而不是讀白話詩，讀者開拓詩歌語義空間的通道被堵塞，編碼——解碼的複雜審美運動變得淺表化。

應該承認，白話之興，順應了文學發展對符號形態變異的歷史要求。因為在白話文學興起之前，文言作為文學話語，自身發展的空間已經很局促。然而，在中國文學二千多年的輝煌之後，要以新的話語方式開拓新的文學書寫空間，實在不是一件容易事。認識上的偏激，加上躁進的詩界革命運作，使得理論來不及沉澱，來不及認真辨析文言話語中不能被白話取代的形式意味，也來不及認真辨析敘述文體和詩歌文體的區別性。

從目標上說，確立白話為新詩發展的生長點，並沒有錯，但是在如何實現這個目標的時候，卻暴露出了一些疏漏。如果說，白話如何以審美的方式組合為詩歌話語的問題，構成了白話詩如何提高美學品位方面的壓力；那麼，廢除文言所連及的古典詩美失落，又使白話詩在留住詩味方面，部分地失去了詩意的支撐，於是，相對於白話小說的突出成就，白話詩更多地處於一種上下為難、進退維谷的格局。

白話詩作為中國現代詩歌話語轉型過程中最引人注目的風景，其成就似乎不及白話小說。這是因為：與詩歌文本相比，敘事文本的話語策略較早地進行了自我調整，從宋、元話本，明、清白話小說到現代白話小說，在話語方式方面並沒有出現十分突兀的變化，包括在敘述技巧方面，現代白話小說也並沒有在多大程度上走出古代白話小說，基本上沒有出現明顯的斷裂。

但是在詩歌話語中，情況就不一樣了：

中國是詩的國度，以文言書寫了數千年的詩歌文體，具有不同於白話的語言存在方式，也具有不同於白話的思維存在樣式。在以審美思維凝固審美意象方面，語言作為思維的中介，文言與白話體現了不完全相同的觀物運思態度。而在話語方式的文白轉型過程中，往往拋棄或淡忘了有著長期詩美積澱的藝術傳統。詩歌向白話之途的執著追尋，在理論上留下了一個缺口：匆迫的話語轉型可能留下的審美缺失，被詩界革命的先驅們懸擱在一邊。由於現代詩歌話語重建在詩美層面沒有能夠有效地彌合文白轉型留下的缺口，致使中國新詩話語的詩學建構在很大程度上沿著一條傾斜的通道滑行。中國詩歌話語轉型極具變革意義的一次嬗變，在詩壇的震盪和傾斜中生產新的文本，其間夾雜著缺失了詩美內涵的文本。接受者的參與和呼應，更使得在表達環節已經有些發育不良的白話詩，走向了讀寫者的雙向認同。

「我手寫吾口」懸擱了重建白話詩在修辭詩學層面的審慎思考，更多關注的是用白話寫作，至於白話應該以何種方式進行審美組合才可以進入詩歌文本，則被簡單化地處理了。詩界革命更注重白話的可接受性這種平面化效果，而與此相關的詩美嬗變的深度空間，卻遲遲沒有在真正的意義上打開。

作為古典詩美失落之後的藝術修補，創作和理論都曾做出一些調整。創作上有二十世紀二〇至三〇年代聞一多、徐志摩的新格律體，在掙脫舊格律之後嘗試重建新的聲律秩序。理論上陸志韋主張去平仄而採抑揚，宗白華的「二美」和聞一多的「三美」都強調詩歌話語對視表象的審美激活。詩語的節奏向音樂之境升發，喚起豐富的聽覺表象；詩語的色彩和詩行排列向畫境和建築靠攏，喚起豐富而又規則的視覺表象。詩人的手段是從日常話語中提純出詩意成分，需要追求語言節奏的和諧，需要滿足審美的條件，以達到語言結構和情感結構之間的默契，這顯然不是「我手寫吾口」所能勝任的。不妨作一個簡單的比較：

> 雞聲茅店月，人跡板橋霜。（溫庭筠）
> 東山的糜子西山的穀，肩上的紅旗手中的書。（賀敬之）

同樣用名詞並置句組詩，同樣的話語結構，前者喚起了豐富的審美感受。一位詩人這樣解讀：

> 幾個孤零零的名詞，在它們各自的開闊地帶生動地演出。每一個名詞既是主語，又是賓語，甚至還是謂語、定語和狀語。可以從每一個名詞起始：如果從「人跡」開始，人跡踩著雞聲，踩過月色，踩過霜，踩響了板橋和茅店的沉默，又被月色和霜淹沒了，連跡，連霜，連迴響；如果從「月」開始，和霜的月色朦朧了人跡，板橋，茅店，雞聲，最後連月也朦朧了。司空圖所謂的「意象」，王國維所謂的「意境」，都是從漢語詞語的自由重組中生成。[10]

海外學者葉維廉更是十分欣賞這種語象並置的詩美空間：

> 形成一種只喚起某種感受但並不加以說明的境界，任讀者移入、出現，作一瞬間的停駐，然後溶入境中，並參與完成這強

10 M·巴赫金：《文藝學中的形式主義方法》，見《巴赫金全集》（石家莊市：河北教育出版社，1998年），第2卷，頁218。

烈感受的一瞬之美感經驗。[11]

這裡，主體的視角是任意的，物象的相對位置也是任意的，一切全憑讀者的審美設定。

對比上引詩句，結合上述評價，問題來了：

為什麼同樣的話語組合模式，在上頁所引賀敬之的信天遊中，總讓人覺得美感信息稀釋？想像空間有限而缺少層次感？其實，葉維廉所說的語象並置，不是把不同的場景、感覺搬到同一個平面上就算完成了。對接受者來說，有些白話詩「詩味」不足的感覺，不是因為白話詩的「白話」可接受性強，而是面對平白如話的「詩」，接受者自身的意義，以及接受對表達的參與，都不同程度地弱化。讀劉大白的〈賣布謠〉，會使人產生一種感覺：這是不是一種丟失詩美本質的詩歌話語變革？把詩歌變成簡單明瞭的童謠，究竟是詩的進步，還是詩向非詩還原？雖然童謠也有它獨具的魅力，但是它與真正的詩美特徵，畢竟還有距離。值得注意的是，劉大白和胡適一樣，都曾經說過自己的白話詩受了文言詩的影響，如果是事實，我們只能認為，文言詩的影響在他們的白話詩的話語層面被過濾掉了。這正好從另一個角度說明：詩美創造，不能只看詩歌話語和日常口語的距離，詩歌話語的可接受性不能簡單地走向語言的「白」和「俗」。

詩歌話語的非一次成型性不等於不可接受性。後人分析詩人手跡，斟酌為什麼應該這樣寫，而不應該那樣寫，實際上包含了對糾纏著詩人的語言痛苦的理解：

---

11 葉維廉：《語法與表現：中國古典詩與英美現代詩美學的匯通》，見溫儒敏、李細堯編：《尋求跨中西文化的共同文學規律》（北京市：北京大學出版社，1987年），頁57。按：此處所說的「意象」，其實可以別為心理層面的意象和文本層面的語象，詳見〈物象．意象．語象：學術記憶和當下情境〉，譚學純、朱玲：《修辭研究：走出技巧論》（合肥市：安徽大學出版社，2004年），頁215-225。

我搬動了方塊字
就撼動了石頭
一座座陰暗廟宇牢獄的基礎……
就掙斷了鎖鏈一樣生銹的格言符咒
給人以新的自由。（雪生：《想像》之七）

寫詩，是語言的博弈，是詩人與語言的遭遇戰，是激情燃燒的詩人孤獨地面對多彩的世界，開闢對話通道的語言工程，借用林白小說的篇名，這是「一個人的戰爭」。從這個意義上說，「我手寫吾口」，不僅對詩歌話語建構不是良策，對詩人和詩歌讀者的自我建構也未必有利。因為它在簡單地認同白話詩的可接受性的同時，關閉了主體在話語的「白」和「俗」之外的自我開發空間。

四　詩學建構話語形態的「文白」之爭≠意識形態建構的「新舊」之爭

「我手寫吾口」的最大理論失誤是預設4，即把詩學建構意義上話語形態的「文白」之爭變形為意識形態建構的「新舊」之爭。

倡導白話，反對文言的一統局面，本身是一種向前看的運作，但是當問題與白話詩聯繫起來的時候，就不那麼單純了。

問題來自：詩歌話語向白話轉型的同時，沒有捨棄白話中的非詩意成分。詩歌話語告別文言形態的同時，卻捨棄了文言中的詩意成分。

更麻煩的是：白話詩的倡導者們思維方式的深層結構不可能真正跟文言形態劃清界限。不管是胡適，還是魯迅、郭沫若，他們都是在文言的醬缸裡浸泡過的白話大師，他們旗幟鮮明地反對文言，卻總反不掉他們深厚的文言功底，事實上他們的文言寫作也從來沒有終止。

這個問題可以換一個角度來表述：當白話詩的倡導者們用白話寫

詩的時候，出自我口的白話夾雜著非詩意成分，但出自我心的深層的文言思維，作為一種看不見的審美抵抗力量，又使白話詩的詩意成分帶著非白話的審美資質，這是一種深刻的內在矛盾。

面對新詩的話語轉型，部分接受者的趣味調適與文體變革未能同步，對白話詩的價值認同出現了不同見解，這本是正常現象，如章炳麟發表在《華國月刊》第一卷第四期的〈答曹聚仁論白話詩〉，否定白話詩的文學價值；胡先驌在《學衡》第一至二期連載《評〈嘗試集〉》，辭鋒尖銳地批評白話詩，甚至認為白話詩使詩走向淺俗。這類文章中的一些情緒化表述，的確不同程度地使論證的科學性打了折扣，但並不是沒有一點值得認真思考的成分，只是當時的主流話語聽不進「他者」的聲音。

冷靜地回首與反思，當年朱經農、錢玄同等人主張白話兼容古典詩美的意見被排斥，是主流話語的勝利，也是白話詩拒絕古典詩美的代價。從表面上看，「兼容」說似乎有些和稀泥，但實際上包含了對二者的雙重否定和超越。林語堂認為「國語要雅健，也必有白話、文言二源。」他自己寧可寫「白話的文言」，不寫「文言的白話」，這不是文字遊戲。「白話的文言」和「文言的白話」，兩種表述的語義重心暗示了白話兼容文言美質，不能是簡單的雜揉。遺憾的是，這些意見中包含的合理成分，在其後激進的文壇運作中不可能被主流話語接納。相反，告別文言話語形態，更容易得到讀寫者的認同。[12]

更糟糕的是，事情後來變形了：

詩歌話語的「文白」之爭，從一個詩學建構命題上升為意識形態建構問題——裘廷梁〈論白話為維新之本〉極有代表性：

12 直到二十世紀末，學術界才開始認真地審視當初的理論浮躁。其中最有智慧含量和理論深度的有鄭敏、王光明等先生的文章。詳見鄭敏：〈世紀末的回顧：漢語語言革命與中國新詩創作〉，《文學評論》1993年第3期，頁6-21；王光明：〈中國新詩的本體反思〉，《中國社會科學》1998年第4期，頁153-169。

> 愚天下之具，莫文言若；智天下之具，莫白話若……文言興而後實學廢，白話行而後實學興；實學不興，是謂無民。

回過頭來看當年的文白之爭，可以發現實際上存在著兩個完全不同的語境：

1. 意識形態語境：推崇白話的一派認為，白話代表了先進的、現代的文化，是與中國社會的現代化進程最相適應的有活力的語言，文言所代表的封建古董不能適應社會的現代化要求。

2. 審美文化語境：護衛文言地位的一派認為，文言在幾千前的歷史發展中，積澱了豐厚的審美文化含量，有著自己的輝煌，而白話作為全民使用的語言，其短暫的歷史，還不足以創造出自己的輝煌。

我們今天評價白話文運動的功績，常常忽視了一個問題：人們更多地是從政治思想和社會變革的角度來推崇白話、批判文言的。這實際上已經使白話和文言進入了意識形態語境。

在意識形態語境中推崇白話、批判文言的認知邏輯是：

白話＝進步／現代化

文言＝陳腐／封建糟粕

話語即權力，上述認知邏輯使白話在進入詩歌文本的同時，進入了非詩學的評價體系。這不僅意味著原本屬於詩歌話語美學範疇的問題政治化，也意味著對白話的認同具有了某種權力化的傾向。

立足於二十世紀中國文學的現代性語境，應該承認白話詩的意義：

自《詩經》以來的文言詩，在其經典化的過程中，建構的權力話語系統，支援著屬於知識精英階層的話語霸權。對這種話語霸權的衝擊和顛覆，一定程度上有賴於話語形態的改變。因此，話語形態的文白轉型，實際上隱含了一個話語權的再分配問題。

文言詩的話語形態和日常話語之間有著明顯的脫節，白話詩填充了這種脫節，這是詩歌語言革命能夠成氣象的主要原因之一。從偏離生活的文言，走向貼近生活的白話，增強了詩歌文本的當下性。詩歌走出格律，使主體內在訴求的釋放具有更開闊、更自由的空間，使詩神更加貼近生命本體，也使作者與接受者之間的對話變得直接、簡易。

作為詩界革命口號的「我手寫吾口」，放置入黃遵憲當時的認識框架中，也不是沒有道理。但是，寫詩畢竟不同於寫便條。衡量詩歌優劣的重要條件，不在詩歌話語屬於文言形態、還是屬於白話形態，也不在於詩歌話語是「守舊」、還是「維新」，而在於話語本身的組合方式。

當時過於性急的理論言說，忽略了一個重要的問題：白話詩在拉近了日常話語和詩歌話語的距離之後，應該如何運用審美手段聯詞成句，綴句成篇，使白話詩具有真正的詩美。出自「吾口」的語言，如果不經過符合詩美特徵的組合，多半只能完成語義信息的傳遞，而審美信息的含量相對不足。詩美，來自詩人腦海中意象的豐富性，而不僅僅是出自「吾口」的詞彙的通俗可讀性。正因為如此，「我手寫吾口」的理論主張，無法在新詩創作的實績中得到有力的支撐，實際的情形倒是：一些在中國現代文學史上有地位的新詩，大多不是「我手寫吾口」的簡單記錄。郭沫若、聞一多、徐志摩、戴望舒、馮至、卞之琳、穆旦、艾青，他們的詩歌文本是歷史的見證。相反，一些斬斷了文言血脈的白話詩，文字很白，「注水」也很多。

如果說詩界革命的倡導者懸擱了詩的本質，那麼，在其後的理論建構中，人們則忽視了語言變革的性質。

語言變革更多的是一種自我更新，而不是外力的強制性轟毀。語言的新質與舊質之間剪不斷、理還亂的關係，決定了語言的變革是漸變而不是突變。當初「我手寫吾口」的理論主張，動機當然是追求「我手」與「吾口」的統一，但是實際上這個命題本身卻隱藏著二者背離的可能性，它在把寫詩變得簡單的同時，忽視了困擾著詩人的語言痛苦，迴避了詩歌文本生成與詩人語言能力的關係。這裡可以借用巴赫金的一段表述：

> 感受從一開始就是以充分的現實意義的外部表現為目標，努力實現它。這一感受的表現可能被實現，也可能受阻，受扼制。在這後一種情況中，感受成為一種受阻的表現（至於受阻的原因和條件的問題非常複雜，我們這裡就不涉及了）。[13]

詩人進入創作狀態，可能會寫得很「暢」，這就是感受的表達被實現了。但是更多的還是如下的情形：出自「吾口」的現成話根本無法傳遞詩人的感受；或者，等到詩人的創作衝動得到釋放之後，細細品味寫下來的詩句，也許並不滿意。這時候，詩人或者循著心中某一個或某幾個意象的召喚，重新打開靈悟之門；或者調整藝術構思，丟開先前的話語，循著另一條路徑，重新走近繆斯。這種由自我沉醉，走向自我否定，再走向新的自我沉醉的過程，決不是「我手」和「吾口」的簡單對應。事實上，為語言痛苦所困擾的詩人，每每以激活語言的詩意作為手段，而很少借助「我手寫吾口」直奔題旨。

寫詩，是詩人戰勝語言痛苦之後的自我實現，詩人只有不斷通過語言冒險，才能換取藝術的安全。詩歌創作，說到底就是如何言說的藝術，而「我手寫吾口」則是「想怎麼說，就怎麼說」的簡單言語行為。「想怎麼說，就怎麼說」的坦途不屬於詩人。一次又一次地陷入語言痛苦，一次又一次地超越語言痛苦，是詩人與常人的界限，即使在言不能盡意時，詩人也要「知其不可而為之」，追求詩歌話語的審美蘊涵。詩人為語言所困擾，又在語言中沉酣，而「我手寫吾口」則可能使得深藏著的詩心化作裸露、淺平的存在。

---

13 M・巴赫金：《文藝學中的形式主義方法》，見《巴赫金全集》（石家莊市：河北教育出版社，1998年），第2卷，頁441-442。

這裡，「我手寫吾口」的詩學主張，以意識形態的勝利遮蓋了詩歌的審美失落，它與本文開頭所說修辭詩學預設中的失誤，有著主體認知方面的關聯。

捌
一個微型文本的修辭學批評

一　緣起

研究生寫學位論文，有一定的篇幅要求。就一個選題完成規定篇幅，常常困擾著研究生。一篇優秀的學位論文，要求兼有思想含量、智慧含量、技術含量，同時有可信可控的材料支持，這一切，最終呈現為學術敘述的話語形態，所以，從根本上說，學術敘述的話語擴張能力，決定這個學術文本的看點。

德里達分析卡夫卡的一個八百字左右的微型文本《在法的門前》，寫出了二萬多字的長篇論文，話語擴張堪為經典。

本文選擇的分析對象，是六百多字的微型文本，寫作動機無效顰之意，只是希望為研究生們提供一個有助於激發寫作自信的個案。從這個意義上說，本文也可以看作「小題大做」的學位論文的模擬示範：「小題」如何通過話語擴張，「做大」論文的容量和含量。

話語擴張不能擴張為錯話、廢話和傻話——這「三話」，在為數不少的研究生論文中時有所見。

本文寫作是一種話語擴張，當然，儘量減少錯話、廢話和傻話。

二　微型小說研究現狀

網上搜索國內微型小說研究成果，可以發現，存在三個低關注領域：

(一) 單篇微型小說研究成果偏少

微型小說篇幅超短，也許限制了單篇作品進入研究視野。通常情況下，一篇千字以下的微型小說，如果做成萬字以上的學術論文，並嚴格控制學術注水，寫作難度高於以短篇或中、長篇小說為對象的研究。微型小說的研究如果要出彩，也難於篇幅較長的分析對象。因為前者可以觀察到的可分析點有限，而一些比較隱蔽的可分析點，往往不容易捕捉。這就像研究漢語詩歌，一首絕句可以觀察到的可分析點，一般少於長篇敘事詩，如果超短的研究對象做得大氣而精緻、深刻而灑脫，對研究主體來說，需要更為充足的寫作能量，並能最大化地減少重複性寫作、無意義寫作或低效寫作，減少讀者無價值的閱讀能量消耗。

(二) 單篇微型小說的開放性研究成果更少

以「微型小說研究」為主題詞，搜索清華學術期刊全文數據庫預設時間段一九九九至二○一○年間的相關文獻，只有六十四項成果記錄，刪除重複信息、無效信息之後，呈現有效信息五十二條，多屬於宏觀審視。微觀的單篇作品研究不到成果總量的五分之一，平均每兩年才產生一篇單篇微型小說研究成果。而以開放性眼光，綜合考察單篇微型小說及相關理論問題的研究更為稀疏。

(三) 單篇微型小說的語言學研究尤其少

微型小說同樣是「語言的藝術」，但可能因為微型小說刪繁就簡的敘述結構，弱化了研究者的語言注意，現有研究成果很少以微型小說作為語言學分析的標本。

基於（一）、（二）、（三）顯示的同類研究低關注現狀，我們從文本「形式——功能」及話語特徵等角度，就單篇微型小說從作者意圖到讀者接受的完整流程作廣義修辭學考察。希望能夠推進微型小說研究更加細緻的觀察和深入闡釋，也希望有助於闡明：廣義修辭學視野中的文學話語研究，存在著遠不止「修辭技巧」的闡釋空間。

三　本文分析對象和擬解決的問題

（一）分析對象

本文分析陳亨初的獲獎微型小說《提升報告》。

語料來源：《小說界》一九八六年第二期「全國微型小說大賽專輯」。

全文約六二〇字，引錄如下：

> 李力：男，現年二十五歲，畢業於北京大學中文系，二十歲開始發表作品，已發表小說二十餘篇。該同志有一定的組織領導能力，擬提升為文藝科長。
>
> 人事處
>
> 一九五八年七月
>
> 是個好苗子，應加強培養，放到基層鍛煉一個時期再看。
>
> 文化局黨組
>
> 一九五八年八月
>
> 李力：男，現年三十一歲，大學畢業後分到文化局工作，一九五九年春下放到機械廠。到廠後除完成本職工作外，又創作了大量反映現實生活的作品，並培養了一批業餘作者，有較強的業務水準和組織能力，擬提升為廠文化科科長。

人事處

一九六四年九月

該同志雖有較強的業務能力，但對政治學習抓得還不緊，知識份子味太濃，應再考驗一段時間。

廠黨委

一九六四年十月

李力：男，現年四十六歲，五十年代畢業於北大。畢業後在機關和工廠從事文化工作。「文革」時被打成反革命。一九七八年冤案被平反，根據本人要求，回到機械廠技校從事語文教學工作。鑒於本人發表過大量文藝作品，有這方面的專長，擬擔任《職工文藝》主編。

人事處

一九七九年二月

該同志業務水準不錯，可惜還不是黨員，作為黨所領導的文藝刊物，主編不是黨員不適宜。

廠黨委

一九七九年三月

李力：男，現年五十三歲，大學文化，一九八二年入黨。三十多年來，不管在什麼情況下，都始終對黨充滿信念，並寫過不少有影響的文藝作品，有豐富的實踐工作經驗，有較高的文化藝術修養和組織能力……建議調到文化局任副局長。

文化局黨組

一九八四年四月

該同志的確是個人才，但根據當前對幹部年輕化的要求，年齡已過線，不宜進領導班子。

組織部

一九八四年六月

（二）擬解決的問題

基於廣義修辭學立場，不限於單純的語言學觀察或文學觀察，解釋處於語言學—文藝學中間地帶的兩個問題：

1. 在「表達⟷接受」互動過程中論證：為什麼微型小說形式上呈現的公文語言面貌≠公文文體？文本內外，哪些要素支持《提升報告》作為小說的文體認證？

2. 以公文形式承擔小說功能的《提升報告》，以什麼樣的句子形態推動文本敘述？怎樣推動？為什麼這樣推動？

篇末餘論是問題一、二的延伸話題。

四　「表達⟷接受」互動過程中的文本形式、功能和文體認證

話語分析通常在一定的類型框架中進行，例如分析《史記》的話語，在歷史敘述的類型框架或者在文學敘述的類型框架中進行，會產生不同的文體壓力，這種文體壓力，可能引導或干預分析者，影響觀察的起點、理論的落點，以及闡釋的路徑和結論。

〈提升報告〉發表於《小說界》，在某種程度上規定了本文的分析對象：這是一篇小說，而不是公文。《小說界》的刊名和刊物性質，也是〈提升報告〉話語分析類型框架中的一個具有引導意義的因素：讀者閱讀的，是小說文本類型中的一種。這些都可以看做〈提升報告〉文體認證的暗示因素。

但是，不能排除反向的質疑：假定〈提升報告〉發表於《秘書學》或《公文寫作》，是否表明同一個文本就成了公文呢？

這個問題，如果從語料庫文體學找答案，可能因為相關參數大幅變化，給解釋帶來麻煩。

事實上，〈提升報告〉突顯的公文特徵可能干擾我們對文本文體身分的觀察，而基於小說或基於公文的解釋，會產生不同的文體壓力，影響〈提升報告〉的話語分析。因此，〈提升報告〉話語分析的前提，首先需要確認當前文本的文體身分。

文本的意義不是單向傳遞的，在以語言符號為中介的「表達⟷接受」互動過程中，同一個文本，值得關注的點很多，它們分佈於傳播流程的不同環節：

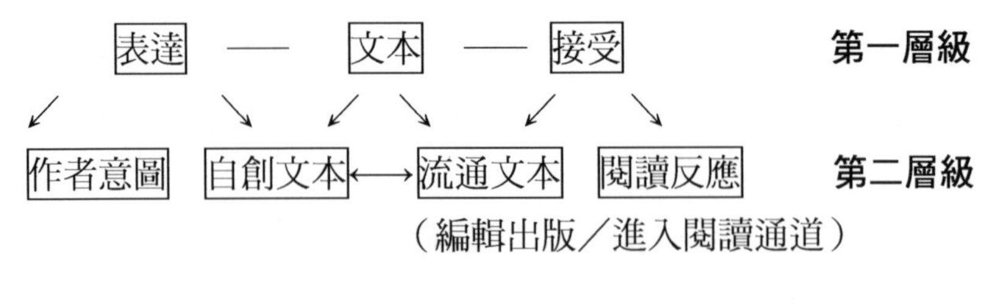

圖七

從圖七的第一層級觀察，文本的社會化流程是以語言符號為中介的表達和接受的互動。從第二層級觀察，作者的意圖驅動，通過創作思維的外化，形成符號層面的自創文本。信息輸出端的自創文本（不包括網絡文本）至信息接收端，通過出版行為，成為流通文本，由此進入閱讀通道。這個過程互相牽扯、互相制約。觀察和分析這個過程，可以幫助我們確認：〈提升報告〉為什麼以公文形式承擔小說功能？

（一）當文本功能選擇了變異的文體形式時，依據「功能優先原則」確認文體身分

至少可以從四個方面論證：

1 作者意圖和自創文本

作者意圖通過文本獲得物質實現。在語言符號層面定型的作者自創文本，沒有進入社會化流通之前，等於沒有消費者的文化產品。因此，體現作者意圖的文本生產，如果不拒絕交流（如私密化的日記），幾乎從一開始就很難隨心所欲。基於傳播目的的流通文本，在自創文本定型之後，甚至定型之前，就需要考慮文化產品的流向。

自創文本流向哪一類出版物、哪一種出版物，不是任意的。有一定寫作和發表經驗的作者，一般都清楚成果流向和作品意義實現的關係。同一個藝術文本，流向先鋒刊物，還是流向穩健型刊物？同一個學術文本，流向哪一種類型的學術刊物？有多種因素起作用，但有一點很明確：在作者意圖與出版物性質相符的情況下，自創文本進入審稿程序的可能性通常會大一些。而審稿程序的資格認證，首先排除的，往往是作者意圖與出版物性質相悖的文本。

〈提升報告〉流向《小說界》並得到認同，可以部分地說明：作者意圖與出版物性質大致相符。但也不能完全排除惡搞成分，因此需要另一種觀察和解釋——

2 流通文本取捨參照：出版物元語言

紙質自創文本通過出版物成為流通文本，要求作品的基本面貌與出版物自身定位、選題策劃、風格取向等大致相符，即二者在元語言層面相洽。

自創文本通過出版物進入公共學術空間，成為學術人共享的思想和話語資源。出版物可以通過「出版前言」、「編者按」、「稿約」之類

的話語引導，介入自創文本的社會化流程；或者通過審稿人的修改建議，影響自創文本轉化為流通文本的最終形態。

擬進入公共學術空間的自創文本，流向學術層次大致相當、學術形象大致相當的不同刊物，首先遭遇的，往往是出版物元語言識讀。

儘管從理論上說，出版物是話語交流的公共平臺。但是當出版物元語言的同質化特徵比較鮮明的時候，元語言具有異質傾向的學術文本，很難進入該出版物的話語集散區域。這就是為什麼同樣是讀書人的所思所言，流向三聯書店出版的《讀書》並被刊物選中的，少之又少，很多被攔截的文本，不是因為思想含量、智慧含量，而僅僅是因為話語面貌。如果作者沒有意識到出版物元語言的排他性，可能空耗自己的寫作成本。

這在跨學科研究中表現得更為突出：從研究範式到術語使用，從縱向的學科史到橫向的學科前沿、從理論與方法的支撐到技術操作，能夠在所跨學科對接，獲得所跨學科出版物元語言認同的可能性更大。反之，可能受阻。

如果《中國語文》審稿機制通過了的備選流通文本，封閉審稿結論，進入同層次文學類刊物的審稿機制，跨學科的二度審讀，很難確保接受審閱的文稿再度入選跨類刊物備用文本。「不適合本刊發表」，可以有很多理由，其中有一個理由比較隱蔽但卻十分重要，那就是「本刊」的一套元語言與「不適合本刊發表」的文本的元語言之間，有較大的認知距離。

即使同樣的寫作內容，成果流向也不能不考慮作者自創文本進入出版物當前結構是否協調。例如，同樣以「自然語言語義修辭化變異的認知解釋」為話題，在同樣的時間段（排除不同歷史時期學術背景與學術環境的差異）流向語言學出版物或者文藝學出版物，作者的自創文本從標題話語、概念範疇到文本結構、技術路線、標注方式、規範要求，都需要考慮出版物元語言並儘量與之相洽。[1]

以正式發表為目的的自創文本，在大多數情況下的第一目標讀者，是編輯／審稿人。

學術文本尤其如此，學位論文的第一目標讀者，通常是指導教師，指導教師實際上在很大程度上代行了編輯／審稿人職責。負責任、且有學術論文發表經驗的指導教師，往往會根據出版物元語言面貌，就當前文本提出建議：從標題話語的設計，到文本敘述的展開，甚至文本形式感的呈現，儘量符合出版物風格定位。

不排除自創文本的初始讀者可能是同學、朋友、或者親人，這需要區別：

（1）初始讀者不出於自創文本發表目的的閱讀

（2）初始讀者出於自創文本發表目的的閱讀

（3）初始讀者出於自創文本發表目的、且目標出版物明確的閱讀

讀者（1）不一定能夠推動自創文本向流通文本轉換；讀者（2）在發表目的明確、但目標出版物不明確的情況下，不一定能有效推動自創文本向流通文本轉換；讀者（3）實際上代行了編輯／審稿人職責。

編輯／審稿人處於流通文本和出版物的中介位置，他們不是被動的讀者，而是主動的強勢讀者，對自創文本轉化為流通文本有一定的干預力。編輯／審稿人通常被賦予雙重職能：一方面促進優質學術資源進入社會流通，另一方面攔截與所在出版物元語言不相洽的作品，如同海關檢查人員攔截不宜入境的產品。這也對編輯／審稿人提出了特別的要求。理想情況下，編輯／審稿人的自身條件，與經他們處理的稿件的價值應該成正比。中國古代一些經典文獻選家的自身條件，

1　參見譚學純：〈亞義位／空義位：語用環境中的語義變異及其認知選擇動因〉，《語言文字應用》2009年第4期，頁64-72；〈「存在編碼」：米蘭．昆德拉文學語言觀闡釋〉，載《中國比較文學》2009年第1期，頁98-106。

與所選經典的價值往往成正比，說明了選家之於所選文獻的價值認同和文化傳承意義。愛因斯坦提出「相對論」之初，學術論文被著名刊物退稿，從反面說明了審稿人的學術認同之於學術價值發現的意義。幸好後來為慧眼所識，否則，那將不是刊物的損失，而是人類思想文化的不幸。

在這樣的情況下，作者和第一目標讀者（編輯／審稿人）之間學術信任關係十分重要，而作者和編輯／審稿人之間建立學術信任關係的重要媒介，是自創文本和出版物元語言的相洽度。這種相洽度，有助於編輯／匿名審稿人以他們相對熟悉的話語理解作者意圖，這是基於學術傳播的自創文本進入社會流通的重要前提。

可以比較在同一時間段發表、且研究內容關聯度很強的兩個例子：

方梅以文本為對象，觀察小句主語零形反指和描寫性關係從句在書面文本中反映的漢語信息包裝特點：由背景化需求驅動的句法降級。觀察的語言單位有句子，也有篇章。文中第四節，標題即「從章法到句法」，將句法功能與形式納入章法的整體結構，認為從章法到句法是從語用模式固化為句法模式的漸進過程。語義內容基本相同的命題，在實際篇章中可能表現為不同的句式，選取哪種形式多與篇章因素相關。文章發表於《中國語文》。[2]從學術含量衡量，成果流向《中國語文》同層次刊物，應無障礙。但從出版物與擬發表文本元語言相洽度考量，這篇論文的理想流向是《中國語文》，如果流向《文學評論》或《文藝研究》，不排除遭遇刊物元語言攔截。

同時期，譚學純同樣以文本為分析樣本，將《李雙雙小傳》中同一人物的不同身分符號視為修辭元素來觀察，分析文本初始敘述 → 敘述展開 → 敘述收束對應於「李雙雙／非李雙雙」→「非李雙雙」

2　方梅：〈由背景化觸發的兩種句法結構——主語零形反指和描寫性關係從句〉，《中國語文》2008年第4期，頁5-17。

→「李雙雙」的身分符號分佈，認為文本的修辭處理不能隨意變更。（在功能需求塑造「形式」的意義上，也許可以看作方梅探討的語言學問題如何介入文藝學的解釋：實際篇章中同一人物不同身分符號的選擇，與篇章因素相關）。文章發表於《文藝研究》。[3]如果改為流向同層次刊物《中國語文》，會遭遇刊物元語言攔截。

由此看來，美國學者拉斯韋爾所論傳播活動的「5W」模式（誰—說什麼—通過什麼渠道—對誰—有何效果）需要改造，以模式中的「對誰」而言，語義指向有近指和遠指的區別：

↗ 近指：編輯／審稿人

Whom（對誰）

↘ 遠指：讀者群

圖八

一般認為「對誰」指的是面向什麼樣的讀者，而忽視了另一個問題：誰是最初的讀者？首先由什麼樣的第一目標讀者決定某一個學術文本有無機會面對更為廣大的讀者。前者是「對誰」的遠指，後者是「對誰」的近指。這個近指的第一目標讀者，需要與作者共享一個自創文本的思想資源、認知路徑、邏輯前提等，出版物元語言使「共享」成為可能。作者自創文本首先在這個環節被消化，然後遠指的「對誰」才是有意義的。如果第一目標讀者阻斷了自創文本進入更廣泛的學術交流的可能性，那麼，在當前文本發表之前，遠指的讀者群是缺席的。

中國現行學術體制中，出版物選稿用稿，不同程度地面對不同方面的壓力，如：

3　譚學純：〈身份符號：修辭元素及其文本建構功能〉，《文藝研究》2008年第5期，頁41-48。

人情壓力：情感認同影響學術認同

關係壓力：利益權衡改變學術權衡

經濟壓力：版面買賣鬆動學術堅守

權力壓力：欲望誘惑異化學術本體

這些壓力屬於出版物運作機制中的非學術因素，綜合學術因素和非學術因素，出版物元語言對流通文本話語方式及成果流向的影響，在實名或匿名審稿機制下，結果呈現出較大的差異。將近一個世紀前，瑞恰茲在劍橋大學做的實驗，為此提供了事實支撐：將一些實名詩作改為匿名形式，分發給文學系學生，要求受試寫出自己的閱讀理解和評價。瑞恰茲發現：受試往往低評一流詩人的優秀作品，高評三、四流詩人的平庸之作。這次著名實驗，促成了瑞恰茲《實用批評：文學判斷研究》一書的誕生，甚至「以文本為中心」的新批評理論和方法，也可以看作這個實驗的間接後續產品。瑞恰茲的實驗對象，是在世界名校受過良好訓練的文學系高材生，尚且出現這麼大的偏差，可見同一作品以實名形式或匿名形式進入審讀程序，閱讀反應是不一樣的。

正像詩人姓名干擾讀者的文學評判，學者姓名也會干擾審稿人的學術判斷。雖然作者姓名本身並不攜帶當前文本的學術意義，但是審稿人對作者姓名的「前接受」，作為隱含信息，可能從當前文本的外圍或邊緣向文本之內，乃至文本中心擴散，影響審稿人的學術判斷，進而影響出版物元語言認同或拒絕流通文本話語方式。如果作者匿名，上述影響通常以另外的形式表現出來。實名或匿名審稿，作者因素至少在六種情況下可能弱化出版物元語言對流通文本話語方式及成果流向的影響：

1. 在實名審稿機制下，作者的學術身分干擾審稿機制。審稿本來應該是一種客觀公正的學術挑選，但學術體制往往放大了作者姓名指向學術層次的身分符號意義，閱讀心理也會賦予作者姓名「超姓名」的意義。在這種情況下，很容易形成一個認識鏈：

作者姓名＝作者的學術影響力＝當前文本的學術含量

儘管主張「文本中心論」的新批評注重基於學術文本本身的「窄解釋」，但是，一旦某個具有學術影響力的姓名作為作者符號，標示學術文本的生產者，這個姓名就可能超越作者署名的意義，被賦予某種「符號附加值」，由此或多或少的「寬解釋」在所難免。至於主張吸收文本外因素的新歷史主義，受作者身分影響產生「寬解釋」，更屬常見，也更容易導致出版物元語言壓力主動釋放。連帶產生的負面影響是，一方面可能壓抑對權威的質疑；另一方面可能滋生對偽權威的盲從、對非權威的輕視。如同品牌符號可能壓抑消費者對品牌產品質量的質疑，非品牌符號可能放大消費者對品牌產品質量的質疑。

2. 在實名審稿機制下，作者的非學術身分干擾審稿機制。當非學術權力處於比學術權力更強勢的地位時，與實名對應的作者身分符號構成一定程度的威壓，誘使或迫使學術權力妥協，出版物元語言壓力被動釋放。由此增加了健康學術環境的非學術包袱，當學術權力與非學術權力的界限模糊時，更容易出現後者的越界，甚至形成威逼學術權力的非學術暴力。中國很多學術刊物的編輯、主編，不同程度地遭遇過非學術暴力，體驗過學術被非學術捆綁的無奈。

3. 在實名審稿機制下，作者的學術身分和非學術身分從學術影響力和非學術影響力兩個向度，共同消解出版物元語言壓力。學術身分和非學術身分嫁接，更大程度地撤出了出版物元語言阻遏當前文本的底線。

4. 在實名審稿機制下，作者的學術身分不一定推助出版物元語言壓力自行釋放。但作者的研究對象相對集中，學術觀點、話語風格等相對定型，成為某種意義上的「學術文本類型」，這在系列成果中尤為常見。作為系列成果的「學術文本類型」之間，可能存在某種承續關係、派生關係、拓展關係，如果該系列中的某一項或某幾項研究成果學術認同度比較高，可能通過審讀者的心理連結，或互文性聯想，連帶提高同一作者「學術文本類型」的整體認同度，弱化出版物元語言壓力。至少在這種情況下，出版物元語言不容易構築成果流向的阻力。當出版物的權力和作者的權力各執一端、互不讓步時，不影響研究成果流向其他同層次出版物。

5. 在匿名審稿機制下，作者姓名的身分符號意義被屏蔽，由此切斷了作者姓名對被審讀學術成果先入為主的潛在影響，這可能是國際通行匿名審稿的原因之一。但極少數作者的部分成果，以風格獨特的個人話語及其包蘊的思想和智慧，使得審稿人可能還原出處於匿名狀態的作者；或審稿人可能通過被審讀學術成果的注釋、參考文獻等相關信息，還原出匿名作者，當被還原出的隱身作者同類研究的學術認同度比較高的時候，出版物元語言攔截機制相應鬆動。

這種情況有時與第四種相近，區別在於：作者是實名？還是匿名；是暫時匿名？還是始終匿名。在作者始終匿名的情況下，被審讀成果的學術含量和話語風格，仍有可能部分地鬆動出版物元語言攔截機制。

6. 在匿名審稿機制下，部分作者的部分成果，不足以獲得出版物元語言豁免權。但作者學術成果流向的目標刊物較多，選擇空間比較自由，東方不亮西方亮，此處攔截、彼處豁免，不影響學術成果的社會化流通。

〈提升報告〉似乎不屬於以上類型，可以認為：《小說界》准入放行，至少意味著責任編輯認同了〈提升報告〉的小說文體身分。

這也可以消除本文開頭的假定性質疑：如果〈提升報告〉流向《秘書學》或《公文寫作》，文體身分不會變化。因為，當流通文本的文本功能與文本流向的出版物元語言相洽時，成果流向一般能體現流通文本的文體身分，而當流通文本的文本功能與文本流向的出版物元語言相悖時，識別標誌首先是流通文本的文本功能，而不是它的形式。即：

> 當文本功能選擇變異的文體形式時，依據「功能優先原則」確認文本的文體身分。

在這樣的情況下，功能體現文本的文體性質，形式是文本修辭化處理的結果。

3 「形式——功能」修辭化錯位：古今佐證材料

(1) 契約／俳諧文「形式——功能」修辭化錯位：〈僮約〉

從「形式」觀察，〈僮約〉的文體框架是契約。契約文本結構通常包括：立契時間、立契雙方姓名、身分、約定事宜、雙方責權、保人（證明人）等。

〈僮約〉的起始敘述符合契約文體的形式要求：

> 神爵三年正月十五日，資中男子王子淵，從成都安志里女子楊惠買亡夫時戶下髯奴便了。決賈萬五千，奴當從百役使，不得有二言。

從「功能」觀察，〈僮約〉之意不在「約」，否則無法解釋文本大量雜入的「非契約體」話語：

> 子淵倩奴行酤酒，便了拽大杖，上夫塚嶺曰：「大夫買便了時，但要守家，不要為他人男子酤酒。」子淵大怒曰：「奴寧欲賣耶？」

王褒（子淵）因事至湔地，在楊惠家中歇息，讓主人的奴婢（便了）買酒。奴婢到男主人墳前哭訴：我為主人守家，不是替「他人男子酤酒」。客人很生氣，問主人的奴婢：「難道你想被賣不成？」這時候，主人的遺孀（楊惠）插話：

> 奴大忤人，人無欲者。

奴婢歲數大了，不好使喚，沒人願意買他。子淵「即決買券」。「券」即券書、契約。客人準備書寫券文時，主人的奴婢又說：

> 欲使，皆上券，不上券，便了不能為也。

意思是，如果買自己為奴，所有差遣要列入契約，未列入的差事，我不做。於是客人詳列：

> 晨起早掃，食了洗滌，居當穿臼縛帚，截竿鑿斗，浚渠縛落，鋤園斫陌，杜埤地，刻大枷，屈竹作杷，削治鹿盧。出入不得騎馬載車，踑坐大呶，下床振頭。捶鉤刈芻，結葦躐纑，……奴不聽教，當笞一百。

讀完契約，主人的奴婢「牛」不起來了：

> 讀券文適訖，詞窮咋索，仡仡叩頭，兩手自搏，目淚下落。鼻涕長一尺：審如王大夫言，不如早歸黃土陌，丘蚓鑽額，早知當爾，為王大人酤酒，真不敢作惡。

此類「非契約體」敘述，是〈僮約〉的主體敘述。

劉勰認為〈僮約〉乃「券之諧也」，取的是雙重認證標準：側重文體形式認證，將〈僮約〉歸入「券」類；側重文體功能認證，突出「券之諧」，表明〈僮約〉的契約功能，已經向俳諧轉化。

劉勰認證〈僮約〉文體身分所取雙重標準，在後世分化：側重文體形式認證：《初學記》將〈僮約〉歸入「約」類，《藝文類聚》將〈僮約〉歸入「書」類；側重文體功能認證：《駢體文抄》將〈僮約〉歸入「俳諧」類。

按本文的分析思路，〈僮約〉選擇契約的文體形式實現文本的非契約功能，似應依據「功能優先」原則，確認〈僮約〉的文體：不能歸入契約文體，而宜歸入俳諧文體（幽默小品）。事實上，〈僮約〉沒有實質性的責權意義，不具備契約的文體功能，所涉條款，無法轉換為奴婢買賣的可操作依據。

（2）詞典／小說「形式——功能」修辭化錯位：《馬橋詞典》

韓少功《馬橋詞典》以「詞典」冠名，但詞典形式的局部缺失很多。例如：一般詞典詞條身分的確立依據、詞語釋義精度、釋義區分度、釋義用語與被釋詞條在語義和形式方面的像似性結構等方面的問題，《馬橋詞典》都不在意。

更重要的是，詞典釋義按照一定的話語結構、依據公共經驗，釋放詞條承載的信息。詞典釋義既有對釋義在信息量和信息模式方面的限定，也有對釋義信息在質方面的規定，因此一般在詞語的義位上進行。《馬橋詞典》的釋義，有明顯的「去義位化」特徵，多半是在亞義位或空義位上的語義重建：[4]

亞義位有詞條身分，但偏離全民公共語義。如「鍋」具有漢語詞彙系統中的詞條身分，《馬橋詞典》以「鍋」為中心概念，生成次中心概念「～鍋」：

4　參見譚學純：〈亞義位／空義位：語用環境中的語義變異及其認知選擇動因〉，《語言文字應用》2009年第4期，頁64-72；〈「存在編碼」：米蘭．昆德拉文學語言觀闡釋〉，載《中國比較文學》2009年第1期，頁98-106。

中心概念：鍋

次中心概念：放鍋　同鍋　前鍋　後鍋　隔鍋

次中心概念修辭化地改造了中心概念的炊具意義，重建為馬橋人話語系統中表示親緣關係的人倫符號：「鍋」作為炊具器皿的全民共用語義被忽略，重建為屬於馬橋人的次級共享語義：

放鍋：轉喻女子出嫁（嫁妝中放一口新鍋）。

同鍋：轉喻夫妻。（在同一口鍋中吃飯的、有婚姻關係的男女）。

前鍋：轉喻前妻。（先前同鍋吃飯的、與男人有婚姻關係的女人）。

後鍋：轉喻後妻。（後來同鍋吃飯的、與男人有婚姻關係的另一個女人）。

隔鍋：轉喻同父異母的子女。（現為家人、但先前不同鍋吃飯的各家子女）。

一口「鍋」，承載了婚姻與血緣關係指向的家庭人倫，這是惟有馬橋人才能理解的語言世界。

《馬橋詞典》的目標讀者不是馬橋人，而是開放的讀者群。對於一般讀者來說，《馬橋詞典》彙集的一些詞，是既沒有詞條身分，也沒有公共語義的空義位詞條，如「公田」、「母田」為田地加上性別標記。「話份」指話語權，話份高的人擁有強勢話語權。《馬橋詞典》中，「文盲」的公共語義封閉，重新解釋為「流氓」；「坦克」的公共語義封閉，重新解釋為「拖拉機」。至於不同的馬橋人對公共時間「一九四八年」的不同理解，更是偏離了釋義依據的共享經驗。這是馬橋人偏離人類公共經驗的「魔鬼辭典」，或者是米蘭．昆德拉《小說的藝術》中所說的《誤解小詞典》。

《馬橋詞典》呈現為詞條及釋義的語言面貌，目的不是編辭典，因此不求詞典功能齊備，詞典形式只是小說展開敘述的載體。雖然

《馬橋詞典》的文本形式是詞條及其釋義，但文本功能不是彙集馬橋人的語言大全，不是提供所收詞條的語義信息，而是以詞條釋義的形式寫馬橋人的生存狀態。當接受者依據文本功能，對《馬橋詞典》進行整體識別的時候，基本上默認詞典形式不過是小說的詞典化包裝。《馬橋詞典》如果流向辭書出版社，而不恢復詞典功能，徒具形式的詞典在編輯出版環節將遭遇出版物元語言攔截。這決定了《馬橋詞典》不會流向辭書出版社，只會流向出版文藝讀物的出版社。即使哪一家辭書出版社出版了《馬橋詞典》，也不會改變《馬橋詞典》的非詞典功能。

同樣的理由，如果〈提升報告〉流向《秘書學》或《公文寫作》，也仍然是小說，是以公文的元語言實現小說主題指向的「實驗小說」——二十世紀八〇至九〇年代中國文壇在「語言轉向」背景下的小說文體實驗的產物。一九八五年以後，文學話語和文體變革已經進入了研究視野。〈提升報告〉發表於一九八六年。這個時間不應該忽視：其時哲學認識論意義上的「語言轉向」已經開始對國內文學從理論到創作產生影響，並在其後的一段時間內形成了「文體實驗」和文體研究互動的態勢。[5]

4 接受語境

〈提升報告〉是公文還是小說，只有一個結論是真值。這在讀者的閱讀行為發生之前，預存了來自三個方面的認知導向：

1.〈提升報告〉流向《小說界》，體現了作者的修辭意圖。（詳後）

2.〈提升報告〉刊於《小說界》，體現了編輯對作者修辭意圖的認同。

5 譚學純：〈再思考：語言轉向背景下的中國文學語言研究〉，《文藝研究》2006年第6期，頁80-87。

3.〈提升報告〉在微型小說大賽中獲獎，體現了此前讀者的「前接受」傾向：沒有質疑〈提升報告〉參賽資格，就是沒有質疑〈提升報告〉文體的當前定位。

這三方面的認識合成了〈提升報告〉接受語境的外在壓力，引導讀者只能在小說，而不能在公文的文體界域中審視當前文本。〈提升報告〉是在公文、還是小說的語境條件下進入閱讀，讀者會從不同的角度，構築解釋框架。二者的背後，是不同的理論模型、學術目標和認知圖示。區別或顯或隱，至少可以歸結為五點：

（1）目標讀者：有定和無定

在公文語境中，〈提升報告〉構成單位「上行文」和「下行文」的目標讀者是有定的。

上行文目標讀者：主送單位

下行文目標讀者：收文單位

在小說語境中，四次上行文和下行文匯入一個更大的結構——文本整體結構，目標讀者是無定的。理論上，任何一個閱讀到當前文本的人，都是小說〈提升報告〉的目標讀者。

（2）權勢關係：真實和虛擬

進入公文語境的主送單位和收文單位，處於真實的權勢關係，收文單位對主送單位有指示權，主送單位對收文單位有服從職能。進入小說語境的主送單位和收文單位，處於虛擬的權勢關係（詳後）。

由此決定了：公文語境中的人際關係有實質性權勢制約，小說語境中的人際關係無實質性權勢制約，後者可以在審美層面修辭化地處理自然形態的生活現實。

（3）觀察單位：詞句段和文本

同樣的語言材料，從詞句段／文本觀察，結果不一樣，學術研究的目標指向也不一樣。[6]

以詞、句、段為觀察單位，我們注意的是局部：每一個獨立的公文文本，都期待直接、具體而有確定性指向的言後行為：四個建議提升的報告，期待李力的提升成為現實；四個批文期待暫緩提升或不宜提升成為現實。八個文本程式化的敘述，四個批文語氣原則，文字失血，杜絕有情感價值的修辭手法，這些都是典型的公文語言特徵。

以文本為觀察單位，我們會注意完整的公文結構至少包括標題、主送單位、正文、發文機關、發文日期等結構項。規範程度更高的公文還應該包括抄報、抄送單位、文件版頭等結構項，以及文件編號、機密等級、緊急程度等公文標記。這些在〈提升報告〉中有不同程度的缺失。

以文本為觀察單位，不是不關心局部，而是立足「為整體的局部」。這一結論，還將在下文的分析中多次印證。如果脫離文本整體框架，在局部的詞句段找分析點，那是巴赫金批評的「書房技巧」，而不是巴氏強調的小說修辭。

在文本框架內，需要進一步觀察的是文本結構和功能，二者可以不同程度地支持《提升報告》的文體認證——

（4）文本結構：獨立單元和整體組構

在公文解釋框架中，〈提升報告〉的意義提取單位是**文本組塊**。文本結構中四個上行文和四個下行文構成的八個敘述單元，各有相對的獨立性：每一份上行文和下行文的意義相對自足，一份上行文和回

6　譚學純：〈「這也是一種 X」：從標題話語到語篇敘述〉，《語言文字應用》2011年第2期，頁15-23。

應的下行文，合成公文「報送—批復」的完整意義序列。

在小說解釋框架中，〈提升報告〉的意義提取單位是文本整體。文本組塊的獨立性消失，轉而呈現為層級性的結構複製：

1. 上行文1-4構成本序列的結構複製
2. 下行文1-4構成本序列的結構複製
3. 上行文和下行文呈現的組織對話1-4構成本序列的結構複製
4. 上行文和下行文呈現的組織對話具有時間上的承續關係、邏輯上的因果關係，從而形成一個意義連貫的整體結構：上行文1成為下行文1和上行文2的「前文本」，以此類推至下行文4。

（5）文本功能：實用和審美

在公文語境或小說語境中，〈提升報告〉的文本功能不一樣：

表十六

語境	功能
公文	告知、請示、指示
小說	教化（啟蒙／救贖／昇華）

在公文語境中，〈提升報告〉突出的是信息傳遞功能，需要轉化為相應的執行力，作用於人的事務經驗。在小說語境中，《提升報告》突出的是審美功能，需要轉化為相應的感悟力，作用於人的藝術經驗。

（二）比較觀察：「表達⟷接受」過程中的文本角色關係和信息流

可以為以上觀察提供進一步支持的是，《提升報告》作為公文或小說的信息流及其信息交換關係呈現為兩種格局：

1 基於公文語境的觀察：「表達⟷接受」一對一的角色關係

上行文系列和下行文系列是公文運行單位之間的信息交流。每一輪組織對話，在一次性言語交際過程中是一對一的角色關係。至於一次性交際之外，上行文傳遞的信息，可能被更多的接受者閱讀，形式上似乎形成一對二、或者一對多的角色關係，但是實質性的言語交際發生在一對一的角色關係之間，即報告和批文的話語主體之間，並且，只有報告和批文的話語主體可以互為表達者和接受者。

表十七

話語角色	表達者／接受者	表達者／接受者
話語主體 話語行為	人事處／文化局黨組 ⟷ 發出擬提升信息 接收緩／反提升信息	文化局黨組／廠黨委／組織部 接收擬提升信息 發出緩／反提升信息

互為表達者和接受者的雙方，都是據實性陳述，這是公文的屬性。其中「文化局黨組」的話語角色發生了逆轉，從對話1的初始否定轉為對話4的終端肯定：

表十八

所屬序列	所處位置　角色態度
對話1（下行文1） 對話4（上行文4）	起始位置　文化局黨組反對提升 終端位置　文化局黨組贊成提升

這種角色轉換暗示了擬提升對象李力在經受長期鍛煉的過程中，得到了較高層次的組織信任，這在公文語境中，不可以虛構。

2 基於小說語境的觀察：「表達⟷接受」二對二的角色關係

二對二的角色關係也是就〈提升報告〉作為小說的一次性言語交際過程而言的：〈提升報告〉是作者模仿公文運行單位之間的信息交流，信息交換關係在文本內外的雙層空間發生。

（1）文本內交際系統和虛擬話語角色

小說虛構的個人角色能否提升，是〈提升報告〉中反覆出現的懸念，並以對立的組織意見形式，在文本內交際系統中四次複製。文本以虛構的「假語村言」削弱公文話語對陳述事實的忠實度，自然條件下公文必須忠於的**交際事實和語言現實**，在文本敘述中轉化為重新設計的**藝術真實**。正因為如此，讀者一般不會質疑近三十年為同一當事人呈交提升報告的真實性，也沒有必要質疑近三十年否決同一當事人提升的合理性和行使否決權的權威性。這種真實性和權威性在小說文本中被預設。

人事處／文化局黨組（上行文發文單位）⟷文化局黨組／廠黨委／組織部（下行文發文單位），構成直接的角色關係，直接發出話語信息和接受話語信息。作為虛擬的存在，文本中意見分歧的組織符號是作者為實現修辭意圖而設計的話語角色。

虛擬話語角色的權力關係具有不對稱性：上行文系列的言說者為弱勢話語角色，下行文系列的言說者為強勢話語角色。

表十九

弱勢話語角色	權力話語標記	強勢話語角色	權力話語標記
人事處 文化局黨組	擬（提升／擔任） 建議（調任）	文化局黨組 廠黨委 組織部	應（鍛煉） 應（考驗）／不適宜 不宜

強勢話語角色的權力干預等級呈遞增排列：

（文化局黨組）應＜（廠黨委）應／不適宜＜（組織部）不宜

（2）文本外交際系統和真實話語角色及其與文本內交際系統的信息交換

作者⟷讀者構成間接的角色關係：真實的作者把自己希望傳遞的話語信息分化成兩個系列，分別交給虛擬的文本內交際系統中的表達者和接受者，向文本外交際系統的信息終端（讀者）呈現話語對立。體現對立意向的標誌語，是批文中的「但是」、「可惜」等。

文本內外交際系統的信源、信宿、信道都是兩個：

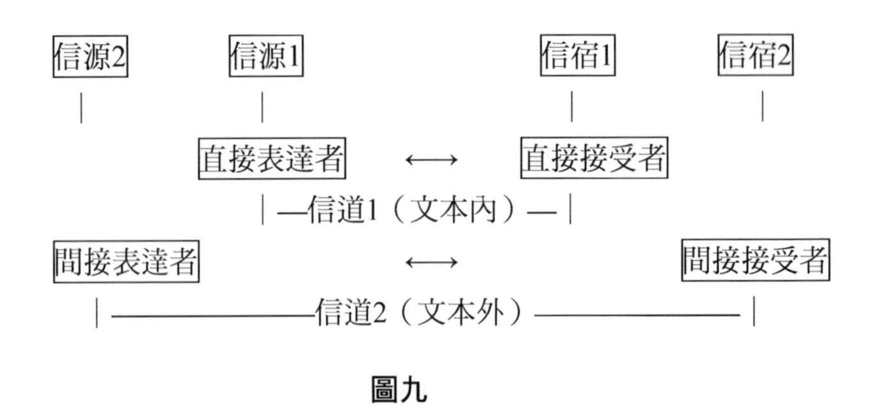

圖九

信道1終止的信息流，在信道2延伸著：虛擬話語角色不成功的對話，在真實話語角色的互動中取得了成功。當真實接受者以自己的方式接通了信道後，便實現了意義潛能。因此，整個文本是**超越文本內交際系統中的交際終止，實現文本外交際系統中交際效果的優化**。

3 基於話語行為理論的進一步觀察

認定〈提升報告〉的小說身分，還可以得到話語行為理論的支持：

公文可以有話外含義，如外交公文。但公文的話外含義一般不表現為隱喻義。小說的話外含義可以表現為隱喻義，《提升報告》有隱喻義。上行文和下行文的發文單位，分別是兩種用人觀念的隱喻符號。文本隱喻義也是雙重的。（詳後）

公文期待話後行為。小說的話後期待有三種可能：

1. 期待話後行為。魯迅棄醫從文，希望通過寫小說，療救社會底層的不幸，以及更深層次的國民性拯救，正是期待小說的話後行為。

2. 主觀上不期待話後行為，客觀上可能產生話後行為。《廢都》列為被禁小說，不一定是作者主觀上期待的話後行為，但客觀上可能產生話後行為。

3. 不期待話後行為。〈提升報告〉作為小說，對擬提升對象的肯定性評價和批文的否定指令，其實都不在意擬提升對象是否提升？何時提升？而是另有修辭化的批評指向。

綜合上述因素，可以明確：

當我們以詞、句、段為觀察單位的時候，注意的焦點是局部，不是文本整體。而當我們以文本為觀察單位的時候，文本形式與功能的背離會引導我們追尋作者的修辭意圖。這回答了本文觀察和解釋的語言單位為什麼必須是文本，而不能僅僅是詞、句、段。此類研究可能關聯著另一個話題：文學文本分析如何始於語言學觀察，而不終於單純語言學的解釋。[7]

〈提升報告〉的文體功能，不是公文，而是小說。下表可以幫助說明：

表二十

參數	公文	小說
言後行為	+	±
故事	－	±
隱喻義	－	±

提升報告及批文之間持續近三十年的公文長跑，轉化為構成小說「情節」的修辭元素：

7　譚學純：〈再思考：語言轉向背景下的中國文學語言研究〉，《文藝研究》2006年第6期，頁80-87。

（1）人物

李力，以及個人符號的組織化——人事處／文化局黨組（代表贊成提升的組織），文化局黨組／廠黨委／組織部（代表反對提升的組織）。其中「文化局黨組」是第一次反對提升的組織符號，也是第三次贊成提升的組織符號。

（2）懸念

李力能否提升，不取決於個人努力，而取決於組織意見。組織意見在四個輪迴的公文旅行中，一直以對立的形式出現。由此構成懸念，也構成——

（3）結局

近三十年前啟動的公文之旅，終止於文學修辭為李力設定的悲情結局（年齡過線）。

至此回答了本文的問題：即〈提升報告〉的文體「是什麼」？以及「為什麼」？

五　「祈使——否定」推動的文本敘述

〈提升報告〉的文體身分，決定了文本解釋模式：小說文體框架中的閱讀體驗，而不是公文文體框架中的閱讀反應。

小說〈提升報告〉的文本敘述啟動公文語感，走的是表層的逆向路線。以公文形式承載小說功能的〈提升報告〉，一方面把公文的語言真實轉化為小說的藝術真實，另一方面又把藝術真實塞進實用性文本的語言包裝。這是為什麼？這種包裝需要何種修辭處理？以及怎樣進行修辭處理？是本節探討的問題。

(一) 微型小說尋求超短敘述的信息壓縮要求和公文刪除事件程序的相契性

敘述長度是小說文本生成的必要條件，也是長篇小說、中篇小說、短篇小說的一個區別性參數。微型小說之「微型」，體現為超短敘述。就本文分析的《提升報告》而言，所涉敘述時間近三十年。這一歷史過程中，時代走向和個人命運轉換成超短敘述，在技術層面需要進行信息壓縮。

信息壓縮的常規手段是刪除事件過程，突顯行為結果。這是公文的常態、小說的異態。

公文的注意焦點，在絕大多數情況下，是結果而非過程。如果公文需要相關過程作為補充，通常採用「附件」形式。通過「附件」，將中心文本的非核心信息剝離出來，另行編排，以免非核心信息沖淡核心信息。這是公文寫作的常規經驗。

小說敘述的常規形態，是刪除結果、突顯事件程序。從初始的志人志怪小說，到傳奇、短篇話本和長篇章回小說，再到近現代小說，都有一個展示過程的事件框架。即使是小說的原始形態——神話，也是過程大於結果的敘述，如〈夸父追日〉〈精衛填海〉。

如果按照突顯事件過程的方式進行修辭處理，〈提升報告〉可以生長出一系列故事。故事編碼，就是過程的生動展開。過程的延伸和跌宕，通常是小說敘述製造看點的修辭手段。

微型小說敘述長度尋求精短形式的寫作要求，與公文刪除事件過程的文本面貌吻合，使得〈提升報告〉選擇了小說的異態、公文的常態。後者刪除事件過程的信息壓縮處理，支持了前者的文本生成。

(二) 小說文體的同類敘述壓力在公文敘述中部分地釋放

〈提升報告〉的主題，在小說敘述中不算新穎。如果擴大審視範圍，在文學敘述中，也算不上新鮮。同類敘述表現的相同主題，在同質文體的意義上，構成了**此前文本**對**當前文本**的敘述壓力。擺脫既有壓力的途徑，要麼變換主題；要麼變換敘述方式，〈提升報告〉選擇了後者。即：此前同類文本的傳統敘述模式，在當前文本中變換了敘述框架。此前文本歷史地形成的縱向壓力，在當前文本中跨文體地橫向釋放。以公文面貌出現的小說敘述創新，既保留了作者不想變更的主題，又保證了可能重複的主題因敘述方式的獨到而刺激閱讀。

〈提升報告〉的敘述選擇帶來了一個問題：小說的敘述虛構，與公文的語言真實之間如何相洽？

（三）小說語言的開放性和小說接受公文包裝的可能性

從修辭面貌說，公文和小說似乎格格不入。福斯特那本被譽為「二十世紀分析小說藝術的經典之作」的《小說面面觀》，逐一剖析的小說各個「面」，分別是故事、人物、情節、幻想、預言、圖示、節奏。熟悉本書的讀者不難從中見出小說和公文的鴻溝。小說表現瞬息萬變的世界，公文使世界格式化為固定的模槽；小說表現多彩的生活，公文使生活呈現出單一的色澤。

但這並不意味著小說文本接受公文包裝的可能性被封閉。小說文體的開放性，可以接納某些非小說元素——從理論到實踐，讀者不缺少這樣的閱讀經驗：小說文體可以向同質文體開放，例如在藝術文本內部，小說文體向詩歌文體開放，中國古代小說詩文相雜的文體是典型。小說文體也可以向異質文體開放，例如巴赫金論述的「雜語體」。小說文體識別，不在於拒絕非藝術語言，而在於非藝術語言如何進入藝術文本，以及承擔什麼樣的文本建構功能。非藝術語言的敘述動能被發掘出來，同樣能夠釋放藝術能量。

非藝術語言和小說語言的邊界移動在作者的修辭設計中實現。〈提升報告〉的修辭設計如何在文本中實現呢——

(四)「祈使——否定」如何推動文本敘述

〈提升報告〉按「上行文——下行文」組成四個對話單位，每一輪對話的信息傳遞模式為：

上行文：陳述＋評價＋祈使

下行文：零陳述＋評價＋否定

為便於分析，用〔　〕標示「上行文——下行文」模式中的相應信息類型：

〔陳述〕李力：男，現年二十五歲，畢業於北京大學中文系，二十歲開始發表作品，已發表小說二十餘篇。〔評價〕該同志有一定的組織領導能力，〔祈使〕擬提升為文藝科長。

人事處

一九五八年七月

〔評價〕是個好苗子，〔否定〕應加強培養，放到基層鍛煉一個時期再看。

文化局黨組

一九五八年八月

〔陳述〕李力：男，現年三十一歲，大學畢業後分到文化局工作，一九五九年春下放到機械廠。〔評價〕到廠後除完成本職工作外，又創作了大量反映現實生活的作品，並培養了一批業餘作者，有較強的業務水準和組織能力，〔祈使〕擬提升為廠文化科科長。

人事處

一九六四年九月

〔評價〕該同志雖有較強的業務能力，〔否定〕但對政治學習抓得還不緊，知識份子味太濃，應再考驗一段時間。

廠黨委

一九六四年十月

〔陳述〕李力：男，現年四十六歲，五十年代畢業於北大。畢業後在機關和工廠從事文化工作。「文革」時被打成反革命。一九七八年冤案被平反，根據本人要求，回到機械廠技校從事語文教學工作。〔評價〕鑒於本人發表過大量文藝作品，有這方面的專長，〔祈使〕擬擔任《職工文藝》主編。

人事處

一九七九年二月

〔評價〕該同志業務水準不錯，〔否定〕可惜還不是黨員，作為黨所領導的文藝出版物，主編不是黨員不適宜。

廠黨委

一九七九年三月

〔陳述〕李力：男，現年五十三歲，大學文化，一九八二年入黨。〔評價〕三十多年來，不管在什麼情況下，都始終對党充滿信念，並寫過不少有影響的文藝作品，有豐富的實踐工作經驗，有較高的文化藝術修養和組織能力。〔祈使〕建議調到文化局任副局長。

文化局黨組

一九八四年四月

〔評價〕該同志的確是個人才，〔否定〕但根據當前對幹部年輕化的要求，年齡已過線，不宜進領導班子。

組織部

一九八四年六月

例文標示的〈提升報告〉信息傳遞模式，可以簡作：

表二十一

序列	信息構成		
上行文 功能	陳述 引導肯定評價	評價 引導祈使內容	祈使 引導否定評價
下行文 功能	零陳述	評價 引導否定指令	否定 引導新的肯定評價／終端否定

對照文本和表二十一，可以觀察到：〈提升報告〉按「上行文——下行文」組構對話的信息傳遞模式中，「祈使——否定」承載了文本的核心信息，也是文本的敘述動力，因此最值得關注。

1.「祈使——否定」的修辭功能在〈提升報告〉的文本中實現。文本核心信息「祈使——否定」可提取為：

表二十二

信息單位	祈使信息（上行文）	否定指令（下行文）
組織對話1	擬提升為文藝科長	缺少基層鍛煉
組織對話2	擬提升為文化科長	繼續考驗
組織對話3	擬提升《職工文藝》主編	非黨員不宜
組織對話4	擬提升文化局副局長	年齡過線不宜

〈提升報告〉的文本意義產生於八個文本組塊合成的結構序列，可分析性在於文本框架內的「祈使－否定」，而不是以詞句段為觀察單位的「祈使——否定」。

上行文傳遞了明確的祈使信息，四次建議提升李力的理由基於對李力的肯定性評價，修辭意圖卻是揚此抑彼，尊重人才引導出對人才的不尊重。

下行文反向地傳遞了明確的否定指令，四次不贊成提升李力的理由支持否定性批文「以合法的名義」對人盡其才的權力干預，修辭意圖不是關閉建議提升的言路，而是相反：為新的提升建議注入敘述能量。

從文本整體觀察，四次祈使，擬提升的職務呈上升態勢；四次否定，語氣的強硬也呈上升態勢：

祈使：擬提升為文藝科長／文化科長 <《職工文藝》主編 <文化局副局長

否定：缺少基層鍛煉／繼續考驗 <非黨員不宜 <年齡過線不宜

2. 下行文否定指令的零陳述，便於直接進入回應性評價，以使組織對話的公文面貌更加清晰。

3. 下行文否定性評價，一方面是對上行文評價的非實質性回應，另一方面又作為評價的中止，引導後續的否定話語。第一輪對話中的評價話語「是個好苗子」，是對上行文「該同志有一定的組織領導能力」的非實質性回應，同時中止了下行文無實質意義的評價，導向後續的否定：「應加強培養，放到基層鍛煉一個時期再看」。

4. 下行文的否定，一方面中止了前列上行文祈使的良好預期，另一方面為後續上行文新一輪祈使注入動能。第一輪對話中的下行文認為「應加強培養，放到基層鍛煉一個時期再看」否定了前列上行文「擬提升為文藝科長」的可能性，但從文本整體看，這是未完成的敘述。因此語義上要求後續話語跟進，作為新一輪祈使的敘述準備——七年後的上行文陳述李力完成了基層（機械廠）鍛煉，文本據此傳遞新的祈使信息。

5.〈提升報告〉具有公文的**文體象似性**，仿擬公文文體，而不重現公文的全部結構項。〈提升報告〉缺失公文形式的文件版頭、文件編號、公文標題、主送單位、抄報抄送單位、緊急程度、保密等級等文體標記，但不影響文本作為微型小說的整體修辭設計。結構項並不完整的上行文和下行文，成為文本建構的基本骨架。文本的上行文和下行文序列，是「為整體的局部」。

（五）文本的修辭結構和隱喻意義

1 文本修辭結構

以 X代表〈提升報告〉文本，以 a、b 分別代表推動文本敘述的「祈使」和「否定」，文本呈現為修辭化的鏈式結構：

$$X = a1 \rightarrow b1 \rightarrow a2 \rightarrow b2 \rightarrow a3 \rightarrow b3 \rightarrow a4 \rightarrow b4$$

該結構可以放大觀察：

X（〈提升報告〉）
組織對話1：a1（祈使，擬提升1） → b1（否定，緩提升1）
組織對話2：a2（祈使，擬提升2） → b2（否定，緩提升2）
組織對話3：a3（祈使，擬提升3） → b3（否定，反提升1）
組織對話4：a4（祈使，擬提升4） → b4（否定，反提升2）

圖十

對照文本和圖十，可以發現：每一輪組織對話中「祈使」的話後期待，都具有不可控性。可控性在強勢話語角色掌控的「否定」指令中。即：

> a 系列「祈使」信息的話後期待，被 b 系列「否定」指令所掌控。

正因為 b 系列強勢的「否定」指令壓抑了 a 系列弱勢的「祈使」期待，也壓制了沿著 a 系列的「祈使」願望推進敘述的可能性，所以，a 系列的「祈使」話語不斷變換包裝：

b1「否定」了 a1的「祈使」，壓抑了 a1的敘述推進，a1的敘述線路很難按既定軌道延伸。但文本敘述能量沒有枯竭。a1不能從原先的路線推進，於是換一種包裝重新開始。這樣必然產生敘述的方向性轉移——後續話語將從新的敘述方向傳遞新的祈使信息。b1作為敘述方向性轉移的催生力量，生長出 a2。

b2壓抑 a2的敘述推進，同時又是敘述方向從 b2轉為 a3的催生力量。

從 a1到 a3，對擬提升對象的肯定性評價升級，沒有產生預期效果。相反，否定指令隨之升級：從暫緩提升，升級為反對提升。

從 b3反觀 a3，敘述推進壓力升級，同時生長出 a4的新一輪祈使和 b4的終端否定。

根據表十八和上文的分析，可以歸納：

1. 文本框架內的 a1和 b4，分別承擔啟動敘述和終止敘述的動能。b1—b3的設計，適應微型文本的要求：以簡潔的單線推進保持一個生長性缺口，避免多種力量同時推進或輪流推進產生的敘述膨脹。b1—b3的文本功能在相反的兩個向度體現：以 b1為基點，向前，否定 a1；向後，引導出 a2。如此進行結構性複製至 a4。

2. 文本框架內 a2—a4的設計，是為了不斷補足 b1—b3製造的敘述缺口，同時使 b1—b3的離散性信息回聚到 a1—a4的連續性狀態（回到「請求提升」的敘述軌道）。b4不再製造新的離散，而在承接 a4的連續性狀態的情況下中止。

據此，〈提升報告〉通過「祈使－否定」推動的文本敘述，可以表述為：

> 文本框架內，「祈使－否定」分別依據已然事實（a1—a4）、未然缺失（b1—b3），產生必然結果（b4）的負性循環。

始於 a1的祈使信息，依據已然的事實；b1—b3的否定指令，依據未然的缺失，每一次未然缺失，對提升期待來說，都是一句話否決的強勢「利空」，由此造成敘述中繼位置上敘述推動能量的缺失。在這種情況下，如果不想中止敘述，確保敘述繼續推進的途徑之一是消除缺失的負性能量。因此，〈提升報告〉讓修辭角色努力填補缺失。但是當事人將未然的缺失轉化為新的已然事實的時候，修辭情境已經轉換。由此決定了：a2—a4的祈使內容必然成為對上一次否定指令所涉未然缺失的滯後補救：

表二十三

祈使信息		否定指令
1958年：已然1　有創作經歷和組織能力 擬提升文藝科長	→	1958年：未然1 缺少基層鍛煉
		↙
1964年：已然2　基層表現良好 擬提升文化科長	→	1964年：未然2 再接受政治考驗
		↙
1979年：已然3　經受了政治考驗 擬提升《職工文藝》主編	→	1979年：未然3 非黨員不宜
		↙
1984年：已然4　入黨並始終忠誠 擬提升文化局副局長	→	1984年：已然5 年齡過線

「未然」，是人的生命狀態中永遠存在的可能性。任何時候，對任何人來說，可以找到任何形式的未然缺失：例如一個十二歲的女孩子，未成年是未然。成年後，未婚是未然。結婚後，未生育是未然。生育後，未做奶奶還是未然。

未然對現實的影響，人們無法預見——如果可以預見，現實將會改變。如同好萊塢影片《預見未來》的片尾、修辭角色克里斯的經典獨白：

> 這就是未來，每當你看見了它，它就改變了，因為你看見了它。

這是藝術對現實的修辭化改裝。在現實生活中，人們往往是站在今天，追蹤昨天的未來；等到明天，再追蹤今天的未來。因此，面對未然的缺失，成了人類不可抗拒的宿命。

但就是這種永遠處於待填補狀態的未然缺失，〈提升報告〉的主人公卻一次又一次地以現實行為去彌補，而且一次行為補救的時間周期往往是個體生命的黃金時間。一九五八年未然的缺失，主人公進行了七年的現實補救（下放基層），至一九六四年轉化為新的已然事實，時機已發生變化：「缺少基層鍛煉」是七年前組織上對李力晉升的要求，七年後這種要求被「再接受政治考驗」的新要求取代。因此，缺失彌補必然是滯後的。伴隨一到三輪組織對話，文本在已然、未然、必然的敘述鏈中循環反覆。至第四輪組織對話，祈使內容依據一種已然事實（入黨），導向終端否定表達的另一種已然事實（年齡過線）。

由於年齡具有不可逆性，因此當事人「年齡過線」封閉了提升報告的敘述延伸空間。四次建議提升的祈使信息和四次否定指令，共同導向藝術化的敘述終端：圍繞一個人提升的持續近三十年的組織對話，終止於自然條件被冷凍的已然事實。修辭角色二十五歲時組織上啟動的公文之旅，終止於同一當事人五十三歲時的悲情結局。

2 文本雙重隱喻義

1）文本隱喻義指向浪費人才資源的權力運作和支持這種權力運作的官僚規則，思考個人與體制的關係：個人在體制的負性壓力下掙扎，導致個人的體制化。這就像影片《肖申克的救贖》中的黑人瑞德在監獄生活四十年，習慣了遇事請假，上廁所也不例外。出獄後，他在超市工作，仍遵循這種規則，不請假，他連一滴尿都撒不出來——這是體制的力量。而另一個服刑五十年的囚犯布魯克斯獲准假釋，為了讓自己有理由留在監獄，溫順而又老態龍鍾的他，竟然用刀架在犯人伍海德的脖子上，希望自己再度犯罪、被取消假釋。暴力掙扎失敗之後，他無所適從地出獄。可結果，是他自殺；他出獄前放飛自己多年餵養的鳥，也不適應外面的世界，飛回監獄。這是體制強制性規約的藝術表達。更大的悲劇是，個人在體制的模塑中成為體制規則的對象化，卻最終免不了被體制拋棄。李力無條件地按體制規則模塑自我，不斷地改造體制接受範圍之外的自我，最終仍被個人永遠不可能全然了解的體制「新」規則拋棄。這種人才選拔和使用標準，有點像《第22條軍規》——這是體制的黑色幽默。

2）文本隱喻義指向個人努力滯後於社會運行節奏的現實，隱含了一種深層追問：誰為個人服務於社會的無效努力負起應有的責任？畢竟絕大多數個體成員無法預見社會的未來走向，無法事先「潛伏」。他們只能跟著已然的大趨勢走，但「跟進」的結果往往是條件已經變化。對照〈提升報告〉每一個歷史階段的「機會」，文本的修辭角色都是「在場」的「缺席」者。將近三十年，當事人努力真正「在場」，為此一次又一次無奈的跟進，一次又一次無奈的錯過，這一切是否應該由個人買單？

文本的第一層隱喻義是可以觀察到的，第二層隱喻義不容易直接觀察到，對接受者的參與有更多的依賴和要求。這一切，在文本框架中完成，接受者只能在篇章中把握文本意義。這也可以解釋：為什麼我們反復強調，應該根據不同的學術目標，區分不同層級的觀察單位——是詞句段？還是文本？

下文的分析，仍然包含了這方面的提示——

（六）時間處理：信息隱含、細節誤差和藝術寬容度

以文本為觀察單位，可以發現：〈提升報告〉中兩個不一致的時間系統，如果以詞句段為觀察單位，可能忽略：

1. 擬提升對象的生命時間，按修辭角色年齡記時：二十五歲至五十三歲。
2. 上行文和下行文的落款時間，按紀年記時：一九五八年至一九八四年。

信息隱含主要在第（二）套記時系統：隱藏了相應的意識形態內容。信息隱含固然受制於公文形式，同時也表明作者對讀者的一個基本預設——相信讀者能夠調動相關背景知識，理解文本上行文和下行文的落款時間。換言之，作者把〈提升報告〉中具有動作意義的時間交給了讀者的延伸閱讀，讀者需要當前文本之外的相關鏈接，才能讀懂文本之內的時間。這些時間，不是簡單的記時標籤。否則不能解釋：為什麼在近三十年時間流程中，作者偏偏選擇有特定意識形態背景的時間：

1958：反右及對知識份子加強思想改造的意識形態背景。這對當時二十五歲，畢業於北京大學中文系，已發表二十餘篇小說的李力來說，是有政治風險的時間（次年春他就下放到機械廠）。

1964：階級鬥爭及強化政治思想統帥的意識形態背景。當事人缺少政治風險意識，北京大學中文系畢業的文藝人才下放到機械廠，但他卻沒有拿起榔頭放下筆頭，而是繼續業餘創作，並培養了一批業餘作者，這一方面當然體現了李力業務水準和組織能力的提高，同時風險也在加劇（其時「文革」將近，「文革」中他被打成反革命）。

1979：知識份子復出及少數人思想僵化的意識形態背景。李力一九七八年冤案平反，要求回到機械廠技校教語文。人事處擬用其文藝專長，向廠黨委提議擔任《職工文藝》主編被否決。

1984：強調領導幹部年輕化的意識形態背景。李力經受了漫長的時間考驗，幾十年對他所有的不信任都被證偽，但他已錯過了幹部年輕化的時間。

對照兩套記時系統，可以觀察到文本所涉每一輪組織對話中的知識份子角色定位、錯位、復位和缺位，也可以發現：第一套記時系統從擬提升對象二十五歲到五十三歲，持續二十九年；第二套記時系統從一九五八年到一九八四年，計二十七年。兩個時間表述系統相差兩年。

這個細節，可以有兩種解釋：作者有意為之，或無意間留下的疏漏？

我傾向於後一種解釋，理由是：

從敘述動機說，〈提升報告〉的兩個時間系統記錄的都是自然時間，似可排除作者有意製造時間錯亂實現某種修辭意圖的可能（像有些魔幻／神話／仙話小說中體現得那樣）。

從敘述效果說，兩個時間表述系統相差兩年，在〈提升報告〉中，不屬於增加藝術性的修辭元素。事實上，這一隱蔽的細節，很少有讀者發現，即便發現了，也很難解釋文本中的時間差如何增值了文本的意義。

從敘述容量說，〈提升報告〉的超短敘述，為作者精細打磨最大化地減少了文本修改成本。時間疏漏，似為文本精加工程度不夠。當然，篇幅短小不一定沒有藝術遺憾。精短如對聯的超短文本也難免藝術遺憾，只是相對長篇巨制而言，篇幅短小為文本零硬傷提供了更大的可能。然而〈提升報告〉沒有做到。

〈提升報告〉時間處理的疏漏，讓文本精度打了折扣。不過，作為讀者，我更關注的，不是可避免而未避免的時間疏漏，而是：為什麼這一細節逃過了《小說界》編輯和微型小說大獎賽評委的眼睛？這似乎也不宜簡單地解釋為編輯和評委的疏忽。

於是，我既指出這一硬傷，也為之進行美學辯護：

小說作為一種藝術形式，要的是完型心理意義上的美學效果——

整體大於部分之和。如果說小說對敘述內容的忠實度小於公文，那麼小說對細節誤差的寬容度則大於公文。忠實度偏離意味著基本事實走樣，這是公文敘述竭力避免的，卻是小說敘述中可能存在的。這種觀察可以推及藝術文本和實用文本。前提是，藝術文本必須有其他修辭元素，分散接受者的審美注意，才足以掩蓋細節誤差。就像一些票房很高的好萊塢電影，細節的疏漏，可能被電影中的其他藝術亮點所掩蓋。而實用文本細節誤差寬容度相對較小，因為實用文本不提倡刻意營造抓讀者眼球的看點。

六　餘論

本文實際上是對一個以公文形式承載的小說文本的廣義修辭學考察，分析的依據在文本之內，但不限於文本之內。給出的解釋，不限於微型小說作為文學文本的修辭化，同時注重微型小說作為文學生產過程的修辭處理。後者的解釋依據，始終不離開前者。即：從文本之內，延展到文本之外；從文本之外回歸文本之內。連同本文作者近期的相關探討，希望共同推助**修辭研究與相關學科的相互注視和相互介入**。

修辭學的交叉學科性質決定了自身的開放性，需要廣泛關注相關學科的研究前沿，吸納相關學科的學術智慧。包括：

- 在二級學科（語言學）框架內，吸納非修辭學的學科智慧。
- 在一級學科（中國語言文學）框架內，吸納非語言學的學科智慧。
- 在相關一級學科框架內，吸納非中國語言文學的學科智慧。

作為一種學術理念，上述構想進入實際操作有相當大的難度。這是挑戰，也是誘惑。

同時，修辭研究需要也介入相關學科的研究。這種介入，能否為相關學科自我延伸的研究提供不同的觀察點？能否延伸相關學科的現有解釋空間？能否提升研究成果在本學科和相關學科的關注度？能否有利於學科生長點的培育？能否通過研究成果無言地表達重建修辭學科形象的學術憂患意識和責任感？有賴於修辭學界的共同努力。

有一個信號也許可以激發相關的學術敏感：國內的文學研究、哲學研究、政治學研究，甚至看起來與修辭很難關聯的史學研究，先後傳遞出了「修辭學轉向」的信息，或顯示了對修辭學介入本學科研究的興趣。[8]語言學相關學科也有學者注視著修辭學研究的學術走向，[9]並不同程度地介入修辭學研究。這種開放性局面的形成，有學科碰撞產生的驅動力，期待這種驅動力催生更為豐富的學科互惠成果。

附記：本文略縮版約二點八萬字，收入《廣義修辭學演講錄》，現文為完整版，約三點七萬字。主要內容曾分別以〈小說修辭批評：「祈使——否定」推動的文本敘述〉和〈一個微型文本的形式、功能和文體認證〉為題，發表於《文藝研究》二〇一三年第五期和《華東師範大學學報》二〇一一年第六期。

8 譚學純：〈中國文學修辭研究：學科觀察、思考與開發〉，《文藝研究》2009年第12期，頁41-50。

9 沈家煊：《談談修辭學的發展取向》，《修辭學習》2008年第2期；錢冠連：〈中國修辭學路在何方〉，《中國社會科學報》2010年1月5日。

玖

修辭幻象：一個修辭哲學概念及一組跨學科相關術語辨

一　修辭幻象：經典實例、鮑曼的定義和本文的定義

義大利一家傳媒在電視節目中宣傳了一種不存在的巧克力粉，受廣告修辭效應的驅動，人們紛紛尋購，結果當然只能像卡夫卡筆下人們尋找無法進入的「城堡」一樣。一家公司深知語言的魔力，瞄準廣告幻覺所營造的買方市場，趕製出廣告宣傳的那種巧克力粉，獲取了巨額利潤。

無獨有偶，中國中央電視一臺二〇〇三年三月十五日特別節目披露了米高公司的虛假廣告：營銷商把普通的兒童食品米高賦予一個有著充分想像空間的「營養伴侶」概念，同時利用消費者的崇外心理，以「美國米高」的語言包裝，成功地佔領了買方市場。

廣告不僅借助種種修辭話語包裝商品，而且可以挑起消費者的購買欲望，這是廣告修辭不同於一般修辭的一個重要特點：一般修辭不一定必須驅動言後行為，廣告修辭則必須把驅動言後行為當作最直接的目的——有哪一位廣告策劃者僅僅希望自己的廣告設計只給人提供一個話語欣賞的停泊地呢？從這個意義上說，廣告修辭是以驅動消費為目的的「話語陰謀」。

廣告宣傳，原本只是一個語言事件，從語言事件到誘導消費的現實事件，中間有一段相當大的距離，成功的廣告都會跨越這段距離，

這表明：在廣告幻覺中，人們輕信的，是語言的承諾，而不是廠家或商家的承諾。

廣告修辭通過語言向消費者承諾，也通過語言誘控消費者，引導人們走向語言營造的幻覺空間，消費者常常把自己對廣告修辭的認同，當作了對廣告宣傳的商品的認同，但是，事實上這二者不是一回事，在很多情況下，廣告宣傳的「詞」與「物」之間的關係，並不等同。

上面的例子借助廣告修辭，實現了商品和貨幣的交換。面對信息密集性程度越來越明顯的廣告宣傳，消費者對廣告承諾應有的審慎逐漸淡化，而社會對廣告的監督也沒有進入健全的軌道，在修辭化情境中，廣告的誘導功能對於陷入廣告包圍的消費者來說，不會遇到多少理性的質疑，很多人迷惑於廣告幻覺而不自知，實際上是迷惑於修辭幻象。

廣告是修辭幻象的典型形式之一，廣告最值得研究的是修辭幻象，現有廣告研究成果最匱乏的也是修辭幻象，但修辭幻象並不限於廣告。

曾經有一個故事，說的是魔術大師胡汀尼能在極短的時間內打開最複雜的鎖。他為自己設計了一個挑戰極限的目標：在六十分鐘內從任何鎖中掙脫，條件是讓他穿特製的衣服。挑戰者是來自英國的一位小鎮居民，他在一個堅固的鐵牢上配了看上去極為複雜的鎖，魔術師把自己關進牢中，挑戰者告訴他牢門已經上鎖，魔術師便開始玩逃生魔術。他用耳朵貼著門鎖，專注地工作了二小時，直到精疲力竭，也沒有聽到鎖簧彈開的聲音。最後他無力地靠在牢門上，想不到牢門卻打開了。這時候，他才知道，牢門沒有上鎖。在這場遊戲中，魔術師被戲弄了，但是真正戲弄魔術師的，不是小鎮居民，而是「話語陰謀」，它與廣告中的「話語陰謀」同屬修辭幻象。

修辭幻象是西方戲劇主義修辭批評理論中的一個概念術語，按照鮑曼的解說：

> （修辭幻象是）能夠將一大群人帶入一個象徵性現實的綜合戲劇。[1]

批評家進行修辭分析時應該從這樣的前提出發：語與物之間出現差異時，理解事物的最重要的文化產物可能不是物或「現實」，而是語言或符號。[2]

這兩段話，包含了修辭幻象的兩個基本特徵：

1. 修辭幻象不指向真實的世界，而指向語言重構的世界。

2. 修辭幻象通過語言在人們的心理層面重建一種想像性的現實。

修辭幻象導向想像性的現實，是通過語言幻覺重新建構的。用鮑曼的話說：

> 修辭幻象產生於想像主題，而想像主題可以在各種場合中鏈聯而成：面對面的小組交流，演說者與聽眾的交流，觀看電視節目，收聽電臺廣播以及某一社會中的所有的公開的或私下的各種交流場合。這樣的修辭幻象一旦出現，就有了劇中人物和典型情節中的臺詞。[3]

---

1 E‧G‧鮑曼著，王順珠譯：〈想像與修辭幻象：社會現實的修辭批評〉，收入大衛‧寧等著：《當代西方修辭學：批評模式與方法》（北京市：中國社會科學出版社，1998年），頁81。

2 E‧G‧鮑曼著，王順珠譯：〈想像與修辭幻象：社會現實的修辭批評〉，收入大衛‧寧等著：《當代西方修辭學：批評模式與方法》，頁84。

3 E‧G‧鮑曼著，王順珠譯：〈想像與修辭幻象：社會現實的修辭批評〉，收入大衛‧寧等著：《當代西方修辭學：批評模式與方法》，頁81-82。

綜合鮑曼所說的修辭幻象的特徵，同時考慮表達和理解的方便，我們將修辭幻象重新定義為：語言製造的幻覺。[4]

將修辭幻象引進修辭學研究領域，不能侷限於狹義修辭學的「技巧」觀，因為當修辭技巧聚焦於某一種修辭表達「好不好」的時候，對修辭作為一個審美過程的美學意義，對修辭作為主體存在方式的哲學意義，都無法給出充分的說明。這裡有一個被屏蔽的理論問題：真實世界是如何經過修辭話語的改裝，成為幻象世界的。卡西爾曾經說過：

> 全部理論認知都是從一個語言在此之前就已賦予了形式的世界出發的，科學家、歷史學家、以至哲學家無一不是按照語言呈現給他的樣子而與客體對象生活在一起。[5]

卡西爾這段話，可以理解為：世界通過語言獲得了可以描述的形式，並且最終獲得了某種話語形式。修辭作為話語形式，賦予語言的世界以審美化的構形，讓語言描述的現實以非現實的幻象形式投射於主體的意識中。特別是當信息資源完全被表達者控制的時候，表達者製造的修辭話語，有一個潛在的功能，就是生成控制接受者的語言幻覺。語言表達的修辭化一方面使人們更容易接近外部世界； 另一方面又阻隔人們對外部世界的洞察，因為它所提供的，不是一個真實的世界，而是一個對真實世界進行選擇、分割、重組、包裝後的修辭文本，它不是世界的真實圖像，而是經過重新編碼的世界，是語言製造的幻覺。

4　譚學純、朱玲：《廣義修辭學》（合肥市：安徽教育出版社，2001年），頁182-188。

5　E·卡西爾著，于曉等譯：《語言與神話》（北京市：生活·讀書·新知三聯書店，1988年），頁55。

二 修辭幻象及一組相關術語辨

在跨學科對話的意義上，修辭幻象與烏托邦語言、話語興奮劑、審美幻象，是有聯繫也有區別的一組概念。辨析這一組概念的聯繫與區別，可以減少學科對話的話語阻隔，以使對話各方擁有一個意義共享的討論問題的平臺。

（一）語言烏托邦和修辭幻象

「語言烏托邦」是王一川一部美學著作的書名，也是作者從語言角度考察美學問題的一個核心概念。

理解語言烏托邦，需要聯繫西方美學研究的一種轉向——從以理性為中心的認識論，轉向以語言為中心的語言論，王一川把它表述為語言論烏托邦，包含兩層意思：

1. 美學的語言烏托邦。語言問題被置於美學研究的中心地位，成為解決美學危機的理想出路。
2. 審美或藝術的語言烏托邦。語言作為審美得以呈現、或藝術得以存在的理想方式。[6]

從修辭幻象是語言製造的幻覺這一點上說，也可以認為修辭幻象是一種語言烏托邦（語言成為解決美學危機的理想出路，或語言作為審美得以呈現、藝術得以存在的理想方式）。但是，如果把語言烏托邦看作當代美學的語言學轉向過程中一個特定的概念，那麼，它和修辭幻象有不同的內涵。

從理論資源說，語言烏托邦廣泛涉及二十世紀眾多美學流派，並且把關注的焦點聚集到了語言上。語言烏托邦意味著語言在傳統美學中的邊緣化位置中心化了，所以，王一川強調：

6 王一川：《語言烏托邦——20世紀西方語言論美學探究》（昆明市：雲南人民出版社，1994年），頁50、51、87。

> 並非任何語言論都可能稱作「語言烏托邦」。只是當語言處在美學思索的中心，或者被用作解決美學或審美問題的非如此不可的理想途徑時，「語言烏托邦」才出現了。[7]
>
> 「語言烏托邦」表明「語言」獲得前所未有的重要地位，這自然與人們熟知的以理性為中心的前期現代美學迥然不同，從而構成我們對現成西方美學研究模型的違反。對「語言烏托邦」的研究，有助於我們調整上述研究模型以適應新的發展。[8]

王一川那本思辨性很強的著作《語言烏托邦》，有一個副標題：「20世紀西方語言論美學探究」，這個副標題提供了解讀語言烏托邦的學術語境。

修辭幻象關心的主要是語言世界和真實世界的關係，它的理論資源主要關涉修辭哲學和審美幻象理論。

從研究視野說，語言烏托邦主要是一種形而上的研究思路。王一川《語言烏托邦》的理論框架由四部分組成：

1. 通向語言烏托邦
2. 語言烏托邦建構
3. 語言烏托邦解構
4. 穿越語言烏托邦

這四部分合成的對二十世紀語言論美學的考察，共同把語言提升到形而上層面。與此相關的是，在王一川的著作中，有關語言烏托邦的理論展開，始終圍繞一個形而上的意指。例如，王一川認為，語言的隱喻本質是藝術的本質，藝術的權力在於隱喻的權力，因此，藝術

---

7 王一川：《語言烏托邦——20世紀西方語言論美學探究》（昆明市：雲南人民出版社，1994年），頁50、51、87。

8 王一川：《語言烏托邦——20世紀西方語言論美學探究》（昆明市：雲南人民出版社，1994年），頁50、51、87。

與語言互為烏托邦。[9]

儘管事實上的語言烏托邦也見於應用領域，但應用領域的語言烏托邦，已經偏離了王一川討論問題的語境，因此也就偏離了這個特定概念的學術意義。這也是我不在語言烏托邦和修辭幻象之間劃等號的原因。就修辭幻象來說，既可以從形而下向形而上提升，也可以從形而上向形而下俯視，既可以解釋修辭技巧，又不限於修辭技巧。修辭幻象在修辭技巧、修辭詩學和修辭哲學等不同層面，都存在闡釋的空間。

（二）烏托邦語言和修辭幻象

「烏托邦語言」是郜元寶對王蒙語言策略的一種個人化表述。

按照郜元寶的界定，烏托邦語言是烏托邦情感的寓所。烏托邦的主導感情和感情化的現實就是烏托邦語言。烏托邦時代的浪漫氣息，寄寓在那個時代的語言中，烏托邦語言既是烏托邦情感的表達方式，也是烏托邦抒情現實的存在方式。因此，烏托邦首先是語言的烏托邦。[10]

陳思和延伸了郜元寶的觀點：

> 一種靠革命理想、革命激情支撐起來的烏托邦語言，在邏輯上可能是令人信服的。但是當這種語言通過其自身的魅力或者外在的權力，不僅煽起了人們對未來理想的熱情，而且把人們從理性的大地上拔根而起，傾巢驅入盲目的不可知的時代旋風，那種情景就變得很可怕了。我出生於五十年代，太早的事情不

---

9 王一川：《語言烏托邦——20世紀西方語言論美學探究》（昆明市：雲南人民出版社，1994年），頁50、51、87。

10 郜元寶：〈戲弄與謀殺：追憶烏托邦的一種語言策略——詭說王蒙〉，《作家》1994年第2期，頁62-67。

> 甚了然，但文革是親歷過的，烏托邦語言對那個時代的教育、精神以至現實存在的包容力即使在今天回憶起來仍然驚心動魄。烏托邦時代的最大特點是人們沒有或者根本就不讓有現實的奮鬥目標。[11]

陳思和與郜元寶的共同點是，二人都為烏托邦語言規定了一種時代語境，它是烏托邦時代的產物，是偏離現實目標的浪漫理想。

陳思和與郜元寶不同的是，他指出了烏托邦語言對現實的建構：烏托邦語言既是人們的行為出發點，也是行為目標。它像是一個黑洞，又像是一種符咒：

> 當這種烏托邦語言的旋風席捲而起的時候，符咒便起了效力，彷彿是魔笛被吹響，所有的人，不管你身處哪一圈，都陷入了激情的狂舞，所有的人都會不顧一切的往那黑洞狂奔歡呼，爭先恐後，猶如奔赴節日的慶典。一批批而肥料黑洞裡消失，一批批人緊接著跟上，他們被後面的人驅使著推動著又不斷地驅使著推動著前面的人，理性早就化為烏有，激情也終於失去了意義，只有一個碩大無比的黑洞，黑洞……。[12]

在陳思和看來，所有這一切真正的負載體就是烏托邦語言。烏托邦語言類似巴金《隨想錄》所說文革中喝的「迷魂湯」，據此解讀王蒙小說《布禮》，可以把作品的主體結構看作一種正反結構：正方是對少年布爾什維克精神的歌贊，反方是文革對前者的否定，正反兩方都以

11 陳思和：〈關於烏托邦語言的一點隨想——致郜元寶談王蒙小說的特色〉，《雞鳴風雨》（上海市：學林出版社，1994年），頁90-91。

12 陳思和：〈關於烏托邦語言的一點隨想——致郜元寶談王蒙小說的特色〉，《雞鳴風雨》（上海市：學林出版社，1994年），頁90-91。

「革命」的名義說話，然而歷史已經證明了文革話語所虛構的「革命」的修辭幻象性質。

修辭幻象在語言虛構這一點上，接近烏托邦語言。但烏托邦語言直指烏托邦時代的話語方式，修辭幻象伴隨著整個人類文明史，不限於烏托邦時代的話語方式。從原始社會的語言圖騰，到現實生活中的語言禁忌、語言幻覺，一切通過語言重新建構的真實，都是修辭幻象。

烏托邦語言具有浪漫氣息，它是理想化的。原本低調的聲音，一經烏托邦語言的介入，可能變成亢奮的狂瀾。而修辭幻象可以是浪漫的，卻不限於浪漫話語，有時，它也可以是沉重的、苦澀的。例如中世紀宗教裁判所的迷狂，例如美麗幻象中的辛酸淚水。

（三）話語興奮劑和修辭幻象

「話語興奮劑」是南帆用散文筆調書寫的一種精神文化現象。

話語興奮劑是一種語言狂熱，口號是它的有聲形態，標語是它的書面形態。南帆這樣描述作為話語興奮劑的口號和標語：

> 強大的氣流振動了聲帶，高亢的聲音衝出嗓門，一切凝聚成一句大音量的呼號。口號的呼喊通常帶動了右胳膊向空中揮舞，從而使身體顯現出一個強有力的姿勢。顯然，人們有理由將口號比擬為話語製作的興奮劑。
>
> 標語的大字與口號的超常音量互相吻合。標語是一種能指的巨大膨脹，標語的語義無法承受過剩的強烈情緒，這些壓縮的情緒撐大了標語的字跡。字跡生動地成為示意情緒度數的物質外殼。[13]

13 南帆：《叩訪感覺》（長沙市：湖南文藝出版社，1998年），頁231-232。

口號通過聲音途徑刺激人的興奮神經，標語通過視覺途徑刺激人的興奮神經。社會需要標語口號，實際上是需要一個興奮點，這個興奮點是語言營造的。在這一點上，話語興奮劑帶有某種幻覺成分，並且在這一點上與修辭幻象相近。

話語興奮劑具有社會化的凝聚功能，也以社會化的狂熱，拒絕冷靜的思考。積極的話語興奮劑可以成為一種召喚力量，打造企業形象、宣傳政治主張，常常通過標語、口號調整大眾興奮點。負面的話語興奮劑則是一種語言魔力，當一句口號，或者一句標語成為非理性的召喚力量時，人們可能封凍自己的常規思維、甚至良知。文革時期，很多原本善良的人們，在話語興奮劑的驅動下，釋放出人性中惡的一面，成為社會的破壞性能量。

話語興奮劑用口號、標語覆蓋異己的思想，行使唯我獨尊的話語權，它激起的興奮度有時無法量化。例如：

> 跑步奔向共產主義。
> 人有多大膽，地有多大產。
> 寧要社會主義的草，不要資本主義的苗。

這些在當時流行的口號，有的曾經刺激了人們的革命衝動，有的曾經刺激著人們超值的付出。今天，這些話語，連同它煽起的激情，已經被歷史證偽。話語興奮劑的狂熱消褪之後，人們才在冷思考中發現，這些曾經使自己著魔的語言，原來蘊涵著怎樣荒謬的邏輯預設。

何頓的小說《我們像葵花》〈再版序〉有一段話：

> 「寧要社會主義的草，不要資本主義的苗」這樣的標語總是在黑板報上閃閃發光，讓我們時刻反省自己到底是「社會主義的草」還是「資本主義的苗」。有時候老師還要我們深挖思想，

> 問我們長大了願意當什麼，但是假如你說你想當科學家，或者說想當工程師，有同學家會指出你拈輕怕重，想幹輕鬆的事情，似乎只有當工人或農民才是真正的革命者。那個年代是工人階級領導一切的年代，知識份子是被批判的骯髒對象。誰也不願意成為日後被批判的對象，於是讀書上就十分懶洋洋，甚至於有意無意中拒絕讀書，倒是學工學農很積極。
>
> 為了防止變成「資本主義的苗」，我們那時候常常要去學工學農學軍，走與工農群眾相結合的道路，彷彿不這樣做，長大了就會變成「資本主義的苗」一樣。
>
> 我們當然都長大了。今年過年，我與我的部分初、高中同學有過聚會，真的發現如當年教育所願，大多成了草，很正宗的一棵「草」。還不是田埂旁見到的綠油油的草，而是枯萎了的草。

當中國社會科學出版社再版何頓這部小說的時候，全民族已經為小說中提到的當年的口號付出了代價，可是，當年我們又是如何陷入話語興奮劑的迷狂的呢？在這一點上，話語興奮劑對人的精神誘控，也與修辭幻象相近。

但是話語興奮劑不等同於修辭幻象。

南帆命名的話語興奮劑，特指口號和標語，它的簡短的話語形式，一般只交付一個簡單的句子結構，而修辭幻象覆蓋了詞、句、段、篇等不同的層級單位。

話語興奮劑更多地屬於集體幻覺，個人通過重複同樣的口號和標語，融入了集體幻覺，作為主體的個人，則進入南帆所說的「匿名狀態」：

> 不論每一個人的來歷多麼不同，一個響亮的口號為他們提供了共同站立的語言橫切面。這的確令人驚奇。從高亢的齊聲呼號

> 之中，從森林一般同時舉起的胳膊之中，一種短暫的語言大同實現了。[14]

修辭幻象可以是集體幻覺，但不限於集體幻覺，在很多情況下，修辭幻象不是讓個人進入匿名狀態，而恰恰是沉醉於自我構築的幻覺空間。流行歌曲〈從頭再來〉在劉歡的演繹中，重建了一個生命安頓的心理平臺：

> 昨天所有的榮譽
> 已變成遙遠的回憶
> 辛辛苦苦地度過半生
> 今夜重又走進風雨
> 我不能隨波浮沉
> 為了我摯愛的親人
> 再苦再難也要堅強
> 只為那些期待的眼神
> 心若在，夢就在
> 天地之間還有真愛
> 看成敗，人生豪邁
> 只不過是從頭再來

「從頭再來」是人生豪邁的抒唱，但是在這種豪邁中，浪漫情懷多於現實期待。現實人生也有「從頭再來」的說法——那是生命的另一輪啟動，已經不是原初感覺。「從頭再來」的「我」，可能會變成「他」。有多少「從頭再來」的豪邁，最終改寫了人生？不錯，人生

14 南帆：《叩訪感覺》（長沙市：湖南文藝出版社，1998年），頁234。

不能沒有浪漫情懷，但是浪漫情懷畢竟不是現實人生。烏江自刎的楚霸王能夠從頭再來嗎？堅定地相信能夠從頭再來的人，是有的，比如阿 Q，但是他果真「二十年之後又是一條好漢」嗎？「從頭再來」的人生豪邁，借助一系列的修辭話語為人們虛擬了一個想像中的詩意空間，自我構築了一個亮麗的人生舞臺，使感覺層面的美好，幻化為現實的心理替代物。主體在修辭幻象中自我沉醉，獲得欲望的想像性滿足。也許正因為如此，「從頭再來」的演唱在沉入幻覺空間的歌迷中引發了狂歡，而對於駐足於現實空間的人們來說，「從頭再來」也在語言製造的幻覺中為跌入生命低谷的人們注射了強心劑。在修辭幻象的詩意氛圍中，活得瀟灑的人們走出了世俗壓力，活得艱辛的人們卸下了沉重，共同與「從頭再來」所誘導的想像中的未來進行著新一輪的對話。

（四）審美幻象和修辭幻象

與審美幻象相類的概念範疇，另有阿多諾的「審美幻覺」，佛洛伊德、榮格的「幻覺」，海德格爾、薩特的「虛無」，弗雷澤、柏格森的「影像」等，這意味著對審美幻象的研究，需要考慮美學、哲學、人類學、心理學、語言學等多種語境。事實上，審美幻象也穿行在美學、哲學、心理學等不同學科的多重話語之間。系統地進行這種思考、並將其引向深入的中國學者，是王杰。

王杰認為，人們在現實生活中接受兩組幻象：過去的幻象和未來的幻象，前者最典型地體現在人類童年時代的神話中，它試圖讓人們相信，幸福和自由存在於遙遠的過去。後者最典型地體現在科學時代的神話中，它試圖讓人們相信，幸福和自由存在於美好的將來。

探討這兩組幻象的相互關係及其轉換規則，是馬克思主義美學的中心任務之一。[15]

> 在馬克思看來，語言習慣、日常生活規則，以及情感交流的既有模式都屬於支配性意識形態的範疇，經過這種意識形態範式的文化整流，現實生活中的衝突和對立被導向某種想像性的和諧之中。[16]

當馬克思指出歷史之謎的真正揭示來自對現實關係的改造時，已經啟迪人們關於審美幻象的思考了。這表明，審美幻象的實質，是對現實世界進行審美變形，這也是審美幻象與修辭幻象的共同點，即通過審美想像重建假定性的現實。

如果說，審美幻象的基礎是審美幻覺，[17]那麼，修辭幻象的基礎則是審美幻象。審美幻象是審美幻覺的對象化，修辭幻象是審美幻象的語象化。

安徒生童話《賣火柴的小女孩》中的小女孩，在火柴的光亮中看見了一隻烤鵝，背上插著刀叉，搖搖擺擺地朝她走來，這是小女孩在現實中難以滿足的願望在幻象世界的假定性實現，這是現實世界的審美變形，它在小女孩眼中（而不是在讀者的解讀中），屬於非語言製造的幻覺，是審美幻象。

張賢亮小說《綠化樹》中描寫的精神會餐，緩解了肉體生命的饑渴，在非現實情境中緩釋了主體的生存痛感，這是語言製造的幻覺，是修辭幻象。

---

15 王杰：《審美幻象研究——現代美學導論》（桂林市：廣西師範大學出版社，1995年），頁28-29。

16 王杰：《審美幻象研究——現代美學導論》（桂林市：廣西師範大學出版社，1995年），頁131。

17 王杰：《審美幻象研究——現代美學導論》（桂林市：廣西師範大學出版社，1995年），頁7。

三　修辭是現實的幻象並重建幻象中的現實

人是語言的動物，更是修辭的動物。從個人形象，到社會公共空間，文化時尚借助語言來確立，也借助語言實現審美化的蔓延。當人們通過語言來認識一個對象的時候，對象的現實狀況往往被遮蔽，真實的對象可能在語言中提升、壓抑或者變形。這種在語言中提升、壓抑或者變形的對象，便是修辭幻象。

人們通過修辭幻象與現實保持著生動的鏈接，通過修辭幻象與社會保持著詩意的對話，卻誤以為自己與現實世界的對話建立在真實的基礎上。人們天真地相信，語言一旦脫離了現實的真相，也就蛻變為無意義的語言遊戲。但是實際上，人可能被自己建構的語言世界蒙蔽一輩子而渾然不覺。也許正因為這樣的緣故，語言失控導致心理失衡、生命失重的現象，至今沒有得到理論認真的關注。在很多情況下，人被修辭幻象包圍著、控制著，沉醉於語言虛構的世界，卻鬼使神差地相信自己抵達了世界的真跡。從主體方面說，美好的幻覺誘控著自我的虛假「在場」；從對象方面說，語言虛構的世界幻化成了世界本身，現實世界通過修辭繪製出一幅新的藍圖。這不是主體的混茫，也不是現實本身的變形，而是修辭幻象的魔力。

承認修辭幻象的魔力，並不說明人無法逃離修辭幻象的誘控，相反，它恰恰是人去除遮蔽，追問自身真實「在場」的理性認證。正像對宗教彼岸的疑惑隱含著對此岸人生的執著，對虛幻世界的思考也隱含著對真實世界的趨近——正是從這裡，激發了我對修辭幻象的濃厚興趣。

修辭幻象是一塊理論空地，填充這塊理論空地的，不僅僅是話語和文本，更是穿透話語和文本的思想。問題的發現需要原創性思維，比這更重要的，是對問題的原創性闡釋和理論的跟進。

拾
釋「日」：審美想像和修辭幻象

在中國文化語境中，太陽作為初民生存狀態中一個極為重要的物象，通過主體的審美想像，轉換成了修辭幻象——漢字「日」和以「日」為結構素的符號系列；認知主體借此重新接近了那一輪高高在上的太陽。在這一過程中，現實化的物象通過人的審美把握被認識、被提升，通過對現實存在的修辭化表述，認知主體疏離現實世界，進入語言製造的幻覺。循著這一思路考察漢字「日」及其泛化符號，我們看到的，是一個方塊字系列背後所隱藏的中國古人向「日」而在的審美文化景觀。

一　日：一個修辭幻象

漢字「日」的初文形體不一，其中最接近太陽摹擬圖像的符號如⊙θ，這些字的構形，都是一個空心圓或圓的變形，構成太陽圖形的邊框，邊框之內的抽象符號點或線，頗似人面上長著眼睛，這或許便是初民臆想出的太陽神的人格化造型。

人格神的產生，是一個歷史的過程，也是一個語言的過程。有關太陽神的人格化造型及相關古文字，包含了中國古人對自然的樸素認知和稚拙的詩性理解。中國原始岩畫所繪太陽圖案，可以與前述「日」之初文互相詮釋，如內蒙陰山、伊克昭盟鄂多克旗、廣西寧明花山、江蘇連雲港將軍崖，以及雲貴、四川等地原始岩畫所繪太陽，與「日」的象形初文合成了鮮活的文化之象：二者都是古人仰觀天象、外師造化，中得心源的審美創造；也都是古人將人格化、神靈化的太陽作為「有意味的形式」寫在歷史深處的修辭幻象。

修辭幻象是主體想像性地對現實進行重構的產物。當我們體驗「日」這個幻象符號的時候，作為自然物的太陽已經在我們的審美想像中重新建構為語言製造的幻覺，引導我們進入一種象徵性的現實，越過太陽的自然形態，去接近太陽在先民心靈世界中的意義。

語言的意義不僅凝固在指稱之內，同時也向指稱之外輻射，後者在主體的審美想像中完成。想像一種語言，就是想像一種生活形式；同樣，解讀一種語言，也就意味著解讀一種生存方式。解讀漢字「日」，首先需要了解的是，造字之初先民的生存背景。在初民的經驗感受中，太陽是光與熱之源，也是生命之源。原始社會前期的採集、漁獵等，多在晴朗天氣進行，農耕和畜牧對日照的依賴程度更大。初民把萬物生死和復甦，視為太陽的神力所致。澤被下界的太陽，對古人的生存狀態產生著至關重要的影響。

一方面，古人根據「日出而作，日入而息」的文化指令安排生產和生活。表示日之出入的語象「晨」和「昏」包含了這方面的審美文化信息：「晨」，文字構形像日在頭頂，《說文》解作「為民田時者」，即「日出而作」的時間；「昏」，文字構形像太陽落在人腳下。當那顆熱力無比的巨大火球即將從地平線上消失，先民們可能伴有某種失落和悵惘，在日光的熾熱擁抱中勞作了一天的人們，把日薄虞淵之時對於大明之神的依戀，從邈遠的天際拉回現實空間，由夕照中的惆悵走進「日暮相思」的生命狀態，借此重建一種感情上的平衡。《詩經》〈王風〉〈君子于役〉所敘「雞棲于塒，日之夕兮，羊牛下來。君子于役，如之何勿思」，其中微漾的美麗的憂傷，從一個側面反映了「日入而息」之後人們的心理現實。

另一方面，古人又由外物返觀自身，把日之出入的自然節律，內化為與生命節律同構的審美意象，成為主體生命流程的對應物：日出與少年、青春，日落與衰老、死亡之間的約定性語義聯想，在中國人文化心理結構之中的沉積。

審美自由為審美主體開啟了審美想像的空間，審美主體的生命投入到審美對象之中，人和審美對象融合為一，人向太陽走去，太陽也向人走來。隨著人和太陽的心靈對話，太陽在人的心理世界產生了審美變形，成為與古人的生存狀態、情感世界息息相關的修辭幻象：「日上三竿」暗含了對行為主體的催促意向；「日中必彗」隱含了不失時機的警勸意味；「日中必昃」包孕著盛極而衰的哲思；「長繩繫日」透露了人生苦短的生命關懷。[1]

漢字龐大的「日」旁字系列，同樣可以見出「日」的修辭化。「日」旁字在《說文》中約占收字總數的百分之十，今人編撰的《漢語大字典》，收錄「日」旁字五百多個，大量的「日」旁字語義關涉日照和植物生長，再現出農耕民族的歷史風景，同時也表明，中國古人的日神信仰首先來自生存意義上的經驗感受。表示時間差異的「日」旁字系列部分地記錄了古人對太陽的細緻觀察，如——

昕：日將出。

旭：日始出。

晗：日欲明。

昉：日初明。

暨：日見而不全。

昇：日上。

晲：午後日偏斜。

昃／昳：日偏西。

昏／晚：日暮。

1　王立：《中國文學主題學——意象的主題史研究》（鄭州市：中州古籍出版社，1995年），頁238-263。

暮：日下。

暌：日入。

晝：日出至日入。

古人對太陽觀察之細是問題的一個方面，更有意味的，是古人對「日」參與構形的漢字的解釋，這其實也是古人對自身的詮釋，其間寄託著我們的祖先欲與高高在上的太陽進行精神溝通的願望和方式。如「昂」，本義為「仰起」，由此引申出一系列相關意義：

高 → 高漲 → 振奮 → 上升 → 日升 → 明

「昂」的字義引申軌跡，由「昂」字的構形暗示了潛在的邏輯依據：「日」在其上。從古人的造字心理說，賦予「昂」字以「日」在其上的構形，既是一種直觀想像，也是一種詩意的創造。也許，由「仰起」引申出的「高」、「高漲」和「振奮」等語義，正是我們的祖先仰面視日時所產生的審美情感的歷史記憶。

由於「日」在其上，萬物萬民都在它的照耀之下，於是太陽被想像為無所不知的公正神靈。這個神靈，被古人設計成一個由「日」和「正」合成的會意字：昰（「是」的古文字），所以，《說文》對「昰」（是）的字形分析為「从日、正」，段玉裁的解釋更加到位：「以日為正則曰是，從日、正，會意，天下之物莫正于日也。」段注包含的審美文化信息即是：古人視太陽為公正無私的神靈。自然界的太陽被審美主體的生命所激活，現實的「日」在這裡被作了虛幻的表現，其間折射的文化心理至近現代社會仍然可以見到一些殘留的遺跡，如白族人被誣偷盜時，往往指著太陽起誓，鄂倫春、哈薩克、維吾爾、烏孜別克等族，也有同樣的習俗。指日起誓，以辯清白的俗信行為和「天下之物莫正于日」的觀念信仰，可以看作人的存在方式與語言的存在方式同構的詩性證明。

古人崇日，自然要祭日拜日。這樣，崇日信仰便由生存意義上的經驗感受，滲入了宗教情緒。甲骨卜辭記錄了「殷人於日之出入均有祭」，[2]及至後來的契丹族、女真族等，仍沿襲「拜日」、「朝日」古俗。這種神聖儀式作為遠古時代的集體表象，被定格為一個由「日」參與構築的文字造型「昆」——太陽之下雙人共舞，這是一個具有原始宗教情緒的特寫鏡頭，也是中國古人「立象盡意」，用以把握世界的一種審美想像。這裡，人們不是用邏輯思維，而是用神話思維來建構現實，是關於現實的修辭幻象。這個修辭幻象，不僅是漢字「昆」之中的文化密碼，同時也是一種穩固而持久的心靈原型。在上古人迎送太陽出入的歌舞儀式中，先民們也體驗到「我與太陽」共同在場的心理滿足。

二　修辭置換：「日→火／龍／鳥／君」

審美人類學家通常對可置換的對等符號表現出較濃厚的興趣，符號對等可以表現為意義指涉的整體疊合，也可以表現為意義指涉的局部可替代性。本文分析的「日」象可替換性代碼屬於後者。

在漢語經驗中，被賦予神性的太陽，與火、龍、鳥、君等文化符號，在主體經驗的同一層面疊合，通過角色置換，產生變形替代，重建一個修辭場，由此超越不同角色自然存在狀態的分離，在替換代碼相互重合的指涉空間內溝通，從而導向審美想像中的和諧，這種和諧源自特定的觀念信仰和心理認同，也包含了某種文化整合的因素。

（一）日→火

英國學者泰勒認為太陽崇拜起於火崇拜；德國學者里普斯認為火崇拜源自太陽崇拜，兩種說法雖然牴牾，但是都肯定了太陽與火在原始信仰中的文化關聯，這或許是原始人以神秘互滲思維賦予了太陽與火以一定的神秘聯繫。

2　郭沫若：《殷契粹編》（北京市：科學出版社，1965年），頁354。

對於早期人類的生存來說，火的重要性不亞於太陽：火獵曾經是上古一種重要的狩獵手段；火耕曾經是原始民族一種很重要的生產手段；火攻曾經是古人一種重要的戰爭手段，火是人化的太陽，古人對火的崇拜正如對太陽的崇拜。以原始思維認識世界的古人，完全可能根據同類互滲原則把火視為太陽的象徵加以崇拜。

中國文化語境中存在著大量日、火關聯的表述。

在《周易》中，火為離卦：「《彖》曰：離，麗也。日月麗乎天。百穀草木麗乎土。重明以麗乎正，乃化成天下，柔麗乎中正。」代表火的離卦，釋為麗，在上述語境中兼有光明、生命之意，是「化成天下」的動力源，功能與太陽相類。《抱朴子》〈逸民〉有「不可一旦無火」之說，《初學記》卷二十五引潘尼〈火賦〉，稱火「能博贍群生，資育萬物。」火之「資育萬物」的功能，正是古人所謂「日德」。尹知章注《管子》〈四時〉：「時雨乃降，五穀百果乃登。此為日德」，即言「日以照育為德」。按五行觀念，太陽屬火，《易經》〈說卦〉有「離為火為日」的說法，因而古以「日火」稱日光（書寫符號「炅」）。《風俗通義》〈皇霸〉：「火，太陽也。」；《論衡》〈詰術〉：「火，日氣也。」、「在天為日，在地為火。」在中國古人看來，火是天上的太陽在地上的變形替代，今人也可以根據神話變形規則進行這種推斷。

（二）日→龍／鳥

崇拜太陽神的華夏民族，由於活動區域、生產方式、初民心理等諸多因素的不同影響，曾分別以龍和鳳（鳥）為太陽神的象徵，這裡體現的中國古人對於太陽神和龍鳳（鳥）圖騰的複合崇拜，在中國神話系統中，對象化為「日→龍／鳥」的角色置換，《山海經》〈西山經〉述：

> 又西北四百二十裡，曰鐘山。其子曰鼓，其狀如人面而龍身，是與欽䲹殺葆江于昆侖之陽，帝乃戮之鐘山之東曰瑤崖。欽䲹化為大鶚，其狀如鵰而黑文白首，赤喙而虎爪，其音如晨鵠，見到則有大兵；鼓亦化為鳥，其狀如鴟，赤足而直喙，黃文而白首，其音如鵠，見則其邑大旱。

鼓神傳為炎帝子孫，炎帝具有太陽神格，其誕生的傳說與日、龍相關。炎帝的後代鼓神人面龍身，死後化鳥，這一神話變形過程，清晰地投射出日、龍、鳥角色置換的軌跡：

> 太陽神炎帝（其母夢日或感神龍而生）→ 後裔鼓神（人面龍身）→ 鼓死化鳥

「龍／鳥」作為「日」的可替換代碼進入神話話語，體現了一個民族的集體幻覺，以及我們的祖先在尚未理性地把握世界之前所具有的原始思維特徵。「日→龍／鳥」整合所產生的修辭幻象，同樣包含了中國古人的審美想像：

首先，日、龍、鳥之於中國古人來說，均具有始祖意義。夢日受孕、感神龍生子、玄鳥生商等非現實話語，出自同一神話原型，體現出中國古人對「我是誰？我從哪裡來？」的困惑，以及對生命之源和創世之謎的叩問和浪漫奇想。

其次，對於早期農業社會來說，龍、鳥與日一樣，都具有功利意義：遠古初民的龍圖騰崇拜，經由後世的佛道二教強化了宗教意識，使龍圖騰轉化為龍王神，佛教賦予龍王專司興雲布雨之職，道教使龍王成為水的主宰，以農立國的社會，久旱祈雨、久雨求晴，而龍據《爾雅》〈翼〉所述，「既能變水，又能變火」，因而成為農耕民族心造的幻象。至於鳥與農業的關係，也遠非現代人所能想像，《越絕書》

〈越絕外傳記地傳〉有「教民鳥田」的記載；《水經注》曾記述「有鳥來為之耘，春拔草根，秋啄其穢。」甚至鳥類的遷移和啼鳴，也成為古人判斷農時的依據，白族民間故事《祭鳥節》有這方面的詳細記述。

再次，從比較直觀的意義上說，「六龍馭日」和「飛鳥載日」神話，可能借助同類相感的思維運作，使中國古人在日之運行和龍、鳥飛行之間臆想出了不同角色的契合點；在或虛或實、似幻似真的心靈境像中超越角色的現實分離，導向不同角色的變形替代。這裡，語象置換不是科學化的替代，而是生命化的體驗；不是通過理性分析，而是通過情感認同，消解了不同對象之間的現實界限。

（三）日→君

《易傳》有「聖王在上，則日光明五色備」之說，漢字「王」的本義是日光，君王德被天下，如日光普照人間。《禮統》說「日者實也，形體充實，人君之象。」作為人君之象的「日」，常用作「君」的自我命名，這是君的自我界定和自我神化。正像埃及國王的塗油儀式在把神的名字移往法老身上的時候，似乎從這些名字獲得了神性。中國古代君王在以「日」自命的時候，也包含著對君之神性的心理期待。這裡，「名稱不僅指稱其對象，而且就是其對象的實質：實在之物的潛能即寓於名稱之中。」[3]修辭命名超越了符號功能，成為名稱負載者個人神性的一部分。

作為「日」的神聖替代，「君」戴著「日」的光環，由人境進入神境、由現實世界進入幻象世界，「日」被想像為「君」的另一個「我」，成為「君」自我構築的一個虛幻神壇，並在君民之間砌築了

3　E·卡西爾，于曉等譯：《語言與神話》（北京市：生活·讀書·新知三聯書店，1988年），頁31。

一道精神屏障。在這個意義上，古代帝王祭日的虔敬，包含了某種自敬的成分。

「日」是君的自我神化的命名，高高在上的太陽在大自然中的顯像，所引起的主體的精神激動，為主體的自我命名提供了「有意味的形式」，在這種修辭化的自我命名中，君從太陽的現實物象，走進了自比太陽的心理圖像，並且借助「語言的權力」召喚自己進入神性的存在。君臨世界，也就成了日光普照的世界，如同朱蒙自稱「日子」——太陽之子（《北史》〈高麗傳〉）一樣，在對太陽神的膜拜中，隱含了對自我神格的迷狂。

君王以「日」自命，或者臣民以「日」稱君，表面上看起來是一個比喻性的稱謂，但是在表象背後，直接認同大於比喻意義上的認同。彷彿一旦「日」成為「君」的替代符號，「日」的能量也就魔法般地成了「君」的能量，「君」也就可以釋放出「日」的能量。語詞以神話的方式被臆想為一種實體性的存在和力量，參與了「君」的自我建構。於是，「以君的名義」，也就是「以日的名義」，「以天的名義」，據此才可以理解，為什麼「天無二日，國無二君」會被納入同一條認識鏈，據此也可以解釋漢語經驗中一系列「日→君」整合的話語結構：如「日君」既指太陽，也喻君王；「日宇」既指太陽的居處，也指帝王宮闕；「日表」指帝王儀表，此外，從李贄〈東郊朝日賦〉「帝心與日心齊明」、袁司直〈寅賓出日賦〉「君德與日德俱遠」之類的話語，也可以解讀出一種「日→君」整合模式，它與天人合一君權神授觀念互相疊合，共同渲染了王者天命、王權至尊的文化主題。

「日 → 火／龍／鳥／君」修辭置換產生了不同符號的審美文化信息疊合，且置換模式極相近，根據結構主義原理和神話變形規則，可以將其視為出自同一深層結構的諸種不同文化表象。作為表層相異的文化符號，在深層體現的是殊途同歸的文化創造，也是我們的祖先在他們的生存狀態下，所產生的想像性的類概念在心理上的凝聚積澱，是事物不同本質規定的異類相通。人類的生產活動作為最基本的實踐活動，不僅是物質存在和發展的基礎，也是精神存在和發展的基礎，在後種意義上，人類的宗教活動、審美活動，都是與生產活動相關涉的文化行為，「日」象的可替換代碼提供了這方面一個極具代表性的文化樣本：火、龍、鳥作為太陽的指代符碼，是早期農耕民族的生產方式、生活方式、原始信仰等在集體幻覺中留下的富有詩意的一頁，是中國古人用神話思維對現實所作的詩性解釋。在認知方式上，由初始的功利目的，走向審美創造，神話傳說和民俗事象的歷史積澱與詩意傳承，使「火」、「龍」、「鳥」作為與「日」相融通的觀念載體逐漸被認同。及至演化為「日 → 君」替換模式，已經黯淡了與原始生產力相聯繫的功利色彩，而向政治目的移位。「日」的人化和「君」的神化互相浸染，淡化了「日 → 火／龍／鳥」替換模式中詩意的浪漫，變得冷峻而威嚴，透過《尚書》〈湯誓〉中的萬民面對夏「君」無道，發出「時日曷喪，予及汝偕亡」的絕命呼喊，可以讀解出「日→君」幻象對於庶民生存的心理威壓，「日 → 君」整合的話語結構所折射的語言幻覺與封建政治合一的社會圖景，從「語言的權力」導向現實的權力，從理性生存導向非理性迷狂：封建社會君權的無限擴張，有時會遮天蔽日，其結果，往往導致崇日的虔敬走向射日的對抗。在這個意義上，崇日神話和射日神話同樣具有隱喻性。正如古人崇日之「日」已經人格化，古代神話射日之「日」也已經修辭化。[4]

---

4 劉毓慶依據射日之「日」的非自然屬性，認為射日神話是「以社會化的內容為主體、以闡釋自然為外殼的政治神話」，詳見劉毓慶：〈華夏日月神話文化意蘊之考察〉，《民間文學論壇》1996年第2期，頁5-12。

三　生命符號：「日」姓和「日」名

太陽是生命之源，與太陽有關的一系列漢字，如陽、春、昌、昂、旺、旦、旭、暨、昆、是、早、明、星、時、昔、易、晉、晏、曠、暴、曉、晃、曼等，都曾作為中國古人的姓氏收入《姓苑》《風俗通》《萬姓統譜》《通志》〈氏族略〉《集韻》等，加上大量與「日」同義或有意義關聯的姓氏符號，構成一個「日」姓系統。「日」姓世人據此把一輪不落的太陽凝定為與生命同在、甚至超生命而存在（人死姓不死）的審美文化符號，並因此具有了某種幻象性質。

《通鑑》〈外紀〉「姓者，統其祖考之所自出。」一個姓，代表同一個血統的強大氏族，作為一個血緣親族的徽號，每一個族姓，都意味著一個共同祖先的血脈傳承，後人對於自己生命之根的追尋，可以通過姓氏去回溯，因此，姓首先是一種生命符號。從這個角度看待最初的「日」姓，似應充分注意這些符號背後的審美文化涵義。如楚王室昭、景二姓，昭、景二字在由「日」參與構形的同時，接受了與「日」相關的意義規定。《爾雅》〈釋詁下〉訓「昭」為「光也」，《說文》〈日部〉釋作「日明也」；至於「景」，在古漢語中常用作太陽的指代符碼，《文選》〈王融〈三月三日曲水詩序〉〉「求中和而經處，揆景緯以裁基。」呂向注：「景，日。」昭、景為楚王室姓氏，楚人是商人後裔，商祖太皞、少皞屬東夷部落，古代東夷族視太陽神為自己的始祖神。在東夷文化有關部族傳說中，太陽的神力入居母體，感應生子的情節很多，流布亦廣。這實際上是我們的祖先沉湎於幻覺世界為自己的生命存在設計一個值得崇拜的形式，也為自己的生命之「根」尋找一種詩化的解釋。昭、景作為楚王室宗族的生命符號，隱含著楚人對其先祖崇日信仰的心理認同。這裡，祖先崇拜和日神崇拜、原始信仰和後世宗教、血脈傳承和文化傳承互相滲透，共同豐富了「日」姓符號中的形式意味。

如果說姓是宗族的生命符號，是人們歸宗認祖的標識，那麼名則是個體生命符號。

一般來說，姓是「命」定的，除了始祖之外，個體對於自己的姓很少選擇的餘地，但取名卻有較大的自由度和可選擇性。在時間維度上，姓，通過向過去回溯追尋生命之根；名，通過向未來祝福，寄託生命關懷。名，成為人們希望按某種預設的模式塑造人生的一種象徵，例如「勇」字用作人名，包含了主體對於剛健強悍人生的美好期待；「寬」字用作人名，包含了一種道德關懷。同樣，中國古人取名用字多與「日」相關，蘊含著與生命意識相關聯的審美文化信息。也許，人們正是通過「日」名這種形式，希望太陽的光輝沐浴個體生命、太陽的熱能匯入個體生命？抑或，這只是一種祈願，借「日」名與主體終身伴隨，讓生命在太陽的光亮中敞開？

在歷史話語中，華夏民族的得名，即與「日」相關。進入奴隸社會之後，以「日」取名，蔚成風氣。夏代帝王孔甲、胤甲、履癸是「日」名；商王從湯到紂，三十一個帝王，取的都是「日」名。商王取名的基本用字是十干。中國古人認為天上有十個太陽，每天輪番普照人間，從甲日到癸日，十日為一旬。商王的生日按十干的順序依次排列，同日出生的不同輩份的商王，在日名前加區別符號：大（太）、中（仲）、小、陽、武、康等，這樣，商王取名模式就是：區別符號＋天干符號，「×甲」系列、「×乙」系列，即同是甲日或乙日出生的不同輩份的商王。帝王取名用字聚焦於「日」，實際上等於呼喚帝王以「太陽」的形象入世。而天上十日，同時也成為人間君王的一種生命序號。

商周之後，日神崇拜漸沉於後起的多神信仰，但取名習俗中自比太陽的文化心理並沒有改變，如古代匈奴王號「日逐」；唐武則天為自己名字所造的字，也是一個「日月當空」的會意符號。

從上古眾神，到後世帝王，「日」名由神而君，並通過文化下滲形式，流布民間，成為中國古代人名系統中高頻出現的生命符號，同時也在一定程度上影響著現代人的取名心理。在修辭哲學層面，「日」名體現了語言崇拜和太陽崇拜的複合形態，哲人們往往認為人從誕生之時，就開始了靈魂的漂泊，但對於即將踏上人生長旅的漂泊者來說，作為主體存在標記的「日」名，絲毫不見生命焦慮，而是充溢著華夏子民對於熾熱的生命情調、燦爛的生命歷程的嚮往和禮讚，以及對於生命之光與日同輝的永恆追尋。

拾壹

〈減去十歲〉：語言驅動的非組織傳播

諶容小說〈減去十歲〉，是非組織傳播的一個典型個案。

篇名〈減去十歲〉的修辭語義，是生命時間倒流十年。生命歷程的可逆性變化，預示著行為角色將以新的姿態出場，由此激活了人們關於明天的想像。

「減去十歲」，本來只是一個語言事件：小說中的「中國年齡研究會」起草了一個文件，決定把所有人的年齡都減去十歲。這個文件沒有正式下達，還僅僅是一種非現實的傳言，但卻在傳播流程中，以巨大的能量，驅動了一起公共事件。

把每個人的生理年齡減去十歲，具有不合理中的合理性：它因為虛幻而不合理，又因為減去的十歲正好是文革中被耽誤的十年，作為對文革十年失去時光的一種歷史還債，又具有了某種合理性。這種不合理和合理的混合，觸動了公眾利益，許多人共同的情結和隱藏的心理期待，與語言輿情產生互動。當小道消息傳播這個不存在的文件即將下達的時候，出於對「話語的權力」的信奉，人們越過邏輯推理，相信這是真的。

作為小說，「減去十歲」的語言傳聞如何驅動了現實事件？「減去十歲」的信息傳播，在接受層面如何激發了修辭想像？作為歷史還債的「減去十歲」，是語言拯救，還是現實拯救？它背後隱藏著什麼樣的修辭哲學意義？這是本文想要探討的。

一 語言驅動的集體狂歡

一般情況下，在傳播媒介由國家控制的社會，官方渠道傳遞的信息，屬於通常意義上的強勢傳播。由於體制化運作和權力話語的介入，比較容易驅動現實事件。例如，二○○三年四月二十日以後，中國官方要求非典疫情日報告制，即時得到了現實回應。而非官方渠道傳播的信息，雖然可能激起受眾的興奮點，人們也許會信其有，但是在決策應對、產生現實行為方面，人們多半會採取觀望態度。

小說〈減去十歲〉中的「中國年齡研究會」不是一個官方組織，更不是信息發佈的權威機構，「減去十歲」的信源出自民間學術團體的文件，而且還是一個待批覆的文件，它的可信度、可行性，按理說，都是值得懷疑的。從傳播學的角度說，非官方文件，以非組織傳播的形式擴散，它的弱勢傳播的性質，不利於驅動現實事件。

然而，〈減去十歲〉提供了相反的例證。一個小道消息，在沒有權力制衡的非官方、非組織傳播過程中，成功地驅動了現實事件。它的驅動力量是語言——人們因語言製造的幻覺重建了一種想像中的現實；語言幻化的自我動力啟動了人們關於新一輪生活的美好憧憬。語言，在小說敘述的整個信息傳播過程中，釋放出了驚人的能量。

「減去十歲」，以小說的形式對公眾關心的問題進行了修辭化的回應，是通過語言對社會的矛盾與不和諧的想像性修正。由於這種想像性的修正，修辭化的真實被當作即將兌現的真實，在文本的內交際系統中，產生了各不相同的接受反應。這條消息在某機關傳播時，在接受環節出現了非常熱鬧的風景。僅僅一個有待驗證的語言承諾，就使平靜的機關大院陷入了公眾幻想的狂歡，許多人在正常狀態下屏蔽得很深的東西被曝光。不同的人生世相，不同的心理期待，共同參與了一個語言事件的價值開發，激動的人們自發地形成了一個活躍的信息傳播系統，機關大院也從一個行政部門變成了信息發散地和自我建構的修辭場景。儘管「減去十歲」還只是作為一種語言建構的想像性現實而存在，但是，人們在心理上已經超前進入了這種現實，提前消費了這一語言事件的潛在效應，並且引發了相應的行動。

小說中有一段描寫：

> 次日清晨，機關裡熱氣騰騰，樓上樓下，樓裡樓外，熙熙攘攘，歡聲笑語，不絕於耳。患心臟病的人說上樓就上樓，噌噌地一口氣上了五樓，氣不喘，心不跳，面不變色，跟沒病的人一樣。六十多歲的人，平日言慢語遲，低聲氣衰的老同志，嗓門一下子變高了，說出話來走廊這頭就聽得見他在那頭嚷嚷。各個辦公室的門都大開著，人們趕集似地串來串去，親切地傾吐著自己的激動、快慰、理想和無窮無盡的計畫。
>
> 忽然有人倡議：
>
> 「走，上街，遊行，慶祝又一次解放！」
>
> 一呼百應，人們立即行動起來。有製橫幅標語的，有做紅綠小旗的。文體委員從庫房裡抬出了圓桌面大的大鼓，抱出了扭秧歌的紅綢子。一霎時，隊伍在大鼓樓前集合了。橫幅標語上紅底黃字：「歡慶青春歸來」。各式小旗上傾吐了人們的肺腑之言：「擁護年齡研究會的英明決策」，「煥發青春，獻身四化」，「青春萬歲！」

一個未經證實的語言傳聞，如此不可思議地製造了公眾的狂歡節，也許是傳播的奇跡。

這種集體狂歡，完全是在文本內交際系統的接受環節實現的。如果小說中的受眾對語言建構的現實和客觀存在的現實保持著清醒的界限，那麼「減去十歲」沒有任何實際意義，可是問題就出在這些受眾身上。

二　信息傳播和接受反應

奧斯汀把人的話語行為分為三個層面：話內行為（話語表達直接傳遞的意義）；話外行為（話語表達間接暗示的意義）；話後行為（話語表達引發的接受者的行為反應）。

作為話內行為的「減去十歲」，是一種承諾。這種承諾，對每一個人來說，是一樣的。接受者對「減去十歲」話內行為的解讀，符合這個短語的語義自明性，不存在接受障礙和歧義。但是對話外行為的想像、對話後行為的設計，卻表現出極大的自由性和差異性。

「減去十歲」的具體所指，在話語行為的不同層面各不相同，簡如下圖：

話內意義	話外意義	話後意義
X	X1……n	X1……n

圖十一

作為話外行為和話後行為，「減去十歲」對不同的人來說，暗示了現實生存將以不同的方式改寫，小說描寫的各種人物，將以不同的生存姿態重新進入社會秩序。

一條有待證實的語言信息，把人們分成了兩個利益集團，由於語言信息中的「利好」和「利空」因素具有現實指向，不同的接受群體，各以自己的現實需要，對共同的信息進行選擇性接受，產生各不相同的接受反應：

六十四歲的局長季文耀，從離休焦慮中逃離。他曾經因為自己年齡過線，唉聲歎氣，「減去十歲」是一個形勢反轉的機會，這意味著他將不會淡出權力中心：

> 班子問題需要重新考慮。現在是不得已，矮子裡拔將軍。張明明這個人，書呆子一個，根本沒有領導經驗。十年，給我十年，我要好好弄一個班子，年輕化就要徹底年輕化，從現在的大學生裡挑。二十三、四歲，手把手地教他十年，到那時候……。

他為此激動得有些行為異常，在夫妻感情生活方面一向保守的季文耀，破天荒地跟老伴玩起了電影裡的親熱鏡頭，聲稱要訂一套羅馬尼亞家具，重新開始生活：

> 對，要會生活。我們要去旅遊。廬山、黃山、九寨溝，都要去，不會游泳也去望望大海。五十來歲，正當年，唉，我們哪，以前真不會生活。

「減去十歲」激起的興奮點，不能單獨解讀。因為一種觀念意識、一種價值評判，不具有孤立的意義，不具有解釋自身的能力，而取決於它在一個開放系統中的相互參照和相互詮釋。季文耀夫婦意外的驚喜，關聯著另一個人的茫然。

四十九歲的工程師張明明說不清是喜？是憂？是甜？是苦？作為工程師，「減去十歲」，重回黃金歲月，當然是喜事；作為即將上任的局長，他因為前任「減去十歲」，使已成定局的權力交接變成了未知數，他又覺得有些不是滋味。雖然在夫人的勸說下，心情平靜了一些，但是夜間醒來，還是有一種失落感。

三十九歲的鄭鎮海，婚姻不滿意，「減去十歲」，燃起了他逃離「圍城」的希望：

> 二十九歲的男青年，找對象最合適的年齡，還怕找不著水蔥兒似的大姑娘，二十二、三歲剛畢業的大學生，文文雅雅的，又現代派。

與他同齡的妻子月娟也心花怒放，覺得自己一下子變成了二十九歲，「多青年，多光明」，這個激動的女人的第一反應，是直奔商場時裝專櫃，選了一條大紅連衣裙，穿在臃腫的身軀上，火紅的一片。

二十九歲的大齡姑娘林素芬，心中顫動著重返花季的喜悅：

> 世界突然之間變得無限美好，減去十歲，我才十九歲。什麼彷徨，什麼苦悶，什麼傷心失意，見鬼去吧！生活沒有拋棄我，世界重新屬於我。

過去為愛情缺席而承受巨大的社會壓力，片刻之間全然釋放。現在，她感到「愛情，不再是急待脫手的陳貨。」她第一站的目標，是先圓自己的大學夢。

減去十歲，對在崗人員來說，是緩解現實壓力的興奮劑，借用證券市場術語，這是一種「政策性利好」，每一個人都期待著政策利好的最大化效應。但是，對不在崗，或者曾經在崗、現已離崗的人員來說，則是增加現實壓力的「利空」消息。於是，負面的闡釋合成了接受反應中的另一個聲部：

十八、十九歲的青年提出抗議，他們好不容易熬過了童稚期，難道現在要重返懵懂和混沌？顯然，他們不願意像美國電影《舊日重返》的主人公一樣，重新體驗過去的尷尬。他們的抵制很堅決，態度強硬，沒得商量：

> 減去十歲，我們不幹。
>
> 十八年飯白吃了，有了工作，又把我們打發回去上小學三年級，沒門兒！

幼兒園的娃娃們更是困惑：難道要他們回到媽媽的肚子裡去？幼

稚的生命形態難道要重返孕育生命的黑暗宮體？這實在不可思議。

至於已經離退休的老同志，因為已經疏離了體制而邊緣化，現在理所當然地為了爭得「機會均等」而吵鬧。

這一切，都是在文本的內交際系統中完成的。一個莫須有的「中國年齡研究會」、一紙莫須有的檔「假作真時」製造的語言幻覺，使「減去十歲」的文本內接受者忽視了一個簡單的道理：語言之「真」，在這裡不是對現實之真的摹寫，而是對現實之假的遮蔽，它是一種修辭幻象，不指向真實的世界，而指向語言重構的世界。

〈減去十歲〉通過敘事想像，讓生命重返十年前的起點，藉此掙脫現實的文化秩序。但在文本內交際系統中引導行為主體重建象徵性現實的修辭幻象，在文本的外交際系統中，轉化為作者和讀者的清醒。小說的荒誕感正是由此傳達出來的。

每一種寫法，實際上都是在宣告一種用「假語村言」重組現實世界的可能性。創作即虛構，所不同的，僅僅是崇高的虛構或反諷的虛構，嚴肅的虛構或戲擬的虛構，有節制的虛構或狂歡化的虛構。

三　作為修辭幻象的語言拯救

一部作品的內容，當你很難用別的形式去表達，或者，當你用其他形式去表達，明顯感到遜色的時候，那麼，這部作品肯定是成功的，〈減去十歲〉大抵可以歸入此類。

（一）模糊語言拯救和現實拯救的界限

小說中荒唐的傳言，之所以激起了集體狂歡，是因為人們陷入這樣的幻覺：以為僅僅依靠語言的力量，生活就可以重新開始。「減去十歲」的修辭幻象，在許多人心中重塑了一個美好的信念，化作文本中眾語喧嘩的蒙太奇：

表二十四

話語角色	話語
季文耀	我們要重新生活！
季文耀老伴	減去十歲，從頭開始。
張明明	一切都可以重新開始了。
鄭鎮海	是要重新安排一下生活。不能這麼窩窩囊囊的將就下去了。
林素芬	世界重新屬於我。

「重新開始」的人生期待，更多地是人們面對現實的不完滿尋找自救的一種方式。語言，是自救的魔杖。

語言拯救不是現實拯救，卻很容易被人們糊裡糊塗地誤認為現實拯救。當語言建構的象徵性現實成了真實世界的直接替代時，這個虛幻的世界滿足了人們對現實拯救的渴望。

在電視劇《半生緣》中，已成有婦之夫和有夫之婦的沈世鈞、陸曼楨邂逅相遇，面對自己錯過了的姻緣，他們的對話耐人尋味：

> 沈世鈞：曼楨，給我個機會，我們重新再來，好不好？
> 陸曼楨：不要這樣說，我們回不去了，回不去了，你不明白嗎？
> 沈世鈞：給我點時間，我總會想出辦法的。
> 陸曼楨：不，出了這個房間，你就沒有辦法了。

經歷了太多人生苦難的陸曼楨此時非常清醒，她很清楚語言拯救和現實拯救的界限，但沈世鈞模糊了這種界限，〈減去十歲〉的主人公們也模糊了這種界限。

「減去十歲」刺激了人們關於「世界重新屬於我」的美好想像，但這一切，不過是一種現實拯救的修辭幻象。生活沉淪在語言幻覺中得到救贖，其間的奧妙在哪裡呢？

（二）行為主體在改寫現實秩序的修辭活動中獲得象徵性滿足

〈減去十歲〉以語言的方式驅動人們重返十年前的人生驛站，重建生命安頓的心理平臺。語言把現實的匱乏轉換成了改變這種現狀的詩意想像，現實生存的不完滿，在「減去十歲」的幻象中被象徵性地擺平，逝如流水的生命時間按照人為的設計重新啟動。於是，主體與對象世界的關係改變了，原先無法阻擋時間之流的主體，變成了可以隨意控制和改變時間流程的主體。當然，這不過是一場驗證語言魔力的遊戲。或者說，當既定的現實秩序無法變更的時候，人們所能做的，僅僅是通過語言來改寫現實秩序，主體在改寫現實秩序的修辭活動中獲得象徵性的滿足。語言在這裡成為主體重建心理平衡的一種手段，同時也成為維繫社會平衡的一種手段。於是，語言運作即權力運作，甚至權力運作無法干預的真實「在場」，也在修辭幻象中被擊碎，並重新編碼。

人所面對的文化現實，是主體以修辭方式積極參與的結果，這要歸結為語言的力量。體現這種力量的一個典型例證，是二十世紀七〇年代美國媒體關於「水門事件」的報導，產生了巨大的顛覆力量，顛覆了總統尼克森在此之前為自己塑造的形象。這種力量來自語言，而不是來自暴力革命或宮廷政變。

貝爾．胡克斯把語言看作「鬥爭的場所」（language, a place of struggle），從意識形態的角度說，語言是主體爭奪的場所，也是意義爭奪的場所，理論家試圖從形而上的層面闡述這一點，普通人則在形而下的意義上，用自己的話語行為實踐著這一點。主體對外部世界的感知、人的價值觀的建立、評價系統的產生，在很大程度上正是通過語言、而不是別的，獲取思想資源的。

人建構了語言的世界，人也棲居在語言建構的世界裡，從而，語言也就以巨大的力量建構著人自身。人所棲居的世界是修辭化的。它一方面使人們更容易接近外部世界；另一方面又阻隔人們對外部世界的洞察，因為它提供的，不是一個真實的世界，而是一個對真實世界進行選擇、分割、重組、包裝後的修辭文本，它不是世界的真實場景，而是用修辭的方式格式化了的世界，是語言製造的幻覺。[1]

1 譚學純、朱玲：《廣義修辭學》（合肥市：安徽教育出版社，2001年），頁59-74。

拾貳
《紅高粱》：戰爭修辭的另類書寫

我一直認為《紅高粱》是莫言最好的小說，也是中國當代小說中最有審美衝擊力的文本之一。

這種審美刺激，遠不止來自句法層面的超常組合。更多的時候，是小說敘事層面對人們習慣的戰爭場景的修辭化改造，展示著另類書寫的魅力。有經驗的讀者，也許從小說開篇的一段文字，就可以讀出，這將是一個全然不同於正宗戰爭敘事的另類文本：

> 八月深秋，無邊無際的高粱紅成汪洋的血海。高粱高密輝煌，高粱淒婉動人，高粱愛情激蕩。秋風蒼涼，陽光很旺，瓦藍的天空遊蕩著一朵朵豐滿的白雲，高粱上滑動著一朵朵豐滿白雲的紫紅色影子。一隊隊暗紅的人在高粱棵子裡穿梭拉網，幾十年如一日。他們殺人越貨，精忠報國，他們演出過一幕幕英勇悲壯的舞劇，使我們這些活著的不肖子孫相形見絀，在進步的同時，我真切感到種的退化。

在《紅高粱》之前，作家和讀者都按照戰爭敘事的經典法則，進入假定性的戰爭場景，經典敘事法則作為一種隱在的修辭成規，制約著讀寫雙方。莫言悄悄地改寫了這種敘事法則，他對戰爭修辭獨具心裁的設計，不是局部修正，而是對戰爭修辭話語書寫空間的總體開發，在「另類」的意義上重建了戰爭修辭的價值尺度。

把《紅高粱》歸入戰爭修辭話語的「另類」，至少有四個理由：

一　非宏大、非高調敘事，引導了關於戰爭的另類想像

描寫戰爭，尤其是關係到民族存亡的戰爭，每每需要設計一個宏大的場面，為了表現正義的人民戰爭必勝的主題，作家們往往對高調敘事情有獨鍾。中國現代文學史上，自《保衛延安》以來的戰爭小說，宏大敘事和高調敘事一直是主流。在這方面，《紅高粱》是另類。

我們可以作三組比較。

（一）比較之一：《苦菜花》和《紅高粱》

同是在「傳奇英雄—抗日英雄」的雙重書寫中提升人物形象，《紅高粱》中的余占鰲與《苦菜花》中的柳八爺相近，後者是通過主人公階級覺悟的提高來實現的，主人公角色身分的變化過程，同時也是英雄成長主題的完成過程。二十世紀五〇年代戰爭小說中的「政委——民間力量」敘述模式，使這類英雄的成長主題具有了鮮明的修辭意識形態意義。

《紅高粱》中的余占鰲完全不同，他始終是一個匪氣和英雄氣同在的雙重角色。土匪的「殺人越貨」和英雄的「精忠報國」被他演繹得同樣英勇、同樣壯烈。但他的行為動機既不是掙脫「無產階級」自身的「鎖鏈」，也「沒有表現出對任何社會制度的期待與渴望」[1]與此相應，人物活動的文化空間也是雙重存在：

> 高密東北鄉無疑是地球上最美麗最醜陋、最超脫最世俗、最聖潔最齷齪、最英雄好漢最王八蛋、最能喝酒最能愛的地方。

一些分析文章注意到了小說中「最英雄好漢、最王八蛋」之類的句

1　陳炎：《積澱與突破》（桂林市：廣西師範大學出版社，1997年），頁340。

子，這些流動的、可此可彼、亦此亦彼的描述，接近了更真實的「人」，接近了那些出沒於高粱地的精靈，但是，解讀《紅高粱》的修辭策略，如果只有對字句修辭的體味，而沒有對文本修辭的敏感，那只是最外圍的一種閱讀。

陳思和曾經作過一個比較：

> 一樣的寫戰爭暴力帶來的殘酷，一樣的寫民間的性愛觀念和性愛方式，甚至一樣的在粗糙的文字下洋溢著強勁的生命力，可是它們為什麼看起來竟是那麼的不一樣？後來有一天我感到恍然大悟，區別就在於余占鰲和柳八爺的身上。[2]

這種區別具體表現為：

1. 柳八爺從草莽人物轉變為抗日英雄的過程，是一個不斷克服自身缺點的過程，衡量這個過程是否完成的價值尺度，是政治標準。而余占鰲的缺點不曾克服，也沒有按照主流意識形態設定的「正確」標準，來克服自己的缺點。

2. 余占鰲指揮的伏擊戰是民間復仇，土匪司令的傳奇，展開非黨史視角的民間敘事，在突出民間力量的同時，把國共兩黨的活動推到幕後，正面的戰爭背景成了民間社會的政治歷史背景，從而在政治意識形態和知識份子話語之外，重建一套整合歷史的民間價值標準，即：「以更大的空間自由注入當代人的歷史意識，使大多數的民眾意識都包含到政治範疇中去，以致使歷史從教科書的抽象定義中解放出來。」[3]而柳八爺的戰功，始終體現著「黨指揮槍」的政治策略。因此，柳八爺是一個在外在力量導引下走出舊我的人物，他不可能在作

2　陳思和：《雞鳴風雨》（上海市：學林出版社，1995年），頁75。

3　陳思和：《雞鳴風雨》（上海市：學林出版社，1995年），頁81。

品中佔據人物活動的主要舞臺。余占鰲則以他的內在真實佔據著人物活動的主要舞臺，並且始終吸引著讀者的視線。

(二) 比較之二：《小兵張嘎》和《紅高粱》

同是在家仇國恨的雙重書寫中突現「抗日英雄」，雷達比較過兩個文本的異同：

> 徐光耀的中篇小說《小兵張嘎》與《紅高粱》的人物情節頗有相近處，這部以小嘎子生動的個性著稱的作品改編成電影後一直受到歡迎。然而，這部小說每到情節和人物可以伸展的關口，總是被一種觀念和力量壓縮回去，最終仍是一個封閉的結構。奶奶的挺身而出掩護八路軍、羅金寶的外在的幽默詼諧、小嘎子的裡應外合、「端炮樓」大獲全勝，無不密切呼應著「兵民是勝利之本」、「人民戰爭必勝」之類軍事思想和普遍觀念。作者體現普遍觀念和潛意識愈強，人物和情節的伸縮餘地就愈小。[4]

《紅高粱》偏離了「兵民是勝利之本」的戰爭修辭話語，也偏離了主人公階級覺悟提高的成長主題。

在小說的前半段，「我爺爺」曾經因為愛一個女人，殺了一個可能毀滅這個女人的痲瘋病人，為愛而殺人的道德譴責，在作品的修辭表達中過濾掉了。或者說，作者不動聲色地把人物從道德評價系統中抽離出來，對「我爺爺」的匪氣進行了修辭化的包裝，封閉了我們從道德語境解讀文本的思想空間。事實上，《紅高粱》的讀者，幾乎很少注意「我爺爺」與「我奶奶」的野合，在一開始的時候多少帶有某

4　雷達：《民族靈魂的重鑄》（北京市：中國工人出版社，1992年），頁21-22。

種強暴意味。而他們的結合，則是以「我爺爺」殺了「我奶奶」的合法但不合理的丈夫為前提的。這樣的行為，不管是在道德語境中，還是在法律語境中，「我爺爺」都無法從合理但不合法的現實矛盾中逃離，能夠幫助他逃離的，是作家設定的敘事情境。

到了小說的後半段，「我爺爺」炸死毀滅了這個女人的異族侵略者，個人復仇向民族復仇的提升，同樣交給了水乳交融的敘事。這裡，喪妻之痛和國土淪喪之痛沒有生硬的嫁接，沒有從個人復仇升騰到民族復仇的宏大敘事背景，甚至小說中最慘烈的戰爭場面——伏擊戰之前，也沒有戰鬥動員之類的高調話語，有的只是在詩意化的敘述中主人公的自我昇華。在同名電影中，「我爺爺」在家仇國恨的雙重獻祭中自我昇華的瞬間，被賦予了鮮明的視覺表象：日軍汽車爆炸的巨響中佇立的火紅身影和「我爺爺」無語的紅色造型，把「復仇」的精神能量交付剛健之軀，引導了人們關於戰爭高調敘事之外的另類想像。

（三）比較之三：《紅旗譜》和《紅高粱》

按照主流意識形態的修辭策略，《紅旗譜》的主人公朱老忠的自我轉型對應於兩種敘述模式：

1.「自發——自覺」模式

2.「原過——改過」模式

「自發——自覺」模式是最切合主流意識形態的修辭策略。在自發反抗階段，朱老忠很難逃離失敗的結局；在自覺革命階段，他獲得了新的能量。只有在他「超越了舊時代中國農民的思想境界，而開始成為具有無產階級革命覺悟的農民革命英雄」的時候，[5]他才完成了符合主流意識形態的自我轉型。就此而言，有學者認為，朱老忠形象

5　金漢：《中國當代小說史》（杭州市：杭州大學出版社，1997年），頁99。

的意義在於他「既是舊時代中國農民自發反抗道路的終結，又是新時代農民自覺革命的開始。」[6]

王一川把朱老忠的道路重新概括為「原過——改過」模式。原過，指的是中國農民在長期的歷史積澱中形成的自私、守舊、愚昧、散漫等不良習氣；改過，指的是接受階級意識和理性導引，走出「草莽英雄」的在場姿態，步入「革命英雄」行列。從《紅旗譜》到《播火記》，朱老忠從俠義肝膽的農民成長為紅軍大隊長，王一川注意到朱老忠完成自我轉型的兩處細節——

1. 朱老忠「張開兩隻手用力把賈湘農摟在懷裡」:「原過——改過」模式中朱老忠尋求拯救的姿態；
2. 賈湘農「把朱老忠的頭緊緊摟在懷裡」:「原過——改過」後的拯救儀式。[7]

不管是「自發——自覺」模式，還是「原過——改過」模式，都體現了一條通則：農民英雄形象塑造工程，階級啟蒙的拯救力量不可或缺。用王一川的話說，中國農民成為新的歷史主體，必須依靠和接受工人階級的領導。因為：新歷史賦予農民新的歷史使命，但農民本身的原初匱乏不斷從內部、從深層進行自我瓦解。於是：

> 新歷史所實際擁有的就不是真正成熟的新主體，而是新主體的鏡像。這種新主體仍在無限期推遲出場之中。[8]

新主體推遲出場，在藝術構思上預設了對拯救者的召喚，正是在這一

6　金漢：《中國當代小說史》（杭州市：杭州大學出版社，1997年），頁99。

7　王一川：〈轉型再生辯證法：中國小說美學的一次新的書寫——20世紀50、60年代的「新人」典型〉，《東方叢刊》1994年第2期，頁12-30。

8　王一川：〈轉型再生辯證法：中國小說美學的一次新的書寫——20世紀50、60年代的「新人」典型〉，《東方叢刊》1994年第2期，頁12-30。

點上，《紅高粱》屬於另類讀本。

莫言筆下的「我爺爺」，既不能歸入「自發——自覺」模式，也很難劃入「原過——改過」模式。「我爺爺」的形象定位始終脫不了一股「匪」氣。沒有人給他指點：個人解放和民族解放的本質區別，「我爺爺」作為個人，是自由出場的，他和他的家人、鄉親作為民族解放洪流中的一股細流，也沒有按照一個既定的河道流淌，這決定了《紅高粱》的另類特徵：非宏大敘事。

二　對個體強悍生命的修辭書寫，召喚著民族的剛健之魂

戰爭是生命的對抗。在科技戰和經濟戰沒有取代軍事打擊的傳統戰爭中，戰爭更是肉軀的博奕。「兩軍相遇勇者勝」，是傳統戰爭的格言。

這決定了戰爭修辭對強悍生命的書寫興趣。

《紅高粱》是謳歌強悍生命的出色文本。在對這部小說的一些評論中，值得細讀的，是二陳的觀點。他們是陳思和、陳炎。這倒不是說，有關《紅高粱》的其他評論沒有價值，而是上述兩位作者從各自的角度，開啟了文學批評的闡釋空間。

（一）民間力量和酒神精神

陳思和從民間意識形態解讀《紅高粱》字裡行間洋溢著的粗野之氣和強盛生命力，小說中汪洋血海般的紅高粱地是這些強悍生命的生死場。甚至余占鰲身兼土匪司令和抗日英雄雙重身分，也使作者得以自由地賦予這個人物屬於民間文化的原始生命力，由於性和暴力在土匪故事中有較大的書寫自由，也就相對淡化了社會倫理因素，突出了對強悍生命的修辭書寫，體現的則是民間意識形態、政治意識形態、

知識份子意識形態這三重話語各自的權力。[9]陳炎用尼采哲學張揚的酒神精神，解讀《紅高粱》對強悍生命的禮贊。[10]義無反顧、無所羈束、鋌而走險，在莫言筆下轉換成了生命激情的張揚和原始野性的釋放。

（二）顛覆傳統「貞潔」觀

對強悍生命的肯定，與對傳統道德的顛覆交織在一起：

> 天，什麼是貞節？什麼叫正道？什麼是善良？什麼是邪惡？你一直沒有告訴過我，我只有按著我自己的想法去辦，我愛幸福，我愛力量，我愛美，我的身體是我的，我為自己作主，我不怕罪，不怕罰，我不怕進你們的十八層地獄。我該做的都做了。該幹的都幹了，我什麼都不怕，我不想死，我要活……。

這段文字，對尼采「重估一切價值」的哲學口號作了文學還原。而尼采的哲學話語和一個女人臨死前的生命呼喊，則共同對傳統貞節觀作了我性的詮釋。

在有關中國傳統道德的語義場中，女子的貞節，即女子的生命。但是當貞節被誤讀為肉身的堅守時，恰恰淡化了堅守者靈的自救。實際上，只有在貞節作為警示生命沉淪的修辭符號時，貞節才是道德的，但是在男性文化秩序中，貞節與其說維護的是女性的尊嚴，不如說是維護了男性的權利。當貞節成為男人為女人預設的語言陷阱時、

9　陳思和：《雞鳴風雨》（上海市：學林出版社，1995年），頁83。

10　陳炎：《積澱與突破》（桂林市：廣西師範大學出版社，1997年），頁340。按：陳炎認為《紅高粱》不屬於戰爭小說，也不屬於文化小說。這是從作品的內容所作的定位，這種定位是準確的，但不影響如下的事實：《紅高粱》中占了大量篇幅的戰爭描寫，修辭策略全然不同於一般的戰爭小說。

當道德成為一部分人控制另一部分人的思想囚牢時，貞節和道德就會走向它自身的反面而成為一種文化壓力。中國古代有乳房生瘡，為了貞節至死拒醫的女子，就是在貞節的道德預設中走向不道德的典型例子。當年魯迅也正是首先顛覆了貞節的道德評價之後，才有了炮轟「貞節牌坊」的激憤。因為，在貞節的道德評價譜系中，社會恰恰忽視了我們付出的道德成本和人性成本。在這種道德和人性的付出中，貞節成為女子的生命不可承受之重，成為一個巨大的十字架。

（三）重返「尚力」傳統，淡化意識形態

不管《紅高粱》的魅力是來自民間的力量，還是出自對酒神精神的讚美，我想都可以在二十世紀中國文學史的大背景下，把紅高粱地裡騰躍的強悍生命，看作對尚「力」傳統的一種接續。

回眸中國現代文學史，可以明顯地感受到一種對文學之「力」的偏愛——

林紓、梁啟超：呼喚文學的陽剛之氣。

南社文學：青睞「力」的表現。

魯　迅：激賞「熱力無量，湧吾靈臺」的斯巴達尚武精神，[11]期待具有「摩羅」之力的作品。

郭沫若：崇尚「力的繪畫，力的舞蹈，力的音樂，力的詩歌。」

陳獨秀：張揚「青年之野性」。

錢杏邨：推崇「力的文藝」、期盼「大勇者」。

劉西渭：感召於葉紫小說超越生命苦難的「赤裸裸的力」，並以「力的文學」為中國新文學的高貴所在和藝術價值標誌。

茅　盾：禮贊「力的文學」。

端木蕻良：寫作《力的文學宣言》。

---

11 魯迅：《墳》〈摩羅詩力說〉，《魯迅全集》（北京市：人民出版社，1956年），第1卷，頁202。

甚至女作家，也走向「力」的敘事。魯迅為肖紅《生死場》所寫的序言，盛讚作品中北方人民對於生的堅強、死的掙扎的「力透紙背」的表現，胡風也從這部小說中讀出了「鋼戟向晴空一揮」的力度。至於文壇救亡之聲中對剛健之魂的召喚，更是在近代中國半殖民化語境中，通過對「東亞病夫」形象的反向修辭設計，表現了對弱勢話語的反叛。

中國現代文學的尚「力」傳統，有著鮮明的修辭意識形態內容。在這方面，莫言的書寫屬於另類。

他在重返尚「力」傳統的同時，淡化了意識形態話語，而從生命本身切入。作品中香溢「十八里」的高粱酒，既是強悍的生命釀造，也激揚強悍的生命意志。聯繫《紅高粱》開篇，再聯繫《紅高粱家族》的結尾，作者謳歌強悍生命力的意向更為清晰。

> 八月深秋，天高氣爽，遍野高粱紅成汪洋的血海，它們是真正的本色的英雄。如果秋水氾濫，高粱地成了一片汪洋，暗紅色的高粱頭顱擎在渾濁的黃水裡，頑強地向蒼天呼籲。

> 在白馬山之陽，墨水河之陰，還有一株純種的紅高粱，你要不惜一切努力找到它。你高舉著它去闖蕩你的荊棘叢生、虎狼橫行的世界，它是你的護身符，也是我們家族的光榮的圖騰和我們高密東北鄉傳統精神的象徵。

「自然的人化」和「人化的自然」合成了對力的歌贊，這裡，謳歌的是個體生命，召喚的是一個民族不屈於屈辱生存的剛健之魂。「優勝劣汰」，拒絕小說開頭慨歎的「種的退化」，呼喊「自強保種」的民族意志和奮進力量。一方面，是昔日強悍生命的傳奇；另一方面，是剛性意志的退化和深厚歷史感的失落，從兩個向度，共同完成對「力」的審美認證。

三　時間修辭對戰爭敘事的改寫

時間修辭不是莫言的專利，在與莫言同時期的中國作家中，馬原、格非，以及稍後的余華等，都是擺弄時間修辭的高手。但是把時間修辭和戰爭敘事結合起來，並且結合得新人耳目的作家，不能不特別提到莫言。

一般來說，描寫戰爭的文本，著眼於對戰爭過程的完整敘述，為了再現這個完整的過程，作者們習慣的寫法是：讓敘事時間的流動與戰爭進程同構，這是戰爭敘事的常規模型。即使是倒敘，也只是站在今天，把昨天的故事敘述一遍。無論屬於哪一種寫法，時間的完整性都要得到保證。在這一點上，《紅高粱》又是另類。

作品中交織著兩個時間系統：講述話語的年代和話語講述的年代。

講述話語的年代，指向「現在」。

話語講述的年代，指向「一九三九年古曆八月初九」發生在墨河岸邊的一場伏擊戰，以及與參加伏擊戰的人物有關的「過去」：如豆官的回憶、豆官娘的回憶等。

因此作者對歷史的重新書寫，是站在歷史之外的。歷史不在場，通過時間修辭，被轉換成象徵性的現實在場。

作為故事，一篇小說的人物行為不可能在作品的開頭就抵達終點，那樣的話，故事將無法講述，但是作為敘事，可以在作品的開頭，讓作品中的人物抵達終點，而追溯抵達終點的過程，則成為敘述過程。所以，「講述話語的年代」和「話語講述的年代」的藝術設計和調控，常常成為作家走出既定話語秩序的修辭策略。

話語講述的年代是物理時間，講述話語的年代是心理時間。

話語講述中丟失了的東西，可以在講述話語的年代修復、補充和變形。講述話語中的「現在」，包含了由「過去」到「現在」的不斷建構，也包含了對「將來」的召喚，「過去」和「將來」，是「現在」的起點和終端：作為當下在場的敘述者，在時間流程中不斷變換在場姿態。在話語講述的年代，一九四九年以後出生的「我」根本不可能親歷的故事，進入講述話語的年代。讀者也被牽引著，不斷滑向另一個時間——這不單純是一個時間問題，敘述時間包含著修辭詩學內容。套用馬賽爾·普魯斯特的觀點：講述話語的年代不屬於對象，而屬於正在講述的話語主體。

一般來說，敘述者是現在的言說者，而不是言說現在。故事發生在過去，講述故事的時間是現在，故事也就成了現在的敘述者講述的過去。莫言的《紅高粱》是現在的敘述者重返過去、講述過去的故事。故事時間的不可逆性，在敘事時間中具有了可逆性。故事中那個鑲嵌在時間深處的「我爺爺」、「我奶奶」，通過敘事走向了現實在場。這種敘事策略，不僅激發了接受者對時間修辭的興趣，也啟迪了後來的「新歷史」小說。

「講述話語的年代」和「話語講述的年代」的修辭編碼，與作者擅長的童年視角相得益彰，奠定了莫言前期小說的話語方式，這類作品的時間修辭常常超越現在而指向遙遠的過去，這既是話語主體對過去的審視方式，也是對過去的提煉方式，同時還是對過去的超越方式。挖掘童年記憶、再現飄忽記憶中的第一印象，是重返過去溫馨歲月的修辭手段。[12]在幾個不同的計時系統中，接受者跟隨敘述人在現

12 童年視角與話語方式本身沒有必然聯繫，魯迅〈社戲〉、〈孔乙己〉，都採用童年視角，與魯迅採用非童年視角的文本，在話語方式上沒有明顯區別。莫伯桑《我的叔叔于勒》，敘述人也採用童年視角，讀者即使閱讀法文原著，也沒有類似莫言前期小說話語那種恍惚朦朧的感覺。莫言的童年視角必須結合他的時間修辭分析。

在和過去之間往返穿梭，如果閱讀《紅高粱》的英譯本，這種感覺會更加明顯。

《紅高粱》所寫的戰爭本身，在「戰爭」的意義上，充其量只是一個局部的小磨擦，但是作品關於戰爭的敘事，充滿了魅力。從某種意義上說，《紅高粱》所寫的戰爭，是莫言一個人的語言戰爭，時間修辭是這場語言戰爭中的看點之一。《紅高粱》把戰爭的自然時間流程，重新編碼進不同的時間系統，這幾個時間系統互相糾纏，共同支援了對戰爭的講述。這種方式比較頻繁地被後來的敘事文本複製，包括一些表面化的複製，例如，「我爺爺」、「我奶奶」之類的敘述視點，不僅進入其他小說，甚至也進入了九〇年代的散文。

四　超感覺的修辭話語，重建了關於戰爭的審美現場

戰爭是死亡的誕生地，也是它的話語場。

常規經驗中的戰爭修辭話語，交織著血與火的畫面，這種熟悉的畫面，進入正面修辭，產生悲壯的崇高；進入負面修辭，產生對玩火者自焚的閱讀快感。但莫言講述的，不是一個經驗的世界，而是一個超驗的世界。一個在戰爭中昇華的愛情傳奇，本身就帶有超驗的色彩。在《紅高粱》中，戰爭昇華了愛情、毀滅了生命，再次交付另類書寫。

莫言設計了一個出色的敘事人，這個敘事人的感覺常常在某一個瞬間停留，但不是在這一點上聚焦，而是在這一點上擴散，讓豐富的內在感覺互相啟動，向四處蔓延，比如《紅高粱》中「我奶奶」之死的那個精彩片段：

> 父親的腳步聲變成了輕柔的低語，變成了方才聽到過的來自天國的音樂。奶奶聽到了宇宙的聲音，那聲音來自一株株紅高

> 粱。奶奶注視著紅高粱，在她朦朧的眼睛裡，高粱們奇譎瑰麗、奇形怪狀，它們呻吟著，扭曲著，呼號著，纏繞著，時而像魔鬼，時而像親人，它們在奶奶眼裡盤結成蛇樣的一團，又忽喇喇地伸展開來，奶奶無法說出它們的光彩了。它們紅紅綠綠，白白黑黑，藍藍綠綠，它們哈哈大笑，它們嚎啕大哭，哭出的眼淚像雨點一樣打在奶奶心中那一片蒼涼的沙灘上。高粱縫隙裡，鑲著一塊塊的藍天，天是那麼高又是那麼低。奶奶覺得天與地、與人、與高粱交織在一起，一切都在一個碩大無朋的罩子裡罩著。天上的白雲擦著高粱滑動，也擦著奶奶的臉。

沒有人能夠按照常規經驗，真實地體驗死亡，因為死亡意味著感覺系統的關閉，這註定了體驗死亡只能交給超感覺的經驗。很多作家描寫了死亡，莫言筆下奶奶與死亡對峙的零距離對話充滿了淒豔之美。他讓踏進死亡之門的奶奶進入審美幻境，讓她看見紅高粱奇譎瑰麗的影子，讓她聽見來自天國的音樂，奶奶乘風飛去，飄飄欲仙。她的女人之軀上留著侵略者的槍彈，但給人的感覺沒有恐怖，只有一種淒厲的美：

> 奶奶背上，有兩個翻邊的彈孔，一股新鮮的高粱酒的味道，從那洞裡湧出來。

> 奶奶的血把父親的手染紅了，又染綠了；奶奶潔白的胸脯被自己的血染綠了，又染紅了。

中彈的奶奶，眼中閃爍著奇異的光，她把這奇異的光投向高粱地，留下一個女人對生命的無限依戀。生命終結的殘酷現實在淒美的修辭幻象中重新編碼，奶奶自我完成的最後一刻，彷彿變成了一幕童話，一首讚美詩，一支安魂曲。這裡沒有走完生命之旅的偉岸造型，相反，生不是開始，死才是開始，奶奶踏上生命更高的階梯。

聯繫前面那段奶奶死前的生命呼喊——那段關於「什麼是貞節」的獨白，奶奶的愛與她的死同時昇華：

> 她的縮得只有一隻拳頭那麼大的思維空間裡，盛著滿溢的快樂、寧靜、溫暖、舒適、和諧。

應該感謝莫言，他把死亡轉換成了如此豐富的心靈陳述，死亡在他筆下變得如此美麗，這是充分體驗了愛的滋味之後的快樂而寧靜的死。一個行將結束的生命，在最後的瞬間，激情指數沒有下降，反而揚升，這是一個充分感覺化的世界，讀者需要調動自己的全部感覺，才能進入這個世界。換句話說，當讀者必須調動自己的全部感覺才能進行審美化解讀時，作者展現的感覺化的世界必定是成功的。

拿張賢亮的小說《綠化樹》和莫言的《紅高粱》對讀，會加深我們的上述印象。比較兩篇小說的篇名，可以發現作家不同的修辭策略。

《綠化樹》的結尾，作家從《辭海》關於「綠化樹」的釋義接通了信息通道，語義顯示「綠化樹」的特徵：「喜光」、「耐旱」，投射為小說中的人物性格——馬櫻花、海喜喜、謝隊長，他們在西北粗獷、生糙、貧瘠的自然環境中生息，一如「綠化樹」在嚴酷的生態環境中生長，在這樣的修辭語境中，「綠化樹」由自然物象轉化為審美意象，進而在小說的文本層面轉化為語象，它的象徵蘊涵因為語言表現的清晰而變得透明。

《紅高粱》不一樣，我們相信決大多數讀者對「紅高粱」的熟悉程度不會低於作為自然物的「綠化樹」，也許，一些讀者初讀《綠化樹》和《紅高粱》的篇名時，第一印象可能是前者熟悉，後者陌生，但是隨著閱讀過程的展開，上述印象發生逆轉。當我們循著「紅高粱」語象，去追尋作家心中的「紅高粱」意象時，文本的話語空間幻化出一片猩紅的血光，愛情和戰爭——最美好的和最殘酷的、最奇豔的和最悲壯的，都浸染在這血光中，於是，「我爺爺」和「我奶奶」的故事是猩紅色的，高粱地裡此起彼伏的廝殺是猩紅色的，遊蕩在高粱地裡的精魂是猩紅色的，小說敘述人的記憶也是猩紅色的……「紅高粱」是一種象徵、一個傳奇，可是「紅高粱」究竟象徵什麼，小說展現給讀者的，始終是一片猩紅的霧海，雖然「紅高粱」是貫穿文本的語象，但是超感覺的修辭話語構築了另一種經驗平臺。

超感覺的修辭話語，就其話語形態來說，更多地保留了語言未經外化之前的原初感受，我們稱之為「內部語言」。我們曾經在其他的文章中分析過，從文本藝術設計到藝術實現，小說家通常的做法是：以客體材料審美化為前提，實現審美經驗的符號化。在客體材料審美化階段，小說家用內部語言凝固住主體對世界的審美體驗，使現實世界的物象轉換為作家心理世界的意象；在審美體驗的符號化階段，小說家把內部語言轉換為外部語言，相應地，本來處於作家心理層面的意象，轉換為文本層面的語象。問題是，當語言的內部形態為外部形態取代之後，隨著語象對意象的梳理、取捨和過濾，文本的句段關係在強化邏輯的同時，弱化了感受。作家常有這樣的體會，有時候，為了留住稍縱即逝的心靈幻象，他們必須不失時機地記下那些如夢如煙的模糊心象，哪怕它們之間不甚關聯，或事後發現這些東西毫無價值也在所不顧，究其原因，在很大程度上就是因為紛至沓來的意象，一經外化為語象，它存在於主體內部語言的原初感受，就很難復現了。這也是纏繞著作家的語言痛苦之一。[13]

消除語言痛苦的常規途徑是「苦吟」。無論是西方的「一語說」，

---

13 譚學純、唐躍：〈新時期小說語言變異的理論評估〉，《作家》1989年第6期，頁60-78。

還是中國古代的「煉字」說，都是通過無止境的文字修改，不斷地使寫作回到零，然後重新開始。為了作家認為滿意的一個句子活起來，作家自己不得不一次又一次地死去。如何從困擾著作家的語言痛苦中逃逸出來，《紅高粱》再次體現了它的另類特徵——

文本的修辭話語沒有為了邏輯犧牲感受，沒有為了意義犧牲意味。莫言的修辭策略是：超越外在符號而退回內在符號，有時是直接把內部語言推到外部語言的位置上，有時是在外部語言中比較多地保留內部語言的形態，外部語言所要求的明晰性、連貫性和完整性，在莫言筆下每每讓位於內部語言的模糊性、跳躍性和殘缺性，極端的時候，他的語言甚至不經梳理，就直接抵達異常敏銳、異常豐富的感覺。

莫言的語言較多地保留了內部語言的形態，可以通過考察這位作家的其他文本來進一步印證：莫言善於描寫喪失語言功能的啞巴或寡言者，《透明的紅蘿蔔》中的黑孩是啞巴，《秋千架》中寫了四個啞巴，《枯河》中甚至連鵝鴨也不會叫。侃侃而談、能言善辯的形象很少進入莫言話語。作家傾注了心血的人物，多半少言寡語乃至是失語症者，這類人物先天的言語功能障礙使他們不是借助「說」、而是借助「想」，來傳達自己對外部世界的內心感受。「想」的空間一旦打開，內在心象的豐富常常會超越外在語言的規範。此外，前面所說的時間修辭，以及莫言偏愛的童年視角、複現孩子眼中的「第一印象」等，似乎也有意模糊外部語言和內部語言的界限，遙遠的童年記憶如夢如煙，未經邏輯整形，原初感受較少過濾。

從理論上說，文學話語的語義指向，可以同時指向人們的經驗世界和超驗世界，經驗是面向已知的世界，超驗是面向未知的世界；經驗貼近現實世界，超驗疏離現實世界。經驗和超驗是在文本修辭建構過程中分化出的兩種相互補充的修辭策略，前者在建立理性世界的同時，感覺部分地關閉；後者在敞開感覺的同時，既定規範部分地被擊碎。在前者，可以通過日常經驗檢驗言說的真偽；具有可證實性；在後者，不能通過日常經驗檢驗言說的真偽，具有不可證實性。

莫言在戰爭現實之外，重建了一個關於戰爭的審美現場，它所提供的，不是經驗世界，而是超驗的世界。它以言說的不可證實性，刺激了人們的審美想像。這一切，不僅在於莫言變換了修辭策略，更在於他重建了戰爭修辭話語的價值尺度。不排除後來的先鋒作家中可能有人受到他的啟迪，例如孫甘露——體驗他的《訪問夢境》的語言情緒，有時我們會想到莫言。

一九八六年，處於極盛時期的莫言，曾經在當年的《世界文學》第三期公開亮出過自己的創作理想：

1. 提出一個屬於自己的對人生的看法；
2. 開闢一個屬於自己領域的陣地；
3. 建立一個屬於自己的人物體系；
4. 形成一個屬於自己的敘述風格。

事物都有自己的臨界，文學書寫也一樣。高密東北鄉充滿敘事魅力的紅高粱地，是莫言的機緣、莫言的世界，是他的藝術生命安頓之所。這裡曾經是莫言自我展示的語言平臺，莫言在這裡釋放著自己的表達衝動，在一個重新建構的審美現場，獲得了象徵性的滿足，同時，也慢慢地接近他自我構築的修辭陷阱。由於《紅高粱》的餘波，一九八七年對莫言的喝彩不斷，在某種程度上，也許可以說，一九八七年是莫言年。

遺憾的是，讀者期待《紅高粱》之後的「下一個」，期待更精彩的藝術進球，卻是失望居多。此後，這位作家雖然創作頗豐，卻沒有能夠再度掀起類似《紅高粱》的審美衝擊波。《紅高粱》的成功，引發了莫言有點失控的語言狂歡，也許因為他過於相信自己的方式，以至後來運用這種方式的時候有點走火入魔。到了一九八八年，他的自我放縱，終於招來了批評話語對這位「鬼才」的不滿。

這一現象，本身也說明：重建修辭話語的價值尺度，不能長時間地依賴某一種修辭策略。

拾參
余光中〈鄉愁〉的廣義修辭學闡釋

一　廣義修辭學解釋框架：三個層面、兩個主體

廣義修辭學的理論核心，是區分修辭功能的三個層面，綜合考察修辭活動的兩個主體。[1]

「三個層面」指的是：

修辭技巧——修辭作為話語建構方式（修辭化的「說法」或「寫法」）

修辭詩學——修辭作為文本建構方式（修辭化的「說法」或「寫法」影響、甚至支配了文本層面的章法）

修辭哲學——修辭參與人的精神建構（修辭化的「說法」或「寫法」影響、甚至支配了修辭主體的活法）

「兩個主體」，指的是修辭活動的表達者和接受者：

> 修辭活動是言語交際審美過程複雜運動的產物，它始終以雙向互動的性質，使修辭信息的表達和接受通過對方確證自身的價值。表達和接受構成修辭活動的兩極，二者統一在同一的言語交際過程中，又各有不同的角色分工。表達者提供獲取言語交際最佳效果的可能性，接受者完成由可能性向現實性的轉化。接受不僅實現表達的價值，而且對表達產生至關重要的影響。接受既是修辭活動的結果，也是它的前提。沒有前提，修辭信

1　譚學純、朱玲：《廣義修辭學》（合肥市：安徽教育出版社，2001年），頁2。

息無需輸出；沒有結果，修辭信息等於沒有輸出。[2]

以廣義修辭「三個層面、兩個主體」的解釋框架解釋〈鄉愁〉，可以提取一個能夠進行有限推導的解釋模型。

二　修辭技巧層面的解釋：「鄉愁」從語詞義變異為修辭義的五個特徵

「鄉愁」的語詞義在《現代漢語詞典》中記錄為：

深切思念家鄉的憂傷的心情。

語詞義從各種思鄉情緒中抽象出的普泛的「鄉愁」，在修辭化的意義生產中分化，分別與郵票、船票、墳墓、海峽產生了審美關聯。從語詞義變異為修辭義的「鄉愁」，具有五個特徵：

（一）「鄉愁」的語義成分：從語詞義的必有特徵變異為修辭義的可能特徵

將「鄉愁」的語詞義分解為互相關聯的語義成分，「深切」、「思念」、「家鄉」、「憂傷」、「心情」，這些語義成分都是「鄉愁」自然語義的必有特徵：

〔＋人　＋思念家鄉　＋情感狀態　＋憂愁悲傷　＋程度深〕

這些分解出的語義特徵，去除或添加任意一個，都影響「鄉愁」語詞義的生成和理解。

2　譚學純、唐躍、朱玲：《接受修辭學》（上海市：上海教育出版社，1992年），頁1。

經過修辭加工，「鄉愁」的語義成分只是一些可能性特徵，而不同的經驗主體，體驗「鄉愁」的可能性各不相同。因此，經過余光中修辭加工的「鄉愁」，語義成分可以是變量：

修辭加工設定了「鄉愁」發生的不同時間段：〔＋小時候　＋長大　＋後來　＋現在〕，可以變換為不同時間段，乃至變換不同的場域，例如從時間場域變換為空間場域。

修辭加工設定了「鄉愁」的視覺表象和感知表象：〔＋小小的郵票　＋狹狹的船票　＋矮矮的墳墓　＋淺淺的海峽〕，可以在〔AA（單音節形容詞重疊）的 N（名詞〕的結構框架中置換。

修辭加工設定了「鄉愁」的情感指歸：〔＋母親　＋新娘　＋大陸〕，可以置換情感對象。

這些語義成分合成的「鄉愁」修辭義，都是體驗「鄉愁」的一種可能性。

（二）「鄉愁」的語義信息：從語詞義的向心性變異為修辭義的離心性

從上節分析「鄉愁」的語義成分，可以觀察到：

語詞義的「鄉愁」，語義信息呈向心性匯聚。分解出的一個個語義成分，如同一個個語義碎片，向一個語義中心聚攏。「鄉愁」的核心語義是「思念家鄉」，思念的主體、思念的情感狀態、悲愁程度，都向「思念家鄉」匯聚。

修辭義的「鄉愁」，語義信息呈離心性擴散。在文本之內以不同時空條件下的四種隱喻，擴散了屬於余光中的鄉愁；在文本之外，「鄉愁」的修辭關聯會串起更為豐富的信息。

（三）「鄉愁」的語義結構：從語詞義的封閉性變異為修辭義的開放性

「鄉愁」是「X1－4」的修辭表達式，越過詞典釋義封閉的自然語義，重建了一個開放性的語義集合。

余光中本人可以繼續這種修辭化的意義生產，在〈鄉愁四韻〉中，「鄉愁」被修辭化為醉酒的滋味、沸血的燒痛、家書的等待、母親的芬芳。孫紹振曾分析過余光中筆下的五種「鄉愁」，每一個有自己獨特的「鄉愁」體驗的人，也都可以修辭化地定義「鄉愁」。例如同是臺灣詩人，彭邦楨的〈鄉愁〉也修辭化地定義了詩人體驗的「鄉愁」——那是一顆熱乎乎的家鄉粽子。席慕蓉〈鄉愁〉是離別後的沒有年輪的樹，永不老去。而中國古典詩詞更留下了大量修辭化「鄉愁」的佳句。

所以，「鄉愁」開放性的語義結構，應該重新記作：「鄉愁是X1……N」。

（四）「鄉愁」的語義認同：從解釋的權威變異為解釋的自由

語義認同需要解釋的權威，否則，甲乙丙理解的「鄉愁」，分別是 X1、X2、X3，語言的交際功能將無法實現。

語義認同所需要的解釋權威是詞典。詞典釋義把某些方面相同、相似的經驗匯集起來，每一次釋義，都引導一種「類」化的解釋。相對於被釋義對象的豐富性和完整性而言，詞典釋義向人們提示的，是一個抽象的外殼。詞典釋義把關於被釋義對象的多種體悟，鎖定為一種表達，通過擴大外延的方式，覆蓋認知主體關於給定對象的經驗範圍。釋義由此成為控制認知的隱形權威。

詞典釋義是對現實的反映，也是對現實的分離。一旦所有的人認同了一種釋義，被釋義鎖定了的對象就差不多接近了死亡之境。人們很難從認準了「死」理的釋義中重新走向鮮活的世界。人們通常以為抽象釋義說明我們把握了語言，以為詞典解釋了的世界就是真實世界，但在很多情況下，詞典釋義的話語霸權是對認知的限制。

人類需要作為詞語釋義大全的詞典，同時需要走出詞典釋義。釋義為所指設定了明確的邊界，為事物描畫了清晰的輪廓，但是這邊界、這輪廓同時又成為語言的囚牢、思想的囚牢。於是，思想的突圍，往往首先從解釋的自由開始。詞典釋義拒絕解釋的自由，但心靈的自由呼喚解釋的自由。後者重新打開了被詞典釋義屏蔽了的認知死角，重新激活了思想穿透認知對象的能量。

（五）「鄉愁」的釋義元語言：從客觀的中性變異為主觀的智性

對照「鄉愁」的語詞義和修辭義，可以觀察到兩種風格的釋義元語言：

語詞義：「深切思念家鄉的憂傷的心情」——語義邊界清晰，邏輯表達不帶情感傾向，釋義用語不傾向重疊形式，不選用語氣詞。

修辭義：「鄉愁是 X1-4」，帶有余光中的個人話語特徵，不僅情感傾向明顯，釋義用語出現重疊形式和語氣詞，而且出現修辭化的「數——量」結構，如「一方（墳墓）」、「一灣（海峽）」。

這種呈現客觀的中性／主觀的智性的釋義元語言區別，可以推導：「鄉愁」的語詞義，是詞典釋義的共性；「鄉愁」修辭義，在反映釋義主體的主觀性和智性這一點上，同樣具有某種共性。

三　修辭詩學層面的解釋：「鄉愁」的語義變異如何推動了文本建構

廣義修辭學認為：作為修辭生動形式的詞句段，如果同時影響文本的敘述結構乃至最終的文本定型，相應的修辭研究需要從修辭技巧層面向修辭詩學層面延伸。

修辭詩學研究修辭話語建構向文本建構延伸的詩學關聯，即作家的修辭策略如何借助相應的修辭處理轉化為文本敘述的動能。

這裡需要區分兩個可能產生認知糾纏的問題：

（一）修辭詩學研究的語言單位是文本，但不同於語言學界主流的語篇研究

語言學界主流的語篇研究，關注焦點和研究單位其實都不是文本整體，因此與修辭詩學研究不同。前者多關注目標文本的語法範疇、語義關係和語篇銜接等。研究單位多為目標文本的詞句段，實際上是在詞句段層級做出解釋。一般是將文本視為一個個句子的連綴體，具體分析時，局部拆解多於總體觀照，作為有機整體的文本很少進入研究視野。這種研究格局，國內研究語篇很深入的學者也不否認。

實際上，以文本整體為研究單位，或以小於文本的詞句段為研究單位，觀察點不一樣，思考方向不一樣，研究結論也不一樣。因此，進入目標文本，就是進入一個整體系統，系統中的局部變化，有時是調節性的修辭元素，有時是結構性的修辭元素。前者是修辭技巧研究的對象；後者是修辭詩學研究的對象。

（二）修辭詩學研究文本敘述中的修辭能量，但不同於文藝學界的敘述學研究

文學敘述有修辭介入，已經無需論證。需要特別提示的是，不僅

虛構性較強的文學敘述有修辭介入，就是強調忠於「本真」的歷史敘述，也有修辭介入。美國新歷史主義文學批評代表人物海頓·懷特的研究，說明了這一點。儘管這裡有敘述和修辭互相交織的問題，但二者應該可以區分，詳細展開需要另文專述。

區別於語言學的文本研究和文藝學的敘述學研究，在修辭詩學層面觀察與解釋「鄉愁」的語義變異和〈鄉愁〉的文本敘述，我們聚焦於局部的修辭處理如何影響文本的整體定型？

作為標題話語和文本關鍵詞，「鄉愁」的自然語義，構成了〈鄉愁〉的文本敘述壓力。〈鄉愁〉的文本新穎度，取決於作者能在多大程度上擺脫由「鄉愁」的自然語義構成的文本敘述壓力。余光中擺脫敘述壓力的修理處理，是在文本起始句脫離「鄉愁」的自然語義，從不同的向度，重建「鄉愁」的修辭語義。每重建一次「鄉愁」的修辭語義，就為文本敘述注入一次能量。

四　修辭哲學層面的解釋：語義變異如何參與建構了「鄉愁詩人」

廣義修辭學強調「人是語言的動物，更是修辭的動物」。「鄉愁」的自然語義指向**已經被認知**的世界；「鄉愁」的語義變異指向**可能被認知**的世界。二者的區別，也是人作為「語言動物」和「修辭動物」的區別。

語義變異，是人作為「修辭動物」將非自然語義植入了自然語言。修辭隱蔽地控制著非自然語義的生產和消費，使概念化的自然成為修辭包裝的自然，前者規約語義的主觀化變異；後者推助這種變異。

人們深信：變化著的物質世界通過改變人的生存而改變認知，但很少思考一種隱蔽的能量：**變異的語義通過改變認知而影響人的生存**。

人們清楚：余光中建構了「鄉愁」的修辭語義，但很少思考問題的另一方面：「**鄉愁」語義的修辭變異，參與建構了余光中的精神世界**。這是國內修辭研究關注最少因而吸引廣義修辭學著力探討的魅力話題。

五　表達——接受互動過程中的「鄉愁」

「表達——接受」互動過程中「鄉愁」的語義變異認同，隱藏著不容易觀察到的細節：這種認同在修辭活動主體的認知區域，存在著從認知邊緣到認知中心的動態變化——

其一，作為余光中一首詩作的篇名，「鄉愁」是表達者依據個人經驗，修辭化地重新定義的認知對象；是接受者有待重新認知的對象。

其二，進入文本敘述的「鄉愁」，是表達者已知的、接受者未知的。

其三，文本生成之前，「鄉愁」的系列化修辭語義處於表達者認知區域的中心位置和待梳理狀態；處於接受者認知區域的邊緣位置和待激活狀態。

其四，文本生成之後，「鄉愁」在「表達—接受」互動中對接。雖然，不能排除「表達—接受」的認知錯位，但是一般來說，表達者的強力引導越充分、觸及的問題越有意義，修辭化的再定義得到接受者認同的可能性越大。

六　廣義修辭學解釋框架：差異中的有限推導

本文的解釋框架用於個案分析，但不是唯一。[3]

3　這方面的系列探討可參見：譚學純〈身份符號：修辭元素及其文本建構功能〉，《文藝研究》2008年第5期，頁41-48；〈中國文學修辭研究：學術觀察、思考與開發〉，《文藝研究》2009年第12期，頁41-50；〈小說修辭批評：「祈使 — 否定」推動的語篇

從解釋的有效性說，一種解釋框架應該可推導。推導是一種抽象，即概括出同屬某種類別、具有通約特徵的要素，將其歸入可推導範圍。同時這個可推導範圍，就是規則的外延。理論上抽象性越強，可推導性越強。但真理向前跨出一步就可能偏離真理，過度抽象可能連帶過度推導，而過度推導的結果，可能弱化解釋力。

鑒於修辭研究的特點，我們提出**差異中的有限推導**：強調差異中的推導，是重視研究對象作為共性與個性的統一體；強調有限推導，是避免過度推導的解釋力稀釋。

我們說解釋框架可以推導，是從一千片樹葉中可以抽象出一個共同的結構，但修辭卻需要解釋世界上沒有兩片相同的樹葉。在「共同結構」和「差異性」之間，探索解釋框架的可推導性。

敘述〉，《文藝研究》2013年第5期，頁56-64；〈巴赫金小說修辭觀：理論闡釋與問題意識〉，《中國比較文學》2012年第2期，頁89-98。〈「這也是一種 X」：從標題話語到語篇敘述〉，《語言文字應用》2011年第2期，頁15-23。

拾肆

鄉土情結：主題話語和文化行為

中國人有著濃得化不開的鄉土情結。

一般來說，除了天災人禍危及個人生存，華夏子民不輕易離鄉別土，即使迫於生計，走異鄉、逃異地，鄉土之戀也總是一種割不斷的情愫，纏繞著行將背井離鄉的人們。一方面，對故土的眷念，會固化在故土的當下生存，淡化其間可能存在的不利於個人生存的因素，使現實世界不甚理想的生存空間，在人們的心理層面進行詩意化的修辭重建。另一方面，「人離鄉賤」的茫然失據和靈魂漂泊的生存痛感，又每每使得中國人欲走還休。縱或人走了，心，還是不時地飛回到生他養他的故土——在那裡，深深地扎著他的生命之根。

一位海外學者認為，中國人身上具有一種特別明顯的傾向，「這種傾向在任何民族中都沒有這麼根深蒂固，這就是對家鄉的眷念和思鄉的痛苦。」[1]這是一種文化現實，也是一種歷史積澱。

一　文化語境：地緣群體和鄉土社會

從中國傳統社會的特徵來說，農耕文化始終是主流，民間話語「行賈坐商，不如開荒」，反映了國人重農務本的情感心理。與遊牧、行商的流動性質不同，農耕要求人們廝守土地，局部地區在一定的歷史階段，雖有「遊耕」的生產方式，但畢竟是一種有限的存在。

1　埃韋爾・聖・德尼：〈中國的詩歌藝術〉，譯見錢林森編：《牧女與蠶娘》（上海市：上海古籍出版社，1990年），頁29。

總體上自新石器時代的農事活動，到文明社會的農業生產，中國人都是以土地為紐帶，結成生活群體，從而導致了地緣群體的產生。

起初，地緣群體是以血緣關係的面貌出現的，相同姓氏的家庭聚族而居，經營土地，即所謂「因生以賜姓，胙之土而命之氏。」[2]作為個人和宗族徽號的姓氏，在中國古代常與封地、居地有關，秦漢之前，因封地而得的姓氏，約有二百個，以居地為姓的例子也不少見。以封地和居地為姓，實際上是地緣意識的一種曲折反映。隨著生產發展和私有制的出現，以家庭為單位的個體生產經營逐漸打破了氏族公社的生活空間，人們開始遷徙，各氏族和胞族的成員相互雜居，長此以往，不同姓氏的家庭便直接以所經營的土地為紐帶結成地緣群體。

在中國，工業及商品經濟的興起和發展，並沒有從根本上使人們擺脫鄉土觀念。這不僅因為中國絕大多數國民是農民，更重要的是，占國民總數比例不大的非農業人口，並沒有真正告別農民意識。雖然，他們已經不再採用農民式的「日出而作，日入而息」的生產方式，也部分地改變了農民的生活方式，但他們或許還多少保留了農民的一些價值觀念。農民的傳統心態，仍然在不同程度地影響著非農業人口的生存方式。這方面突出的表現之一，便是在感情上依戀熟悉的生存環境，其結果，導致了生存空間相對固定。喜靜不喜動，崇尚穩定恆常的生活秩序，成為我們民族的一種集體無意識。安土重遷是中國人世代相沿的生存狀態；安居樂業是中國傳統社會理想的生存境界，二者互相關聯、互相作用：安土重遷從空間的穩定性和時間的恆常性兩方面為安居樂業提供保證；安居樂業又反過來強化了地緣群體廝守故土的執著情感。它把人與自己的習慣性生存空間演繹成了某種固定的圖式：

2 《左傳》〈隱公八年〉。

死徙無出鄉，鄉田同井。出入鄉友，守望相助，疾病相扶持。

《孟子》〈滕文公上〉描述的這幅圖景，再現了一個質樸的人情世界。人，作為活動著的主體，在這裡凝聚為與本鄉本土同在的地緣群體和疏離了外部世界的情感集團。

以農耕文明為主流的傳統文化，以安土重遷為特徵的地緣群體，為鄉土社會的產生提供了適宜的條件；或者說，鄉土社會是地緣群體納入一定的組織形式和既定文化秩序的產物。考察中國文化語境中一個重要的修辭符號——「鄉」，有助於我們更深入地認識鄉土社會對於鄉民生存狀態的影響。

從「鄉」的歷史沿革看，它最初是與原始氏族聚落相類的村落，後來成為一個基本的社會組織細胞。周制一萬二千五百戶為鄉；春秋齊制，郊內郊外各以二千和三千戶為鄉；戰國楚制二千戶為鄉；漢制萬戶為鄉；唐制五百戶為鄉，其範圍大小歷代不一，但作為基層行政區劃的性質，歷代相同。

從「鄉」的文化功能看，《尚書》記述了當時官府優待在鄉老人的「鄉養」；《周禮》記述了「鄉師」、「鄉老」之官，和「鄉刑」、「鄉學」之制；《儀禮》記述了鄉土之樂；《管子》記述了由鄉里選拔人才的「鄉舉」；《論語》記述了驅疫逐鬼的「鄉儺」；《漢書》記述了鄉中公舍「鄉亭」；《晉書》《世說新語》記述了品評人物的重要依據「鄉評」、「鄉論」；《隋書》記述了始於西魏、北周，歷代相沿的地方武裝「鄉兵」；《新唐書》記述了註冊鄉里戶口田畝的「鄉帳」；《唐國史補》記述了鄉中建大墓，以葬棄屍的「鄉葬」；《宋史》記述了鄉人共同遵守的「鄉約」；《元典章》記述了鄉中管理雜事的「鄉司」；明清時，鄉中德行優秀者死後由鄉人公舉，請准祭祀於鄉賢祠，稱「鄉祀」。

梁啟超認為中國「有鄉自治而無市自治」，這個結論用之於中國傳統社會是有一定道理的。梁啟超幼時，親歷過各鄉自治最完美的時代，他的家鄉——廣東茶坑鄉，便是一個集多種文化功能於一體的鄉土社會，對此，他在《中國文化史》〈鄉治章〉中作過如下的描述：在政治上，「鄉治各決於本保」，凡關涉保與保之間共同利益諸事，由各保聯治機關共同法決；在生產上，本鄉工役，除年老和功高者得免外，鄉人均有義務，或出力，或出資，「凡不到工又不納免役錢者，受停胙之罰。」；在經濟上，本鄉收支自給自足。另有「性質極類似歐人之信用合作社者」，以及類似供銷合作社的鄉間金融組織和商業組織；在文化教育上，以鄉人捐助為主，組織公共娛樂。鄉里設蒙館，以鄉祠作教室，聘本鄉讀書人作教師，教本鄉學童；鄉人紛爭、違法、犯案，在本鄉內部調解處置；鄉團為鄉間武裝，團丁由壯年鄉人充任，購置槍械彈藥費用，由鄉人分擔；鄉間聚會定期舉行，遇有重要事件，隨時開會議決。

鄉村自治，以鄉村政治、經濟、文化共同體的凝聚力為基礎，這種社會組織結構，也在城邑得到一定程度的摹擬。

中國古代城邑之制由鄉邑之制演化而來，早在城邑性質還是王公營壘的西周時代，就曾運用農村鄉制，規劃王城坊里。五戶為比，五比為坊，合二十五戶，這是一個聚居單位，也是一個生產單位和戰鬥單位。它的建制基礎，主要是作為奴隸社會土地所有制特殊形式的井田制；同時，周代甲兵來自「鄉」，徒兵及軍賦取之「遂」，所以鄉遂居民編戶必須與軍制吻合，而軍制又與田制互相關涉：按鄉建制，為「夫」之田四閭土地，每閭面積縱橫五「夫」，恰為一比土地，當時戰爭以車戰為主，一輛戰車配二十五人，二十五戶聚居單位，正好可以組成一個車戰單位，它那嚴密的編戶組織和管理制度，落實為深溝高壘的坊里制，體現中國古代城邑的社會秩序。雖然入宋以後，隨著商品經濟的發展，封閉式坊里逐漸為開放式街巷所取代，但是希冀安全穩定的民族文化心理並沒有因此改變，人們習慣於在一個相對固定的生存空間扎下他的生命之根，像戰國士林那樣輕遠其鄉的現象，在中國傳統社會為數極少，在中國歷史上也為時極短。

鄉土社會強化了中國人的地緣意識，強化了的地緣意識又內化為中國人的鄉土情結。不為外部世界相對優越的條件所惑，把一生交給養育自己的家園，縱有這樣那樣不盡人意之處，只要不離鄉別土，便是福、便是幸。這種對於故土的眷念，使其間可能存在的不利於個人生存的因素，在人們的習慣性承受心理中，漸漸地淡化，乃至被揚棄不顧，而故土的環境中使人覺得美好親切的一面，則被放大、突顯。於是，中國人原本就對故土抱有的美好感情，因為濾盡了其間的部分不協和因素，變得更加主體化、審美化。

作為主體化的審美情感，鄉土情結對象化為一個泛文本。其文本意義、價值導向、情感基調等等，往往通過某類使用頻率較高的主題話語體現出來。為了避免描述的瑣碎，我們可以通過「模式」的抽象從中提煉出一些意蘊豐厚的主題話語，作為解析的入口——

二　月是故鄉明：審美化的現實

鄉土情結最具代表性的主題話語之一，是「月是故鄉明」，它所反映的，不是客觀現實，而是審美化的現實。「故鄉」的「月」在這裡已經偏離了現實所指，成為一種審美幻象。這一輪明月不是高懸在天空，而是存在於主體的心靈世界。當主體以審美的眼光去接近「故鄉」的「月」時，作為審美觀照的對象便一定程度地偏離現實規定，對象的存在方式經過審美調整，完成了主體對現實存在的審美超越。於是，「故鄉」之「月」所代表的故土，作為一種審美化的存在，在中國人的生存體驗中不斷淡化乃至消解其負值，轉化為一種自我沉醉的詩意化空間。

由於審美情感的滲入，「月是故鄉明」成為一種超越現實存在的生存體驗，這種生存體驗因超越了個人經驗，而獲得較為普遍的認同。因此當審美化的現實與行為主體產生空間上的阻隔時，人們便很容易產生茫然失據的情緒感受，這也可以解釋，為什麼離鄉者比當鄉人更覺鄉情珍貴：

> 少小離家老大回，鄉音無改鬢毛衰。（賀知章〈回鄉偶書〉）

看上去平平淡淡的詩句，因成功地傳達了一種鄉土之情，很容易喚起人們的情感共鳴：從「少小」到「老大」，意味著時間的持久；「鬢毛衰」暗示了歲月無情，然而，歲月無情「鄉音」有情，那不改的「鄉音」，不正是不衰的鄉情的形象體現？

鄉情重建了故鄉的審美圖像，所以對同一行為主體來說，此時倍感親切的故鄉，可能是彼時試圖逃離的故鄉。感到親切是經過了審美過濾，過濾掉了使人厭煩的東西，而真的回到故鄉，可能生活幾天後又覺得乏味，那是從自我重建的審美現場回到了故鄉的現實圖景。

魯迅小說《故鄉》的起始段提煉了這種情感：

> 我冒了嚴寒，回到相隔二千餘里，別了二十餘年的故鄉去。
>
> 時候既然是深冬，漸近故鄉時，天氣有陰晦了，冷風吹進船艙中嗚嗚的響，從篷隙往外一望，蒼黃的天底下，遠近橫著幾個蕭索的荒村，沒有一些活氣。我的心禁不住悲涼起來了。
>
> 啊，這不是我二十年來時時記得的故鄉？

魯迅重返故鄉而感到悲涼，是因為故鄉的現實圖景擊碎了他記憶中的故鄉——那是他自我建構的審美化現實。通常說的「月是故鄉明」，就是基於後一種情形而言的。

由於「月是故鄉明」的心理積澱，所以，在中國人心目中，他鄉往往意味著一個陌生化的世界。對故土的審美情感，強化了對異域的隔膜心態。「異鄉投宿，禍福不知」的生存憂慮，使「行人夜宿金陵渚，試聽沙邊有雁聲」(李頎〈送劉昱〉)的依依深情倍加感人。

也許因為這種心理感受過於強烈，所以中國人對故土的眷念才特別深沉，一般說來，除了遊牧民族和負有特殊使命的群體（如軍隊）之外，多數中國人一旦在某處扎下他的生命之根，便不太想變換生存環境。當人們說「我在這裡住／幹了多年了」的時候，語氣中常常不乏自豪感；相反，如遇災患戰亂，不得不外出謀生時，人們則用「逃荒」、「跑反」之類的話語表示無可奈何和悲哀。即使在迫不得已流寓他鄉的情況下，人們也不難找到補救方式，以緩解心中的失落感。例如舊時同鄉會、會館，作為一種民間團體和公共性建築，其實可以看作離鄉者在異域重現鄉情的一種心理補償。

三　適彼樂土：艱難的超越

從情感上說，故土難離是中國人的慣常心態，但是，當殘酷的現實逼得人們無法在當地繼續生存時，他會很自然地產生逃離意識，以尋找一個超越當下現實的理想環境。於是，戀鄉的主題話語，便由情感上深深依戀的「月是故鄉明」，轉向理智上「適彼樂土」的清醒。

兩千多年前，掙扎在不幸生存中的奴隸們，就曾發出過遠走逃亡、追尋理想世界的呼喊：「逝將去女，適彼樂土。」(《詩經》〈魏風〉〈碩鼠〉) 可是，當追尋理想生存的吶喊由話語轉化為現實行為時，卻常常被「懸擱」。更多的時候，人們似乎只是在話語層面表達「逝將去女」的意向，在行為層面上卻常常是欲走還休。「適彼樂土」作為對生存困境的超越，對於顧念家園、依戀故土的中國人來說，往往顯得舉步維艱——這不僅因為難以超越社會的外在約束，更因為難以超越自我的內在規定。

由於封建大一統政治的需要，中國社會從秦代開始，就採用法制手段，限制疏離既定社會秩序的「遊民」，秦相李斯〈諫逐客令〉和〈秦律・遊士律〉合成了驅逐外來遊士和控制遊士外出的雙重文化指令。游士作為中國古代社會的一個特殊階層，因為缺少宗族和田產羈絆，一般不太具備安居樂業的條件，如果連他們「適彼樂土」都受到「法」的規約而難以實現，一般安土重遷的鄉民市井，就更難以超越社會約束而「逝將去女」了。此外，「父母在，不遠遊」[3]的倫理規範，也作為一股無形的約束力量，與前述法制手段互相補充，共同對人們離鄉別土的行為選擇產生規約作用。更何況，在「普天之下，莫非王土」的傳統社會，「適彼樂土」多半只是一種心造的幻影，當年吶喊著「逝將去女，適彼樂土」的魏國奴隸們，似乎沒有認真追問：「樂土安在？」抑或，他們尋找的，只是一個根本不存在的烏托邦？

社會約束從客觀上限制了「適彼樂土」由可能性向現實性轉化，但是，還有一股使得中國人「適彼樂土」的願望往往擱淺在話語層面的更強大，也更能體現情感深度的約束力，則來自主體自身。

中國人懂得：「人往高處走」、「鳥向旺處飛」。從理論上說，如果人人都追求理想的生存環境，並為之拼搏奮鬥，對社會的進步或許也是有益的，至少是一種促進因素。但是，對理想生存環境的追求一旦落實到具體行為中，中國人多半還是情義為重，想著要「往高處走」，腳步卻並不輕率；想著要「向旺處飛」，卻不太容易搧動沉重的翅膀。這，一方面與中國人的鄉土情結相悖；另一方面似乎也脫不了一點「小人趨利」的嫌疑，而使「尚義」的君子三思而行。

中國人明白：「樹挪死，人挪活」，人通過不斷改變自己的生存環境，尋找自己的位置，實現自身的價值，從而顯示人不為環境所拘的本質力量。然而，「人挪活」的流動意識，常常為希冀穩定安寧的傳

3　《論語》〈里仁〉。

統心態所消解；「適彼樂土」的情緒意念，常常為鄉土之情所融化。

也許，對於理想世界的追尋，有時會在反覆權衡的心理矛盾中邁出第一步，但人們還是無法掙脫故土的巨大磁力。〈離騷〉的抒情主人公曾經感慨悲歌：

> 何離心之可同兮，吾將遠逝以自疏。

他走了，走得很遠，也走得很累──轉道昆侖，周流四方，涉流沙，遵赤水，經不周，指西海，雖然「路修遠以多艱」，但是沒能阻住他「遠逝」的腳步。然而，正當他上窮碧落下黃泉地四方追尋時，因為「陟升皇之赫戲兮，忽臨睨夫舊鄉」，於是終止了積極追尋，消解了遠逝之志。

在有些情況下，即使人們真的找到了「樂土」、或者無意中闖入了「樂土」，理想世界的誘惑也決不會疏淡剪不斷、理還亂的鄉土情結。

〈桃花源記〉中的漁人遊覽桃林，不期然地進入了一片「樂土」：這裡「土地平曠，屋舍儼然，有良田美池桑竹之屬；阡陌交通，雞犬相聞」；這裡沒有君臣、沒有兵災、沒有欺詐；這裡充滿平和、安寧、鄉民「怡然自樂」，人與自然的親和、人與人的融洽，提供了一個避「時亂」的世外樂園，漁人在這裡受到盛情款待，但他只小住幾天，便踏上了歸途。漁人無意中闖進的「樂土」是一個主觀設定的存在，然而，重要的不是這片「樂土」究竟是幻象還是現實，而是「適彼樂土」又離開「樂土」的漁人的行為心理。這位漁人具有某種原型意味，在後世文本中，我們不時地見到他的影子，也不斷地讀解出一種「不疑靈境難聞見，塵心未盡思鄉縣」（王維〈桃源行〉）的鄉土之戀。

四　人離鄉賤：靈魂漂泊和生存痛感

出自鄉土社會的中國人很難有美國人的那種「流浪意識」，這也可以從反面來理解：為什麼中國民間俗語有「人離鄉賤」的說法——既然人們與鄉土社會有著千絲萬縷的聯繫，那麼，離鄉背井就意味著斷了自己的文化之根。

當行為主體不得不離鄉的時候，進入他者秩序的茫然失據便化作被「拋」者對故土的生命呼喊。

漢末蔡文姬被南匈奴擄掠出塞，〈悲憤詩〉敘述了這位不幸女子生存環境的變更：

> 邊荒與華異，人俗少義理。處所多霜雪，胡風春夏起。
> 翩翩吹我衣，肅肅入我耳。感時念父母，哀歎無窮已。

從禮儀之邦流落「人俗少義理」的邊荒，霜雪胡風帶給她的，既有故土與他鄉的隔膜，更有自我以他者化的形象重新出場的茫然。無窮已的哀歎所透露的，是自身「被拋」的感覺，也是自我進入他者秩序的悲愁。於是，她身陷胡地，心在漢中：

> 有客從外來，聞之常歡喜。迎問其消息，輒復非鄉里。

喜聞「客從外來」，悲見「非鄉里」，從希望到失望的情緒起落，突現了抒情主人公引領期返的歸屬感。雖然，文姬在胡地生活了十二個春秋，做了南匈奴左賢王的妻子，又生了兩個孩子，但她的歸屬感始終不渝。對此時此地的文姬來說，作為自我在場見證的地域人文已經不復存在，但是根深蒂固的鄉土情結卻沒有因此泯滅。正因為如此，所以後來她才強忍悲痛，割斷情戀，訣別稚子，歸附自己的故土。她啟程返鄉時，馬不肯行車不轉轍、路人觀者為之流淚的境像畫面，極度渲染了文姬「去去割情戀」的巨大痛苦。然而，從今後「存亡永乖隔」的不幸生存，還是沒能阻住她「遄征日遐邁」的沉重腳步。千里迢迢的遠嫁，以個人獻身的方式縫合著民族紛爭的心理創傷。遠嫁的女子往往需要變更本民族的生存環境和生存方式，這時候遠托他鄉的茫然可能更加強烈。

《漢書》〈西域傳〉述「武帝元封中，譴江都王建女細君為公主，以妻烏孫王昆莫。公主至其國，自治宮室居，歲時一再與昆莫會，置酒飲食。昆莫年老，言語不通，公主悲，乃自作歌。」所作「歌」，無標題，後人題作〈烏孫公主歌〉：

> 吾家嫁我兮天一方，遠托異國兮烏孫王。
> 穹廬為室兮旃為牆，以肉為食兮酪為漿。
> 居常土思兮心內傷，為黃鵠兮歸故鄉。

遠嫁西域的劉細君，雖貴為烏孫公主，但身處異鄉的文化隔膜，仍使她感到種種不適，「穹廬為室兮旃為牆，以肉為食兮酪為漿。」道出了與中原完全不同的生活方式。民族利益需要她「遠托異國兮烏孫王」；個人情感又每每使她「居常土思兮心內傷」。

蔡文姬和劉細君，一個做了匈奴左賢王的妻子，一個做了烏孫王的妻子，「妻以夫貴」的表象，無法化解她們心中的痛苦，這種痛苦，還原了她們作為離鄉者的角色，在她們對家園的呼喚中，顫動著的，仍然是割不斷的鄉土之戀。

如果說，在形式上，蔡文姬和劉細君因其所嫁之貴，似乎沒有多少「人離鄉賤」的失落感，那麼，決大多數人的離鄉，就只是無根漂泊的同義詞。

在中國傳統社會，離鄉常常是外因所致，離鄉的直接原因，或是災荒戰禍、或是流貶徭役、或是在當地無法繼續生存而流落他鄉。告別熟悉的生存環境，隨之而來的，是生命的無根狀態，個人無法選擇新的人生驛站，甚至無法選擇離鄉別土的時間。像這類由外因所致的被動離鄉，往往一開始就使離鄉者產生心理失衡，這種生存痛感和茫然失據的心態，又會添加「西出陽關無故人」的惆悵。加上古代交通不便、山川阻隔、路途艱辛，這一切，都給離鄉者帶來「行路難」的困擾，從而強化了離鄉者的茫然情緒。

當然，也有個別的情況比較特殊，例如當離鄉出走與他鄉入仕聯繫在一起的時候，出仕的自我確證，或許會一時地化解出走的悲涼和傷感，當年長安奉召的李白，曾經「仰天大笑出門去」(〈南陵別兒童入京〉)，但是，奔仕途而離家的春風得意，只是一時的，求取功名雖然是士子文人自我實現的重要途徑，但它終究斬不斷中國人根深蒂固的鄉土情結。不難設想，即使李白後來不是遭受排擠，而是京都得志、飛黃騰達，他也還會因為「仍憐故鄉水」(〈渡荊門送別〉)，而不時地「低頭思故鄉」(〈靜夜思〉)。

五　衣錦還鄉：另一種讀解

在通常情況下，人們對「衣錦還鄉」的釋讀，往往拘泥於表層語義，讀解出的，也多半是富貴後榮歸故土，及其所包含的向鄉親故里炫耀之意。在這個層面上理解衣錦還鄉現象，並在文學作品中對這種現象進行形象化詮釋的最典型的例子，可能要算元代睢景臣的〔般涉調・哨遍〕〈高祖還鄉〉。

睢景臣筆下，伴隨高祖還鄉的儀仗煊赫之極，盛大豪華的場面，由於被轉換成了一位與當年的布衣劉邦有過瓜葛的鄉民的敘述話語，具有了強烈的反諷意味。假如從階級對立的觀點詮釋文本，〈高祖還鄉〉的藝術設計的確獨出心裁，作品的敘述終止處，人生無價值的東西被無情撕碎的戲劇性效果，更是給人留下了深刻的印象。但是，階級分析也使這個文本留下了一角被遮蔽的意義世界，這種被遮蔽的內容，不應該是闡釋的空白，它需要我們從中國人生存體驗的角度，進行更深層的追問——劉邦得天下後，躊躇滿志，此時貴為天子、威震四海的高祖，為什麼要向故里鄉親炫耀？

從史籍看，漢高帝十二年，劉邦平定淮南王英布叛亂之後，確曾於回長安途中，轉道故鄉沛縣，設宴召故人父老子弟縱酒，席間親自擊筑，唱「大風起兮雲飛揚，威加海內兮歸故鄉」，《史記》〈高祖本紀〉描繪當時劉邦的神態：「慷慨傷懷，泣數行下」，他在故鄉逗留十多天，臨行留下的贈禮是免除了當地居民的賦稅。高祖加恩鄉親的深層心理，難道就沒鄉情的因素在？

作為一位歷史人物，劉邦可能有他的人格缺陷，這在司馬遷筆下有過出色的藝術表現。他以漢帝國之始祖身分返鄉，大業已就的滿足，自我實現的快慰，使這位「匹夫崛起而有天下」的開國君主榮歸故里時，可能伴有某種掩飾不住的失態和驕矜，然而，高祖還鄉的行為似乎不應該因此變得完全黯淡起來，「威加海內兮歸故鄉」，大概是衣錦還鄉的極端化例證，在某種意義上，這也許正是人的本真狀態的一種自然展示。任何一個衣錦還鄉者，必定是在他的生存狀態由不理想轉為相對理想時，他才有資本向故里鄉親炫耀，劉邦從社會下層走向了輝煌的頂點，當初個人價值無法確證的焦慮，隨著自我實現而志滿意得，在這種情況下，衣錦還鄉其實是向故里鄉親充分地展示自己，希望同鄉人發現他過去未被發現的個人價值。他在還鄉之際伴有某種自豪感，其實這又何嘗不是他所還之鄉的驕傲？

在這方面，有一個反證，那就是與劉邦同屬一個歷史時期的項羽。《史記》〈項羽本紀〉曾記述垓下被圍的項羽返至烏江畔，烏江亭長要用船送他渡江，以期這位當年叱吒風雲的西楚霸王捲土重來，但是項羽不願意以一個失敗者的形象回江東，下面一段話道出了項羽當時的心態：

> 天之亡我，我何渡為！且籍與江東子弟八千人渡江而西，今無一人還，縱江東父兄憐而王我，我何面目見之？縱彼不言，籍獨不愧於心乎？

這段話既執迷又清醒：執迷的是，他至此仍沒有意識到，自己的失敗從大的方面說是政治軍事失誤，從小的方面說是個人性格使然，而執拗地把一切歸為天意；清醒的是，他深知自己作為敗軍之將回江東，和當年的蓋世英雄已經不可同日而語，「縱江東父兄憐而王我，我何面目見之？」這句話中的兩個「我」，是一個能指，兩個所指；一個項羽，兩個自我：「縱江東父兄憐而王我」的「我」，是會稽起義、鉅鹿之戰中無與倫比的英雄；「我何面目見之」的「我」，是「當下此時」自覺愧對江東父老的「我」。當兩個「我」疊合在一起的時候，項羽選擇了背水再戰，死而後已，歷史在這裡演出了絕世的英雄悲劇。

劉邦和項羽，同是楚漢相爭的主角，功成者自覺有臉有面，威儀赫赫，衣錦還鄉；兵敗者羞見江東父老，寧可戰死，「不肯過江東」，表面上行為方式的相殊，掩蓋著深層行為心理的相似，後人可以對這一現象進行見仁見智的生存體驗，但是有一點似乎不應該忽視：不管是衣錦還鄉的劉邦，還是不肯過江東的項羽，在他們看來，故鄉都不僅僅是一道遙遠的風景線，而是確證自身價值的地域人文。

六　狐死首丘：審美之境與文化象徵

在中國文化語境中，「狐死首丘」是一個寄寓深刻的意象。《禮記》〈檀弓上〉：「古之人有言曰：狐死正首丘，仁也。」狐狸雖死，頭還朝著它所藏身的土丘，這一人情意味極濃的意象，被賦予了某種觀念意義，每每被中國人用作人至死懷念故土的隱喻：

> 狐死首丘，心不忘本，鐘儀在晉，楚弁南音。(《晉書》〈張軌傳〉)
>
> 但聞越鳥南棲，狐死首丘，萬里親戚墳墓，俱在南朝，早暮思想，食不甘味。(《醒世恆言》〈白玉娘忍苦成夫〉)

「狐死首丘」與人的「望鄉而死」，在觸類聯想中接通了審美信道，於是，作為隱喻的「狐死首丘」，使「望鄉而死」的人類行為，具有了某種象徵意味，它以隱喻的形式，超越人和鄉的現實性分離，把身死異地者所望之「鄉」，由「不在場」轉化為假定性「在場」，死者可望不可即的「鄉」，成了「在場」之「鄉」的「情感等價物」。

《禮記》〈檀弓上〉描繪了感人的境像：

> 太公封于營丘比及五世，皆反葬于周。

《烈女傳》〈晉圉懷嬴〉記述了令人感懷的話語：

> （圉）謂嬴氏曰「吾去國數年，子父之接忘，而秦晉之友不加親也。夫鳥飛返鄉，狐死首丘，我首晉而死，子其與我行乎？」

「反葬于周」和「首晉而死」，是「狐死首丘」向隱喻意義的符號置換；周晉之鄉，在死者的象徵性「回歸」中，由「不在場」轉化為假定性的「在場」，從而拉近了主體（死者）和客體（故鄉）的距離，重建了一種主體和客體共同「在場」的假定性關係，個體生命的終止和望鄉行為的「定格」，使得不因肉體生命的消逝而褪色的鄉土之情，具有了「永恆在場」的象徵意義。這裡有具體的形象和感性經驗，也有感性經驗的抽象和提升。每一個華夏兒女，都可以「觀象以尋意」，在接近對象世界的同時，也在對象世界中發現自我：生，是故鄉的兒子；死，則魂繫故土，縱然身不能至，卻心嚮往之——這，就是炎黃子孫的鄉土情結。

拾伍
我所理解的「集體話語」和「個人話語」

某種價值觀念的形成，既有集體話語的管控，也有個人話語的介入。一個時代的聲音，在共時的意義上，表現為集體話語和個人話語的共存。

一 集體話語的正負效應

這裡討論的集體話語，指的是：在思想層面，以價值取向的模糊匯入盲目信從的行列；在話語層面，意味著在眾聲齊唱中加入一個可有可無的聲音。[1]對話者操持集體話語，自己無需思考、甚至無需選擇，以一份輕鬆的參與而共享集體利益；如果有弊端，會因為自己不過只是一個人云亦云的言說者而淡化了承擔意識。而且，當弊端乃至危機真的出現時，「法不責眾」往往從中悄悄地化解。於是，集體言說的負面因素，在人們的心理層面進行了過濾，理論上利弊同在的集體言說，在行為實踐中變成了利多弊少，或者有利無弊的選擇。因此，在必須做出抉擇的十字路口，集體話語化作一道路標；眾聲合唱築成一道最常見的風景。

作為一種積極的能量，集體話語包含著一定的公眾智慧，也在某

---

1 言語上趨從眾人，思想上並沒有喪失自我；或者在公眾場合似乎不跟從眾人，但是思想上認同大眾，跟嚴格意義上的集體話語已經不完全是一回事。

種程度上沉積著民族生存方式的集體記憶，這是使用共同母語的文化共同體共用的經驗。集體話語所講述的觀念意識、道德承擔、文化事實，形成一個有強大聚合力的修辭場，把每一個單個的社會成員模塑成社會群體認同的行為主體。當我們承認個人只有在一定的社會關係中才能自由發展的時候，集體話語意味著個體向群體凝聚、個人意志向集體意志趨同。既然個人的價值訴求需要從集體的價值取向尋找參照座標，那麼，當個人的存在方式匯聚為大眾的存在方式、個體的喜怒哀樂表現為群體的喜怒哀樂時，集體話語也就體現了公眾意願，成為個人之外的社會財富；當個人行為與公眾行為取得一致，並且符合社會發展的要求和歷史發展的規律時，集體話語也就體現了時代的脈動。由於人的生命歷程是在個體與社會的關係中展開的，意識到自己的普遍性的個體，也就把自己置入了一定的社會關係。這時候，個人走向群體，個人與集體的對話趨於和諧，為個體的生存安全買了一道保險。

但是從負面影響說，集體話語更多的體現了已有的經驗和智慧。在這個意義上，集體話語又常常是大眾傳播渠道被不斷複製的現成話語。它對個人可能形成某種話語壓力，對不甘於被集體話語淹沒的個人聲音，粗暴地行使否決權。集體話語因為它的集體認同而弱化了自我質疑功能，因為它的集體效仿而強化了話語的權力。集體話語無法覆蓋的某些個人經驗被擠壓、被屏蔽，世界的豐富性在集體話語的一致性中，按有限的話語方式編碼。當說不盡的莎士比亞在集體言說中成為公眾認同的莎士比亞時，完整的、有血有肉的莎士比亞，在我們的視線中變得模糊起來。

因此，集體話語既是引領個人的導航塔，也可能是自我迷失的陷阱。

如果個人向集體話語認同僅僅是為了兌換廉價的集體安全感，如果他人的召喚不是激起我性的回應，如果自我不是在向他人的趨近中，證明自己、發展自己，不是在向群體的匯聚中，撞擊出自己的生命火花，而是以自我的喪失，匯入他人的生命之流，把我性的參與，變成他性的效仿，那麼，集體話語便可能導向喪失個體自覺的傀儡生存。

集體話語在生存安全的表象之下，掩蓋著個體喪失的生存痛感。思想上自我意志的匱乏、行為上對大眾模式的趨從，無啻於對自我存在的棄權。當個人的自我設計交付集體的時候，自我的意義隨之稀釋。個體的本真性在大眾的普遍性之中消解，以為跟著眾人走，就是找著了感覺。話語主體在對集體的價值期待中消耗自己，沒有人需要對自己的言行負責，沒有人願意在大眾模式中指點迷津。也許，人人都在說的話、人人都在做的事，即使沒有多少實際意義，也是不能點破、不能言說的。一經言說，言說者便等於從集體話語中疏離出來，成為公眾的棄兒，在眾人陶醉的安魂曲中插入一個不和諧的音符。在世俗觀念中，該隨聲附和的時候不隨聲附和，該跟著眾人走的時候不跟著眾人走，往往意味著孤獨、意味著被拋、意味著與他人的阻隔。當個人從大眾生存模式中逃離出來的時候，常常也同時阻斷了與外部世界的對話。游離於集體之外的個人，或者主動退避，以不介入的姿態護衛本真自我；或者被擠壓到邊緣，遠離中心而隔岸靜觀；或者採取抗拒的姿態，向人云亦云發難；抑或唱著反調，勇敢地說一聲：「不」。但無論是退避、是掙扎、還是抗拒，都不足以構成社會主潮。作為一種「說法」，安全係數最大的，似乎只是集體話語。

集體言說者，容易召喚，也容易潰散。呼喚害怕孤獨的靈魂加入集體行列並不困難，而瓦解自我意志匱乏的個體也不會遇到多少有力的抵抗。集體話語的言說者，常常具有鬆散的自組織化傾向，他們通常不表現出舉世皆濁我獨清、眾人皆醉我獨醒的狷介孤傲，也較少遠離集體、不顧社會評價、我行我素的自我意識，在壓抑個人中心，甚至消解個人中心的文化環境中，更難得聽到真正屬於個人的聲音。作為對話者的個人，如果參與意識比較淡薄，而眾趨意識比較突出，向集體話語趨附則往往不是出於理性自覺，而是出於情感認同。

集體言說者，容易引導，也容易誤導。引導個人認同大眾生存模式，無需權力的介入，甚至無需凝聚，就可以順勢而為。集體話語很容易成為操縱個人行為的文化符號，誤匯出無主體性的「眾趨人格」，誤匯出馬爾庫塞所說的「單向度的人」。因此，集體話語有時也為政治家利用或操縱天下大勢提供可能，善於審時度勢的政治運作，往往都是恰到好處地以某種導向介入集體話語，如果產生良性循環，便造福於民；如果產生惡性循環，則可能遺患於國。

就話語主體而言，當外部世界向個人提供了自我思考和行為選擇的機會，而個人放棄這種機會的時候，匯入大眾模式便喪失了我的位置，進而喪失存在之「在場」的基礎。但是也有另一種情況，如果外部世界沒有向個人提供選擇的機會，哪怕是瞬間機會，這時候，個體的本真性常常掙脫集體的普遍性——想像個人面對摧毀力很強的突發地震，為了逃避死神的召喚，人們會爭相以自己的方式進行自我保護，如果用攝像機攝下當時的鏡頭，大概很難找出集體行動的畫面，更難得聽到眾口一辭的聲音。可是一旦生命威脅過去或者減輕，個體的本真性又會重新融進集體的普遍性之中，這時候，別人怎麼說、我就怎麼說，別人怎麼做、我就怎麼做的想法又會悄悄地抬頭。換句話說，當集體的普遍性籠罩著每一個個體成員的時候，別人的話語和行為，就成了我的話語和行為的直接參照，成了自我作為他人影子的一個不加分析的理由。

在有些情況下，集體話語的價值取向是曖昧的。惟其曖昧，才能裹挾眾多的跟隨者。作為對話者的個人，一旦有了明確的價值目標，也就有了明確的行為選擇，而集體話語則可能在盲目認同中選擇向眾人看齊，這在很大程度上帶有自我欺騙的性質。集體話語把個人交給了個人無法把握的未知，如果因此產生不良後果，集體中的個人卻可能因為倒楣者不止自己一人而減輕受傷的感覺，甚至會因為存在更倒楣的他人而自我慶倖。集體中的每一個人，都不會因為自己的失誤而感到沉重——當人人都是失誤者的時候，也就沒有一個人為這種失誤負起應有的責任。於是，集體話語為逃避承擔、拒絕自責找到了安全的港灣。

集體話語輕個體價值而重群體價值。建立在群體價值觀念之上的集體話語，包含著兩種有邏輯缺口的假定：

假定1：個人匯入集體，必然地表現為個人通過他人實現自身的價值；

假定2：集體話語代表多數人的意向，必然地比個體願望更為合理。

但這兩種認識畢竟只是假定，而這種假定中存在的理論疏漏，卻不大為人們注意。

其實，個人價值的實現，既在於他人，也在於個體成員自身，並且不能絕對排除在某些情況下，個體行為超越集體意願是更優化的選擇。應該承認，當個人匯入集體的時候，的確比較容易產生人與社會的和諧，但是。另一方面，這種和諧，又常常以某種不和諧為代價，當他人接納「我」的時候，往往伴隨著「我」的犧牲。個人跟隨集體，走向大眾設定的目標，與此同時，個體也接受大眾規範，接受他人對自我的扭曲。在以群體為本位的文化語境中，「自我」轉化為「依存的自我」，作為「依存者」的「自我」，把對他人的依賴和趨附內化了，因此，他們一般都「不為天下先」，而「敢為天下先」者，很可能成為他所置身的群體的不和諧因素。在這個意義上，集體既實現個體價值，也淹沒個體價值。既成全個體，也造成個體的異化。一旦個體生命完全鎖定在集體生存的向度，個體的健全人格也就在這種鎖定中窒息了最活躍的因素，個體人格的發展空間也就在個人向眾人的趨附中被大眾占領。

何況，代表集體意願的集體話語，在理論上並不必然地比個人話語更合理。當一個集體陷入非理性迷狂時，其破壞性遠遠大於優越性。例如，比起「文化大革命」中「知識無用論」的集體話語、比起當時「停工停產鬧革命」的集體行為，難能可貴的，恰恰是集體的天空下那一縷屬於自己的陽光、那一份屬於自己的清醒。

個人意志屈從集體話語，體現了集體壓力的隱在權威。心理學實驗的結果表明，當受試者意識到自己對事物的認識或判斷與大多數人不一致的時候，會感到某種壓力。壓力的大小與主體自我肯定意識的強弱成反比。這種心理壓力會導致從眾心理，而從眾心理的相互傳導、相互作用，產生循環反映，又會刺激集體衝動，哪怕這種衝動是非理性的。二十世紀五〇年代，美國社會心理學家阿施作過一項實驗，發現三分之一的受試者由於從眾心理，面對結論明顯的知覺判斷，產生了判斷失誤。這種情境下，自我認同、自我肯定的意識相對淡薄，這使得健全心理的一個重要層面失去了支撐；個人心理中相對突出的自我懷疑成分，又每每使得主體的行為選擇少了應有的冷靜和從容。至於對他人的過分依賴，或者出於權宜之計，抑或受某種利益驅動而跟著大家走，也往往使得個人放棄原本就不執著的自我堅守。而在思想和情感上拒絕盲從的人，一般不容易接受集體話語的引導。

但有時候，集體話語和集體力量，是個人難以違抗的，「輿論」之所以可以淹沒一個人，便是集體話語能量的證明。個體或者認同集體而從眾，或者身不由己地裹挾進洶湧的潮流，前者尚可以作孤獨的逃離，後者往往無法逃離。在十億人共同「早請示」、「晚匯報」的歲月，任何個人如果試圖從這股紅潮中疏離，而保持自由的「我」，結果都只能以自由的喪失為代價。當眾人都不得不指鹿為馬的時候，敢於一語道破真相的人，大概只能以語言之「在」換取生命的「不在」。就此而言，安徒生童話《皇帝的新裝》也可以看作一個生存寓言。

二　個人言說空間的營造及其有限性

哲學家認為，思想者最好是聾子，聽不見外界的聲音，以便不受干擾地思考。

對哲學家的表述，如果不作絕對化的理解，是不是可以認為：產生個人話語的重要條件，需要一個個人化的思想空間。叔本華苦於外界的喧嘩，希望人的耳朵可以自由關閉，少受一些噪音的干擾。其實，叔本華在說出這句話的時候，他已經部分地關閉了自己的聽覺——拒絕噪音進入自己的世界。

人的文化實踐依賴於個人全面而自由的發展，從個人的自由發展是一切人自由發展的前提的意義上說，「我的每個思想連同其內容，都是由我個人自覺負責的一種行為。」[2]當薩特宣稱「人就是自由」的時候，當雅斯貝爾斯把自由看作人的本質特徵的時候，個人成了最真實的存在，營造個人化的言說空間似乎才是思想的真實在場。

我以我的話語而存在，我以我的方式證實我的存在：

> 我以唯一而不可重複的方式參與存在，我在唯一的存在中佔據著唯一的、不可重複的、不可替代的、他人無法進入的位置。[3]

個人話語建立在個人經驗的基礎上，個人話語釋放了集體話語壓抑的個人意識，輯錄了生命的多彩。個人的心性、個人的片面、個人的深刻、個人的呼喊、個人的反思、個人的靈魂掙扎、個人的生命安頓，也許不一定能夠匯入集體的聲音。所以，相對於集體話語，個人話語

2　M·巴赫金：〈論行為哲學〉，《巴赫金全集》（石家莊市：河北教育出版社，1998年），第1卷，頁4。

3　M·巴赫金：〈論行為哲學〉，《巴赫金全集》（石家莊市：河北教育出版社，1998年），第1卷，頁44。

往往是邊緣的。個人話語是從集體姿態逃離的邊緣風景，是從眾聲合唱疏離的獨特聲音。

個人話語是思想者孤獨的生命訴說。思想的深度和廣度，可能在眾多的個人言說中得到最大化地開發。個人話語提供了個人的知識譜系、情感世界。循著個人話語，可以走進一個人的內心深處，可以感受他的寧靜、他的瘋狂、他的淡泊、他的亢奮，可以體驗他的內心分裂。

那麼，個人行吟和公眾合唱之間，是否還存在對話關係呢？

在我看來，個人話語在拒絕媚俗的旗幟下，部分地疏離了集體的聲音，但並不是完全逃避與集體的對話。個人話語作為一種個體的文化觀，與集體價值觀的聯繫相對鬆散，而比較多地在價值取向、審美趣味、社會行為上體現著自我的意志和特徵，它不是與集體無法調和，更不是從根本上切斷了與集體的糾結。只是在某些方面、在某種程度上，既適應集體，又不適應集體；既遵從集體規範，又疏離集體規範。這裡可以借用一對社會學的概念範疇：有意控制和無意控制，前者是集體話語為個人話語設定的規範，如法律、道德、宗教等；後者是集體話語對個人話語的潛在影響，如時尚、風俗等。個人話語對前者以接受為主，對後者以逃離為主。不管屬於哪一種情況，集體話語對個人話語的影響力都是客觀存在，只有當個人言說表現為拒絕集體規範和價值觀的時候，才產生個人無法與集體調和的極端情形。既然每一個個體都無法徹底擺脫社會學家所說的「同類意識」，那麼又怎麼能夠想像個人對集體話語作真正意義上的「告別」呢？

個人話語不是一種反集體行為，不拒絕來自公眾的信息，沒有一種個人話語可以真正地取消集體話語的介入，因此，所謂個人話語，通常只是在自己的言說中，找到某種方式，以表示與大眾話語模式或價值觀的不同。話語主體的自我認同感較強，而集體歸屬感相對淡化，較少拷貝集體話語，但是這一切並不足以造成與自己置身的公共環境的格格不入。

個人話語的豐富不可能拒絕個人之外的集體話語資源。個人話語和集體話語不是對抗關係，而是對話關係。

下面援引一位評論家和一位作家就個人化寫作問題的問答，也許可以說明一些問題：

> 賀紹俊：所謂個人化，不僅是指心理上的、思想上的，而且還表明其生活狀態（或者說工作狀態）也是十分自由自在，獨來獨往，不受外在的束縛。但長期處在這種非常個人化的工作狀態中，你是否有孤獨感？
>
> 朱　文：當然有孤獨感，但是那主要也不是長期處在一個非常個人化的工作狀態所造成的。如果你所說的孤獨感是指，一小撮人在大多數人中的感覺，我就會感覺強烈一些。這種「孤獨感」也許很有力量。[4]

朱文是宣稱堅持個人化寫作的晚生代作家中比較有代表性的一位，但是，朱文的個人化寫作，決不僅僅是自我訴說，更不是拒絕對話，這段問答公開發表也讓人懷疑純粹的個人化狀態究竟能有多大的可能性。其實，不管是朱文體驗到的孤獨中的力量；或者是林白體驗到的孤獨中的美麗，都只是以暫時逃離的方式，營造一個屬於自己的世界。但是作者不會因此關閉在這個世界中，作家堅守的個人化寫作，不會泯滅話語主體與外部世界對話的期待，即使是體現在個人日記中的一己之思，也不能理解為自我關閉的言說。所謂個人化狀態，更多地帶有審美自由的意義，它不會拒絕傾聽——傾聽集體的聲音；更不會中止訴說——在訴說中向集體群落敞開個人化的自我。

4　朱文：〈答賀紹俊先生九問〉，《山花》1999年第7期，頁84-86。

三　結論

集體話語和個人話語，在不同的聲道傳播，但是其中仍然隱含著對話的成分。

一方面，個人話語對集體話語的質疑中有認同，批判中有趨近。個人思想資源的有限性，決定了個人話語無法完全掙脫集體話語的影響，甚至不能排除個人言說使用集體話語的時代修飾語。

另一方面，集體話語具有抗拒文化批判的自我護衛能力，集體話語廣大的受眾面，會在一定程度上淡化個人話語的批判意識，而以某種無形的力量為集體聲音的傳播開拓空間。特別是當集體話語在大眾的認同中逐漸具有了某種文化導向的意味時，批判性的個人話語進入該語境，往往遇到有力的抵抗。在這樣的情況下，個人性批判話語往往在官方話語的強勢介入中，實現對集體話語的批判乃至顛覆，中國七〇年代末，關於「實踐是檢驗真理的唯一標準」的討論，可以算是一個比較突出的例子。

完全響徹著集體話語的社會，可能導向個人生存的匱乏；完全響徹著個人話語的社會，可能導向無中心的個人至上。集體話語和個人話語在潛在的對話中緩釋這種生存壓力。

下篇

修辭學科發展：走出困局的另一種思路

拾陸

修辭學研究突圍：從傾斜的學科平臺到共享學術空間

本文的寫作，出自對中國修辭學學科現狀的憂慮，也出自對修辭學學科背景、理論資源和研究方法等方面的思考。

一　傾斜的學科平臺

一個人，如果擁有北京或上海戶口，那麼，在法理上，他就擁有北京人或上海人在自己所在城市的權利，也理應享有這座城市公民共享的資源。如果他不能與所在城市的公民共享共有資源，例如，一個擁有上海戶籍的市民，不能乘坐上海地鐵或公車，那麼，他與享有這種權益的公民進入相同的評價體系，接受相同的評價指標的評估，就是極不公正的。

意識不到這種不公正，產生的連鎖反應可能會更多。意識到了不公正，如果不改變這種狀況，那就缺少起碼的關懷精神和責任感。

中國修辭學在語言學學科中的狀況差不多就是如此——它歸屬於語言學的學術戶籍，但是語言學學科的共享資源，如學術期刊、研究項目、教材建設等，都遠離了修辭學。評價體系對學科成果做出的正常反應，也漏失了修辭學。

我們看國內共享學術資源的配置：

(一)傾斜的期刊

學術刊物在何種程度上介入學科理論的建構，對建構中的理論體系和話語體系來說，不僅是一種前沿引導，而且具有延時效應。尤其是學術形象好、學術份量重的理論刊物，它們的欄目定位，策劃和自我設計，本身就是一種「召喚」，召喚著學者們的建設性參與。從這個角度說，刊物是學科理論的話語場，也是它的集散地。

目前國內有影響的語言學期刊有十多種，如《中國語文》《中國語言學報》《方言》《語言文字與應用》《古漢語研究》《語文研究》《語言研究》《語言教學與研究》《世界漢語教學》《漢語學習》等等，這些刊物發表的漢語研究前沿成果，包括了語法、詞彙、語音、方言、音韻、文字等方方面面的內容。相比之下，修辭界向這些語言學刊物的投稿率之低，這些刊物發表的修辭學研究成果之少，與修辭學學科建設取得的實績，極不相稱。

當原本作為學科共享資源的刊物對修辭學關閉的時候，對一個學科的殺傷力是巨大的。在作為學科共享資源的刊物中，修辭學「缺席」，長期缺席的修辭界學人，逐漸失去了向除《修辭學習》之外的語言學其他刊物投稿的意向，這又反過來增加了修辭學在語言學學術活動中缺席的傾向。

由此導致的一個不為人們覺察、但卻更嚴重的後果是：中國當代語言學研究成果的年鑒、十年綜述、二十年綜述，論文來源主要出自上述語言學刊物，修辭學缺席造成一種錯覺：似乎語言學的學科發展，與修辭學無關。或者，據此產生一個錯誤的判斷：語言學其他學科成果豐碩，而修辭學成果寥寥。「東方語言學」網站「修辭寫作」類目錄顯示一位學者的論文為七篇，這個數字大約是這位學者同類論文的百分之四——既然修辭學研究現狀給人的印象如此蕭條，語言學研究成果綜述不提修辭學，也就很自然了。

國內只有一種專門化的修辭學刊物：復旦大學出版社承出的《修辭學習》。刊物的運作經費，除海外學者鄭子瑜教授慷慨捐助外，由中國現代修辭學奠基人陳望道先生擔任過校長的復旦大學撥款，這些捐助和定期出資，對支撐中國修辭學的研究來說，的確有漂母之恩，但畢竟是杯水車薪。套用昆德拉一篇著名小說的標題：〈生命中不可承受之輕〉，獨此一家的《修辭學習》，難以承受中國修辭學學科建設之重。

《修辭學習》現已擴版，擴版後的《修辭學習》更加注重學術性，目前正醞釀刊物更名。但是，擴版和更名後，這份惟一的修辭學研究刊物，能不能填補「權威期刊」（學術界對此看法不一，更多的學者是無可奈何地接受這一現實）中的修辭學空位，並不完全取決於刊物自身的品質，而取決於目前的學術體制。

（二）傾斜的項目

國家社科基金研究項目申報的遊戲規則，是分學科評審。按國內目前的學科劃分，二級學科漢語言文字學的下位層次，設定了代表不同專業方向的子學科：

1. 漢語語音學
2. 漢語音韻學
3. 漢語方言學
4. 漢語文字學
5. 漢語詞彙學
6. 漢語語法學
7. 漢語修辭學

按理說，既然學科目錄把修辭學歸入語言學的一個子學科，那麼，修辭學理應和語言學其他子學科一樣，有一個共同行使話語權的公共平臺，但是很遺憾，這個平臺為語言學其他子學科共享，惟獨修辭學，常常是缺席的——在全國哲學社會學科規劃辦公室制訂的〈國家社會科學基金項目申報數據代碼表〉中，修辭學幾乎找不到自己的歸宿。〈國家社會科學基金項目申報數據代碼表〉在「語言學」的下位層次，設定了十個研究方向：

1. 普通語言學
2. 比較語言學
3. 語言地理學
4. 社會語言學
5. 心理語言學
6. 應用語言學
7. 漢語研究
8. 中國少數民族語言研究
9. 外國語言研究
10. 語言學其他學科

這十個研究方向，修辭學能歸位的，是「應用語言學」、「漢語研究」和「語言學其他學科」。但是，事實上，這些研究方向對修辭學項目的接納，讓人失望。只要檢索一下近二十年國家社科基金項目立項目錄，就很清楚。有時候，修辭界學人不免要想：有關方面是不是乾脆忘記了中國修辭學的存在？

下面是從《國家社會科學基金項目2006年度課題指南》（2007年度課題指南與此大致相同）摘出的帶有導向意義的語言學課題申報必讀：

> 「十一五」期間，我國語言學界要密切關注國內外語言學研究的新進展和社會語言生活的新動向，在充分發掘和利用本國語言資源的基礎上加強學科理論建設；要有效整合研究力量，開展跨學科的綜合研究，大力提倡學科融合和交叉學科研究。要

> 根據國家社會經濟發展和學科建設的需要，繼續堅持基礎理論研究與應用研究相結合、理論為實踐服務的原則，推動語言學研究的新發展。

《指南》列舉了語言學的相關研究領域：語言理論研究、漢語研究、少數民族語言研究、外國語言研究（包括外語教學研究），以漢語研究「指南」為例：

1 現代漢語研究

隨著語音應用技術和相關理論的發展需求，對自然口語的研究特別是面向語音合成的韻律研究已成為熱點。詞彙方面應加強語用環境下詞義變異研究和類義詞的語言／方言類型研究，開展對詞彙的系統化研究和詞典學研究。形式語法研究和功能語法研究都有實質性的進展，韻律句法和韻律詞法理論漸趨深入。語言類型學比較研究和語義系統研究較為薄弱，認知語法研究也須加強。另外還應開展和加強形式語法學和形式語義學的研究，特別是積極嘗試應用國外的理論和方法來研究漢語的音系、句法、語義和語用問題。

2 漢語方言研究

近幾年研究的熱點是：方言地理和分區、方言歷史層次、方言語法的調查研究等問題。不足之處是：在許多領域理論探討尚不足，與普通話和漢語史研究相結合也做得不夠，缺少比較研究和綜合研究。建議繼續加強對漢語方言歷史層次和漢語方言語法的研究，在研究中注意橫向與縱向的聯繫，加強比較研究和類型學研究；同時提倡利用各種文獻資料，開展對方言史和通語史的研究。

3 歷史語法詞彙研究

詞彙史研究開始注意常用詞演變研究，專書和斷代語法詞彙研究都有一些新的成果。語法史方面的熱點是語法化和語言接觸研究。總的來看，研究比較零散，理論思考還不夠深入。今後要在發掘事實和理論探討的基礎上，以建立更為翔實的漢語詞彙史、語法史為目標，開展系列專題、專書、斷代研究。當前，建設一個精加工的漢語史研究語料庫十分必要。

4 文字學、音韻學、訓詁學研究

文字學研究比較活躍，現代漢字與漢字應用研究、《說文》學與傳統文字研究、古文字研究、俗字研究等方面都有長足的進步。應加強漢字理論和漢字發展史研究，開展比較文字學研究，規範漢字的理論研究和規範字的確定和整理等問題也很重要。音韻學、訓詁學研究繼續推進，傳統音韻學的研究應在注重文獻考證的同時，注意與活的方音的比較；方言音韻的研究在共時描寫的同時，應注意與方言的歷史聯繫和語音史的邏輯關係；訓詁學在詞源研究上有新進展，但從宏觀著眼的論著不多。今後研究中可加強文字學、音韻學、訓詁學研究與古籍整理和上古史研究的聯繫。

5 計算語言學研究

當前國外計算語言學的顯著特點是：提倡建立語料庫，使用機器學習的方法獲取語言知識；越來越多地使用統計數學方法分析語言數據；構造通用和專用的語料庫。中國計算語言學研究應瞄準學科研究的方向，開展一些扎實的基礎研究。比如，面向中文信息處理的語言文字研究，包括實用的詞典、語義系統、語法規則、完備的語言知識體系等，特別要加強面向大規模真實文本的內容計算的語言知識的挖掘和形式表示等方面的研究。

6 對外漢語教學研究

近幾年語音教學滑坡，詞彙教學研究比較薄弱。今後應以教學模式研究為突破口，取得教材的創新；以漢字研究為突破口，加強書面語的教學；以語料庫建設和多媒體、網絡教學等現代教育技術研究和運用為突破，指導和帶動教學理論、學習理論的研究。同時，還要加強語言能力和水平測試的標準化和客觀化方面的研究。

7 社會語言學研究

雙語雙方言、語言接觸、言語社區理論、城市語言調查等方面的研究都有進展，而且學科研究呈現出方言學與社會語言學相交叉、相融合的趨勢。可繼續進行上述各領域的研究，並應在理論探討和方法科學化上有所推進。語言政策與語言規劃研究一直是語言學中的薄弱環節。當前一方面應系統梳理中國現有的語言政策，深入考察中國當前的語言生活，另一方面應了解世界上一些國家和地區的語言政策，研究其經驗與教訓，在此基礎上構建全球化、信息化時代中國語言發展的宏觀戰略。應加強當代移民、人口流動和語言（方言和普通話）使用與語言變化之間的關係研究。應加強名詞術語標準化研究，逐步建立起中國的術語學理論體系。

8 心理語言學與神經語言學研究

繼續開展字詞、語音、語義、語法等方面的認知研究和神經電生理學、腦功能成像技術的研究。同時，應探索應用研究的途徑，為信息處理、認知自動化工程提供大腦神經網絡的生物學模型。

「指南」強調：「開展跨學科的綜合研究，大力提倡學科融合和交叉學科研究。」「堅持基礎理論研究與應用研究相結合」，但是，「學科融合和交叉學科研究」、「基礎理論研究與應用研究相結合」特徵極明顯的修辭學，卻在「指南」中找不到位置。據國家社科基金項目評審組一位令人尊敬的資深評委回憶，從一九八六年以來，近二十年中，漢語修辭界學者從漢語組申請國家項目的立項數為零。據筆所知，這麼多年來，申報修辭學研究項目有幸立項的學者三位學者，全都打了擦邊球：例如，從文學類申報，從比較語言學類申報，從外國語言研究申報。惟獨無法從修辭學被「歸屬」的漢語言文字學申報。

也就是說，在國家官方頒佈的學科目錄中屬於二級學科漢語言文字學下位層次的「漢語修辭學」，在自己的娘家「漢語研究」方向被關閉了申報項目的大門，而且大門一關就是二十年，這無論是從構建和諧社會，還是從學科公正或國家資源的合理分配來說，都很難給出令人信服的解釋。

也許有人會說，修辭學的研究成果不符合先進性、前瞻性、不可重複性等學術要求，申請專案不被看好，這又涉及另兩個問題：

1. 非修辭界學者了解多少修辭學的最新成果？

2. 包括修辭學在內的學科評價，是否有一個價值公正的平臺？

對此，本文後面將做出應答。

（三）傾斜的教材建設

教育部編制的《關於「十五」期間普通高等教育教材建設與改革的意見》、普通高等教育「十五」教材規劃，擬新編和修訂二千種左右「十五」國家級規劃教材，其中新編教材「指定選題」目錄中涉及漢語的有：

1. 古代漢語

2. 語言學史

3. 語言文字信息處理

4. 訓詁學

5. 文字學

6. 音韻學

這些教材的更新當然是必要的，但是，同樣急需更新的修辭學教材，卻處於國家「十五」規劃新編教材「指定選題」被遺忘的角落。其實，全國高校現行漢語教材中，相對於其他子學科來說，修辭學的教學內容改變最少。一方面，修辭學研究自身的理論在不斷更新，另一方面，舊有的修辭學教學體系基本保持原樣，這就使得修辭學教學內容的知識譜系統和學科前沿的距離日漸拉大。在這樣的情況下，教育部編制的《關於「十五」期間普通高等教育教材建設與改革的意見》恰恰遺忘了修辭學教材，不能不讓人費解。

當然也有出版社組約修辭學方面的高校教材，曾有不止一家出版社主動與我談過這方面的動議，但這與教材建設不是一回事。從某種意義上說，出版社組約大學修辭學教材，正是瞄準了體制內吸收修辭學前沿成果的教材缺失的市場。聰明的出版社從這種缺失發現了商機，但是擬定教材規劃的專家，好像沒有想過：語言學教材建設中，修辭學的缺失意味著什麼？

也許，對於有學術使命感的研究者個人來說，修辭學被刊物遺忘、被項目遺忘、被教材建設遺忘，都不會弱化執著的學者們的學術參與熱情，學者們不會放棄自己的學術承擔。但是對一個學科的建設來說，它的負面影響，即使眼前看不出來，至少已經成為一個學科發展的令人沮喪的信號。

中國現代學術史上，有過曾經生機勃勃的學科後來消失的教訓。例如一九五二年院系調整後，社會學系從學科目錄中消失。這個學科一度消失，「中止了幾代中國社會學家的學術生涯」。[1]如果說，社會學系一度消失，有著意識形態方面的背景；那麼，修辭學目前的學術空間受到的擠壓，則主要是「人治」，而不是「學治」，更不是「法治」。

1　謝泳：《西南聯大與中國現代知識份子》（長沙市：湖南文藝出版社，1998年），頁47。

我近年的修辭學研究，開始比較多地關注「話語」和「權力」的關係。修辭學學科位置的尷尬，是話語權失落的結果之一，也是話語權失落的原因之一。二者互相作用形成的負性循環，不僅衝擊著修辭學的學科建設，也為中國語言學健全而健康的發展投下了一道陰影。「海納百川，有容乃大」的學術胸襟所需要的學術研究多元化格局，遺忘了語言學一個子學科的存在，是我們的學術研究不能不面對的一個冷酷現實。

（四）傾斜的價值導向

有些現象讓人感到納悶：是不是存在某種不自覺的價值導向？例如，同樣是以一代語言學大師的名字命名的獎項，國內有好幾種，對陳望道修辭學獎做出反應的，只有《修辭學習》。此外的眾多語言學刊物，未見報導。陳望道修辭學獎是國內最高的修辭學獎，也是一項很嚴肅的獎項，該獎設立以來，一等獎一直置空。不是沒有符合一等獎條件的研究成果，而是出於對前輩大師的敬仰，後輩學人始終留著這塊「空白」。對這樣嚴肅的高級別獎項，語言學刊物作出反應，是對前輩語言學大師的一種紀念。然而，除《修辭學習》之外的眾多語言學刊物，只是將其他以現代語言學大師的名字命名的獎項作為重要學術信息報導，這在客觀上會給人一種什麼樣的感覺呢？從陳望道的學術影響和個人聲望說，就更加令人不可思議了。

（五）沒媽的孩子像根草

查《中國大百科全書》「語言文字」卷，在「漢語」的下位層次，列有〔漢語語法修辭〕，次下位層次分列「漢語語法」和「漢語修辭」。按《中國大百科全書》的編撰體例，漢語修辭和漢語語法，是漢語不同的學科分支，所列代表人物五位：楊樹達、黎錦熙、陳望道、呂叔湘、朱德熙。

對照《中國大百科全書》和《國家社會科學基金項目申報數據代碼表》《國家社會科學基金項目課題指南》、普通高等教育「十五」教材規劃「指定選題」目錄，再看修辭學的「在場」和「缺席」，讓人產生一種印象：二十世紀中國修辭學群體成果最豐富、理論建設最活躍的一段時期，恰恰是中國修辭學在差不多被語言學遺忘的情況下勉力以進的時期。

隨著中國老一代語言學家相繼離去，像楊樹達、黎錦熙、陳望道、呂叔湘、朱德熙諸先生那樣，同時在文字學／修辭學，或語法學／修辭學領域成為大師的學者，已不多見，在不同領域令人高山仰止的昔日風景悄然黯淡，中國語言學研究的「中心」和「邊緣」，在人們的心理上開始按學科分支重新劃分。

應該承認，語言學研究在不同的歷史時期，可以有不同的重點，重點學科分支在一段時間內成為話語中心，本身是正常的，也是合理的。但這絕不意味著沒有被認為是「中心」（它的評價標準是否合理，是另一碼事）的學科分支找不到自己的位置。文藝界有一種說法，叫做「搶佔話語中心」，修辭學不奢望「搶佔話語中心」，只希望少一些邊緣化的學科定位有時都無法認證的困惑。

「有媽的孩子是個寶，沒媽的孩子像根草」，在這個意義上，修辭界學人沒有在「像根草」的委屈和誤解的邊緣化生存中自甘沉寂，讓人產生深深的敬意。我想，一批學者在如此艱難的學術條件下，堅守在修辭學研究領地，他們內心深處一定有某種東西被修辭感動了。

二〇〇三年，山東威海的朋友，在對修辭學學科發展來說並不理想的外部環境中，籌辦「修辭學多學科高級學術論壇」，也是其誠可感。但是，精誠所至，金石能否為開？中國學術家園，該怎樣呵護修辭學這個古老而年輕的學術生命？光靠感動上帝，看來是不夠的。

按照我的理解，「修辭學多學科高級學術論壇」，暗示了一種突圍意向。耐人尋味的是，這次會議的會標圖案構思，也取了一個「突圍」意象：一個圓環當中，有一個箭頭有力地向外衝出。

那麼，「突圍」存在著什麼樣的學理依據呢——

二　學術背景：修辭學的學科性質和公共學術空間

（一）學術史上的中外修辭學

修辭學屬於語言學，更屬於多學科。修辭學的交叉學科性質決定了：修辭學的學科建設和發展，需要一個包括語言學在內的多學科共享的公共學術空間。

在西方，從古希臘、羅馬時代起，修辭學就是「顯學」，二十世紀初以來，修辭學是人文學科中最有影響的「新學」之一。從「顯學」到「新學」，從亞里斯多德到博克、福柯，西方修辭學的研究對象和研究方法不盡相同，但是有一點是共同的，那就是**西方一些最有成就的修辭學家，他們在修辭學著作中的聲音，廣泛地滲入了其他學科，他們作為修辭學家和他們作為文藝學家、美學家、哲學家的學術影響，同樣是國際性的。**

在中國，早自先秦時代起，修辭學就廣泛進入了當時的社會生活，從個人修言修身，到言語交往、諸侯國之間的外交活動，乃至國家政治，都有修辭的介入，諸子關於修辭問題的豐富論述，更一直是中國修辭學重要的理論資源。**中國古代修辭學的發展，也是由一大批「多棲」性的人物共同推動的，古代修辭學家中的很多大家，往往同時也是文藝學家、美學家、哲學家。**

從學術史看，西方學術界似乎沒有把修辭學框定在語言學領域，中國古代又不存在獨立學科意義上的語言學，因此也就不存在在語言學學科範圍內的修辭學。

中國現代語言學的誕生，是比較晚近的事情，中國現代修辭學的誕生則更晚一些。由陳望道先生奠基的中國現代修辭學，並沒有限定在語言學的學科框架之內，陳望道本人的知識結構就是多學科的。此外，商務印書館一九二三年出版的《修辭格》，在現代修辭學史上佔有重要地位，但作者唐鉞是心理學家。商務印書館一九七九年出版的《漢語語法修辭新探》，作者郭紹虞是文學批評家。這些，也從另一個角度，說明了修辭學的多學科性質。

（二）學科內外：對修辭學的不同認識

大概正是由於修辭學的多學科交叉性質，才出現了中國當代修辭學研究在語言學「牆內開花牆外香」的現象：

在整個人文學科，修辭學理論資源和概念術語越來越多地介入，來自語言界之外的學者關注修辭學、涉足修辭學的客串不時亮出精彩。讀西方的政治修辭學、經濟修辭學、管理修辭學、戰爭修辭、修辭哲學，對照限於語言學學科框架內的中國當代修辭學，前者的學科平臺，明顯地大於後者。

在中國語言文學一級學科範圍內，修辭學的人氣指數也比較看好，在某種程度上，甚至超過了語言學的其他一些分支學科。以文藝學界為例，王一川的「修辭論轉向」，南帆的修辭與權力、修辭與意識形態等方面的研究，譚好哲的文學修辭學研究，席揚正在進行的作家修辭行為系列研究，楊義、羅鋼、徐岱等學者的敘事學研究，耿占春的隱喻研究、還有眾多學者的文體學研究、文學語言研究等，都反映出某種前沿態勢或創新意向。譚好哲甚至認為文學有被語言學邊緣化的趨勢，因此主張積極開展「大修辭學」研究。也許可以這樣說，修辭學和文藝學的前沿理論，有著局部匯聚的趨勢。在山東威海會議上，文藝學家孫紹振教授就曾跟我談到過：修辭學與文藝學的前沿是一個地方。在修辭學的某些分支領域，例如文藝修辭學，與文藝學從不同的路徑走向相同的前沿，是完全正常的，而孫紹振在威海會議上的感受，也是非常準確的。

非語言學界對修辭學的關注和評價，與中國語言學界內部的修辭學缺席，形成了鮮明的對照。

從這個意義上說，把修辭學限定在語言學之內，使修辭學有了一個明確的學科定位，也為修辭學圍起了一道學科之牆。學科定位和學科之牆互相作用，互為因果，造成修辭學學科建設的負性循環：

學科定位使修辭學擁有了語言學「戶籍」，但修辭學不擁有語言學的共享資源。

學科之牆限制了修辭研究者的思維空間，使得修辭界開始反思自身的某些不足，修辭界之外的語言學其他學科也覺得修辭界不興旺。

應該區別一下，中國修辭界的自我反思和語言學其他學科對修辭學的誤解，出自完全不同的學術視野：

修辭界反思自身的某些不足，是學科通過自我否定，走向自我超越的一個思想通道。在共時的維度，修辭界看到了相鄰學科的發展，看到了西方當代修辭學的強勁走勢。在歷時的維度，既肯定中國修辭界前輩學者學術成就，也看到他們的侷限。而前人的侷限，正是後人新一輪啟動的突破口。在個體研究者和研究群體的關係上，一方面看到個體研究者學術創新的理論探索，另一方面也看到學科隊伍整體建設的疲弱。

語言學其他學科覺得修辭學不景氣，更多的是因為他們不了解修辭學現狀。我有時聽語言學界一些學者說到修辭學近年沒有什麼新氣象，總覺得有些茫然。這些朋友的說法是善意的，但對修辭學研究動向的了解明顯滯後。當我問這些朋友讀過哪些他認為能夠體現修辭學研究前沿態勢的著作時，從朋友們的回答，我很清楚他們對修辭學學術信息所知不多。恕我直言，有的認為修辭學研究沒有「像樣」的成果的學者，對修辭學研究前沿動態的了解，少得可憐。

（三）學科評價：觀測點如何統一

不管是修辭界看其他學科，或者其他學科看修辭界，學科之間的互相評價帶有一定的本學科經驗，在所難免，但是必須避免對不同學科的評價依據不同的價值標準。只有按照相同的價值標準，才能體現學科評價的科學性和公正性，這是最簡單不過的道理。例如：

1 如果以學術著作為評價對象，至少可以包括這樣一些共同的觀測點：

（1）不同學科的代表性著作，原創性如何？

（2）不同學科的代表性著作，引領學科發展動向的影響力如何？

（3）不同學科的代表性著作，激發學術創造的能量如何？創新學科體系的可能性如何？

（4）不同學科的代表性著作，理論資源的豐富性如何？

（5）不同學科的代表性著作，介於理論與應用之間的解釋力如何？

（6）不同學科的代表性著作，研究方法的科學性如何？

（7）不同學科的代表性著作，研究方法的多樣性如何？

（8）不同學科的代表性著作，在本學科的顯示度如何？

（9）不同學科的代表性著作，在相關學科的顯示度如何？

（10）不同學科的代表性著作，能夠在什麼樣的學術層次與國際同類研究對話？

2 如果以學者為評價對象，至少可以包括這樣一些共同的觀測點：

（1）不同學科的代表性學者，學術視野是否開闊？是否善於在國際學術大背景下為自身定位？

（2）不同學科的代表性學者，學術思維是否開放？是否精於整合多學科的理論和研究方法，以適應多向交叉的學科發展態勢？同時有無能力將來自多學科的外源性理論改造成本學科的理論？

（3）不同學科的代表性學者，學術眼光是否敏銳？是否敏于發現有原創價值的問題？

（4）不同學科的代表性學者，理論建構的創新性如何？

（5）不同學科的代表性學者，具有什麼樣的知識結構支持他的理論創新？

（6）不同學科的代表性學者，是否具有創學派的奠基性成果？

（7）不同學科的代表性學者，是否具有創學派的持續性成果？

（8）不同學科的代表性學者，學科凝聚力如何？

（9）不同學科的代表性學者，所依託的學科平臺如何？

（10）不同學科的代表性學者，學術背景、學科平臺和他取得的學術成就是什麼樣的比例關係？

3 如果以學科隊伍為評價對象，至少可以包括這樣一些共同的觀測點：

（1）不同學科的學者隊伍，發表學術成果的園地情況？

（2）不同學科的學者隊伍，由本學科公認的標誌性學術成果的人均產出情況？

（3）不同學科的學者隊伍，在學術接力中體現的趨勢是漸強，漸弱，還是持平？

（4）不同學科的學者隊伍，獲得各級政府的經費支持情況？

（5）不同學科的學者隊伍，介入體現政府行為的學科規劃的有決策力的人數？

（6）不同學科的學者隊伍，參與本學科體現學科行為的重要學術活動的人數？

（7）不同學科的學者隊伍，產生本學科領軍人物和核心成員的自身條件是什麼樣的？

（8）不同學科的學者隊伍，產生本學科領軍人物和核心成員的外部條件是什麼樣的？

（9）不同學科的學者隊伍，與同層級學科享受公共學術資源的比例？

（10）不同學科的學者隊伍，根據條件（1）至（9）和這支隊伍實際取得的學術成就，構成什麼樣的比例關係？

客觀地說，中國修辭學應該反思自己的不足。一個學科。如果看不到自身的不足，這個學科的自我感覺，總免不了那麼一點蜻蜓咬住自己尾巴的滿足。

中國修辭學看自己的不足，是以語言學其他學科的某些優勢為參照系的。

中國語言學其他學科評價修辭學的不足，如果也以語言學其他學科的某些優勢為參照系，就會失去不同學科之間相對公正的觀測點，這樣會驅動修辭學在語言學科被進一步邊緣化，增加修辭學享有語言學共享資源的難度。不能享有語言學共享資源又反過來為修辭學學科建設加入新的負性因素，如此循環往復，修辭學什麼時候才有一個真正的家園？

中國修辭學目前的尷尬現狀，值得我們認真思考，也正是出於這種思考，我主張修辭學突圍，走向更為開闊的公共學術空間。

走向公共學術空間的修辭學研究必將帶來自身的雙重調整——

三　修辭學：多學科理論資源共享和研究方法互補

現代學者編撰中國修辭學史，無一例外地從先秦寫起。

鄭子瑜先生的《中國修辭學史稿》、易蒲和李金苓先生的《漢語修辭學史綱》、袁暉和宗廷虎先生主編的《漢語修辭學史》、周振甫先生的《中國修辭學史》、吳禮權先生的《中國修辭哲學史》、鄭子瑜和宗廷虎先生主編的《中國修辭學通史》，都從諸子言論、《周易》、《毛詩序》、《文心雕龍》及各種詩話詞話等，發掘出了豐富的修辭學理論。

如果拿陳良運先生《中國詩學批評史》《中國詩學體系論》、袁行霈等先生《中國詩學通論》、鄧新華先生《中國古代接受詩學》、陸耀東先生主編的「中國詩學叢書」等和上引修辭學史著作對讀，可以發現一個有趣的現象——中國修辭界和文學界、文藝學界的學者，從相同的古代典籍開掘理論資源，也從大致相同的概念範疇、理論話語展開各自的闡述。在共同的開發中，不同的學科視野以各自的方式逼近共同的對象，也留下了一些理論的盲點。

一個典型的例子是嚴羽的「以禪喻詩」說，這是修辭學、詩學、語言哲學共同開發的傳統理論資源。反過來說，「以禪喻詩」本身就交織著修辭學、詩學、語言哲學的三重話語：

修辭學著重闡釋的，是「以禪喻詩」所「喻」的內容。詩學關注的，是「以禪喻詩」的話語方式對詩歌文本的審美建構。看起來，修辭學和詩學對「以禪喻詩」的研究，是各走各的路，而修辭學和詩學在有關「以禪喻詩」的闡釋方面似乎又都留著一段理論空白。實際上，正是在這看似無路的虛空之間，存在著理論整合的可能性。

陳良運《中國詩學批評史》這樣概括「以禪喻詩」:「詩而入神」是嚴羽論詩的理論落點，而實現「詩而入神」的途徑，超越了「以禪喻詩」三段論，回歸了詩學本體：

興趣⟷妙悟→詞理意興無跡可求→氣象→渾厚

嚴羽以他對詩歌美學本質的深刻認識和審美自覺，作出了對這一途徑的完整揭示，由此實現對詩學本體的審美重塑。[2]這種以詩學眼光對

2 陳良運：《中國詩學批評史》（南昌市：江西人民出版社，1995年），頁391-392。

傳統理論資源的開發，落點在詩學，起點卻在修辭學。因為：「以禪喻詩」，首先是修辭意義上的「喻」，然後是詩學意義上對「喻」的方式的審美規定——以禪語喻詩語，以禪悟喻詩悟，從而把禪宗的審美思維和詩人的審美思維在一個新的層面進行了整合。

由修辭學和詩學的整合向語言哲學延伸，禪悟不僅啟動了詩人的審美思維，重塑了詩歌本體，也參與了詩人藝術人格的重塑。唐代詩人王維的後期創作也許能說明一些問題。

通常情況下，修辭學研究禪宗，只關注技巧層面的話語建構，詩學研究禪宗，關注的是文本如何建構。然而，這裡還有值得更深入地探討的問題：例如，古代詩僧的修辭行為和他們的詩學理念之間有什麼樣的關聯？不立文字的不說之說和幽深清遠的林下風流之間，存在什麼樣的關聯點？對此，修辭學和詩學都有些駐足不前。

注重禪趣的古代詩人在處理人與自然的關係上，人物較少直接出場，多半是讓人物融於山水景物之中；在美感表現上，較少壯美的氣象，較多秀美的韻致。王維前後期詩歌的言語風格從壯美向秀美的轉變，就很典型。《舊唐書》述王維晚年以玄談為樂，齋中空空，惟有茶盅、藥臼、經案、繩床。每日退朝之後，焚香獨坐，以禪誦為事。顯然，這一時期的王維，已經變換了一種觀照世界和言說世界的方式，前期生活中那種「孰知不向邊庭苦，縱死猶聞俠骨香」（〈少年行四首〉之二）的衝刺精神，已從他思想上消隱，與這一時期的存在狀態相適應，詩人在藝術上開始追求一種寧靜閒適的意趣，早年那種「大漠孤煙直，長河落日圓」（〈使至塞上〉）的壯闊景象，已從他視野中消失。讀〈鳥鳴澗〉，我們感受到的是空濛而幽柔的情緒：

人閑桂花落，夜靜春山空。月出驚山鳥，時鳴春澗中。

讀者閉上眼睛，可以想見一位怡然自得，閒適歸隱的居士，佇立在幽山空谷之間，與空曠深遠的自然作心靈的對話。這在王維後期詩歌中很有代表性，也就是說：既存在著禪悟所重構的詩歌話語的**修辭技巧**，也存在禪悟所重構的詩歌文本的**修辭詩學**，還存在主體話語參與建構主體藝術人格的**修辭哲學**。

理論資源共享自然會涉及到研究方法互補的問題。

我們先從對偶和對仗說起。一般認為：對偶屬於修辭研究的對象，注重的是語言運用的形式美感；對仗屬於詩學研究的對象，注重的是有特殊審美規定的聲律秩序。然而，對偶進入律詩，就成了對仗；對仗從律詩中獨立出來，就成了對偶。如果我們研究對偶的同時，向對仗延伸，也就意味著從修辭學研究向詩學研究延伸。事實上，作為修辭學研究對象的對偶和作為詩學研究對象的對仗，可以整合為：作為修辭詩學研究對象的修辭策略。

從言語美學和詩歌美學的雙重視野來分析，對偶或對仗，上下句音節數和字數相等，一方面使人感到前後相繼的兩個語言單位聽覺表象的長度一致，減少了視覺疲勞；另一方面，也產生上下句視覺表象長度一致的形象美感。由於人們的視覺總是有一個注意的焦點，對偶或對仗在書寫形式上以同量同位的對稱勻齊格局出現，符合視覺美感產生的生理機制，而漢語相對靈活的句法關係、相對自由的詞際組合規則，以及書寫單位方塊漢字都從物質形態上保證了這種同量同位的審美表現。這是最具有民族特色的修辭策略。如果轉換成英譯，表意的主體單位一般都要在相應的形式標誌中鎖定，造句單位出現的語法位置很難滿足同量同位的勻齊排列，這種對稱勻齊的審美風範，必定會遭到破壞。

我比較過有關對偶的修辭學研究和有關對仗的詩學研究，發現：

從修辭角度研究對偶，在具體的描述方面十分細緻，但是在就對偶作為一種修辭策略的整體把握和理論闡釋方面，多少顯得有些力不從心。修辭分析的敏銳語感，多半在言語技巧層面聚焦，有時候不容易找準與語言運用者的修辭策略相契合的理論落點。修辭分析對修辭現象的闡釋深入而到位，可是當分析對象從細碎的話語材料，提升到主體的修辭策略和修辭文本深層意蘊的關係時，闡釋的穿透力便相對弱化。

從詩學研究對仗，更多地注意對仗所體現的聲律秩序如何支持了律詩的文體建構，但是當詩學分析關注到具體的修辭現象時，往往顯得「羚羊掛角，無跡可求」。詩學分析對文本結構的把握輕鬆裕如，但是對文本結構與語言結構的關係的考察，常常有一種「欲辨已忘言」的尷尬，詩學分析面對「文學是語言的藝術」的話題時，常常是抓住了文學，偏離了語言。雖然，語言學術語越來越多地進入詩學話語，但這畢竟只是表層的，「隱喻／轉喻」說也好、「能指漂移」說也好，其語言學基礎似乎沒被詩學夯實。正如韋勒克、沃倫在《文學理論》中所提醒的那樣，「如果缺乏一般語言學全面而基本的訓練，文體學的探討就不可能取得成功。」[3]事實上，無論是結構主義在文學中尋找「永恆的結構」的努力，還是解構主義關於所指在能指的運轉中無限延擱的學說，抑或精神分析美學的鏡像理論，其實都離不開語言學的支撐，在必要的語言學訓練不夠充分的情況下，匆迫地介入語言學領域，一旦進入話語分析，總有些隔靴搔癢，有時也會引發一些來自語言學界的詰難。

不錯，研究相同或相近對象的不同路數，各有存在的理據和價值。但是，在學科視界之內進行的研究，也容易在學科視界之內定格；在共享理論資源的同時，也限制著理論資源的開發和利用。從價值判斷到方法運用，不同學科不同程度地受著研究視野的規約，並在各自設定的邏輯邊框中，對思維空間進行了我性的切割。學科視界按

3　韋勒克、沃倫著，劉象愚等譯：《文學理論》（北京市：生活．讀書．新知三聯書店，1984年），頁189。

「我」的方式生成話語，也按「我」的方式控制話語。不同的學科經驗，代表了研究者把握世界的不同視域，在此說和彼說之間保持了一定的距離，這種距離對保持學術的純粹性來說，可能是必要的，但是它多半只能發現學科視界允許研究者發現的意義，因此常常以喪失研究者經驗世界拓展的可能性為代價。例如，單純從修辭技巧角度進行言語風格研究，很難面對如下的追問：

- 為什麼中國封建社會被拋棄的遷謫文人，能夠寫出詩意濃郁的美文？
- 為什麼異邦的流放、監禁、秘密處決，沒有能夠阻住白銀時代俄羅斯作家鏗鏘的聲音？而中國在文革中被拋棄的作家，根本無法給文壇奉獻哪怕是聲音沙啞的絕唱？
- 為什麼文學史上許多經世之作產生於作家的自我實現得不到確證之時，而作家的自我實現普遍受到強烈阻壓的文革時期，恰恰是文學失語的時期？

這些問題，涉及到修辭與意識形態的關係、涉及到修辭與話語權的關係、涉及到修辭的貧困和精神的匱乏之間的關係，單純的修辭技巧研究，很難給出有解釋力的說明。

在研究過程中，提問方式的差異、意義追尋方式的差異、闡釋路徑的差異，從本質上說，都是研究視野的差異。德里達設想建立開放性的寫作，在同一部作品中同時寫作幾個不同的文本；我們是否也可以嘗試建立一種開放性的研究呢？應該說明一下，這種開放性的研究，有特定的內涵，即像皮亞傑竭力主張的那樣，實現「學科的跨越」，實現專門化的研究之間的交流和互補，重建一種沒有明顯的學科之牆的開放性研究格局。[4]無論是「修辭學多學科高級學術論壇」，

4 參見譚學純：〈再思考：語言轉向背景下的中國文學語言研究〉，《文藝研究》2006年第6期，頁80-87。

還是「修辭學大視野」，其中的一個目的，正是探索開放性的修辭學研究路徑。

既然中國修辭學有著多學科共享的理論資源，那麼，修辭研究的路徑是不是也可以從跨學科的交叉地帶去開闢呢？在接受學科限定又超越限定的動態平衡中尋找新的生長點，既不至於封閉在自我設定的模槽中，也避免迷失在他人構建的認識框架中。通過不同學科經驗的挪移和互滲，通過不同學科經驗方式自我表述系統的整合，拓展研究空間。

處於不同經驗系統的研究者，各有自己的認知模式、理論取捨和價值判斷，這可能使得不同學科研究視野的整合和研究方法互補在進入實際操作時，伴有某種難度，這種難度，與其說是對其他學科相對陌生，不如說是對本學科經驗世界的固守。當然，學科有自己的定位。但是另一方面，學科既是本學科話語生產的基地，也是限制學科話語的「場」。學科定位往往通過同一的導向在不同的研究者那裡重複啟動大同小異的研究工程，與此同時，學術鑒定一般都不會越出該學科大致框定的理論空間，這裡有一個隱蔽的權力體系，它圈起了一道學科之牆，預設了學科之牆之內的研究格局。學術關懷在學科疆界的制導下，達成了專業領域與話語權的默契，有時候，學科疆界成為拒絕其他聲音的隔音裝置，成為學科自我保護和拒絕他者的運作機制，這可能會把更廣泛意義上的理論攻堅判定為學術紅燈區。或許正因為這樣的原因，理論和實踐在認同學科歸屬的同時，也在某種意義上導向了學科阻隔，這在客觀上限制了學術資源分享，主觀上收縮了主體的研究視野。因此，如果在恪守自己理論陣地的同時，也能夠傾聽一些本學科之外的聲音，進行一些多學科的對話，對於走出排他性的研究模式來說，將會是有益的。這也是我主張修辭學研究應該「突圍」的原因。

這裡還有可能產生一種誤解：既然修辭從源頭上說，是多學科資源共享的；既然修辭學與文藝學，甚至哲學等的理論前沿有匯聚趨勢，那麼，是不是說修辭學突圍，從前沿回到了起點呢？

關於這一點，如果熟悉中國學術史，就不難解釋了：中國古代不存在獨立學科意義上的語言學，因此也不存在歸屬於語言學的修辭學。現代意義上的中國語言學誕生之後，參照前蘇聯的學科分類，修辭學成為語言學的分支學科。隨著當代西方哲學中的語言轉向，文藝學／美學、哲學紛紛向語言學、尤其是修辭學尋找新的話語場，而修辭學又通過走出自身的「突圍」，開拓研究空間，這一演變軌跡可以表述為：

- 中國古代修辭學，一體化於文藝學／哲學的學術平臺；
- 中國現代修辭學（狹義修辭學），歸屬於語言學的學科平臺；
- 中國現代修辭學從狹義修辭學向廣義修辭學突圍，意味著修辭學交叉於多學科共享的公共學術空間。

我所說的突圍，是修辭學研究的自我超越，走出「就語言談語言」的認識座標，每一個有意突圍者，都可以揚己之長，選擇突圍方向。

突圍，不是意氣之戰，不是放棄修辭本位，而是更為開放的堅守，是為修辭學研究重建一個更大的平臺，為修辭學研究者尋找更大的舞臺，在更闊大的思想背景中，面對多學科審視的目光，在更為開放的多元語境中，與國外同類研究對話。

突圍，不是鬆動學科凝聚力，而恰恰是為了找到學科的發展之路。

突圍，不是告別過去的儀式，而是面向未來的精神創造，創造出體現我們這個時代前沿智慧的精品。

歷史記錄了中國現代修辭學早期學者的偉大奠基，歷史將怎樣見證二十一世紀的修辭學研究呢？這需要廣大修辭研究工作者的共同努力，也需要與修辭學相關的多學科的學者們共同的建設性參與。

拾柒

融入大生態：中國修辭學研究突圍十年回顧與反思

修辭學研究突圍、融入大生態和「修辭學大視野」學術專欄，三位一體、十年同步。回顧十年探索之路，是對中國修辭學科生存現狀和發展策略的再思考，也為提振學科形象探尋再出發的起點。

一　融入學科大生態的突圍：基於廣義修辭觀的學術邏輯

從學術邏輯梳理本文標題的三個主要構成項：「大生態」、「突圍」、「廣義修辭觀」，首先需要回溯與修辭學關聯性極強的幾個關鍵詞，這是本文學術敘述的認識基點。

（一）學科意義上與「修辭學」匹配的學術表達及概念糾纏

立足語言本位的修辭學研究廣泛介入相關學科，同時相關學科的能量部分地向修辭學領域積聚，這種學科互滲的複雜現象，帶來了學術表達的概念糾纏。在可以見到的學術文獻中，「交叉學科」、「跨學科」、「多學科」及其組合形式，分別成為「修辭學」的匹配項：

1. 與「交叉學科」匹配的修辭學
2. 與「跨學科」匹配的修辭學
3. 與「多學科」匹配的修辭學
4. 與「跨學科交叉」匹配的修辭學
5. 與「多學科交叉」匹配的修辭學

6. 與「介於多學科之間的邊緣學科」匹配的修辭學

我注意到，眾說紛紜的學術表達，並不是在同一義域使用相關概念，需要結合來源文獻的具體語境，作不同的理解。

客觀地說，學術研究中的概念糾纏，可能任何學科都很難避免。在某種意義上，概念不統一，可以求同存異，或者引發討論，促進認識深入。而討論的前提，是廓清相關表達的實際所指。否則可能製造我們在《接受修辭學》中描述的冷幽默：一次關於「上帝」的激烈爭辯中，一人崇尚的「上帝」，概念內涵是另一人的「魔鬼」。就修辭學科來說，概念糾纏的表象，隱藏著學術運作機制，有關修辭學「研究什麼」、「怎樣研究」、「為什麼這樣研究」等學術理念和學術操作的一些具體問題，在深層都糾結於以上幾個基本概念。

本文無意論辯「交叉學科」、「跨學科」、「多學科」等與「修辭學」的多種匹配哪一種更合理——學者選擇什麼樣的學術表達，是思想的權利。可能需要辨析的是：「交叉學科」、「跨學科」、「多學科」等掩蓋的認知邏輯，及其在何種意義上與「修辭學」關聯？這種關聯產生什麼樣的多米諾骨牌效應？

語義分析顯示：「交叉學科」指向學科性質；「跨學科」指向研究主體的學科視野，二者不宜混淆或互換。作為修辭學交叉學科性質和修辭學研究跨學科視野的邏輯延伸，是「多學科」關聯修辭學的雙重所指：多層級學術共同體構建的學科大生態；多學科共享的學術空間。[1]

由於修辭學的學科生態是多層級學術共同體構建的，理想狀態下，處於大生態系統的修辭學科，學術空間是多學科共享的。對此，我們另文有詳述，[2]其中涉及小同行、大同行、超同行，是修辭學科

---

1 譚學純：〈中國修辭學：三個關聯性概念及學科生態、學術空間〉，《長江學術》2013年第2期，頁141-146。

2 譚學純：〈融入大生態：問題驅動的中國修辭學科觀察及發展思路〉，《山東大學學報》2013年第6期，頁126-134。

生態三個層級的學術共同體，這意味著修辭學科生態大於中國教育部學科目錄中修辭學的學科外延。陳望道認為修辭學是介於語言學（譚按：大同行）和文學（譚按：超同行）之間的學科；宗廷虎認為修辭學是介於「多學科之間的邊緣學科」，似也可以從修辭學科的大生態得到解釋。不無巧合的是，《當代修辭學》學術顧問，正是由超同行、大同行、小同行組成的陣容。

修辭學研究成果的目標讀者或潛在的目標讀者，包括小同行、大同行、超同行。小同行講述的學術故事，能否激起大同行和超同行的反應，決定了修辭學研究是在現實的意義上還是在虛擬的意義上進入多學科共享的學術空間。前者實質性地影響大生態系統中的修辭學研究能否與相關學科對話？在什麼層次對話？以什麼樣的理論框架和研究範式對話？以什麼樣的學術形象向相關學科的研究領域推進？這既是小同行、大同行、超同行互相注入相關資源、相關智慧的機會，也是修辭學科自我延展、自我提升的機會。很難設想，介入相關學科、相關領域的修辭學研究成果，不出小同行宅門，處於大同行、超同行的弱接受甚或零接受狀態。

這一切，均圍繞與修辭學關聯度極高的「交叉學科」、「跨學科」、「多學科」，其間的關係可以直觀地示如下圖：

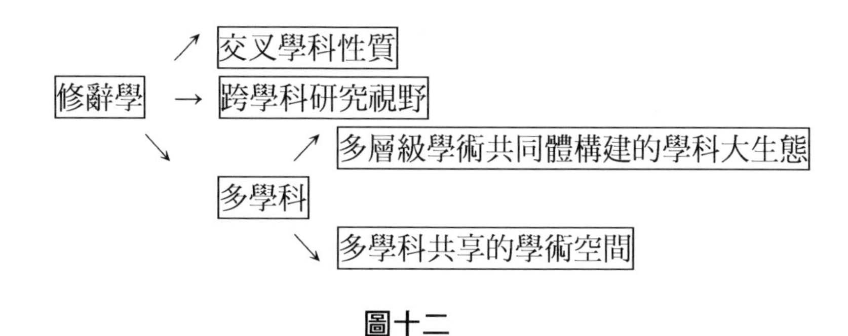

圖十二

區分這幾個關鍵詞與「修辭學」匹配的意義指向，有助於釐清背後的學理，便於再討論——

(二)關聯「交叉學科/跨學科/多學科」的廣義修辭觀

從大生態中不同層級的學術共同體介入修辭學研究的學術面貌考量，可以觀察到：小同行和大同行涉足修辭學的學術資源主要來自語言學；超同行涉足修辭學的學術資源主要來自超語言學。這也許可以部分地解釋：為什麼巴赫金批評「純語言學」的修辭研究，倡導「超語言學」的修辭研究。克里斯蒂娃同樣表示描述詞語的文本功能不能滿足於單純的語言學，需要使用「超語言學」方法。這也是廣義修辭觀在「純語言學」和「超語言學」之間尋找平衡的支點，正視修辭學學科生態，分析修辭學生存處境、探討學科發展途徑的認知理據。

廣義修辭觀之「廣義」，意在更多地關注學科大生態中的同類研究，促進自身融入大生態，以及與此相伴隨的學術調整、思維拓展和研究深化；同時關注大生態中刺激自我質疑、自我否定的他性參照。因為「系統不可能懷疑自己」，[3]建立在自我認證基礎上的理論體系和理論解釋力，可能由於學術視野的限制，遮蔽了自己的盲區。超越自我視界，擴充修補既定的經驗系統，嘗試重建一個解釋框架，是廣義修辭觀吸納多學科智慧，包括吸納狹義修辭學智慧的自我規定。

廣義修辭觀的理論核心，是「三個層面、兩個主體」：其中「三個層面」(修辭技巧、修辭詩學、修辭哲學)，是廣義修辭學基於交叉學科性質和跨學科視野，融入多學科構建的大生態，面向多學科共享的學術空間的一種框架設計。修辭活動的「兩個主體」(表達者和接受者)，貫穿於修辭技巧、修辭詩學、修辭哲學三個層面，或許可以在更完整的話語交際流程中，支持基於話語行為發生與理解的修辭學研究。

3　錢冠連：《語言全息論》(北京市：商務印書館，2002年)，頁97-98。

（三）廣義修辭觀和融入學科大生態的修辭學研究突圍

縱向觀察，中國人文學術傳統，擅長以文史哲不分家的方式解釋世界。有著濃郁的人文傳統和底蘊的修辭學研究，不應該割斷這種傳統；與「交叉學科」、「跨學科」、「多學科」有著難解之緣的修辭學研究，更不應該割斷這種傳統。但是在學科細分的學術體制中，這種傳統似有淡化趨向。即使理論上仍然強調傳統，進入實際操作或學術評價，「學科化」、「專業化」的學術研究，有時還是變形為學術圈地運動，屏蔽了文史哲不分家的學術記憶。廣義修辭觀希望在理論與實踐結合的意義上承續這種學術記憶。

橫向觀察，西方當代修辭學研究的學術視野比較開闊，廣義修辭觀希望中國學者的修辭學研究能夠以同樣開闊的學術視野與西方當代修辭學研究進行同層次對話。中國修辭學研究融入全球視野的前提，可能首先要融入大生態。如果限於小同行的視域與西方當代修辭學互相注視，可能雙方都找不到感覺。

基於廣義修辭觀，我希望看到的中國修辭學研究格局是：

1. 小同行向大同行、超同行走去

2. 大同行、超同行向小同行走來

在第一種意義上，廣義修辭觀傾向於：融入大生態需要可以觀察到的形態，比較直接的形式，是小同行在區別於大同行、超同行關於同類學術問題的解釋角度和解釋力的前提下，以自己的學術產品尋求與大同行、超同行的思想碰撞。學術產品是學科名片，也是學科對話可以真實觸碰的物質形態。

在第二種意義上，修辭學的公共學術空間吸引大同行、超同行的學術智慧。廣義修辭學觀希望構建開放性的研究格局，也許相對有利於匯聚相關學科能量，共同開發修辭學研究的學術資源。

但現實的學術格局是：大同行、超同行向小同行走來，聚集了一定的學術人氣；小同行向大同行、超同行走去，似乎有些底氣不足。後者影響修辭學科的學術生存和良性發展，改變這種狀況可以有多種選擇，突圍是選擇之一。

二　融入大生態的突圍實踐：個人探索—團隊協作—學科交流

融入大生態的修辭學研究突圍，需要理論審視，更需要實踐探索。且各種理論證明，最終都要落實為可以用作分析依據的實踐成果，因此本文所述，側重後者。

實踐考量的一個重要維度，是觀察個人行為——團隊行為——學科行為能否產生和諧共振。本節的梳理，分別指向個人、團隊和學科。

（一）個人探索：學術關注度較高的「問題」轉換為廣義修辭學視野中的「話題」

錢冠連論及《廣義修辭學》是「成功突圍的實際先行」，[4]這是錢先生溢美。但作為《廣義修辭學》作者之一及「修辭學研究突圍」和融入大生態最早的參與者之一，願意以身相試。

嘗試性的探索，關涉學術研究如何走出自給自足的學術「生產—消費」模式，促進大生態中不同學科就共同關注的學術問題進行有具體所指的近距離對話。廣義修辭觀傾向於融入大生態的修辭學研究成果部分地向大同行、超同行主流刊物流動。目的是：同一學術「問題」，經小同行、大同行、超同行不同的「話題」提煉，以學術敘述的不同「話語」形象，在同一話語平臺共同出場，或許有助於融入大生態的思想碰撞和學科智慧互滲。

4　錢冠連：〈中國修辭學路在何方〉，《中國社會科學報》2010年1月5日。

可能面臨的難局是：學術生產屬於個體勞動，即使小同行圈內，也各有所專。但在部分學術問題上，小同行、大同行、超同行的研究有重疊的可能。傾向於廣義修辭觀的個人探索，在融入由小同行、大同行、超同行共同構建的大生態方面，存在多學科共同開發的學術空間：

	學	共
超同行		超同行
	科	享
大同行		大同行
	空	空
小同行		小同行
	間	間

圖十三

圖十三暗影部分，是大生態中可以由多學科共同開發的學術空間，小同行、大同行、超同行就跨學科視野中共同關注的學術問題發言，嘗試學科大生態系統中的對接。這種對接是不同學科的修辭學思想、觀點、理論闡釋，在學術「問題」和「話題」的轉換中實現。作為個人探索，帶著廣義修辭學的印記：

1 將大同行 > 超同行關注的「問題」轉換為廣義修辭學視野中的「話題」

主要立足於大同行層級的學科生態，修辭學研究由所在三級學科向所屬二級學科語言學相關領域延伸，兼及超同行的同類研究。選擇大同行、超同行目光所及但可以重新解釋的研究對象，部分研究成果見下表。考慮到目前世界上最大的海量學術文獻庫《中國期刊全文數據庫》保持連續動態更新，而專著的統計不如論文統計的動態更新及時，且專著可能不同程度地提取一些內容在刊物先行發表，加上專著本身的學術含量在出版社的商業運作中分化等因素，因此本文所涉成果流向，只統計論文（限於作者為第一署名人的成果，成果統計時間大致對應於本文回顧與反思的時間段，即提出「修辭學研究突圍」的二〇〇三至二〇一四年以來的成果。鑒於成果發表有一定的時間週期，成果統計的時間上限有的略晚於二〇〇三年）：

表二十五

篇名	成果流向及發表時間
語用環境：語義變異和認知主體的信息處理模式	語言文字應用2008.1
亞義位和空義位：語用環境中的語義變異及認知選擇動因	語言文字應用2009.4
語用環境中的義位轉移及其修辭解釋	語言教學與研究2011.2
語用環境中的語義變異：解釋框架及模式提取	語言文字應用2014.1
「這也是一種X」：從標題話語到語篇敘述	語言文字應用2011.2
「這也是一種X」補說：認知選擇、修辭處理及語篇分析	語言教學與研究2012.6
「～～入侵」：修辭認知和術語創新	南大語言學2008（第三編）
「綠色～～」：表色語義修辭認知闡釋	語言科學2006. 3
比喻義釋義模式及其認知理據	語言教學與研究2008.1
語言教育：概念認知和修辭認知	語言教學與研究2005.5
全球化背景下的中國語言教育對策和話語權	語言文字應用2006.4

表二十五的研究成果，主要涉及：

語用環境中的語義變異　這是國家社科基金項目語言學課題指南曾連續幾年強調「應加強」研究的問題。同類研究多有大同行的智慧成果，也有超同行介入。吸納同類研究智慧，同時避免重複性研究，上表大部分研究成果，屬於「廣義修辭學視野中的語義變異及其延伸研究」系列論文。該系列依據廣義修辭學「三個層面，兩個主體」的解釋框架，解釋語用環境中的語義變異，從四個方面與同類研究對接，但區別於同類研究：

（1）在「修辭技巧」層面，注重解釋語言事實與語言規則的匹配在自然語義或邏輯層面斷開後進行修辭連接的動因與機制。採取以義位為固定參照、以義位變體為變動項的流動視點，嘗試提出義位變體的三個下位概念：「亞義位」、「自設義位」、「空義位」。在此基礎上，構擬「義位——義位變體」解釋框架，提取「義位——義位變體」四種模式：義位 A→義位 B、義位→亞義位、義位→自設義位、義位→空義位。該解釋框架及提取的相應模式，似可解釋同類研究未全部覆蓋的語義變異事實，希望探討推進同類研究的可能性。當然也需要在進一步的探討中觀察該解釋框架的解釋力以及需要完善修正的理論支援。[5]

（2）在「修辭詩學」層面，注重解釋語用環境中的語義變異如何在語篇框架內被追蹤，注重解釋語義變異推動的語篇敘述及其可推導性。同時區別於大同行主流的「語篇」研究和超同行的「敘述學」研究。

（3）在「修辭哲學」層面，展開和延伸廣義修辭學的主要觀點之一：「人是語言的動物，更是修辭的動物」。語用環境中的語義變異，體現人作為「修辭動物」的認知特點及其話語權和解釋權。希望探討人究竟如何以修辭的方式認知世界？以及修辭如何豐富了認知主體的精神世界？希望據此走出修辭學研究曾遭詬病的「小兒科」格局，在修辭學理論與實踐層面進行價值提升的嘗試。

5 譚學純：〈語用環境中的語義變異：解釋框架及模式提取〉，《語言文學應用》2014年第1期，頁86-95。

（4）在「表達——接受」互動關係中，提取語用環境中的語義變異和認知主體的信息處理模式，考察概念化的世界如何進入修辭化的「編碼——解碼」秩序。希望為語義認知和中文信息處理提供現有解釋之外的廣義修辭學觀察與分析。

語言教育　這是大同行、超同行、小同行共同關注的問題。其中超同行批判音量更高，如孫紹振以「炮轟」、「直諫」為關鍵詞，吐槽中國母語教育體制；[6]而大同行的關注更具規模效應和平臺依託，[7]涉及宏觀、中觀和微觀層面，相對集中的探討如：母語教育成效、語言教育思想和策略。

表二十五部分成果將超同行、大同行強烈關注的「問題」，轉換為廣義修辭學視野中不重複同類研究的「話題」。指出語言教育的「修辭缺失」：語言教育的對象是活生生的人，但實施語言教育的手段主要是乾巴巴的概念。如何使活生生的人在接受語言教育的過程中回到鮮活的生命狀態，是我們的語言教育從理論到實踐應該面對的修辭問題。提出「三基於」的語言教育策略：基於國家發展戰略的語言教育，基於言語運用與理解實踐的語言教育，基於雙軌認知（概念認知／修辭認知）途徑的語言教育。

中國的國際話語權　魯國堯有感於語言學理論的學術傳播多為重播歐美的聲音，追問語言學概念術語為什麼總由歐美人提出；李宇明從國際秩序思考「中國的話語權問題」；邢福義強調處理好引進外來

6　孫紹振：《直諫中學語文教學》（廣州市：南方日報出版社，2003年），頁1。

7　一九九九年，華中師範大學成立語言與語言教育研究中心，次年，該中心和北京外國語大學中國外語教育研究中心，先後獲批教育部人文社會科學重點研究基地，為此類研究搭建了高層次的學術平臺。信息來源：邢福義、汪國勝主編：《中國高校哲學社會科學發展報告1978-2008》語言學卷（桂林市：廣西師範大學出版社，2008年），頁524-525。按：國家教育主管部門認可的語言教育研究中心應有相應的國家資源配置。另，二○○六年起，商務印書館語言學出版基金增設語言教育評議組，為此類研究的學術傳播，提供學術鑒別和經費投入方面的支持。

理論與漢化的關係。[8]大同行的追問與思考，關係到全球化格局中的主權國家如何捍衛平等話語權的尊嚴。

作為一種學術參與，表二十五部分成果強調：全球化背景呼喚全球視野，但應警惕學術研究的洋務運動，警惕全球化扭曲為「去中國化」，全球化不是西方學術必定優於中國學術的文化想像。主張在接受國際化的公共概念系統的同時，輸出屬於我們自己的、同時又能夠進入國際認同的公共概念系統的話語，推動中國話語進入全球化的交際平臺。中國學者不要忘了在全球化語境中做中國學問，體現中國立場，維護中國形象，護衛全球化格局中有實質意義的中國話語權，否則將導致國家文化軟實力競爭在全球格局中的頹勢。

2 將超同行 > 大同行關注的「問題」轉換為廣義修辭學視野中的「話題」

主要立足於超同行層級的學科生態，修辭學研究由所屬二級學科向所涉一級學科延伸，兼容中國語言文學一級學科的學術優長、整合相關學科有解釋力的研究方法。兼採大同行同類研究之長：

8 參見魯國堯：〈詞語創造的心路歷程〉，《語言教學與研究》2005年第1期，頁10-17；李宇明：〈中國的話語權問題〉，《河北大學學報》2006年第6期，頁7-10；邢福義：《朱斌等〈漢語復句句序和焦點研究〉序》（廣州市：世界圖書出版公司，2012年）。

表二十六

篇名	成果流向及發表時間
再思考：語言轉向背景下的中國文學語言研究	文藝研究2006.6
中國文學修辭研究：學術觀察、思考與開發	文藝研究2009.12
身分符號：修辭元素及其文本建構功能	文藝研究2008.5
小說修辭批評：「祈使—否定」推動的文本敘述	文藝研究2013.5
「存在編碼」：米蘭・昆德拉文學語言觀闡釋	中國比較文學2009.1
巴赫金小說修辭觀：理論闡釋與問題意識	中國比較文學2012.2
百年回眸：一句詩學口號的修辭學批評	東方叢刊2004.2
巴金《小狗包弟》：關鍵詞修辭義素分析和文本解讀——兼談文學修辭研究方法	華東師範大學學報2007.5
一個微型語篇的形式、功能和文體認證	華東師範大學學報2011.6

表二十六的研究成果，主要涉及：

為「重寫文學史」提供廣義修辭學的觀察與思考　作為新時期以來中國最有影響的學術口號和學術事件之一，「重寫文學史」的初始平臺是《上海文論》一九八八至一九八九年間推出的專欄，從八〇年代末以上海和北京為中心，以《上海文論》為主要學術園地組織的相關討論，到《文藝研究》的強勢介入，到九〇年代中期文學界「重排文學大師座次」，再到二〇〇五年復旦大學出版社出版中譯本夏志清（美國）《中國現代小說史》，直到更為晚近的研究，可以不斷地讀出：按照多元標準重新洗牌的文學思潮、文學社團、文學期刊、文學流派、文學地圖、文學家、文學經典、文學批評⋯⋯；茅盾出局，金庸入場；張愛玲、沈從文從邊緣入主中心，現象的背後，是文學史的學術生產機制中符號資本與文化權力的博弈。二十世紀末中國當代文學史著作紮堆，從文學的自我認同到歷史分期，從材料的重新挖掘到重新解釋，以及圍繞這一切的文學史敘述，在「重寫文學史」的學術興奮中輪流坐莊。表二十六部分成果，介入但不重複同類熱點研究，指向不同於同類研究的學術目標。

探索區別於語言學界／文學界文學語言和文學修辭研究的第三種模式　文學語言／文學修辭研究關涉大生態中的小同行、大同行、超同行共同關注的一些學科建設問題和前沿探索。從八〇年代中後期語言學轉向背景下的文學語言熱，及延續到九〇年代前期的文學語言學批評，再到修辭學轉向背景下文學修辭批評，都有本文作者的參與。表二十六系列論文，是部分最近的成果，研究重點相對集中在探索從語言學／文藝學各自為政的文學語言／文學修辭研究，走向兼容語言學—文藝學理論資源的研究，整合語言學和文藝學的學科智慧和研究方法，重建不同於語言學界／文學界文學語言和文學修辭研究的第三種模式，並在操作層面驗證第三種模式的解釋力。[9]

（二）團隊協作及其拉動的學科生長點培育

這裡所說的團隊，指的是修辭觀相近的學術群體，成員包括：《廣義修辭學》作者，及在其所在學位授權點有過學習或研究經歷的畢業碩士、博士和出站、在站博士後（包括一位被戲稱「第三代」的畢業博士，即由傾向於廣義修辭觀的已畢業博士博導指導的畢業博士）。

高群梳理了廣義修辭學團隊的研究狀況，[10]為減少重複性敘述，本文側重我所理解的融入大生態的團隊突圍實踐及其拉動效應。

9　肖翠雲：〈文學修辭批評兩種模式及學科思考〉，《福建師範學院學報》2013年第3期，頁57-64。

10　高群：〈反思廣義修辭學：學科建設價值與侷限〉，《福建師範學院學報》2013年第3期，頁43-48。

1 團隊融入大生態的成果流向和國家資源配置：數據預處理和數據分析

鑒於表二十五至二十六同樣的原因，團隊成果流向以主要論文為統計對象。只統計團隊成員作為第一作者的論文，及作為第一負責人主持的省部級以上科研課題。

近十年，廣義修辭學團隊十三位成員流向語言學類、文學藝術類權威期刊、教育部全國哲學社會科學名刊、國家社科基金資助期刊的成果四十篇；省部級以上科研課題立項三十七項。

表二十七

論文流向及篇數		**科研課題立項數**	
語言教學與研究	5	國家社會科學基金項目	7
語言文字應用	10	教育部社科規劃項目	6
語言科學	2	博士後基金項目	3
外語教學與研究	2	省社科規劃重點項目	1
外國語	2	省社科規劃一般項目	19
現代外語	1		
外國文學	1		
中國比較文學	3		
文藝研究	7		
文藝理論研究	1		
文藝爭鳴	2		
華東師範大學學報	3		
山東大學學報	1		
總計	40		36

如果擴大統計，團隊近十年流向 CSSCI 來源期刊的論文一百一十三篇，涉及國內四十三種刊物。數據來自 CNKI 搜尋引擎統計，為減少無效信息，進行了預處理：

（1）由於 CSSCI 來源期刊為動態概念，本文統計以論文發表刊物當年進入 CSSCI 來源期刊目錄為依據；

（2）合作成果只統計團隊成員第一作者流向 CSSCI 來源期刊的論文；

（3）排除團隊成員譚學純、林大津合寫「修辭學大視野」主持人話語進入中國知網顯現的 CSSCI 來源期刊篇目；

（4）排除同名作者見於 CSSCI 來源期刊的篇目。

表二十七及擴大統計不算亮眼，但是如果在一個參照系中觀察，也許可以讀出團隊融入大生態的部分信息：由於多方面的原因，修辭學研究的成果流向，相對集中在小同行的專業刊物。而學科大生態中的話語權分配以及修辭學科在大生態中的位置，決定了淡出大同行、超同行視線的修辭學研究成果的關注度可能弱化。另據高志明、高群整理的修辭格研究學術文獻顯示：三十多年間四萬多條成果記錄，主要發表園地是專科學報和一些以普及語文知識為主體面貌的刊物。[11] 這些研究成果不乏有內涵的品種，也不乏之於學科建設有積極意義的學術文本，但在國內「被權威」、「被高端」的學術體制中，學者們殫精竭慮的付出，沒有得到應有的尊重。主流視野中學術關注度的提升，較多地關聯著學術成果在大同行、超同行學術視線中的顯示度。融入大生態的團隊突圍，進行了這方面的嘗試。

小同行和大同行共同熟知的另一個學術事實是：修辭學科在課題立項方面長期處於弱勢。自一九八六年啟動國家社科基金項目資助以來，修辭學科獲得的立項支持，寥若晨星。其間雖有間隔性收穫，但

---

11 高志明、高群：〈修辭格論著分類篇目索引（1977-2009）〉，見譚學純、濮侃、沈孟瓔主編：《漢語修辭格大辭典．附錄一》（上海市：上海辭書出版社，2010年）。

「空窗」記憶化作了修辭學科的持續沮喪，原因可以從多方面分析，有學術體制的問題，有修辭學科自身的問題，有修辭學科與大生態的契合度問題，此外，高級別科研課題立項基本上在大同行層級運作（項目通訊評審階段，有部分小同行參與），部分大同行對修辭學研究的一些誤解，可能影響修辭學課題立項的競爭力。這樣的背景下，團隊課題立項情況，也許傳遞了修辭學研究融入大生態的些許信息：選擇語言學、中國文學、外國文學、新聞傳播學、哲學美學等學科較受關注的學術問題，在避免重複大同行、超同行已有研究和在研課題的前提下，論證基於廣義修辭觀的研究課題。

應該特別感謝評委支持和團隊努力的，是二〇一三年廣義修辭學團隊九個課題立項：主持國家社科基金項目、教育部項目、博士後項目的立項數，分別是五、三、一。均以廣義修辭觀進行項目論證。

表二十八

項目名和專案編號	項目負責人	項目來源
廣義修辭學視角下的誇張研究（13BYY125）	高群	國家社會科學基金項目
中國修辭學思想發展研究（13BYY128）	羅淵	國家社會科學基金項目
哈葛德小說在晚清：話語意義和西方認知（13BWW010）	潘紅	國家社會科學基金項目
審美視野中的轉義修辭研究（13BZW007）	譚善明	國家社會科學基金項目
應對突發公共事件輿情的官方話語研究（13BXW055）	毛浩然	國家社會科學基金項目

臺海兩岸跨文化交際比較研究（13JID750016）	林大津	教育部人文社科基地重點項目
「三言二拍」修辭學批評（13YJA751073）	朱玲	教育部人文社科規劃項目
西方認知中的「中國形象」：《教務雜誌》關鍵詞之廣義修辭學闡釋（13YJA751070）	鍾曉文	教育部人文社科規劃項目
「中國形象」的西方建構：《教務雜誌》廣義修辭學闡釋（2013M531539）	鍾曉文	博士後基金項目

科研項目立項，只是廣義修辭學團隊在非常有限的意義上，在很小的範圍內反映了修辭學研究爭取國家資源的可能性。重要的是，團隊收穫的立項支持和項目成果的學術顯示度，能否呈現正相關？這需要團隊腳踏實地的精神勞動。

2 團隊效應及其拉動的學科生長點培育

廣義修辭學團隊的研究特色，在超同行關注較多的文學語言和文學修辭研究領域，有較長時間的介入歷史，但可能有小同行誤讀：例如認為文學語言研究是修辭學的墮落；文學修辭研究不再具有傳統修辭學時代的意義；修辭研究文學問題是卸除修辭學者的社會承擔，等等。此類誤解，也許模糊了一些價值判斷：

（1）研究對象有無意義，並不必然地與研究成果有無意義產生正關聯。有些研究對象本身意義重大，但研究成果未必能顯示研究對象的意義。當然也有相反的情形。我曾借用一位偉人的話語，學術研究亦是「白貓黑貓，抓住老鼠就是好貓」。各抓各的老鼠，各講各的故事，「意義」在其中。

（2）由於認知的不對稱性，甲認為無意義的事物，不排除可能被乙或丙挖掘出了意義。哪怕通常被認為無意義的垃圾，也可能經過處理成為可再生性資源。何況文學語言、文學修辭都不是垃圾。雖然悲觀論者宣稱「文學已死」，但是文學研究的太陽照樣升起。文學語言和文學修辭研究，作為中國修辭學的傳統品種和現實風景，沒有進入學術的黃昏。二〇一二年在復旦大學爆紅的克里斯蒂娃的系列演講，作為享譽國際的大師的思想饋贈，也主要以文學文本的語言為觀察單位，闡釋文本內外的互文性世界。

（3）基於 CNKI 的統計數據，觀察文學語言和文學修辭研究在 CSSCI 來源期刊的顯示度，尤其是在超同行主流刊物的顯示度，可以發現明顯的徵象：某種研究有無意義，學術市場說了算。

（4）至於文學語言和文學修辭研究是否淡化了修辭學者的社會責任？很難面對簡單的追問：例如怎樣解釋研究文學修辭的學者同時進行直接體現社會關懷的修辭研究？怎樣解釋前者的社會關懷可能並不少於從不研究文學修辭的學者？怎樣評價專業文學研究者的社會關懷？怎樣看待有著深沉的社會責任感的魯迅棄醫從文（魯迅認為文學的精神治療較之醫學的軀體治療更能「療救下層社會的苦人」）？文學反映社會現實，不只是昔日風景。今天的修辭學者，通過文學反映的社會現實，解釋社會生活，干預社會生活，同樣體現修辭解釋社會、干預社會的功能。

（5）從推動學科建設考量，熟悉國內中文學科結構的學者都了解，中國語言文學一級學科的構成，主要依託兩大學科群：語言學科群和文學學科群。兩大學科群的連接點，是文學語言學。但學科壁壘在一定程度上阻隔了學科生長空間的開發。語言學科和文學學科的文學語言和文學修辭研究，長期以來在各自的山上唱各自的歌。以此作為背景參照，在與修辭學研究突圍大致相當的時間段，《廣義修辭學》作者所在單位的文學語言學學科形成了「碩士——博士——博士後」完整的人才培養鏈條。學科隊伍中，從學科帶頭人到學科方向帶頭人，都是廣義修辭學團隊骨幹和成員。已經出站和目前在站從事合作研究的博士後，均以「文學語言學」為合作研究方向。學術目標致力於打通中國語言文學一級學科框架內語言學和文學的學科條塊分割，推進相關學科滲融互補。從個人學術專長，到團隊科研特色，共同拉動了學科生長點的培育。文學語言研究被看空的「意義」，也許不限於單純的科研 GDP。

（三）學科交流平臺「修辭學大視野」專欄和融入大生態的修辭學研究突圍

修辭學研究突圍的思想基礎和事實依據，很大一部分來自作為《廣義修辭學》「代結語」的「為狹義修辭學說幾句話」：

> 寫完《廣義修辭學》，卻想為狹義修辭學說幾句話。這首先出於我們對護衛狹義修辭學的學科界限、辛勤耕耘的學者們的崇敬——因為他們的學術貢獻、學術人格，更因為他們在不時被忽視的學術環境中的堅守，以及在這堅守中磨礪自己的學術韌性，奉獻自己的學術生命。[12]

尊重狹義修辭觀，並以之作為廣義修辭學理論生長點之一，以及基於對中國修辭學生存狀況的分析，後來擴展成為本文作者在山東大學（威海）主辦「首屆中國修辭學多學科高級學術論壇」的發言，發表在同年《福建師範大學學報》第六期——從這一期起，《福建師範大學學報》開闢學術專欄「修辭學大視野」。文中提出「修辭學研究向共享學術空間突圍」，與修辭學研究融入大生態，走向大視野，三位一體，契合廣義修辭觀。修辭學研究突圍，也許可以看作基於廣義修

12 譚學純、朱玲：《廣義修辭學》（合肥市：安徽教育出版社，2001年），頁507。

辭觀的學科自救。「修辭學大視野」專欄，則是一種從學術空間自我收窄狀態下融入大生態的學術呼喚。

學術專欄「修辭學大視野」，不同於學術專著，即便二者修辭觀一致、學術目標一致，但性質不一樣：學術專著是個人學術觀點展開為個人化的學術敘述；學術專欄是公共交流平臺。後者刊發的雖然也是個人研究成果，但從選題策劃到組稿選稿用稿，不僅需要考慮作者構成來自小同行、大同行、超同行，考慮面向大生態的廣大讀者群，更需要兼容不同的修辭觀，兼容修辭學研究不同的學術面貌和知識譜系，尊重不同的學術個性，包括不同的聲音。

「修辭學大視野」專欄策劃，包含了希望推動中國修辭學學科建設的意向：修辭學科如何在「唯學科化」和「去學科化」之間尋找平衡的支點？如何在多元學術語境和價值座標中把握多學科的前沿走向和修辭學介入的可能性？如何敞開「海納百川，有容乃大」的學術胸襟，召喚學理厚重、有思想衝擊力、對社會公眾生活介入力強、干預力強、解釋力強的研究成果？需要一個能夠匯聚多學科智慧的話語平臺——「修辭學大視野」專欄希望成為這樣的交流平臺。所以，專欄宗旨即：「匯聚多學科學術人氣，搭建高層次學術平臺」。

專欄基於修辭學的交叉學科性質，在跨學科視野中定位，在多層級學術共同體構建的大生態系統中運作，面向多學科共享的學術空間，推助修辭學研究突圍。這一過程中，專欄希望成為修辭學研究融入大生態的話語集散地，融入大生態的修辭學研究突圍通過「修辭學大視野」專欄產生輻射效應。蕭國政論及「修辭大視野之『大』是治學思想和方法的大，是推動修辭學走向語言學核心地帶的創新性思維，是修辭學學科性突圍……。」[13]這是大同行對突圍中的「修辭學

13 蕭國政：〈「語法三個世界」研究及修辭關聯〉，《福建師範大學學報》2010年第4期，頁66-73。

大視野」融入大生態的學術表達，也是「修辭學大視野」努力追求的學術目標。二〇一一年，「修辭學大視野」專欄入選教育部高校哲學社會科學名欄，「突圍」是「修辭學大視野」面向多學科共享學術空間的一種自我設計；融入大生態是「修辭學大視野」的欄目主旨。

「修辭學大視野」專欄、修辭學研究突圍、融入大生態三位一體的探索，共同詮釋包容性較強的廣義修辭觀。專欄存在的問題，也與融入大生態的修辭學研究突圍同在，與廣義修辭觀同在。這種共生互動的格局，將繼續致力於為提振修辭學科形象而投石問路，並在探索中改進、豐富和提升自身，回饋所有關心、支持中國修辭學科健康發展的小同行、大同行、超同行。

三　問題驅動的再思考與再出發

融入大生態的修辭學研究突圍，由問題驅動：其間的學術邏輯是否清晰？實踐路徑是否清晰？學術邏輯與學術實踐能否互相支持？反映的是預設情境中的學術設計和真實情境中學術生產的關係。本文所涉，只是基於廣義修辭觀的一種學術選擇，也是由問題意識驅動學術研究的一種可能性。

中國修辭學科的問題是複雜的，需要追溯歷史，也需要正視現實；有客觀原因，也有主觀原因；受學術體制的規約，也受學術「生產——消費」模式在大生態的哪一個層級運作的影響，為此才需要特別關注大生態中不同層級學術共同體的角色身分和話語權對修辭學科的影響力。相對簡潔的邏輯線條，還是從修辭學與「交叉學科」、「跨學科」、「多學科」關係的學理來描畫，在這種多層級的生態關係中，小同行對大生態的不同認識，往往導向不同的學術現實。

出於不同的學科定位，小同行對大生態認識不一致本屬正常，不同的觀點應該得到尊重。我個人傾向于在學者的「說法」和學科的

「活法」之間，更多地關注影響學科「活法」的**學科民生**。後者關注的，是**修辭學科接地氣、聚人氣**的問題。

小同行對修辭學研究融入大生態的「突圍」，曾有不同的看法——沒有人包圍修辭學科，突圍從何談起？實際上，與其將修辭學研究突圍理解為小同行衝出被包圍的境地，不如說呼籲小同行走出自我砌築的學科防火牆，在突圍中融入大生態。陶紅印所說「打破傳統研究的藩籬」，似包含從「學科分支之間的人為界限」[14]突圍之意。在我的理解中，**突圍是修辭學科跟自己的博弈**。「突圍不是意氣之戰，不是放棄修辭本位，而是更為開放的堅守，是為修辭學研究重建一個更大的平臺，為修辭學研究者尋找更大的舞臺，在更闊大的思想背景中，面對多學科審視的目光。」[15]

從小同行與大同行層級的生態關係來說，出現了兩極認識：或者認為大同行對修辭學科的評說濫用話語權；或者在努力尋求與大同行強勢學科對話的同時，弱化了修辭學的學科特點。不管哪一種認識和相應的行為選擇，都是學者的權利。問題是如何理性地面對大同行的評價，同時清醒地保持自我？修辭學在學科目錄中歸屬於語言學的學科身分，從學科運作層面決定了小同行與大同行的互動；而修辭學科作為語言學科的學術特區，則決定了修辭學的生存與發展不宜丟棄自身特點。有一個現象也許不是巧合：《福建師範大學學報》「修辭學大視野」專欄和「語言學」欄目是平行欄目；《阜陽師範學院學報》與中國修辭學會聯合主辦的「修辭學論壇」專欄和「語言學」欄目也是平行欄目。過去有一些學報出過階段性的「修辭學」專欄，欄目安排同樣有過「修辭學」和「語言學」的平行設計。耐人尋味的是，這些

---

14 陶紅印：〈多學科視野下修辭學研究的理論與實踐〉，《當代修辭學》2013年第2期，頁5-12。

15 譚學純：〈修辭學研究突圍：從傾斜的學科平臺到共享學術空間〉，《福建師範大學學報》2003年第6期，頁18-24。

學報主編的學科背景，分別出自語言學科和非語言學科。不同學科背景的學報主編關於「修辭學」和「語言學」欄目設置不約而同的思路，與巴赫金視「語言學」和「修辭學」為平行概念，共同傳遞了一種信息：從學術面貌考量，修辭學研究與純語言學研究，異多於同。修辭學研究「和而不同」地融入大生態，是尊重學科特點的選擇，至於是不是利於修辭學科「活法」的選擇，有待實踐檢驗。

從小同行對超同行「修辭學轉向」的反應來說，當超同行的主流期刊如《哲學研究》《哲學動態》《自然辯證法研究》《歷史研究》《史學理論研究》《文藝研究》《文藝理論研究》等先後發出修辭研究進場信號時，背後的學術邏輯是什麼，小同行的學術反應整體上滯後，似乎不太在意要不要在學科交叉地帶「接球」。有學者可能認為超同行的「修辭學轉向」將造成學科邊界移動和版圖擴張。不排除這種傾向，也的確應該注意超同行的「修辭學轉向」夾帶的問題。但更值得關注的是，「修辭學轉向」究竟是學科建設的負能量？還是正能量？抑或，在兼有二者的情況下，是弊大於利？還是利大於弊？當學科觀察的眼光從小同行的「宅基地」轉向大生態的時候，我們是否敏感到超同行陸續進場，將增加修辭學研究走勢向上的推力，有助於修辭學在社會價值中樞發言。小同行做出學術回應，是可以有所作為的「時機窗口」。反之，小同行的矜持和曖昧，可能使得「修辭學轉向」的能量聚集滯留在超同行層級。一方面是可能拓寬學科生存空間的「修辭學轉向」；另一方面是學科資源配置格局中長期處於弱勢的「修辭學缺席」，小同行如何選擇更利於學科民生？投射出的是一種學科生存智慧。

假定我們把上述問題想清楚了，當邏輯理性轉化為操作實踐的時候，仍會遭遇思考力轉化為執行力的問題。不管是「交叉學科」性質，還是「跨學科」視野，或者多層級學術共同體構建的學科大生態、「多學科」共享的學術空間，對修辭研究的學術「生產—消費」

主體來說，有一個共同的要求：知識結構「1＋X」。「1」代表小同行的學科知識；「X」代表大同行、超同行的學科知識。修辭研究者調動「1+X」的知識庫存，處理相關信息，完成學術敘述。讀者的學術閱讀調動「1＋X」的知識庫存，處理給定學術文獻提供的相關信息。「1＋X」的「X」知識覆蓋面可以因人而異，但最好不要缺失。這個「X」，在陳望道來說，真正延伸到了多學科——這是中國現代修辭學奠基者陳望道最優秀的學術基因，可惜學術基因傳承不理想。當然這不是陳望道的錯，也不是陳望道後學弘揚宗師優長之疏漏，而是中國學術運作體制的問題。

由此觸及問題的深層，**融入大生態的修辭學研究突圍，走交叉學科路線，打跨學科牌，面向多學科話語平臺**，契合修辭學的學科特點，也契合國際化的學科滲融趨勢。作為這種趨勢的學術標杆，是二十世紀的後二十五年獲諾貝爾獎的科研成果有百分之四十七點四屬於交叉學科。中國政府和中國學術界對此做出了反應：從政府提高交叉學科國家重大科研項目資助，到《中國交叉科學》創刊，北京大學成立前沿交叉學科研究院，[16]再到有些學術活動的學科分類出現了交叉學科名目，可以體會到有關方面對交叉學科在理念上的重視。但是，理念上的重視進入實際操作，還是無法繞過學術體制的阻力。以傳統**學科分類**為基礎的學科組織模式，落實到以**學科分割**為特徵的科研管理模式，很難從可操作性方面支持交叉學科的運行機制。由於交叉學科本身沒有形成固定的學術共同體，從事交叉學科研究的學者，實際的學科身分還在相關學科，交叉學科的成果鑒定、職稱評審、獎項評定等，在國內現有學科格局中，常常回到學科分割的運作機制。

儘管現行學術體制不能真正有效地支持學術研究融入大生態，但中國不缺少融入大生態的學術眼光，李四光呼籲「打破科學割據的舊

---

16 馮一瀟：〈諾貝爾獎為何青睞交叉學科〉，《科學時報》2010年2月27日。

習」。時稱「戰略科學家」的貝時璋，直到一百〇三歲高齡，仍告誡在美國獲得博士學位的孫女：「不能夠只將眼光停留在自己的領域，而要通過閱讀文獻以及其他交流手段，做到學科交叉，才能夠處於領先地位。」[17]

如果說學科「分化」是小科學時期科學發展的主要動力，那麼學科「交叉」則是大科學時代科學發展的主要表徵。「大科學」的實質是「綜合性的大科學思維體系」，[18]以區別於自我收窄的思維方式。

融入大生態的修辭學研究突圍，是大科學時代基於修辭學交叉學科性質的一種自我調整。中國學術體制和學術評價系統是否也需要做出大科學時代「為學術而在」的調整？遊戲規則能不能改變？什麼時候改變？小同行、大同行、超同行均無能為力。與其「等待戈多」（借用一部世界文學經典的篇名，刪除荒誕寓意），不如激發研究主體的動能。

學科分割的學術運行機制隱藏著融入大生態的學術風險，並且也是影響修辭學研究突圍付諸實施的軟肋，但是學術研究不缺少探索的勇氣。在學科弱勢的壓力情境中，融入大生態的突圍，是不甘於學科弱化生存的學術擔當。

反思由問題驅動的十年探索之路，是為了探尋再出發的位置：

- 中國當代修辭學能夠以什麼樣的前沿研究融入學科大生態？彰顯大氣象？體現大格局？能夠以什麼樣的方式體現問題意識和原創亮點？能夠在什麼樣的研究領域激起興奮點？能夠以什麼樣的學術形象進入相關領域的深水區？
- 中國修辭學理論和應用，怎樣揭示社會問題和熱點話題之間的話語規則？怎樣解析從語言事件向現實事件的轉換？怎樣從「話語

17 貝泠：〈回憶我的爺爺〉，《光明日報》2009年11月4日。

18 馮一瀟：〈諾貝爾獎為何青睞交叉學科〉，《科學時報》2010年2月27日。

作為」／「話語不作為」透視人的精神建構的正負效應？怎樣在引進國外修辭理論的同時，輸出自己的理論，從而與西方當代修辭學的學術前沿進行平等對話？怎樣發掘中國古代修辭理論資源，並在現代學術背景下繼承與創新？

- 中國修辭學科在國家形象建構中的使命，如何關聯學科文化身分的自覺？中國修辭學科如何直面和改變學科萎縮現狀？如何走出價值窪地？如何提升科研核心競爭力？如何在理論建樹、研究範式和學術風格等方面產生標誌性成果？

這些，將以什麼樣的形式融進中國修辭學的學科表情？中國修辭學史，在學術共同體的每一位成員身邊展開，由每一位修辭學研究者續寫。如果讓讀者打開一本修辭學著作、閱讀一篇修辭學文章，好像走進一種精神，觸碰一個靈魂，看到一束智光，那將是提振中國修辭學科形象可以感知的氣場。

也許，這是理想境界。「理想很豐滿，現實很骨感」，這句話以修辭的方式，道出了現實與理想的距離。這種距離，同時也是可以自由騰挪的空間。重要的是，從現實到理想之間，怎麼做？誰做？什麼時候做？

如果不想始終以骨感的學科形象出場，那麼，從枯瘦的現實突圍，融入大生態。每走出去一尺，離期待中的豐滿就近了一寸。如果個人行為、團隊行為、學科行為產生共振效應，將有利於積聚提振學科形象的能量。

中國修辭學研究有域外參照，更有深厚的歷史積澱和本土傳統。如果丟棄參照座標，可能找不準自己的位置；如果割斷傳統學脈，也就屏蔽了當代修辭學的歷史記憶。二十世紀以來，中國修辭學幾代學者的學術接力，有不同的歷史背景和理論資源，有對修辭學的不同認知和表述這一切的概念術語，有體現不同修辭思想和學術智慧的言說方式，但有共同的探索精神和艱辛付出。多元互補的修辭觀，以不同的聲音向社會發言，彰顯了學術研究的良性秩序。

作為眾聲合唱中的一種聲音，廣義修辭觀尊重不同的思想權利、研究範式和學術風格，同時不諱言自身的侷限。無侷限，只是一種修辭幻象；有侷限，才有超越侷限的攻堅；承認侷限，也即坦承認知無極限。[19]廣義修辭學觀及其學術實踐，曾經並將繼續直面侷限，在直面侷限的新一輪探索中自我修正。

19 譚學純：〈學術批評：找回無需避諱的「局限」〉，《修辭學習》2004年第1期，頁65-66。

拾捌

融入大生態：問題驅動的中國修辭學科觀察及發展思路

一　問題意識：「學科分類」推動抑或束縛學科建設

學科的出現是人類對客觀世界的認識趨於科學、認識世界的思路趨於清晰的智慧成果。學科按照反映客觀事物的知識譜系，劃分出了學問的若干門類，按學科分類從事學術活動的研究主體由此形成相應的學術共同體。作為學術共同體區別標誌的學科分類，可以推動學科發展，也可能成為學科圍城。這取決於誰在做？怎樣做？在什麼樣的學術體制下做？

人類歷史上許多偉大的學術先驅，他們自己曾經是學科設置的倡導者，但並沒有為學科歸屬所束縛。被稱為「百科全書式」的學者亞里斯多德，研究領域廣泛涉及哲學、邏輯學、修辭學、政治學、經濟學、美學、教育學、物理學、生物學等，亞里斯多德式的研究成為西方學術傳統，從培根到黑格爾，再到馬恩，無不在眾多領域卓有建樹，以至於我們有理由認為，如果沒有吸取多學科的學養，這些學者可能難以在其中任一領域讓世界永遠地記住他們的名字。

然而如果按照中國現行學科分類，將有一大批不同國籍的高端學者的學科身分很難認定：列維—斯特勞斯、羅曼·雅柯布遜、維科、阿爾都塞、克里斯蒂娃、福柯、拉康、尼采、瑞查茲、英迦登、羅蘭·巴特、德里達、保羅·德曼、巴赫金、哈貝馬斯、海登·懷特，甚至包括主要學術領域在經濟學的亞當·斯密……，如果定位這些學者屬於什麼學科，不啻於用「學科」綁定了學術研究；如果把他們歸入語言學下位層次的修辭學科，可能很難被接受，也委屈了這些學者。其實重要的不是這些學者的研究是不是可以歸入修辭「學科」？而是修辭學研究領域有沒有他們真實的在場？閱讀尼采《古修辭學描述》、雅柯布遜《結束語：語言學和詩學》、巴赫金《馬克思主義與語言哲學》，可以讀出更開闊、更深邃、更睿智的修辭思維，他們的學術思想對修辭學乃至哲學社會科學的影響力，體現了人類共有精神財富在公共學術空間的跨學科動能。

返觀中國修辭研究的傳統學脈，同樣可以丈量出公共學術空間。雖然古代不存在學科意義上的修辭學，但是中國古老的修辭研究根系呈開放性的伸展。從《周易》「修辭立其誠」的表述，解析中國修辭學的發生及其與西方修辭學不同的關懷之路；從先秦諸子色彩紛呈的修辭論，分析其間疊現的語言學、文藝美學、文化哲學等多重話語譜系，我們讀出的，是在開放性的理論場域生長的修辭。

隨著現代學科意義上中國修辭學的誕生，隨著二十世紀五〇年代學科細分的蘇聯模式被中國拷貝，修辭學在「學科歸屬」的認知框架中，疏離了公共學術空間。但是中國修辭研究的古老記憶沒有退出當代學術話語；域外風景也每每為中國修辭學的學科身分認證提供參照。中國古代修辭學的理論資源來自多學科，當代修辭學研究的學術走向關聯著多學科，在這樣的學術背景下，二十一世紀的中國修辭學研究怎樣與風景看好的西方當代修辭學進行前沿對話？怎樣在開放性的視野中為自身作更為科學的定位？

追問伴隨著學科定位的爭鳴，爭議出自不同的修辭觀。不同的修辭觀共同詮釋的「學科歸屬」，在不同的學術視界和學術目標中定義了自己理解的修辭學研究：出於對修辭學的狹義理解，以現行的學科分類目錄為依據，認為**修辭學只能是語言學的修辭學**，強調語言學的理論資源、研究範式、研究方法、技術路線；出於對修辭學的廣義理解，基於修辭學科的交叉學科性質和跨學科視野，承續中國修辭研究的歷史傳統，參照國外修辭學的發展狀況，認為**修辭學屬於語言學的學術特區**。[1]修辭學研究離不開語言學的觀察與解釋，但不拘於語言學框架。強調吸納、改造、整合多學科的理論資源、闡釋路徑、研究方法。在後一種意義上，**修辭學的學科生態大於語言學的學科外延**。

修辭學的學科生態結構包括三個層級的學術共同體：以修辭學研究為主要學科身分的三級學科學術共同體（小同行）；以語言學研究為主要學科身分的二級學科學術共同體（大同行）；以非語言學研究為主要學科身分的一級學科／跨一級學科（主要為人文學科）學術共同體（超同行）。三個層級的學術共同體共同構建的大生態，理論上要求中國修辭學科明晰自身所處生態系統的位置，並與大生態形成良性互動——中國修辭學學科建設和發展的結症在這裡，本文的問題意識也緣於此。

二　基於學科大生態的中國修辭學科現狀分析

依據國家標準 GB／T13745-2009 學科分類目錄，修辭學在三級學科定位，歸屬二級學科（語言學）。比照國內不同版本的學科目錄，修辭學所屬學科層級多為三級學科，少為二級學科，都隸屬語言學科。但是觀察實際的學術領域，中國修辭學交叉於二級學科語言學、同時交叉於一級學科中國語言文學，以及部分非中文一級學科。

修辭學與相關學科的層級性交叉，必然產生學科認同環節同行評價的層級性架構。因此，修辭學研究在理論上似應分別成為小同行、大同行、超同行的學術認同對象：小同行、大同行、超同行對修辭學

1　參見譚學純：〈理論修辭學·序〉，張宗正：《理論修辭學——宏觀視野下的大修辭》（北京市：中國社會科學出版社，2004年），頁5。

的認同，分別來自三級學科學術共同體、二級學科學術共同體、一級學科／跨一級學科學術共同體的公共視野。

問題在於，修辭學科的生態系統中，同行學術認同的理想形態和現實形態產生了矛盾：

> 學術認同的理想形態：小同行＞大同行＞超同行（圈內認同為主流評價）
>
> 學術認同的現實形態：超同行＞小同行＞大同行

問題更在於，現行學術體制中，超同行認同度較高，但不能改變修辭學科的弱勢格局；修辭學科的弱勢地位又使得小同行的自我認同處於失語狀態，小同行作為修辭學科的「原住民」，在關係到學科建設和發展的重大問題上，幾乎沒有參與機會；語言學科相對強勢的大同行對修辭學科的認同度偏低，而大同行的話語權對語言學科走向的影響，高於小同行和超同行，因此對修辭學科興衰的影響，也高於小同行和超同行。

無須置疑，大同行在中國當代修辭學的學科建設中，可以並且能夠有所作為。大同行有我尊敬的師長和朋友，他們當中不乏關注修辭學科發展狀況和學術走向的有影響力的學者，不乏支持修辭學科形象重建的學術理性，不乏直接參與修辭學科建設的學術熱情，不乏與修辭學科的親近感。語言學科大同行較之修辭學科小同行更具有對修辭學科產生影響的話語權，是國內學術體制的選擇。但選擇的同時，不宜丟掉一個不應該忽略的基本事實：修辭學科有別於語言學其他子學科的「純正血統」。如果說語言學在傳統研究範式向現代研究範式的轉換中，除修辭學之外的其他子學科不同程度地呈現出某種接近自然科學的學術面貌，那麼，修辭學則最多地保留了人文科學的特徵。

下表的簡單對照（信息提取分別依據《中國大百科全書．語言文字》（上海市：中國大百科全書出版社，1988年）；蕭國政主編：《現代語言學名著導讀》，（北京市：北京大學出版社，2008年）；鄭子瑜、宗廷虎主編：《中國修辭學通史》，（長春市：吉林教育出版社，1998年）；溫科學：《20世紀西方修辭學理論研究》，（北京市：中國社會科學出版社，2006年），可以在縱橫參照的座標中顯示出差異。

表二十九

漢語語言學本土文獻	漢語修辭學本土文獻
《爾雅》 《方言》 《說文解字》 《釋名》 《廣韻》 《中原音韻》 《音學五書》 《馬氏文通》	先秦諸子的修辭觀 《詩大序》 《文心雕龍》 《文賦》 《文則》 《文體明辨》 《藝概》 《修辭學發凡》

表三十

漢語語言學的西方理論滋養	漢語修辭學的西方理論滋養
索緒爾《普通語言學教程》 葉斯柏森《語法哲學》 布龍菲爾德《語言論》 喬姆斯基《最簡方案》 韓禮德《功能語言學導論》 克羅夫特《語言類型學和普遍語法特徵》	理查茲的修辭哲學 伯克「戲劇主義」修辭理論 佩雷爾曼「新修辭學」 格拉斯「新人文主義」修辭學 哈貝馬斯的交際理論 福柯的話語理論

表二十九至三十的信息提取沒有反映學術史的意圖，只是提供一種直觀的對比：表二十九左右兩列學術文獻，從研究範式到概念術語乃至學術表達，都有明顯差異。這種差異作為不同的學術基因延續在後世注疏及相關研究中。表三十左右兩列學術文獻的差異同樣明顯。忽視這種差異，對修辭學科是致命的，它直接造成了大生態系統中修辭學科的尷尬：

（一）超同行牆外開花，愛莫能助

超同行對修辭學研究的學術認同度較高，有國內外的學術背景。

從全球視野看，全球化提供了巨大的修辭消費市場，修辭對社會公眾生活的解釋力與干預力受到更多的重視：國際秩序中的國家形象塑造和修辭策略，政治智慧和經濟運作中的話語能量，突發事件中的官方修辭和民間修辭……，修辭研究廣泛滲入社會生活的公共空間。

從國內學術走向看，全球視野中的外圍風景和國內社會科學學術熱點的結構性轉移，激起了學術眼光敏銳的超同行對修辭學研究的關注熱情。超同行在相關學科現有研究空間被逐漸填滿、研究成果比較密集的情況下，部分地面臨新的方向性選擇。非修辭學學科的能量轉換，部分地向修辭學科聚集。中國知網搜索的學術成果信息顯示，超同行主流期刊在「修辭學轉向」背景下匯聚了廣義的修辭學研究能量。主要分佈在：

表三十一

學科門類	刊名
文學藝術	《文學評論》《文藝理論研究》《中國現代文學研究叢刊》 《中國比較文學》《外國文學評論》《外國文學研究》《外國文學》《文藝研究》《人民音樂》
歷史哲學	《歷史研究》《史學理論研究》《哲學研究》《哲學動態》 《自然辯證法研究》《中國哲學史》《周易研究》
新聞傳播	《新聞與傳播研究》《現代傳播》
其他學科	《社會學研究》《中外法學》

流向這些刊物的廣義修辭學研究成果，有的在相當長的時間內對國內學術熱點的形成和持續，產生了重要影響，如《文藝研究》一九八六年關於小說話語研究的策劃，匯聚了一批出手大氣的成果，引導了二十世紀八〇年代中後期以來成為熱點的語言學批評／修辭學批評，它以話語匯集的方式產生了規模效應，又以話語擴散的方式產生了輻射效應。這次策劃，拉動了一批學術形象好的刊物加盟，並且從理論輻射到創作，二十世紀八〇至九〇年代創作界漸成氣象的「語言實驗」，與上述刊物在理論上的推動是有關的，其中《文藝研究》功不可沒。

然而在突出「學科」概念的學術體制中，超同行進入修辭學場域，被認為是牆外開花，任其在牆外結果，很少思考牆外的學術動向可能影響牆內的學術格局。從這個意義上說，超同行對修辭學研究認同度較高卻愛莫能助，是強調「學科」概念的學術思維使然。

（二）小同行圈內認同，信心不足

與超同行看好修辭學研究的學術市場不同，部分小同行似乎比較看淡。修辭學科目前不具備強勢學科的資源優勢和學術人氣聚集效應，也不具備強勢學科的學術分紅能力。學科成員無緣學科紅利，在利益選擇和學科壓力的雙重作用下，出現了下面的學術現實。

1 去修辭化：離場和換裝

（1）離場

修辭學研究不是「不作為」，而是「難作為」，於是走為上策成為行為選擇之一。一些早期在修辭界搭臺的學者，先後離場，他們當中有我的朋友。他們離場後仍關注修辭學，但是以「華僑」身分。他們離場，增加了修辭學科的學術智慧外流，減少了能拿出高端成果的學者為修辭學研究奉獻精彩的機會。另有一些剛入道的學術新人，也許還沒有來得及涉足修辭學的深水區，就斬斷修辭情結，進入語言學其他學科，寧願重新開始。學術跳槽隱含從邊緣到中心的期待，期盼從弱勢到強勢的翻轉。這可以理解。在價值迷茫的學術秩序中，學科群體出現分化也許是必然。如果利益選擇和學術選擇能夠調和，行為主體希圖雙贏；如果二者不能調和，hold 不住的逃離也不足為怪。迷茫離場的背影，昭示著小同行自我認同的降級。

（2）換裝

雖然研究範圍還是修辭領域，但變換了學術敘述的關鍵詞。進入學術敘述的「修辭」變換為「非修辭」符號，如同進入消費的人民幣兌換成美元一樣。「修辭」被「非修辭」話語重新包裝，映射出「哀修辭之不幸」的苦澀。更換話語包裝的背後，有難言的苦衷。問題的嚴重在於：換裝導致「修辭」成為隱身的學術符號，最終也將導致

「修辭」成為退出學術視線的學科符號。不同學科符號資本的博弈，如果以修辭學科更換話語包裝為代價，重建修辭學科形象的美好期待，可能異化為掏空修辭學科的能量。這是大家不願意看到的結果。遺憾的是，人們似乎不願意去思考這種也許一時還不會兌現的後果。

離場和換裝，在「去修辭化」的共同傾向中傳遞出的信息是：學科的自我認同出現了危機，同時也在一定程度上放大了學科悲觀情緒。進而導致——

2 修辭學科「空心化」

檢索中國社科院和各高校研究生招生目錄，明確列出「修辭學」或與修辭學有學術關聯的招生專業，為數很少。堅定地「打修辭牌」的團隊和學術機構，為數更少。有些高校，縱有實力不錯的修辭學研究隊伍，在研究生招生目錄中，也採用躲躲閃閃的表達，體現的似乎是一種「修辭韜晦」。修辭學科「空心化」，在國內很多高校的語言學科，已經或正在成為令人擔憂的學術事實。流覽國內研究生課程設置，可以觀察到同樣的問題：修辭學作為國家官方公佈的學科目錄中的語言學成員，在漢語言文字學、語言學及應用語言學、中國少數民族語言文學構成的語言學學科群中，課程資源的利用率和開發率，遠低於同屬語言學的其他子學科——這還不是最不利的學術環境，接下來的問題增加了修辭學科的壓力。

（三）大同行認同偏弱：原因及其馬太效應

比小同行更看淡修辭學科的，是大同行。觀察修辭學科的生存狀態，有很多參照指標，其中修辭學研究成果流向本學科主流期刊的顯示度，在一定程度上成為體制內學術界認知學科形象的學術參照物。雖然認定主流期刊的通行指標不一定能夠完整地反映學科面貌，一些忽視學科特點及多種複雜因素的期刊計量統計，我們不盲從。但需要正視學術市場的潛在邏輯：主流期刊有一定的學術公認度 → 中國學術評價體制在有一定學術公認度的價值區間運作 → 國內學者傾向於在有一定學術公認度的主流期刊發表研究成果。

與前文所述超同行主流刊物頻現修辭進場信號形成反差的是，修辭學研究成果淡出了大同行視線：語言學（尤其是漢語界）主流期刊較少接納修辭學科的學術產品。網絡搜索可以直觀地顯示修辭學研究成果在大同行主流期刊的弱接受狀況。

學術期刊基於不同的刊物定位和目標訴求，選稿用稿各有側重、各有自己的原則。少量專業期刊少發表或不發表某一專業領域研究成果，實屬正常。但是，如果一個二級學科的主流期刊，在相當長的時間內不同程度地共同看淡修辭學研究成果，而按照國內學術體制，二級學科（語言學）又是評價修辭學科的最有話語權的學術共同體，那就可能形成學術「生產—流通」鏈條中的馬太效應：

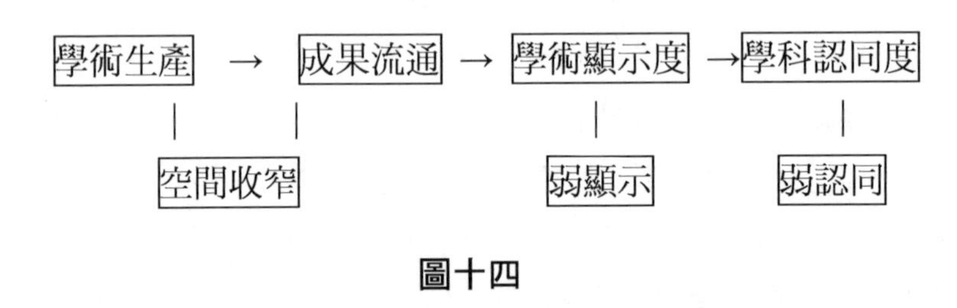

圖十四

處於「生產——流通」鏈條下游的學科認同度，回饋到上游的學術生產環節，進一步產生負能量：推助上文分析的「去修辭化」和學科「空心化」趨勢，由此導致新一輪的成果流通環節及其後的鏈條繼續產生負效應。負循環撬動的學術魔方，是弱勢學科更弱。作為弱勢形象的修辭學科，游離於語言學學科結構，有時似乎失去了自我解釋的能力。

面對上述情況，應該反思問題出在哪裡，究竟是：

1. 學科歸屬導致了修辭學科的弱勢形象？

2. 學科差異導致了修辭學科的弱勢形象？

3. 學科誤解導致了修辭學科的弱勢形象？

4. 修辭學研究的學術水準導致了修辭學科的弱勢形象？

如果是第一種原因，是否需要從「頂層」設計考慮有利於解決問題的方案？例如調整修辭學的學科歸屬——西方國家的修辭學科，歸屬於文學、哲學、傳播學等學科的都有，原因正在於修辭學的交叉學科性質。從名目上說，修辭學的學科歸屬，只是一個身分問題。然而學科身分反映的，除了本領域的學術共同體是否具有共同的學術經驗以外，更重要的是能否共享學術資源？如果修辭學歸屬語言學的學科身分名實不太相符，可能給一個學科的生存與發展帶來一些該學科自身無法解決的問題。如何避免修辭學作為語言學科的下位概念類似「空洞的能指」？困擾著修辭學科建設與發展。這種狀況近年有所改變，不過更多地出於學者個人的學科關懷和學術胸襟。作為體制性的設計，國家教育管理機構應重視但未重視。

如果是第二種原因，應該承認，語言學框架內學術共同體的學術經驗，有相近的一面，也有相異的一面。前文表二十九、表三十可以部分地說明：除修辭學之外的語言學其他子學科，解釋世界的方式總體上相近；修辭學解釋世界的方式與前者有一定的聯繫，但更多的是區別，包括理論支持和技術參數。這就帶來了下面的問題：語言學科認知修辭學科形象的主要參照是學術成果，進入主流視野的學術成果多在主流期刊顯身，而語言學主流期刊審稿專家多為非修辭界學者，可能偏向於按照自己所在學科的思路，取捨修辭學稿件。這意味著語言學其他子學科的稿件，在語言學主流期刊由熟悉本領域遊戲規則的裁判決定取捨；而修辭學稿件，在語言學主流期刊由語言學其他子學科的裁判裁定，後者「入圍」的可能性，遠遠小於語言學其他學科。雖然筆者有幸入圍的幾率不算低，但我的學科憂患不能淡定。

如果是第三種原因，也許需要坦言：大同行對修辭學研究當前狀態的了解，限於很小的圈子，多數大同行的修辭學印象來自《修辭學發凡》和現代漢語教材。《修辭學發凡》自一九三二年出版以來，一直是中國現代修辭學最有影響的研究範式，但八十多年過去，修辭學畢竟不是原地踏步。流通面較廣的現代漢語教材，基本上將漢語知識切分為語音、文字、詞彙、語法、修辭五大板塊，各個知識板塊在教材中反映的內容和同領域的前沿研究對照，差別很大。教材反映學科前沿信息一般相對謹慎，大同行比較熟悉漢語教材反映語音、文字、詞彙、語法領域的前沿研究相對滯後，但教材反映的修辭學科面貌同樣滯後於當前研究，大同行不太了解。大同行的修辭學印象，最突顯的尤以修辭格為主。而修辭學研究的實際狀況是：修辭學≠修辭格。這一點，不管修辭觀如何不同，幾乎沒有爭議。此外，修辭學科內部，反思修辭格研究之不足，拓寬修辭學研究領域，至少從二十世紀九〇年代就開始了。進入二十一世紀的中國修辭學研究，學者們的探索與開發，更不限於「辭格中心論」。這並不是否定修辭格研究，恰恰相反，自我反思是為了自我提升。學者們意識到：修辭學研究對象不僅僅是修辭格。為此，以開放的理論資源和研究視界為再出發的起點，重建多元化的修辭研究格局，成為研究主體努力探尋的目標。[2]

當然，大同行的誤解也有修辭學科自身的問題：修辭學研究的確存在價值提升和技術升級的要求，但修辭學科在共享學術空間展示學術智慧的實力不足或意識不強。這也是本文主張修辭學研究融入大生態的原因之一，後文詳述。

如果是第四種原因，即修辭學研究的學術水準導致了學科弱勢形象，是否需要明確一個問題：如何評判修辭學研究水準？是應該依據語言學其他子學科的公共標準？或是考慮學科特點的區別性標準？

基於交叉學科性質的修辭學研究，需要接受相關學科的審視和批

2 譚學純：〈辭格語義生成與理解：語義．語篇．結構〉，收入譚學純、濮侃、沈孟瓔主編：《漢語修辭格大辭典》〈前言〉（上海市：上海辭書出版社，2010年），頁2。

評；同時也需要相關學科以修辭學科的眼光和思維來分析修辭學科在大生態中的位置。有些問題也許可以在學科倫理學的層面討論，比如說，如何根據修辭學的學科性質考慮評價修辭學科的相關指標？如何在程序公正的前提下，考慮學科的平等生存權？等等，這些不是短時間能夠解決的。但是有一點應該可以達成共識：天上的飛鳥評判水中的游魚，評判標準不宜是魚會不會飛；水中游魚評判天上飛鳥，評判標準不宜是鳥會不會潛水。否則在雙方眼中，對方都不符合「我」的評判標準。同樣的道理，學術評判需要考慮學科差異，如果超越「我性」的學術標準，評判不同學科流向同層次甚或同一刊物的研究成果，例如從學術成果的思想含量、智慧含量、技術含量、材料支持等方面進行學術普查，也許會發現，對修辭學研究的學術評判，有失公正。其實，不管是小同行、大同行、還是超同行；也不管是強勢學科，還是弱勢學科，**學術共同體≠同質的整體**。學科強弱和學者研究能力強弱，不呈現正相關；學者研究能力強弱和研究成果的學術含量，也不呈現正相關。正如美國是體育強國，但有競技水準很一般的運動員；牙買加是體育弱國，但有強勢的短跑團隊，更有博爾特、弗雷澤等百米飛人。國際奧會將金牌授予創造優秀成績的運動員，而不是擁有強勢運動員的國家，體現的是「人的體育」。中國學術體制是否也應該更多地著眼於「**人的學術**」——優化的學術體制，應該激發**學術創新**潛能，而不是滋長**學科投胎**意識。

以上是針對問題成因的分項分析，如果導致修辭學科弱勢形象的原因是上述多重因素的綜合作用，也應該找出主因，探求有利於修辭學科生存與發展的路徑。

不必諱言，中國修辭學科的現狀屬於弱勢品種，但屬於學術性弱勢？還是結構性弱勢？體制性弱勢？抑或兼而有之？應該具體分析：學術性弱勢存在於修辭學科，也存在於其他學科，因此學術性弱勢不能成為修辭學科弱勢的理由。修辭學科的結構性弱勢大於學術性弱勢，如果熟悉修辭學科地圖，不難觀察到這一點。體制性弱勢強化了學術性弱勢，學術性弱勢又加劇了結構性弱勢，固化了體制性弱勢。互相影響、互相作用的負能量，合成了修辭學的價值低估。

三 融入大生態：基於修辭學交叉學科性質和跨學科視野的學科發展思路

事物都有兩面性：修辭學科不如人意的生存處境，修辭學科自我證明的難度，是修辭學界的「痛」；但是如果學科生存環境如亨利・大衛・梭羅筆下的「瓦爾登湖」，可能也就少了一些對學術人的挑戰。

學科生態是學科生存條件，同時也可以成為學術研究的一部分。修辭學置身多層級學術共同體構建的大生態，但有效生態在哪一層級？卻是可以自我選擇的彈性空間：可以拓寬，也可以收窄。如同一個莊園主，如果他希望守在居所，足不出戶，那麼莊園及其周邊環境對他來說，只是理論上的大生態。同理，如果在學科大生態中踞守一方水土，也許正是自己選擇了修辭學科深感無奈的邊緣化？為此，我傾向於修辭學研究融入大生態，向共享學術空間突圍。

從某種意義上說，學術共同體希望走進什麼樣的學術空間，他們實際上就在這個學術空間與學科生態互動，並在互動中構築相應的研究格局。不同的研究格局，顯示了作為學術事實的修辭學「是什麼」？作為學術目標的修辭學「應如何」？但深層掩蓋著的，是學科利益、學術資源、學術體制相互制衡、相互協調、共同作用的活動。當學科處於壓力情境時，學科成員自覺或不自覺地權衡，實際上也就自覺或不自覺加入了上述博弈。所以，在深層影響修辭學科生存的，是學術共同體需要建構什麼樣的學科身分和學科形象，以及被建構的學科身分和學科形象，如何成為學術共同體的隱形資源？這些問題，很少進入學科發展的觀察角度。學科成員一般理解的學科形象，就是學科活動和學科成員學術成果的總和，很少思考學科框架、研究格局和學科建設思路的相互牽扯和相互作用力。

基於交叉學科性質和跨學科視野的修辭學，在大生態系統中能夠更好地體現存在價值：融入大生態的修辭學研究，可以在更開闊的學術視野和思想空間產生問題意識，推助問題驅動的學術研究；可以在更寬廣的學術空間聚集，有利於學術傳播的規模效應，提升學術成果的公共影響。融入大生態的研究成果面對更為多樣的話語平臺，趨於開放性的選擇，增強了研究主體的自主權，引導研究主體跟蹤相關學科前沿態勢，有助於注入創新動能，與學科內在驅動能量產生合力，推動修辭學研究與相關學科的智性眼光相互注視，也推動大生態中的相關學科共同發展。

融入大生態的修辭學研究，首先是讓大同行、超同行了解修辭學科「做什麼」、「怎樣做」、「為什麼這樣做」。促進了解，不在於修辭學科的話語音量，而在於學科成果的學術含量。正像足球場上漂亮進球激發的人氣高於先進的足球理念。「足球用腳說話」，學術研究用成果說話。研究成果在學科生態系統中的「顯示度」和「關注度」，是修辭學科無聲的語言。

學術成果的「顯示度」和「關注度」，隱含了「看」和「被看」的關係：通常情況下，被「關注」的對象，在可「看」的視域「顯示」，才有可能「被看」——除了偷窺。問題正在這裡，由於歷史的原因，中國效仿前蘇聯的學科細分，弱化了公共閱讀，學者們習慣於閱讀本學科的主流期刊。因此，希望小同行話語平臺的學術「顯示」引起大同行、超同行的學術「關注」，可能不太現實。在學術信息海量匯積的現狀下，大同行和超同行關注更多的，自然是自己所在學科的主流刊物。

學科隔膜的學術體制中，學科之間的零距離接觸似乎不可能，近距離接觸有可能，但是回到學科細分的體制中，往往被學科範圍內的學術評價所消解。在這樣的學術背景下，為提振修辭學科形象而提高研究成果「顯示度」和「關注度」的最直接、最可行的方式，是走出學術「生產——消費」的自給自足模式，在大同行、超同行的學術視野顯身。小同行的研究成果在大生態中的主流期刊跟大同行、超同行的成果共同進入閱讀視野，讓大同行、超同行從他們閱讀的學術文本，接觸修辭學科的思想、理論，以及其將轉化為學術敘述的學術話語，也許更有實際意義，並可能產生「話後行為」。假如你有一套中國服裝，你認為具有中國元素，為什麼不穿上它和別國的服裝品牌在同一個 T 臺亮相？如果 T 臺印象就是你的服裝落伍，那就承認現實（除非服裝審美取向轉軌）；如果你的中國服裝有看點，為什麼不融入更廣闊的消費市場？難道我們寧願相信：守在閨中的抱怨反而更能集聚市場人氣？

以上所述可能招致反詰——我因自己的學術興趣與修辭相遇，為自己的學術信仰而研究，別人怎麼看，與我無關。學術研究當然需要這種精神。但是，從另一個角度說，學術研究是向社會發言，修辭學研究更是在大生態向社會發言，如果始終激不起迴響，是否有悖修辭學引導「認同」的本質？這就像「我參與，故我在」的體育運動，哪怕只是「一個人的奧運」，也是一個人在全球視野中的奔跑。至於中國軍團的奧運、中國主辦的奧運，更是同行同臺共舞的激情表演。

修辭學研究融入大生態，在不同層級的生態系統中，存在不同的問題：

在超同行層級的生態系統中，修辭學科融入其間的通道已經打開，問題是相當一部分小同行太在乎「學科」概念，處於多看少動或少看不動的狀態。這涉及學術體制問題，但是學科建設不能坐等學術體制改變。在同樣的學術體制下，不同的學術理念和執行力往往有不同的學術選擇，並可能產生不同的結果。

在大同行層級的生態系統中，修辭學科融入其間的意識已經有了

（雖然伴隨著爭議），問題是小同行如何在吸納大同行學術智慧的同時不迷失自己？大同行如何考慮修辭學在本文對照表中所呈現的不同「血統」？這些可以探討，更需要可操作——不是希望修辭學作為語言學學術特區的政策優惠，而是向中國學術體制討要對於學科特點的尊重。畢竟：修辭學在語言學科註冊而又游離於語言學的學科結構，是修辭學的損失，也是語言學的損失。雖然修辭學缺席的語言學科發展勢頭良好，但是學科目錄中的在冊成員缺席，是否成為語言學科和諧健康發展的「短板」？而這個「短板」，可以在大生態系統中做出良性調整。

一旦做出了良性調整，修辭學科向相關學科開放，相關學科向修辭學科走來，不同層級的學術共同體共同開發，共同培育生長點。這正是廣義修辭觀主張修辭學研究融入大生態的目標期待。

拾玖
修辭觀：話語權和學術操作

一 修辭觀論爭：話語權和應對策略

近年比較熱鬧的修辭觀論爭，出自不同的學術立場和專業背景：或以現行學科目錄為依據，考慮中國修辭學的傳統學脈；或參照國外修辭學發展狀況，為中國修辭學的實際生存空間和可能性生存空間立論。或著眼於修辭學的學科屬性；或著眼於修辭學的學術平臺。或出於對修辭學的狹義理解；或出於對修辭學的廣義理解。或基於修辭學之語言學本質的觀察與思考；或基於修辭學交叉學科性質的觀察與思考。

論爭或隱或顯地體現出較多的問題意識：

- 什麼樣的修辭觀和學科定位更符合修辭學的本質屬性？修辭學怎樣在語言學學科體系中定位？怎樣突出修辭學研究的語言性？或怎樣重返多學科的理論背景，重建新的學科形象？如何立足漢語修辭經驗，同時瞄準國外當代修辭學研究平臺，並在這樣的平臺進行學術對話？
- 怎樣優化「修辭術」的研究，同時避免「修辭學」在「修辭術」中擱淺，實現修辭研究由「技」向「藝」的提升？
- 怎樣掙脫學科的條塊分割對修辭學的負性規約，同時遵循什麼樣的「度」，防止自我拓展的學科版圖中的邊界模糊？
- 怎樣把握多學科（包括語言學的其他子學科）的智慧流向，使之轉化為修辭學的學術生長能量？

- 當修辭學研究在學理和操作層面呈現新的學術面貌時，修辭學怎樣實現自我擴容？怎樣向外部世界開發？
- 當相關學科從外部世界向修辭學掘進，當「修辭學轉向」的信號先後在文藝學研究、新聞傳播學研究、文化學研究、哲學研究、甚至歷史研究的話語空間閃爍時，修辭學自身做出怎樣的回應？

這些，目前學術界未達成共識，也沒有必要讓眾語喧嘩匯入同一個聲道。

不同的聲音代表著不同的修辭觀，不同的聲音體現著不同的話語權。

尊重修辭觀論爭中不同的話語權，即尊重思想的「在場」。修辭學科的健康發展需要學術論爭，更需要學術兼容。多元共存的修辭觀，作為修辭學科發展的驅動力量，可能較之一元論的修辭觀，更能激活見仁見智的學術思想。尊重不同修辭觀的討論，就是尊重出自不同學術立場的話語權和不同的思想「在場」。

不同的修辭觀，訴說著共同的學術使命感。在目前的學術生態環境下，中國修辭學研究如何選擇學術走向，不一定急於定調。尊重修辭學科在理論爭鳴和實踐檢驗中的自然選擇，也許有利於更好地總結正反兩方面的經驗。

從歷時的意義上說，不排除一些具有一定影響力的修辭觀論爭蘊蓄著隱形學派意識的思想資源。

錢冠連認為中國語言學研究學派意識匱乏的原因之一，是真正意義上的學術論爭不興。[1]譚學純直言學派不盛不僅是漢語學界的學術現實，也是中國學術界的學術現實。深度觀察可以發現：學派的幫派化運作以「學術的名義」維護集團利益；對學派的政治化誤讀以「革命的名義」打壓學術異己。前者使學派江湖化，後者使學派妖魔化。

---

1 錢冠連：〈以學派意識看漢語研究〉，《漢語學報》2004年第2期，頁4-10。

表達不同學術觀點的話語權缺乏正常的學術生態環境支持，結果是：學派生長必須具有的思想能量枯竭。[2]

這種學術風景近年在很多學科有了不同程度的改觀。修辭學科也許慢半拍，但研究者已開始關注一些約略顯影的學術現實：

高萬雲注意到「修辭學科內部逐漸有了自覺的學派意識」，高氏例舉中國修辭學研究的「集體有意識」如：

1. 以陳望道弟子和再傳弟子為主體的「《發凡》派」；

2. 以王希傑為核心的「三一修辭學」團隊；

3. 以譚學純、劉大為、張宗正為代表的「廣義修辭學」。[3]

杜文霞的觀察與高萬雲相類：

1. 主張繼承和發展陳望道修辭理論的，以宗廷虎為代表；

2. 提倡四個世界修辭理論的，以王希傑為代表；

3. 提出廣義修辭和接受修辭理論的，以譚學純為代表。[4]

羅淵的研究，與高萬雲、杜文霞的觀察出自相近的認識基點。[5]

高萬雲所述「集體有意識」的學術研究，及以上三位作者未詳列、但實際上存在的「集體有意識」的學術研究，也許蘊蓄著隱形學派意識的思想資源。生成這類思想資源的一個重要基因，是尊重不同的修辭觀及其擁有的話語權。

尊重修辭觀論爭中不同的話語權，即尊重學術對話的平等規則。修辭觀論爭各有自己的學術理念和話語邏輯，論爭彰顯的不是論爭主體，而是論爭邏輯。赫拉克利特的名言「不聽從我本人而聽從我的邏各斯」似可作為一種學術對話的「行規」。不以「我」的眼光看「他

2　譚學純：〈中國學術研究：呼喚學派意識〉，《光明日報》2005年2月3日。

3　高萬雲：〈改革開放與中國修辭學〉，《湖北師範學院學報》2008年第6期，頁8-10。

4　杜文霞：〈中國修辭史研究綜述〉，《福建師範大學學報》2009年第1期，頁50-53。

5　羅淵：《中國修辭學研究轉型論綱》（北京市：中國社會科學出版社，2008年），頁128-200。

者」，不以「我」的規則衡量「他者」。不以標準一褒揚修辭學研究成果 A，不以標準二指責修辭學研究成果 B，確保學術評價有一個相對公正的理論平臺、一個規則統一的話語場。忽視學術對話的平等規則，是對修辭觀論爭中的話語權及其學術背景、知識譜系的偽尊重。

我跟我的研究生交流時，希望他們選擇閱讀修辭學研究成果。我開列的閱讀書目不要求研究生全單照收，但要求他們一定要閱讀與我的修辭觀不同的學術著作。研究生完成的修辭學課程作業，如果修辭觀與我不同，只要言之有理、言之有物，我一般都會給出高分。即使這些作業中體現的修辭觀在我評點後被作者放棄，我仍然尊重這些論爭曾經行使的話語權，並選擇其中有懷疑精神的作業作為附錄收進我的著作，為的就是尊重學術對話的平等規則。

觀察修辭觀論爭，可以解讀出不同的應對策略：

1. 先論爭，後研究：學科定位清楚了，學術研究才不會偏離軌道。

2. 邊論爭邊研究：在研究中論爭，以論爭促研究。

3. 懸擱論爭中的歧見，先研究：正像在意識形態分歧中，懸擱「姓資」／「姓社」的論爭，「發展才是硬道理」。修辭觀論爭存異求同，推進學術運行，是硬道理，也是一種智慧。

懸擱論爭的典型學術例證，是關於「道」的研究。如果我們沉於「道」是什麼的概念糾纏，等到論爭清楚了再做文章，那麼兩千多年來，中國人關於「道」的言說，各說各話，很難定於一尊，但學術界沒有因為「道」是什麼的論爭而終止「道」的研究。

懸擱論爭的當代學術例證是自然語言處理：作為科學性、應用性和技術性都很突出的朝陽學科，自然語言處理是以語言學為主，涉及計算機科學、數學、心理學、哲學、邏輯學、統計學、電子工程、生物學各個領域的多邊緣的交叉學科。[6]觀察國內高等院校研究生招生

6　馮志偉：〈自然語言處理的學科定位〉，《解放軍外國語學院學報》2005年第3期，頁4-11。

方向中自然語言處理的學科歸屬，可知學術界尚未就該學科定位達成共識。但是沒有明確的學科定位，不影響自然語言處理研究的深入和走向技術高端。學術事實是，自然語言處理研究從來沒有因為學科定位有待明確而停滯。

懸擱論爭、關涉修辭學的顯例是通感和隱喻研究：研究通感和隱喻，需要調動文藝學、語言學、心理學、生命科學（腦科學）以及哲學等諸多知識儲備，如何定位通感和隱喻的學科歸屬，難求定見，但是這不影響通感研究、隱喻研究的深化和細化，而且，恰恰可能因為通感研究和隱喻研究沒有鎖定在語言學的話語場，呈現出了多種樣態的學術面貌。

二　學術操作：研究模式和研究成果

修辭觀論爭的持續，很大程度上取決於論爭主體相信真理越辯越明。但是我們可能忽視了一點：僅僅明確了修辭觀和學科定位，不等於問題的最後解決。

修辭觀是理念層面的東西，它的有效性需要在操作層面檢驗。學術操作在相應的研究模式中進行，研究模式的直接現實——研究成果，既是學術生產鏈的終端，也是學術傳播鏈的起點。

如果說，學術操作是檢驗修辭觀的實踐環節；那麼，研究成果則是檢驗學術操作的物質現實，研究模式只是產生研究成果的一種可能性。研究模式的優劣和研究成果的優劣，並不必然地形成正向組合關係。

同樣是好萊塢電影製作模式，可能產生經典，也可能留下失敗的記錄；同樣的足球訓練模式，臨門一腳，可能讓世界喝彩，也可能讓觀眾掉眼鏡，甚至可能犯烏龍錯誤。所以，好萊塢電影模式只能向影片要票房，足球訓練模式只能通過精彩的進球讓球迷瘋狂。

電影製作模式用影片說話，足球訓練模式用進球說話，修辭研究模式用研究成果說話。

於是，我們進入下面的話題——

基於修辭學之語言學本質的修辭觀，強調語言學的理論資源、研究範式、研究方法、技術路線。

基於修辭學之交叉學科性質的修辭觀，吸納、改造、整合多學科的理論資源、闡釋路徑、研究方法、技術路線。

修辭觀論爭，目的是要明確修辭學「研究什麼」，連帶論證「怎樣研究」、「為什麼這樣研究」，這一切，需要落實為具體的學術操作。

「研究什麼」關係到修辭學的內涵和外延。「怎樣研究」、「為什麼這樣研究」涉及修辭學的研究方法、理論資源，以及與之相應的研究模式。在研究模式和研究成果之間，我個人傾向的排序是：**研究成果 ＞ 研究模式**。

修辭界近年對研究模式的關注，體現了一種學術關懷，但研究模式不能解決修辭學的根本問題。主要原因在於：

其一，不是所有的研究主體都適合同一種研究模式，惟有研究成果可以反映研究主體駕馭研究模式的能力。研究主體 A 駕輕就熟的研究模式，研究主體 B 操作起來，可能畫虎類貓，也可能背著方桌下井。為此，我主張修辭學研究吸納多學科的學術智慧，反對克隆現成的研究模式。克隆現成模式的結果，將導致學術創新的不可重複性蛻變為學術研究的可複製性，將學術精英的個人創造蛻變為學術大眾的批量生產。從「表達⟷接受」互動的角度說，克隆現成研究模式可能在學術文本的接受環節產生認知圖式單一的接受者。更為隱蔽的負面影響是：學術文本的模式化存在和學術人的公式化存在互為因果，互相投射。這方面，中國當代學術史上有過教訓。

其二，不是所有的研究主體都始終如一地運用同一種研究模式，但所有的研究主體都用研究成果為任何一種研究模式提供自我證明。

研究模式需要針對「研究什麼」，體現「怎樣研究」、「為什麼這樣研究」的合目的性的選擇——當然只是適合這種研究模式的研究主體的選擇。當「研究什麼」、「怎樣研究」、「為什麼這樣研究」需要研究主體變換或調整研究模式時，審視研究模式，得到的只是對研究成果的預期，而不是研究成果本身。

新時期以來的文學批評頻頻變換研究模式：社會學批評模式、語言學批評模式、文化批評模式、後殖民主義批評模式、女權主義批評模式、新歷史主義批評模式，但真正出彩的文學批評，不是 X 模式，而是批評家實踐操作的結果——學術產品。

研究群體不一定長期使用同一種研究模式，研究個體也不一定對一種研究模式情有獨鍾。即使在不太長的時間週期，研究個體變換研究模式的情形，也可能發生。二〇〇八年我發表的一組文章，[7]很難說屬於同一種研究模式（如果存在研究模式的話）。不同研究模式的使用是否合理，能夠接受審視的，只是研究成果，而不是研究模式本身。曬曬你的研究成果，比秀出你的研究模式更有說服力。

其三，研究模式的形成，在研究成果中顯現；研究模式的推廣，在於研究成果的輻射效應。陳望道《修辭學發凡》的研究模式，通過《修辭學發凡》的文本被認知，並通過《修辭學發凡》的文本產生傳播效應，進而成為對中國現代修辭學最具影響力的研究模式。但研究模式的顯示度和影響力，都只有當我們接觸這種模式的物質形態——研究成果，才從研究模式對研究成果的預期，轉化為直接現實。

修辭學研究如此，其他學科的研究也如此。

7　參見譚學純：〈身份符號：修辭元素及其文本建構功能〉，《文藝研究》2008年第5期，頁41-48；〈語用環境：語義變異和認知主體的信息處理模式〉，《語言文字應用》2008年第1期，頁27-34；譚學純、肖莉：〈比喻義釋義模式及其認知理據〉，《語言教學與研究》2008年第1期，頁12-17。

貳拾

廣義修辭學三層面：主體間關係及學術概念問題

一　主體間性：多學科共享的學術概念及概念未出場而思想出場

中國近現代社會文化轉型伴隨著外來思想的輸入，承載思想的概念術語蘊含著改變認知的能量。中國當代學術研究結束文革時期自我封閉狀態的標誌之一，是外源性理論及相關概念的湧入。源自強勢文化的學術概念，比較容易刺激弱勢文化的學術生產。這也可以解釋：為什麼作為當代西方哲學概念術語的「主體間性」一經入境，便以極快的速度和效率在中國學術話語譜系中高頻復現。

「主體間性」概念及其支撐的理論，經過了豐富的詮釋和不同程度的修正乃至重建，關聯著一長串國外學者的名字：胡塞爾、杜夫海納、拉康、伽達默爾、海德格爾、韋伯、哈貝馬斯、費希特、霍耐特、巴赫金、克里斯蒂娃、維特根斯坦、戴衛森、弗雷格、赫施、梅洛一龐蒂、馬克斯・舍勒等，都不同程度地涉及主體間性問題。多元闡釋決定了「主體間性」概念內涵的豐富，也彰顯了「主體間性」作為工具性概念的解釋力。

二十世紀八〇年代中期，《哲學譯叢》刊發高地翻譯美國波士頓大學哲學教授 T・歐文斯（Owens）《現象學和主體間性》一書的序言，[1]較早地傳遞了有關「主體間性」的域外理論信息。差不多同一時期，哲學概念「主體間性」（intersubjectivity）進入中國學術視野。國內哲學界較早和較為集中的反應，是一九九〇年由復旦大學哲學系和上海市哲學學會聯合發起的「馬克思主義與主體性問題」理論研討會。會上討論的熱點，包括釐清「主體／主體性／主體間性」等學術概念。此後哲學界有一批學者參與討論「主體間性」問題。

一九九七年金元浦將「主體間性」引進文學研究。[2]次年 CSSCI 來源期刊數據庫投入使用，網上搜索可以觀察到「主體間性」迅速成為多學科共享的理論資源。學術文獻顯示：在哲學、美學、文藝學、符號學、新聞學、傳播學、譯介學、文化學、政治學、國際關係學、倫理學、教育學、管理學、法學、醫學、經濟學等眾多領域，都存在「主體間性」的解釋空間。甚至「工程科技／農業科技」學科領域，也可以見到以「主體間性」為關鍵詞的研究成果。換一個角度說，以「主體間性」為關鍵詞的研究成果分佈，遍及中國知網「全選」的學科領域。在中國知網選擇學科領域「哲學與人文科學／社會科學／信息科學／經濟與管理科學／醫藥衛生科技／基礎科學」、選擇搜索項「關鍵詞」，輸入「主體間性」，精確搜索一九九八年以來發表於 CSSCI 來源期刊的研究成果，共有五百五十四條記錄。近年國內修辭學研究，也有學者探討或關注「主體間性」問題。[3]

一些學術成果涉及「主體間性」研究而不一定使用「主體間性」概念，胡範鑄論述言語主體「我」、「你」、「他」，深及言語行為的「敘述者／驅動者」、「接受者／實現者」、「核查者」及其顯性或隱性

---

1 T．歐文斯著，高地譯：〈現象學和主體間性〉，《哲學譯叢》1986年第2期，頁59-64。

2 金元浦：〈論文學的主體間性〉，《天津社會科學》1997年第5期，頁85-90。

3 如鄧志勇：〈修辭學的深刻蘊涵——從修辭學與古典辯證法的關係談起〉，《外語研究》2009年第4期，頁8-13；胡範鑄、薛笙：〈作為修辭問題的國家形象傳播〉，《華東師範大學學報》2010年第6期，頁40-45。

的主體間關係，也未使用「主體間性」概念。[4]諸如此類，主體間關係的思想在場而「主體間性」概念未出場的研究，也許可以從兩方面理解：一方面，「主體間性」概念承載的思想具有某種普適性；另一方面，學術文獻的概念選擇或許在一定程度上體現學術研究的某種理念。由於前者，廣義修辭學重視主體間關係；由於後者，廣義修辭學慎用「主體間性」概念。分而述之——

二　廣義修辭學：重視主體間關係但慎用「主體間性」概念

我們理解修辭活動中的「主體間性」，是在表達者和接受者的主體間關係中實現的。

> 意義產生於主體間的對話，也就是意義在表達和接受的互動過程中實現。[5]

這決定了《廣義修辭學》及前期研究《接受修辭學》《人與人的對話》對主體間關係的重視。

（一）廣義修辭學重視主體間關係：三個層面分層描述

廣義修辭學是兩個主體的雙向交流行為在三個層面的展開。主體間的關係貫穿修辭技巧、修辭詩學、修辭哲學三個層面。以下描述，有的取自《廣義修辭學》，有的取自作者近年基於廣義修辭觀的探討。

4　胡範鑄：〈「言語主體」：語用學一個重要範疇的「日常語言」分析〉，《華東師範大學學報》2009年第6期，頁71-77。

5　譚學純、朱玲：《廣義修辭學》（合肥市：安徽教育出版社，2001年），頁468。

1 修辭技巧層面的描述：修辭認同發生於不同主體間關係的契合點

亞里斯多德強調修辭的「說服」功能，被博克調整為修辭的「認同」功能，後者作為新修辭學的關鍵詞之一，在國內修辭研究的學術文獻中高顯示度地引述。然而泛泛地討論修辭引導「認同」的功能，似乎很難觸碰問題的實質。因為「認同」是在主體的經驗框架內完成的，如何就不同的主體間關係找到理想的認知契合點，才是引導「認同」的關鍵。所以，從《接受修辭學》到《廣義修辭學》及其後的相關探討，我們討論的修辭技巧不是單向的，而是在「表達⟷接受」的雙向互動中尋找契合主體間關係的認知共同點。

《廣義修辭學》重視一個事實：**修辭活動的主體是人，而人的角色身分是複雜的存在，複雜的角色身分構成複雜的主體間關係，複雜的主體間關係在具體的修辭活動產生分化：**

（1）作為角色承擔者的個人，以角色叢的形式出場。個人身兼幾種角色，這幾種角色可能彼此和諧，也可能彼此不和諧。這個抽象的人生活在具體的社會關係網絡中，操持幾套角色話語出場，也帶著不同的角色心理進入話語接受。「青春無悔」，是一代人對當年知青歲月的一種詩意化認證，這種認證，是部分地站到了當年的知青角色身分之外的豪言壯語。歷史影像中的知青言說和告別知青歲月之後重返昨天的知青言說，是同一話語主體的兩種角色身分在發言。

（2）人的角色身分在一定的時空場景中被規定，此時此地的「我」，不是彼時彼地的「我」，不同時空場景的「我」，既可能產生不同的表達，也可能產生不同的接受。郭沫若在文革期間表示想燒掉自己過去所有的著作，這是此時此地的「我」，否定彼時彼地的「我」。

（3）個人的角色身分可以是顯在的，也可以是隱在的。顯在角色和隱在角色不僅產生不同的表達，也產生不同的接受。慈禧太后進清宮之前，本名葉赫那拉・蘭，慈禧和蘭，代表同一個女人不同的角色身分。有一個男人與皇后慈禧和少女蘭形成了一顯一隱的主體間關係，這個男人叫榮祿：他是清宮的禁衛軍統領，又曾經是蘭姑娘的情人。《廣義修辭學》以德齡公主的《御苑蘭馨記》為例，分析該書第六十二回敘述發生在榮祿與慈禧／蘭之間的一個生動情節：

> 忽然之間，帳篷猛烈地震撼了一下。那道口子那兒的一把尖刀緩緩的不見了。慈禧聽見它掉在了外面的地上。沒有別的聲音，沒有叫喊。除了帳篷搖撼了一下以外，什麼都是寂靜的。然後帳篷的門簾輕輕地打開，似乎有人要進來的樣子。慈禧現在心裡已不再害怕，只迅速的用火石打上火，將蠟燭燃著了。一個佈滿了恐懼與疑慮的面孔，在門口出現了。他的眼睛骨突突地向帳篷裡面看。榮祿倉促間已經忘記他是站在皇后的面前了。他只想到蘭適才是多麼的危險，一心要來看看一切是否安全。
>
> 招手叫榮祿進去的不是慈禧而是蘭姑娘。
>
> 可是榮祿忽然記起這不是蘭而是慈禧，所以磕下頭去，以頭觸地。他連一句也不能說。他一眼看到了帳篷上的裂口，同治與慈禧都未受傷，宮女仍然沉沉睡著，他心裡太感動，只是不住地磕頭。於是蘭也想起來了，她又變成了慈禧。蘭原已伸出纖纖素手，意欲撫慰榮祿，可是慈禧迅速將手又縮了回去。

這裡最有可分析性的，是基於不同主體間關係的簡單動作語言：

蘭招手、慈禧縮手　是同一個女人兩種角色身分和角色心理的轉換。招手的是女人作為榮祿情人的隱性角色；縮手的是女人作為皇后的顯性角色，前者的心理圖像留著短暫的現實空白，後者的情感意識從歷史重返現實。「蘭原已伸出纖纖素手，意欲撫慰榮祿，可是慈禧迅速將手又縮了回去。」將兩種角色身分和角色心理的快速轉換，傳遞得清晰而又簡潔。

蘭的情人往帳篷裡看、慈禧的禁衛軍統領磕頭 是同一個男人兩種角色身分和角色心理的轉換。隱性角色使榮祿暫時地忘記了自己面前的女人是皇后；顯性角色讓他恢復了面對皇后時的清醒。主體間關係的變化，外化為男女雙方當下此時的動作語言，當二人都清楚地意識到自己以什麼樣的角色身分而「在場」的時候，蘭與榮祿的情愛關係，被慈禧與禁衛軍統領的權力關係壓制，兩個隱性角色之間往日的真情，重歸顯性角色在現實中的冷峻。

（4）個人的角色身分可以是固定的，也可以是臨時的。越劇演員作為固定角色的對話操女性話語，作為臨時角色的對話操男性話語。傳統京劇中的花旦由男性扮演，演員作為固定角色的對話操男性話語，作為臨時角色的對話操女性話語。魯迅說他不喜歡梅蘭芳的舞臺形象，其實是模糊了梅蘭芳的不同角色話語：臨時角色的女性話語和固定角色的男性話語。

成功的接受者，善於認清表達者的多重身分，認定此時此地的話語主體究竟以什麼角色身分在言說。就此而言，剝離主體間關係的修辭「認同」很難產生。**修辭認同必然發生在主體間關係契合的認知共同點。**

2 修辭詩學層面的描述：概念的提出基於修辭學和詩學的學科間性

主體間關係可以發生在個體之間，也可以發生在群體之間。如果後者的「群」以學術共同體的形式在場，則「主體間性」呈現為「學科間性」。

《廣義修辭學》提出的「修辭詩學」概念，即基於修辭學與詩學的學科間性：中國古代修辭學是詩化的修辭學；中國古代詩學是修辭化的詩學，二者都通過話語建構象徵化的現實。且二者有共享的理論資源、共同的關注焦點、共在的理論生長點。新世紀以來國內的詩學研究有向修辭學延伸的趨勢；修辭學研究有向詩學拓展的學術事實，可以為學科間性意義上的修辭詩學提供學理支撐。這方面的實踐探索如《廣義修辭學》對影響了中國現代詩歌理論與創作近一個世紀的一句詩學口號的修辭學批評。

反向的解釋是：修辭學界之所以有一種觀點認為修辭詩學超出了修辭學在語言學科的定位，也許可以理解為學科經驗意義上「純語言學」的強勢在場，以福柯所說的「知識的權力」，抵禦巴赫金所說的「超語言學」的介入。這是學科間性被遮蔽的知識權力。修辭學研究強調學科邊界，但是強調學科邊界，是固守自我認同的學科經驗？還是在開放性的學術視野中正視關聯性較強的學科間性，整合相關的學科經驗，這可以討論。廣義修辭學在後一種意義上立論，也在後一種意義上實踐。從修辭學研究向共享學術空間「突圍」到「融入學科大生態」，觀察與思考的都是學科間的關係，遵循的都是主體間關係的共同在場，及不同層級的學術共同體共同發展的學術邏輯，探尋弱勢學科如何融入更利於激發主體自由的學科生態環境，擴大研究主體與相關學科進行信息交換的空間。

與上文1之（3）同屬顯隱角色共在的對話，如果進入修辭詩學層面的分析，解釋空間似更開闊。《廣義修辭學》分析過曹禺《雷雨》中的一個話語片段：

角色A（魯大海）：放開我，你們這一群強盜！
角色B（周　萍）：把他拉下去！
角色C（魯侍萍）：這真是一群強盜！（走至周萍面前）你是萍……憑——憑什麼打我的兒子？
角色B（周　萍）：你是誰？
角色C（魯侍萍）：我是你的你打的這個人的媽。

在《雷雨》的文本內交流系統中，構成上述對話關係的三個對話主體之間，具有顯隱同在的母子關係。魯侍萍和魯大海的母子關係是突顯的，魯侍萍和周萍的母子關係是隱藏的。文本對話語境，只支持顯在的母子關係，不支持隱在的母子關係。

上述對話設計，具有敘述推進的修辭詩學功能：「你是萍……」，是母親的呼喚，這一聲呼喚可能使當下情境中不能公開的母子關係公開化；同時對周樸園與魯侍萍來說，「萍」又是一個有私密意義的修辭符號，它會喚起一段痛苦的愛情回憶，這段回憶，也不能在當下情境中公開。所以，它只能以中斷性表達而告終。但表達的中斷並不是表達的終止，所以「萍……憑」同音轉換在這裡充當了瞬間的修辭過渡：從「你是萍……」的呼喚，過渡到「憑——憑什麼打我的兒子……」的責問。「憑」所掩蓋的「萍」，是一個有著爆炸性潛能的稱謂，一個隱藏、匯聚了多重危機的能指。一旦公開這個能指的真實所指，意味著公開多種潛隱的主體間關係：

- 魯侍萍與周萍的母子關係；
- 周萍與魯四鳳的兄妹關係；
- 周萍與魯大海的兄弟關係；
- 周樸園與魯侍萍原先的主僕／情愛關係。

其中，第二種關係最危險、也最具敘述推動能量：

周萍與四鳳不僅複製了當年周樸園與侍萍的主僕／情愛關係，同時添加了人倫關係。人倫關係對情愛關係的排斥，拒絕他或她進入對方的情感世界。由此暗示了周萍與四鳳比他們的父母更悲慘的結局：當年周樸園與侍萍，先是情愛關係壓制主僕關係，後是主僕關係壓制情愛關係，並導致周家女傭的女兒侍萍被驅逐。如今的周萍與四鳳，先是情愛關係壓制主僕關係，後是人倫關係壓制情愛關係。當隱藏的人倫關係被挖掘出來並在情愛關係中突顯的時候，瞬間規定了兄妹逃離或死亡的結局，驅動了連鎖的悲慘事件：四鳳逃離現場，觸電而死

→ 周沖救四鳳，觸電而死 → 周萍自殺的原因包括了四鳳之死和兄妹不倫 → 繁漪親手製造了危機現場，推助了眾人之死和自己發瘋。

在作者和作品人物構成的由外而內的交流系統中，這是二對二的角色關係產生的文本內外交流系統[6]的變化形式，實際上也是複雜的主體間關係在修辭詩學層面的文本建構功能：間接表達者（作者）佔據著全知視點，了解打人的和被打的都是魯侍萍的兒子，並且清楚「萍」是一個私密性的修辭符號。對此，直接表達者（魯侍萍）知情。但直接接受者（周萍、四鳳等）在上述對話語境中並不知情。內交流系統受阻的交際障礙，不是來自內交流系統中的直接表達者和直接接受者，而是來自外交流系統的信息源：間接表達者（作者）。正是作者設計的修辭情境，使得內交流系統的交際受阻，在另一個層面打開了外交流系統的信息通道，而處於外交流系統兩端的間接表達者（作者）和間接接受者（讀者），越過內交流系統的信息堵塞，共建了審美空間。

以上分析或許可以在一定程度上顯示：修辭詩學拓展了修辭技巧（「你是萍……憑——」同音轉換）的解釋空間。我們在多種場合強調，修辭技巧是值得研究的生動形式，但修辭技巧畢竟限於話語修辭化的「說法／寫法」，修辭詩學關注受「說法／寫法」支配的文本「章法」。而從複雜的主體間關係考量文本的「章法」和敘述推進能量，涉及修辭學「研究什麼」、「怎樣研究」、「為什麼這樣研究」的學理和實踐。

3 修辭哲學層面的描述：話語參與建構話語主體的精神世界及其話後行為

《廣義修辭學》解釋中國古代君王以「日」自命包含著對君之神

---

6 譚學純、唐躍、朱玲：《接受修辭學》（上海市：上海教育出版社，1992年），頁11-13。

性的角色定位。「日」作為君的自我神化的修辭命名，參與君王神性的建構。「君」戴著「日」的光環，從太陽的現實物象，陷入自比太陽的心理幻象，人借助「語言的權力」想像自己的神性。「日」被想像為「君」的另一個主體，成為「君」自我構築的一個虛幻神壇。從君王以「日」自命到臣民以「日」稱君，表面上看起來是一個修辭稱謂，可是一旦「日」成為「君」的修辭符號，「日」的能量就被修辭化為「君」的能量，以修辭化的方式參與了「君」的自我建構。於是，「以君的名義」，修辭化地等同於「以日（天）的名義」，據此可以解釋為什麼「天無二日，國無二君」會被納入同一條認識鏈；據此也可以解釋漢語經驗中一系列「日 → 君」整合的話語結構：如「日君」既指太陽，也喻君王；「日宇」既指太陽的居處，也指帝王宮闕；「日表」指帝王儀表。這種「日 → 君」整合模式，與天人合一、君權神授觀念互相疊合，共同渲染了王者天命、王權至尊的文化主題。

話語參與話語主體的精神建構，有正負效應。後者如譚學純分析的「話語不作為」現象：即表達者不考慮主體間的關係，不區分接受者，也不考慮接受者和表達者的良性互動，只憑著話語克隆體，完成無實質意義的話語行為。「話語不作為」通常出現在主體間的對話被某種模式深度套牢的情境中，重複著對接受者的話語催眠。從客觀上說，「話語不作為」可能包含了某種無奈或不自覺：或者真實的自我不想這樣說，但必須這樣說；或者真實的自我不知道表達者已被話語克隆體控制。從主觀上說，「話語不作為」的主體不願意或不可能以自己的話語形象維護自我在場的尊嚴。不管是表達者客觀上「不可作為」，還是主觀上「不願作為」，都是真實自我的虛假出場；都是某種「說法／寫法」影響、甚至支配了話語主體的「活法」，其話後行為通常在主體間製造話語疲勞、弱化話語主體的親和力。[7]

7 譚學純：〈透視「話語不作為」〉，《中國社會科學報》2010年12月21日。

《廣義修辭學》從修辭哲學層面分析主體間關係，還有一個思考角度：如果質疑人的話語方式和存在方式的關係進入修辭學研究視野，也許已經不知不覺地陷入修辭哲學意義上的陷阱——正是基於個人的學科認知及其內化的話語系統，建構了與此相應的修辭學現實，構築了與此相應的認知圖示和經驗框架。從這個意義上說，審視某種修辭觀，最直接的感受之一，可能來自表述某種修辭觀的話語；而修辭研究者以什麼樣的話語出場，是否也在某種意義上展示了研究者由這些話語建構的精神世界？

分別從修辭技巧、修辭詩學、修辭哲學三個層面描述主體間關係，是為了討論的方便。實際上，語言事實和廣義修辭學的研究實踐體現了主體間關係在修辭三層面的複合映射。

《廣義修辭學》《廣義修辭學演講錄》分析在指向「色情場所」義位上「玉樓／瓦舍」同義並可以構成修辭化的等式：

玉樓＝妓樓

瓦舍＝妓舍

這個修辭化的等式可以變換觀察。等式兩端的「玉／瓦」和「妓」是可替換語素，消除等式兩端的「樓／舍」，提取等式右端的共同因子「妓」，可以重新記作：

玉／瓦＝妓

據此分析：以「玉樓」稱妓樓，在買春者和妓的主體間關係中體現了妓女的價值升格；以「瓦舍」指稱妓館，在另一種主體間關係中包含了對妓女的貶抑態度。「玉樓／瓦舍」同為妓院的修辭代碼，映射出妓女形象被男性消費者賦予的雙重文化品格：亦玉亦瓦。由此擴大為

「玉／瓦」喻象系統，可以發現，中國傳統社會的女子都被男性話語描繪成亦玉亦瓦的複合形象。對此作**修辭技巧**層面的解釋；由「玉／瓦」喻象進一步觀察，「亦玉亦瓦」喻指的女性雙重形象如何投射為「喜玉厭瓦」的男性雙重心理？「人（男人）／神鬼妖狐（女人）」之戀的角色分配如何體現「亦玉亦瓦」的女性形象？如何進入「喜玉厭瓦」的男性敘述？對此作**修辭詩學**層面的解釋；由「玉／瓦」喻象，作更深層次的觀察，女性的角色自認和男性的角色分裂，如何在「亦玉亦瓦」和「喜玉厭瓦」之間遊移？對此作**修辭哲學**層面的解釋。此類修辭三層面貫穿的主體間關係，也見於《廣義修辭學演講錄》的其他篇章。

(二) 廣義修辭學慎用「主體間性」概念的四個理由

重視主體間關係的《廣義修辭學》慎用「主體間性」概念，出於四重考慮：

1 考慮某種理論框架及其核心概念是否構成層層支撐的邏輯結構

《廣義修辭學》的理論框架，由核心概念呈現為層層支撐的三級結構：

表三十二

概念結構	一級概念	二級概念	三級概念
概念術語	（修辭功能三個層面） 廣義修辭學	修辭技巧 修辭詩學 修辭哲學	修辭幻象／修辭認知

	（修辭活動兩個主體）	修辭表達者	話語權／表達策略
		修辭接受者	解釋權／接受策略

觀察上表，如果「主體間性」概念進入《廣義修辭學》的概念系統，該結構試圖體現的邏輯自洽可能被打亂。

2 考慮某種理論指向及其核心概念是否共同支持研究重點和邏輯思路

《廣義修辭學》的理論指向是「修辭」，擬解決的重點問題是嘗試拓寬修辭學研究空間，在「總——分——合」的邏輯思路中展開「修辭三論」。即：

總：修辭功能三層面和修辭活動的兩個主體

分：表達論——編碼的視角

分：接受論——解碼的視角

合：互動論——雙向交流的視角

如果廣義修辭學理論框架的核心概念是「主體間性」，上述研究重點可能轉移，邏輯思路可能也要調整。設計《廣義修辭學》的概念系統，需要選擇：

A：重視主體間關係，建構以三個層面、兩個主體為理論核心的修辭理論；

B：以「主體間性」為核心概念，建構基於主體間性的修辭理論。

相對而言，A 可能更適合《廣義修辭學》的理論指向、研究重點和邏輯思路。當 A 的存在前提發生變化的時候，可以考慮與不同的理論指向、研究重點和邏輯思路相適應的概念或概念群。後者如譚學純採取以義位為固定參照、以義位變體為變動項的流動視點，構擬

「義位——義位變體」的廣義修辭學解釋框架。依據設定的統一參數條件，提取「義位——義位變體」四種模式：

表三十三

研究思路	參照點——變動項	覆蓋語義變異類型
解釋框架 語義變異模式	義位——義位變體 義位A → 義位B	 源語義（自然語義X）→ 目標語義（自然語義Y）
	義位 → 亞義位	源語義（自然語義X）→ 目標語義（自然語義Y′）
	義位 → 自設義位	源語義（自然語義）→ 目標語義（非自然語義）
	義位 → 空義位	源語義（自然語義）→ 目標語義（非自然語義′）

這個解釋框架的上位概念「義位——義位變體」，援用業內熟知的公共概念「義位」，以及葉南所論「義位變體」。[8]義位變體的下位概念「亞義位／自設義位／空義位」見於譚學純的探討。表三十三的核心概念不至於模糊該解釋框架的理論指向和研究重點。

3 考慮某種理論資源及其核心概念的關係能否減少多頭敘述

廣義修辭學重視主體間關係，但表述豐富複雜的主體間關係的

---

8 葉南：〈義位的語境變體〉，《西南民族大學學報》2009年第5期，頁233-237。

「主體間性」，不是廣義修辭學唯一的理論依託，不宜用作廣義修辭學的核心概念。至《廣義修辭學》出版，國內有關「主體間性」的研究，已經積累了十多年的成果。這期間，多種理論資源不同程度地為廣義修辭學及前期研究提供了思想啟迪。如果僅僅用「主體間性」作為廣義修辭學的核心概念，可能稀釋多學科的理論滋養；而如果出自諸多理論資源的核心概念共同支持廣義修辭學，則該理論與支持該理論的概念範疇的關係可能顯得駁雜，甚或可能呈現某種無序狀態。指導研究生寫作的學者們，多半有共同的體會，設計研究思路及具體的指導過程中時常會提醒研究生，理論資源可以豐富，但理論展開最好避免多頭敘述，否則作者難以駕馭，讀者也容易陷入混沌。廣義修辭學注意到這一點，只是做得不盡人意，這也是我們打算第二次修訂而尚未著手的原因之一。

4 考慮某種源理論及其核心概念進入目標文本是否產生源理論信息漏失

「主體間性」涉及的問題很廣，以「主體間性」為題，做一本書，甚至一套書，未必做得完。本文第一節引述的部分文獻、涉及的部分學者，都是為「說不盡的主體間性」編織進一份屬於自己的思考。慎用「主體間性」，包含了我們避免源理論信息大量漏失的考慮。《廣義修辭學》提取「主體間性」概念的核心內容之一主體間關係，也許可以在維持該書理論框架邏輯自洽及其理論指向、研究重點和敘述結構的前提下，減少因我們有關「主體間性」的文獻閱讀不充分而產生的弊端。

綜合以上考慮，涉及另一個可以討論的問題——

三　學術研究：尊重學術概念和選用學術概念

學術研究需要尊重學術概念，這實際上是尊重以概念術語形式打包的思想。

學術論著的理論入口常常是一些概念範疇，理論旅行依託相關的概念範疇。建構或解構某種理論，是學者在自我設定的敘述空間的智力遊戲，是學術概念的能量映射的權力美學。學科奠基多由概念支撐；學科發展多為概念更替；學科重要的理論爭鳴，多為概念之辨。概念的語義變異或偷換，意味著術語運行的邏輯變軌。概念糾纏的表象，隱藏著學術運作機制中某些不容易觀察到的東西。學術史建構和重建該學科的概念系統互為因果，很多情況下，存儲在學術史記憶中能夠隨時召喚出場的，不是浩繁的學術史本身，而是學術史無法刪除的概念範疇。考察修辭史、修辭格史、修辭學史，乃至修辭學科史，不管是著眼全球視野還是本土傳統，不管是注重言語行為的微觀細節還是理論的宏大敘事，也不管出於狹義修辭觀或廣義修辭觀，都可以從學術概念反觀相應的理論資源、研究範式、目標訴求和方法論參照。

不排除學術閱讀的障礙有時來自概念術語，這在很大程度上促進了概念闡釋的學術生產，從而使學術概念的再定義和再闡釋，成為不斷建構的開放系統。我們辨析修辭學與「交叉學科／跨學科／多學科」的概念糾纏，重新定義和闡釋「修辭活動／修辭過程／修辭信息」；[9]重新定義和闡釋 E・G・鮑曼提出的「修辭幻象」，辨析「修辭幻象」與跨學科語境中的「語言烏托邦／烏托邦語言／話語興奮劑／審美幻象」等相關概念的異同；[10]重新定義和闡釋米蘭・昆德拉提出

9　譚學純、唐躍、朱玲：《接受修辭學》（上海市：上海教育出版社，1992年），頁6。

10　譚學純、朱玲：《廣義修辭學》（合肥市：安徽教育出版社，2001年），頁182-184；譚學純：〈修辭幻象及一組跨學科相關術語辨〉，《安徽師範大學學報》2005年第4期，頁96-101。

的「存在編碼」，[11]都不過是在學術概念再定義和再闡釋的開放系統中加入一種聲音。學術概念再定義和再闡釋的同時，可能也在講述與該概念相關的學術故事，這可能與其他的闡釋形成思想的縱向接力，也可能形成思想的橫向並存。更多的可能，是思想的縱向接力和橫向並存相互映射。

選用學術概念，是學者選擇特定的路徑參與學術史建構的一種方式。某個概念術語高頻復現於學術文獻，反映一個歷史時期的學術熱點及走向，在學術研究實踐中的衍生狀況，以及相關研究範式的理論問題與學術生長空間。也反向地透露出一種學術事實：學者需要借助某個概念證明某種理念。當概念術語被引述者用以引導讀者信奉引證文獻隱含的話語權威時，引述者希望讀者信奉的理論權威悄然轉換為概念的權威，但是經過學術市場運作的這一切不應該導致對其他概念術語的牴觸，因為理論的豐富往往伴隨著支撐該理論的概念系統的豐富。

正如學術研究的多元模式和多元格局各有存在的理由，學術概念的使用各有不同的理念。廣義修辭學選用或慎用某種概念術語，是作者介入學術話語場的一種個人方式，也是作者尊重學術概念的個人方式。臺灣廣告創意人李欣頻有篇文章，標題很別致：〈不要拿別人的地圖，找自己的路〉。我想能不能改造一下李欣頻女士的立意：當別人的地圖能夠為自己行走提供參照座標的時候，不要忘了，地圖是別人的，踩出的路上留著自己的腳印，哪怕這是一串歪斜的腳印，它記錄的是自己的探索——這也是我所理解的「別人的地圖」和「自己的路」雙向建構的主體間關係。

---

11 譚學純：〈「存在編碼」：米蘭・昆德拉文學語言觀闡釋〉，《中國比較文學》2009第1期，頁98-106。

附錄

壹

作者修辭學著作簡介（1992-）

一、《接受修辭學》　譚學純、唐躍、朱玲合著。上海教育出版社1992年初版，18萬字；安徽大學出版社，2000年增訂版，28萬字。

內容簡介：修辭活動是表達——接受的互動行為：表達者提供獲取言語交際優化效果的可能性，接受者完成由可能性向現實性的轉化。修辭接受不僅實現修辭表達的價值，而且對表達產生重要影響。接受既是修辭活動的結果，也是它的前提。沒有「接受」的前提，表達無需發生；沒有「接受」的結果，表達等於沒有發生。言語交際避免短路，必須研究修辭接受。然而，基於學術史的宏觀考察和基於語言事實的微觀分析都顯示了修辭研究重表達、輕接受的不平衡格局，本書為國內第一本系統研究修辭接受，構築《接受修辭學》理論體系的專著；亦為西方的接受美學在中國文學界和美學界激起學術興奮點的二十世紀九〇年代初期，國內語言學界最早的學術呼應。

二、《小說語言美學》　唐躍、譚學純合著。安徽教育出版社，1995年版，24萬字。

內容簡介：「文學是語言的藝術」，作為理論界最熟悉的語錄，其實蘊含著很多未經闡明和驗證的「是什麼——怎麼樣——為什麼」。有感於此，本書以小說語言為考察對象，以新的理論資源和研究視角探討小說語言觀念、語言情緒、語言節奏、語言格調、語言造型、語言變異等，為重新審視「文學是語言的藝術」注入美學內涵。

三、《人與人的對話》　譚學純著　安徽教育出版社　2000年版，21萬字。

內容簡介：國內同類著作中第一次把對話研究從話語層面延伸到文化哲學層面的理論專著，《光明日報》曾刊發觀點摘要：「對話不僅是一種交際手段，更是一種生命的內在訴求；對話不僅是一種信息交換，也是一種價值交換，同時還是一種感覺交換；對話不僅是語言、思想的饋贈，同時也包括了人類生存方式的相互參照。對話是生命的相互燭照，是存在的相互趨近，是自我與他人共同在場的相互審視和相互認證。（〈對話是生命的內在訴求〉見2001年8月23日《光明日報》）

四、《廣義修辭學》　譚學純、朱玲著。安徽教育出版社，2001年版，42萬字；2008年修訂，58萬字。

內容簡介：本書以修辭功能「三個層面」（修辭技巧、修辭詩學、修辭哲學）和修辭活動兩個主體（表達者／接受者）為理論基點，以「表達論」、「接受論」和「互動論」為主體構件，全書共四編十二章。第一編「總論」三章，依次闡明廣義修辭學的理論資源和理論生長點。在此基礎上，第二至四編（四至十二章）分別研究：「表達論」、「接受論」、「互動論」。第一次提出和闡釋「話語權和修辭策略」、「解釋權和接受策略」、「修辭策略的雙向調控」等理論命題及運作機制，在諸多同類研究未曾涉及的重要理論問題上，作者提出一系列新見解。該書最具理論衝擊力的觀點，是深入闡釋了「人是語言的動物，更是修辭的動物」的命題，強調修辭不僅是人的言語活動，同時也參與人的精神建構，修辭話語對人的行為導向和價值參照功能，不應該是被理論屏蔽的幽暗地帶。對這一系列理論問題的原創性研究，需要進入多學科共享的公共學術空間。

五、《修辭：審美與文化》　譚學純著。福建人民出版社，2002年版，25萬字。

內容簡介：書名及研究重點基於作者《接受修辭學》初版提出的一個觀點：修辭話語在語義信息之外，攜帶著豐富的審美信息和文化信息。本書是這一觀點的學術展開：修辭是對世界的審美化偏離，修辭與文化雙向投射。前者挖掘與解釋人如何按照「美的原則」對世界進行修辭化的編碼和解碼；後者挖掘與解釋修辭和社會文化價值系統的和諧與分離。

六、《修辭研究：走出技巧論》　譚學純、朱玲著。安徽大學出版社，2004年版，23萬字。

內容簡介：學術界強調在相同的學術層次與國外同類研究對話，卻很少有人意識到：關注焦點主要限於修辭技巧的中國現代修辭學，如何在不知不覺中拉開了與國外修辭學研究前沿對話的距離。雖然修辭技巧是修辭學研究的一個十分重要的話語場，但「技巧」之外的修辭世界更廣闊。走出技巧論的修辭研究著力探索「技巧」之外的修辭世界，為拉近與國外同類研究前沿對話的距離提供廣義修辭學的觀察與解釋。

七、《修辭認知和語用環境》　譚學純、朱玲、肖莉著。海峽文藝出版社，2005年版，25萬字。

內容簡介：在互聯網搜索有關認知方面的研究成果，可以發現語義認知、語法認知、語用認知、邏輯認知的研究成果十分密集，而修辭認知的研究成果相對稀疏。本書涉足這一薄弱環節，在動態語用環境中觀察與解釋修辭認知及其動因機制。

八、《文學和語言：廣義修辭學的學術空間》　譚學純著。上海三聯書店，2008年版，31萬字。

內容簡介：從廣義修辭學聚焦文學和語言問題，主體內容分上下兩篇：上篇「文學語言、文學現象、文學史的廣義修辭學闡釋」；下篇「語言教育、語言生活、語言運用的廣義修辭學考察」。附錄收入作者為同類學術成果所寫的序言和作者本人同類成果的序言，這些文字中有廣義修辭學的不同看點和尚待開發的領域。

九、《廣義修辭學演講錄——人是語言的動物，更是修辭的動物》　譚學純著。上海三聯書店，2012年版，32萬字。

內容簡介：本書是作者代表作之一《廣義修辭學》主要內容的進一步展開與延伸。正文收入作者在北京大學、復旦大學、浙江大學、武漢大學等高校的學術交流記錄。附錄與演講內容可以體現某種學術互文性。全書由問題意識驅動的個案研究觸及學術創新的關鍵和學科建設的深層次。演講話語犀利、深刻而富有機趣，是對人作為「修辭動物」的生動詮釋。

十、《問題驅動的廣義修辭論》　譚學純著。人民出版社，2016年版，30萬字。

內容簡介：本書寫作由問題意識驅動，在複雜的學科背景和關係中，聚焦一個核心問題，透視學科生態；圍繞三個關鍵詞「交叉學科／跨學科／多學科」與修辭學的關聯，挖掘派生問題；結合理論與應用，探求解決問題的可能性。全書六章，一級結構每章標題均為「問題驅動的 XX 研究」，二級結構每章首節標題均以「問題意識」提煉話題。作者作為中國修辭學界有影響力的代表人物之一，其理論主張和學術實踐為修辭學「研究什麼／怎樣研究／為什麼這樣研究」構建了新的範式；為提振學科形象、推動學科發展，提供了視野開闊、論繹嚴謹、剖析犀利、且有理有據的學術文本。

貳

《廣義修辭學》出版以來作者相關論文篇目（2001-）

2001

1.我所理解的「集體話語」和「個人話語」	《社會科學研究》第1期
2.漢語俗語英譯：信息減值的三種形式及其原因	《福建外語》第2期
3.公開的合唱和地下的變奏：再論文革文學話語	《東方叢刊》第3期
4.話語權和話語：兩性角色的「在場」姿態	《寧波大學學報》第4期
5.一個粘貼文本的還原分析及其學術質疑	《學術界》第6期

2002

6.質疑「漢語的險境和詭謬」	《福建師範大學學報》第1期
7.坐——在場姿態和生存寓言	《光明日報》2月28日
8.中國修辭學學科發展憂思	《福建外語》第2期
9.中國古代時空秩序的修辭建構及其理據	《新疆大學學報》第3期
10.古代修辭學和詩學：理論資源共享和研究方法互補	《淮陰師範學院學報》第3期
11.把握欲望的臨界	《光明日報》6月27日
12.重讀《紅高粱》：戰爭修辭話語的另類書寫	《青海師範大學學報》第4期

13.躺、坐、站、走：主體「在場」姿態的修辭化認證	《海南師範學院學報》第4期
14.民以食為天	《光明日報》9月26日
15.人是語言的動物，更是修辭的動物	《遼寧大學學報》第5期

2003

16.釋「日」：審美想像和修辭幻象	《南京師範大學學報》第1期
17.人不能證明自己	《光明日報》2月26日
18.文革文學修辭策略	《福建師範大學學報》第2期
19.修辭話語建構：自覺和不自覺	《遼寧師範大學學報》第5期
20.修辭學研究突圍：從傾斜的學科平臺到共享學術空間	《福建師範大學學報》第6期

2004

21.學術批評：找回無需避諱的「侷限」	《修辭學習》第1期
22.小說語言的闡釋空間——兼談我的小說語言觀	《江漢大學學報》第2期
23.百年回眸：一句詩學口號的修辭學批評	《東方叢刊》第2期
24.簡評《實用字母詞詞典》	《語言科學》第2期
25.修辭話語建構雙重運作：陌生化和熟知化	《福建師範大學學報》第6期
26.張宗正《理論修辭學》序	中國社會科學出版社

2005

27.仿擬／戲擬：形式、意義、認知　《長江學術》第1期
28.現場交流：平等對話和心靈互動　《修辭學習》第1期
29.中國學術研究：呼喚學派意識　《光明日報》2月3日
30.學術期刊：學術話語的集散地　《光明日報》2月24日
31.在大視野中逼近研究對象　《古籍研究》第2期
32.修辭學研究：走向大視野　《福建師範大學學報》第3期
33.修辭幻象及一組跨學科相關術語辨　《安徽師範大學學報》第4期
34.郎才女貌／郎財女貌：社會婚戀心態話語分析　《湖南社會科學》第5期
35.語言教育：概念認知和修辭認知　《語言教學與研究》第5期
36.漢字規範和文化阻力　《光明日報》6月30日
37.「棄子逐臣」：一個結構性隱喻　《光明日報》8月22日
38.歷史與修辭相遇　《光明日報》9月29日

2006

39.修辭場、語象系統、修辭認知和文學閱讀　《福建論壇》第2期
40.學術傳播和話語權　《光明日報》3月23日
41.「綠色～～」：表色語義修辭認知闡釋　《語言科學》第3期
42.語用環境：釋義和認知　《湖南社會科學》第4期
43.全球化背景下的中國語言教育對策和話語權　《語言文字應用》第4期

44.再思考：語言轉向背景下的中國文學語言研究	《文藝研究》第6期
45.想像愛情：文學修辭的意識形態介入——20世紀中國文學類型史之一	《福建師範大學學報》第6期
46.肖莉《空靈敘事：汪曾祺創作論》序	吉林人民出版社

2007

47.《文學和語言：廣義修辭學的學術空間》自序	《修辭學習》第4期
48.巴金《小狗包弟》：關鍵詞修辭義素分析和文本解讀——兼談文學修辭研究方法	《華東師範大學學報》第5期
49.全球視野和中國修辭學學科形象重建	《福建師範大學學報》第6期

2008

50.基於修辭學學科交叉性質的觀察與思考	《修辭學習》第4期
51.比喻義釋義模式及其認知理據	《語言教學與研究》第1期
52.語用環境：語義變異和認知主體的信息處理模式	《語言文字應用》第1期
53.修辭學批評：走出技巧論	《遼東學院學報》第4期
54.身分符號：修辭元素及其文本建構功能——《李雙雙小傳》敘述結構和修辭策略	《文藝研究》第5期
55.「～～入侵」：修辭認知和術語創新	《南大語言學》（第三編）

56.中國修辭學研究30年：解讀三組關鍵詞 《湖北師範學院學報》第6期
57.羅淵《中國修辭學研究轉型論綱》序 中國社會科學出版社

2009

58.「存在編碼」：米蘭・昆德拉文學語言觀闡釋 《中國比較文學》第1期
59.修辭觀：話語權和學術操作 《福建師範大學學報》第2期
60.亞義位和空義位：語用環境中的語義變異及其認知選擇動因 《語言文字應用》第4期
61.中國文學修辭研究：學術觀察、思考與開發 《文藝研究》第12期
62.連曉霞《政治意識形態規約下的文學話語》序 河南人民出版社

2010

63.「修辭學轉向」和中國修辭學的方向 《中國社會科學報》1月5日
64.辭格生成與理解：語義・語篇・結構 《當代修辭學》第2期
65.鄭子瑜：被「修辭學史家」遮蔽的學術身分 《福建師範大學學報》第2期
66.語言學研究與公共閱讀 《中國社會科學報》7月1日
67.《漢語修辭格大辭典》：編撰背景、編撰定位和詞典結構 《辭書研究》第5期

68.肖莉《小說敘述語言變異研究》序 中國社會科學出版社

69.透視「話語不作為」 《中國社會科學報》12月21日

2011

70.「廢墟」語義和《廢墟》語篇敘述及相關問題再探討 《當代修辭學》第1期

71.語用環境中的義位轉移及其修辭解釋 《語言教學與研究》第2期

72.這也是一種 X：從標題話語到語篇敘述 《語言文字應用》第2期

73.修辭學：「交叉學科」抑或「跨學科」 《中國社會科學報》6月21日

74.一個微型語篇的形式、功能和文體認證 《華東師範大學學報》第6期

2012

75.巴赫金小說修辭觀：理論闡釋和問題意識 《中國比較文學》第2期

76.公共話題轉換為個人話語：修辭化及其限度 《福建師範大學學報》第2期

77.「這也是一種 X」補說：認知選擇、修辭處理及語篇分析 《語言教學與研究》第5期

78.文學修辭研究：文學與語言學互為觀照 《中國社會科學報》8月6日

79.高群《修辭論稿》序 黃山書社

2013

80.中國修辭學：三個關聯性概念及學科生態、學術空間 《長江學術》第2期

81.小說修辭學批評：「祈使——否定」推動的文本敘述 《文藝研究》第5期

82.融入大生態：問題驅動的中國修辭學科觀察及發展思路 《山東大學學報》第6期

83.高志明《通感研究》序 西南交通大學出版社

2014

84.語用環境中的語義變異研究：解釋框架及模式提取 《語言文字應用》第1期

85.融入大生態：修辭學研究突圍十年回顧與反思——基於廣義修辭觀的學術邏輯和學術實踐 《當代修辭學》第2期

2015

86.修辭學研究：學科之問與學術之問 《福建師範大學學報》第1期

87.新世紀文學理論與批評：廣義修辭學轉向及其能量與屏障 《文藝研究》第5期

2016

88.廣義修辭學三層面：主體間關係及相關問題 《當代修辭學》第1期

89.廣義修辭學／修辭學大視野：理據與實踐	《福建師範大學學報》第2期
90.朱玲《中國古代小說修辭詩學論稿》序	人民出版社
91.肖翠雲《中國語言學批評的緣起於演進》序	人民出版社
92.袁影《西方修辭學核心概念要著選讀》序	上海外語教育出版社

2017

93.信息碎片化時代：《問題驅動的廣義修辭論》微閱讀	《湖南科技大學學報》第1期
94.學術文本讀寫身份轉換：理論闡釋及樣本分析	《當代修辭學》第3期
95.《牛虻》人物身分符號及角色關係：語義分析和敘述修辭	香港《文學跨學科研究》第3期
96.「義位 ⟷ 義位變體」互逆解釋框架：基於《現代漢語辭典》5-7版比對的新詞新義考察	《語言文字應用》第4期

參

學術界對本書作者成果的學術評價摘要

一　見於學術史論著的專節評價

（一）宗廷虎主編：《20世紀中國修辭學》，節標題「譚學純的廣義修辭學」，中國人民大學出版社，2007年，頁609-618。

文摘：譚學純的修辭學研究大致可以分為四個階段：文學話語修辭形態研究──接受修辭學研究──修辭哲學研究──廣義修辭學體系建構。歷時地看，雖然前三個階段的研究最後合流於廣義修辭學，但如果分段考察，其每一個階段的研究，都代表了這一時期這一學科這一方面的最高水準。《廣義修辭學》以「三層面」和「兩主體」為基點，更以「表達論」、「接受論」和「互動論」為主體構件，第一次全面系統詳細地對修辭的全過程進行全方位的觀照，第一次提出「話語權和修辭策略」、「解釋權和接受策略」、「修辭策略的雙向調控」等重大理論命題和運作機制，這就使得這一體系血肉豐滿，具有較強的解釋性。在「表達論」中，作者一改傳統的論證套路，從話語權和表達策略，修辭幻象、修辭原型三個方面說明修辭表達的過程與機制。作者從哲學的高度確立行使話語權的主體表達者──「誰在言說」，提出「由話語權向表達策略過度」的「向誰言說」，進而提出「表達策略的審美實現」的「如何言說」，並以中華民族歷史為考究對象，對話語權的再分配與表達策略的關係進行分析，令人信服地得出話語權與修辭策略的重要地位和緊密關係。在「接受論」中，譚氏主要論述的是修辭活動的另一端——解釋權和接受策略。作者認為：「當一個群體共同面對一個相同的修辭文本時，是把修辭接受交給一個共同的解釋機制，還是把修辭接受交給接受者自己，這是我們討論解釋權的出發點。」而譚氏認為解釋權是一種「價值認證，是一種認知導向，也就是說，解釋體現了解釋者的價值觀念、認知水準等綜合文化素養。所以，具有不同文體背景、經驗意識的中外解釋者會有不同的解釋策略，這種認識和修辭表達是一致的。「互動論」可說是譚學純廣義修辭學的最終歸宿，這是從修辭主體向主體間的哲學延伸，是對整個修辭過程、修辭角色、修辭行為、修辭因素的有機整合。論證了修辭話語權和修辭解釋權之間的互動互轄互補的複雜關係，最後歸結到微觀的修辭話語雙向建構，宏觀的修辭策略雙向調控，完成了廣義修辭學的建構之旅。譚學純大大拓展了修辭學研究的空間，對中國修辭學有著重要貢獻。

（二）羅淵：《中國修辭學研究轉型論綱》，節標題「從狹義修辭學到廣義修辭學轉型的學術價值」，中國社會科學出版社，2008年，頁213-218。

文摘：從「狹義修辭學」到「廣義修辭學」是中國修辭學歷史上的第三次轉型。「狹義修辭學」指的是建立在語言學本位基礎上的以辭格為中心、以技巧為核心的修辭學研究類型，是一種語言學本位觀的修辭學研究類型。從二十世紀開始到二十世紀末期的中國現代修辭學總體上屬於狹義修辭學。「廣義修辭學」的名稱源於譚學純、朱玲的同名著作《廣義修辭學》，以該書為代表的一批修辭學著作，明確、自覺地以突破語言學本位觀念、走出技巧論為出發點，從更為廣泛的社會人文、心理思維、乃至自然存在等背景之下來探索修辭學發展新路經。中國修辭學從「狹義」到「廣義」的轉型具有重要的學術價值，表現在三個方面：觀念變革、理論深化和發展潛力。

（三）鄭子瑜、宗廷虎主編：《中國修辭學通史》第五卷，節標題「譚學純等的接受修辭學」，吉林教育出版社，1998年，頁321-326。

文摘：(《接受修辭學》)在中國修辭學發展史上有開拓新領域之功，它第一次明確系統地提出了建立漢語接受修辭學的思想，闡明了接受修辭學的意義，這無疑給漢語修辭學在九〇年代的進一步發展注入了活力。

（四）袁暉：《二十世紀漢語修辭學》，節標題「譚學純、唐躍、朱玲的《接受修辭學》」，書海出版社，2000年，頁548-550。

文摘：(《接受修辭學》)是中國第一本從接受者角度論述修辭的著作，是以現代修辭學為基點，結合接受美學、符號美學、審美心理學以及文化學等有關理論，建構起接受修辭學的理論體系。

（五）魯國堯：《語言學和接受學》，節標題「說譚書魯文」(按：「譚」指譚學純，「魯」指魯國堯)，《漢語學報》2011年第4期，頁2-10。

文摘：在語言學界首先注意到接受學，並將其引入的是譚學純教授，他著有《接受修辭學》，上海教育出版社一九九二年出版，此書的增訂本二〇〇〇年由安徽大學出版社出版。譚學純教授指出，過去的修辭學著作過於重視「修辭信息的表達者」和「修辭信息的物質承擔者（話語材料）」，「冷落了接受者」，他特別提出「變換研究視角」(即「從表達到接受」)，於是形成了自己的修辭理論，而在中國修辭學界獨樹一幟。如果以後有人寫《中國語言學思想史》或《中國語言學學術史》，應該寫到譚學純先生，他率先引進、運用了「接受美學」。

二　見於學術綜述的部分評價

（一）吉益民：〈國內修辭學研究的特點及走向述評〉，《江蘇教育學院學報》2002年第4期，頁98-100頁。

文摘：廣義修辭學既修正了傳統（狹義）修辭學研究中那種重表達、輕接受的傾向，又在更為廣闊的理論背景下促進了修辭學研究從「技」向「藝」提升，從語言學向文藝美學和文化哲學層面延伸，從而建立起雙向互動的多元化的理論體系。它既不同於中國傳統（狹義）修辭學，也有別於西方具有後現代主義特徵的廣泛修辭。因為它既有開放的研究體系，又有自身的學科定位。它追求的是與當代語言生活的有效互動，從而實現「學科的跨越」意義上的理論構築。與新興的廣義修辭學相比，傳統（狹義）修辭學研究的確已經暴露出理論提升的乏力和自我關閉的侷限，從社會實際需要來看，也有研究理論滯後的弊端。但是它還可以通過自身系統內的調整來鞏固自己的學科地位，可以通過方法的更新和理論的完善來顯示自己存在的價值。世紀之交誕生的廣義修辭學已經成為中國修辭學研究中一個新的亮點。人們在用半信半疑的眼光來打量它的時候，已經逐漸感受到它那特殊的魅力。它為中國修辭學研究開闢了一條開放型的研究路徑，拓展出一個更為廣闊的生存空間。隨著研究的深入和理論體系的完善，它必將以傳統（狹義）修辭學無法比擬的姿態立身於國內修辭學研究領域，凸現出其強大的理論提升力和多元化的開放體系，從而會成為國內修辭學研究中的一個熱點，進而推動中國修辭學研究與世界接軌。

（二）段曹林：〈新世紀以來中國修辭學科建設與發展研究綜論〉，《福建師範大學學報》2015年第1期，頁53-57。

文摘：新世紀以來，學界在以往研究範式的基礎上，注重新的「研究範式」的構建和實踐，如劉亞猛主張「修辭象徵研究」、劉大為倡導

「修辭構式研究」、胡範鑄提出「新言語行為研究」，還有不少其他學者試圖引入「互文性分析」、「語篇分析」、「批評語言學」、「社會心理分析」、「傳播理論」、「認知學科」等新興理論和方法建構修辭學研究範式。其中，新的研究範式中影響最大、成果最豐的無疑是譚學純等「廣義修辭研究」，不但有系統的理論闡發，如《廣義修辭學》，更有深化細化的理論展開和一系列成功的實證檢驗，《廣義修辭學演講錄》、《文學和語言：廣義修辭學的學術空間》、《修辭研究：走出技巧論》、《修辭認知和語用環境》等。這一範式「能從多門科學的結合部看到修辭學的新生長點，能從多種方法的融匯處找到修辭學研究的新途徑」（轉引高萬雲語），作為學科建設和科學重建的突出成果，已經並將繼續為新世紀中國修辭學的理論創新和學科創新發揮良好的示範、引領作用。

（三）張春泉：〈基於 CSSCI 期刊發表成果的語義變異研究之修辭學考察〉《福建師範大學學報》2015年第3期，頁44-47。

文摘：譚學純是國內最早綜合運用語用學、語義學、文藝學、美學等理論資源，從廣義修辭學角度研究語義變異的學者。其語義變異研究呈現出如下總體特點：其一，研究成果宏贍系統。作者在語義變異方面的修辭學研究於學界用力最勤、成果最豐。其二，研究方法科學。精細描寫與系統闡釋有機結合，邏輯思辨與實證研究相結合。新世紀以來，譚學純尤其注重在動態語用環境中觀察與解釋語義變異的修辭機制：作者自言「近年我們的關注焦點，比較多地集中在語用環境中的語義變異問題上，關注的過程中，發現了一些問題，也試圖解決一些問題。」在解決問題的過程中昇華了漢語語義變異理論，提高了修辭學的理論品位：採取以義位為固定參照、以義位變體為變動項的流動視點，構擬「義位——義位變體」解釋框架；依據設定的參數條件，提取「義位——義位變體」四種模式：義位 A→義位 B、義位

→亞義位、義位→自設義位、義位→空義位。這一解釋框架有很強的解釋力及可推導性。

（四）高萬雲：《理論與方法：新世紀文學語言研究之研究》，節標題「譚學純的文學修辭研究」《當代修辭學》2011年第1期，頁86-95。

文摘：譚學純的文學語言理論研究有著濃烈的時代氣息，這在概念範疇和思想資源方面都有體現。如同樣是研究文學語言的陌生化，譚氏的研究運用新的視角和新的方法，在宏觀上作辯證考察，中觀上作認知闡釋，微觀上作修辭分析。他認為文學的修辭話語構建是兩個認知系統的雙重運作，通過修辭認知，變熟悉為陌生；通過邏輯認知，變陌生為熟悉。前者體現的是修辭配價關係，以話語主體的感覺系統為基礎；後者體現的是語法配價關係，以話語主體的理性系統為基礎。從而完成了文學建構的全過程。可以說，譚氏的研究不僅有新意，而且有深度。正是有了這樣的視角和方法，所以，譚氏主張解讀文學話語要「超越文化宿命」，主張對小說語言研究採用本自語言學但又超越語言學的雙重闡釋空間。也正是有了這樣的視角和方法，譚氏更主張既要重視文學語言的修辭技巧研究，也要重視文學語言的修辭詩學研究；既要立足當代學術語境詮釋傳統資源，也要以民族思維審視域外理論及其可操作性。於是，在把修辭學引入文學批評的前提下，譚學純對現代文學史上的一些理論誤導進行了重新審視，指出「吾手寫吾口」的語體誤認與邏輯悖謬，進而作出頗具示範性的修辭學批評。譚學純對文學作品語言和修辭的個案分析，正是對其上述理論的實踐和論證。這方面最具代表性的文章應屬《身分符號：修辭元素及其文本建構功能——李準〈李雙雙小傳〉敘述結構和修辭策略》，譚氏以李雙雙的二十一個身分符號為切入點，解析它們的分佈及其修辭功能和與此相關聯的深層文化內涵，進而探討其修辭策略，並延伸到對文學修辭研究方法的探討。由此可以看出，譚氏對文學作品的個案分析，也都具有理論深度，這是當今語言學和文學兩界的文學語言研究少見的。

（五）肖翠雲：〈文學修辭批評兩種模式及學科思考〉，《福建師範大學學報》2013年第3期，頁51-58。

文摘：從《廣義修辭學》到《廣義修辭學演講錄》，作者始終強調「人是語言的動物，更是修辭的動物」，修辭不僅是人與人之間交際的重要工具，更是人的本質性生存方式。人以修辭的方式參與世界的建構，在此過程中，修辭也參與人的精神世界的建構，兩者是相互依存、雙向互動的關係。在譚學純的理論和批評中，有兩個大寫的修辭符號：文本和人本，在文本方面，以精細的語言學分析見長；在人本方面，將話語世界與人的精神世界關聯起來，從修辭哲學的高度著重考察話語是如何參與人的精神世界的建構，顯示出強烈的人文關懷。譚學純的獨特之處在於：以語言分析為起點，但在行進途中，將語言與文本、與人的精神世界勾連起來，終點落在語言之外，向人的精神世界掘進。既注重文學的語言性，又注重語言的文學性；既注重文本細部的語言形式分析，又注重宏觀的文本闡釋和哲學觀照，在「話語、文本、人本」的三維立體層面上，把修辭技巧、修辭詩學和修辭哲學結合在一起，使文學修辭批評既避免了「得意忘言」式的偏頗，也避免了「得言忘意」的片面，從而走向「得意在言」、「由言觀意」、「言意結合」開放式的文學修辭批評空間。譚學純的學術研究主要在語言學和文藝學領域展開，語言學和文藝學雖然都研究文學的語言，但兩者在理論方法、思維方式等方面都存在很大差異，因此，不論是從語言學到文藝學，還是從文藝學到語言學，都必須具有兩個學科的知識儲備，否則很難進行跨界研究。《廣義修辭學演講錄》、《文學和語言：廣義修辭學的學術空間》等著作，顯示了作者的語言學素養，這是他區別於文藝學界搞文學修辭研究的學者的地方，也是他的文學修辭批評能夠遊刃有餘地進行語言分析的原因所在。但語言學的學術身分和學科歸屬沒有束縛作者的學術視野，而是汲取語言學科之外其他相鄰學科的理論資源，打破這些學科之間的學術壁壘，在多學科交叉融合的視野中自由穿行，這是他區別於語言學界搞文學修辭研究的學者的地方，也是他的文學修辭批評能夠遊刃有餘地向文本世界和人的精神世界進行提升的原因所在。將「廣義修辭學」批評模式置放於語言學界和文藝學界的文學修辭研究中進行考察，可以發現其獨特性在於：一、以語言學的眼光和精細的語言學分析彌補文藝學界審美分析有餘而語言分析不足的缺憾；二、以文藝學的眼光和靈動的審美文化分析啟動語言學界純語言學分析的呆板；三、以語言學——文藝學的雙重視野搭建起語言學與文藝學溝通的橋樑，汲取雙方的優勢，進行整合、優化，拓展了文學修辭研究的學術空間。

（六）肖莉：〈繼承與新變：新世紀小說語言研究綜論〉，《東南學術》2014年第3期，頁201-207。

文摘：譚學純在總結新時期文學語言研究時談到：「學術傳播是通過一套特定的話語和話語規則實現的。在很多情況下，建構一種理論，首先需要提煉出一系列相應的概念範疇；解構一種理論，也首先需要顛覆支撐這種理論的概念範疇。很難想像，學術研究的深入，可以離開塑造學術形象、豐富學科經驗的話語譜系。」以此為參考，我們在中國知網檢索二〇〇一年以來小說語言研究的關鍵詞，約略可以看出新術語增多、理論資源更為豐富。關鍵詞的變化，在深層體現的是研究主體在解讀新的學術現實時蘊含了新的思想資源，新語在介入研究的同時，激活了研究主體的新思維。譚學純主張對小說語言研究，採用本自語言學但又超越語言學的雙重闡釋空間。也正是有了這樣的視角和方法，譚氏主張小說語言研究要走出技巧論，要從語言層面上升到詩學層面；既要立足當代學術語境詮釋傳統資源，也要以民族思維審視域外理論及其可操作性。譚學純對小說語言的個案分析，正是對其上述理論的實踐和論證，是當今語言學和文學界都不多見的。

（七）郭洪雷：〈近三十年小說修辭研究綜論〉，《福建師範大學學報》2016年第2期，頁91-98。

文摘：在觀念、理論、方法的對話和碰撞中，首先引起人們注意的，是從傳統語言學研究領域突圍而出的力量，其中以譚學純、唐躍等人的研究最具代表性。八○年代中後期，譚學純、唐躍從新時期小說語言變異現象入手，對小說中的語言情緒、語言功能、語言表現、語言節奏、語言距離、語言造型和作家的語言能力進行了深入、系統的研究。他們攜帶著極為敏銳的語言感覺，在理論上大膽跨界，多方汲取，在具體批評實踐中不拘泥於理論成規，顯示了清晰而靈活的闡釋方略。例如《語言情緒：小說藝術世界的一個層面》以新時期幾位活躍作家的創作為對象，既有「畫龍點睛」式的評點掃描，又有極為精到的文本解讀。在對路東小說《！！！！！！》的解讀中，他們從「語詞平面的意象封閉圈」、「語式層面的結構封閉圈」、「語調層面的情感封閉圈」出發，對小說的語言情緒進行了多維的、立體化的把握。文章雖是牛刀初試之作，卻能充分反映這一研究路徑的優勢和特長。對於他們合作研究的價值和意義，何鎮邦先生曾給出過充分肯定：「他們把西方有關文學語言新的理論引進，但不止於介紹這些語言學理論，而是以他們為參照、為武器，去剖析新時期文學創作中各種新的語言現象。他們的系列論文在全國一些刊物推出後引起了相當強烈的反響」；「他們的初步成果值得重視」。從表面看，他們的系列論文並未特別標舉「修辭」，但從文章對小說語言、結構和文體的分析看，已經呈現出非常明確的修辭意識。這樣，我們也就能夠理解，為什麼他們將「修辭學視角」放置在小說語言體驗的首位，並對布斯的《小說修辭學》和王一川對小說的修辭論闡釋給出高度評價了。在後來的研究中，譚學純、朱玲進一步拓展領域，在一系列高水準修辭文化研究的基礎上，推出了《廣義修辭學》《接受修辭學》，完成了對此前批評實踐的理論定型和體系建構，同時也完成了在小說修辭研究領域的理論站位。兩部專著雖非專論小說，但他們在研究中呼籲走出封閉的修辭技巧，對修辭功能從「修辭技巧」、「修辭詩學」、「修辭哲學」三個層面進行把握，從而使作家的修辭行為轉化為修辭文本的語符化過程得到了立體呈現。他們從「表現」、「接受」、「互動」三個環節理解人的修辭行為，強調修辭行為的過程性和動態性。這在無形中形成了與布斯和詹姆斯・費倫之間的理論對話，彌補了前者一味強調作者控制的理論偏頗，與費倫對小說修辭中「過程」、「互動」的強調遙相呼應。尤為難得的是，他們把對「修辭」的理解提升到哲學層面，認為修辭不僅僅是被動地反映社會現實和主體生存，同時也主動地參與主體生存模式的建構。「修辭話語的意義模塑著主體，反過來，主體的行為方式又被不斷地寫進語義空框的『召喚結構』。一方面，人賦予修辭話語以意義；另一方面，修辭的意義世界像一個模子，模塑著人的行為方式和生存樣態。因此，話語主體創造了修辭的生動形式，修辭也參與建構著話語主體的精神世界。」這樣的理論建構，已然觸及人類行為的價值領域和精神世界。對於小說修辭研究而言，《廣義修辭學》具有奠基作用，其理論高度具有深刻的啟示意義。

三　見於學術專欄的部分評價

(一) 高萬雲：〈廣義修辭學範式：本體論、認識論、方法論〉，《當代修辭學》2014年第2期，「廣義修辭學研究」專欄，頁58-66。

文摘：作為中國修辭學的一種研究範式，廣義修辭學具有三大特點：

即修辭技巧、修辭詩學、修辭哲學三位一體的修辭本體論，把修辭看作通向語言世界和精神世界重要途徑的修辭認識論，多維與交叉有機統一的修辭研究方法論。這一研究範式，提升了修辭學研究的理論價值和學術品味。廣義修辭學有自己的理論系統和概念範疇；有自覺的、系統的本體論、認識論和方法論；有特色鮮明的解釋力和可操作性。但也有需待完善和發展的空間，對此，作者十年前就有正視「侷限」的清醒和胸懷。《廣義修辭學》於二○○一年出版以來，重印九次，修訂一次，據悉，作者已考慮第二次修訂。用作者自己的話說，理論的解釋力需要在實踐中不斷地打補丁和升級。

（二）鹿曉燕、高萬雲：〈修辭主體間性的兩個基本問題〉，《當代修辭學》2016年第1期，「廣義修辭學與主體間性研究」專欄，頁37-46。

文摘：廣義修辭學吸納域外哲學、文藝學、符號學，特別是哈貝馬斯形式語用學的理論與方法，把修辭學的範圍向主體間延伸，建構起了「表達——接受：互動」的研究範式。它們不僅把表達者和接受者都看作修辭主體，而且關注二者的共生互動關係。正如譚學純、朱玲在《廣義修辭學》中指出的那樣：「作為對表達的自信和接受的自信的整合，巴赫金強調意義產生於主體間共同擁有的一個輝煌瞬間，哈貝馬斯強調意義產生於主體間的敞開和對話，二者都意味著主體作為未完成的建構，向主體間延伸。這種主體間性體現在修辭活動中，即表達者和接受者的雙向互動關係。換言之，意義產生於主體間的對話，也就是意義在表達和接受的互動過程中實現。」狹義修辭學認為修辭只有一個主體，而廣義修辭學則認為修辭有多個主體。就修辭過程而言，狹義者認為修辭是一主體支配的「言說」的過程，而廣義者認為修辭是多主體互動的「交往」的過程。簡言之，狹義修辭學強調修辭的主體性，而廣義修辭學強調修辭的主體間性。

（三）高群：〈廣義修辭學副文本考察〉，《湖南科技大學學報》2017年第1期，「廣義修辭學研究」專欄。

文摘：廣義修辭學「自序／前言」、「編者按／主持人話語」等副文本與文本相互印證，建構廣義修辭學的學術視野和研究範式。廣義修辭學的獨立之思始於《接受修辭學》，延續為三本主要專著《廣義修辭學》《文學和語言：廣義修辭學的學術空間》《廣義修辭學演講錄》，相關系列論文以及「修辭學大視野」學術專欄。如果說學派成立需要代表人物、代表作以及團隊跟進為標誌，經過二十年的求索與發展，廣義修辭學派似乎初見雛形。廣義修辭學系列論著創建了自己的學術品牌，作者的個人文本，帶動了團隊，波及到學科，開拓了當下漢語修辭學研究的一條路徑，探索了漢語修辭學研究的一個方向。

（四）《阜陽師範學院學報》2013年第4期，「修辭學論壇」，頁1。

主持人話語：廣義修辭學是以專著《廣義修辭學》（譚學純、朱玲著）為標誌建構的理論體系。《文學和語言：廣義修辭學的學術空間》（譚學純著）《廣義修辭學演講錄》（譚學純著）是其理論的充盈與延伸。作者提出了一系列概念範疇、重新定義了修辭學的一些新老概念、充分闡釋了一些理論問題。作為理論資源，這種解決問題的探索精神，不同程度地為團隊的研究注入了創新動能，促使廣義修辭學術共同體初見雛形。他們推動並踐行修辭學研究學術思路的轉換，引領修辭表達與接受並重的研究格局，倡導並踐行打通學科藩籬的廣義修辭學研究，注重跨學科視野的實踐操作，拓展修辭學研究空間，維護中國修辭學學科形象與尊嚴，傳遞出學術事實背後蘊含的學科意識和學術關懷，鼓舞修辭研究重樹學術信心。本期推出的四篇文章，作為研究個案，在某種程度上印證廣義修辭學理論體系的解釋力。

四　見於學術專論的部分評價

（一）嚴雲受〈開拓修辭學研究空間——簡評《廣義修辭學》〉，《光明日報》，2002年8月6日。

文摘：大學時代，在現代漢語課程中，曾學到一些修辭知識，時隔四十多年，能夠記得的已經不多了。可是，最近看到譚學純、朱玲合著的《廣義修辭學》（安徽教育出版社，2001），一下子就被書中嶄新的理論天地和知識體系強烈地吸引了。這本書寫作的「理論切入點」是「語言學、文藝美學和文化哲學的結合部」。通觀全書，作者比較成功地實現了這一意圖。他們不僅建構了一個突破狹義修辭學偈限，融貫表達與接受的闡釋體系，而且提升了修辭研究的理論層位。正因為如此，從事修辭學研究的學人固然會關注它，不以修辭學研究為業的學人、讀者也會對它抱有濃厚的興趣。修辭，作為一種語言現象，不論是語詞符號，還是表達方式、接受方式，都是在社會歷史過程中生成、演化的，修辭活動關聯著豐富的人文蘊涵。因此，修辭研究，既要在語言現象本身的審視上用力，又要透過語言材料，在歷史文化和民族生存方式的大背景中，作多方位的透視，這就會廣泛涉及到文化學、民俗學、歷史學、美學、文藝學，等等，只有從多學科交融滲透的角度，才能使修辭研究上升到修辭方式得以生成的深層原因的探求。在《廣義修辭學》中，處處都可以看到，作者對融會多學科理論資源的自覺堅持、對日常習見的語言現象背後的人文蘊涵的深入發掘。例如，在闡釋「修辭原型」時，作者舉「家」作為個案之一，首先說明其形音義系統和原型意味，接著分別從倫理、審美、政治三個層面揭示其修辭意義：從倫理方面，作者分析了「家」與血緣群體的關係，指出它是中國人親情關懷的文化場，由此生成的有關修辭表達，體現了中華民族注重家庭親情的心理；從審美方面，作者揭示了「家」作為世俗空間和精神空間的複雜性能，對於追求避世自潔的精神主體而言，它是一個自安自足的心靈王國；從政治方面，書中對於「家」與「國」的關係的分析，觸及到中國封建社會組織的某些特徵。在這些闡釋中，作者通過豐富的文獻材料的引述，既說明了「家」的形音義及其相關的種種修辭表達和接受何以發生，又展開了關於民族歷史文化的討論。這樣的修辭學著作，不僅可以幫助廣大讀者理解豐富的修辭現象及其認知心理，而且有助於認識民族歷史文化、乃至當前生存狀態的某些方面的特徵。修辭學著作也會由同行讀者，走向社會，受到廣泛的關注。因此，我感到，《廣義修辭學》的嘗試，也許會開拓修辭學的一個新方向、新空間；循著這條路向前走，人們也許會看到，一門新學科的崛起。

（二）濮侃評：〈廣義修辭學〉，《長江學術》2003年，總第五輯，頁165。

文摘：本書是譚學純、朱玲教授經過十年潛心準備和研究，推出的一部學術視野開闊、理論含量厚重的專著。在話語權和解釋權、修辭幻象和修辭原型等諸多同類研究從未涉及的重要理論問題上，作者首次提出了一系列深刻獨到的見解，體現了作者敏銳的學術眼光和理論建構的魄力。我治修辭學幾十年，作為歷史見證人，我閱讀過二十世紀許多代表性的修辭學著作，並研究過本書作者以往的修辭學論著，我在充分肯定二十世紀漢語修辭學取得重要成就的同時，也深感長期以來學科發展的某些不足，主要原因是對傳統研究模式缺乏突破，研究者的注意力往往集中在修辭發生和表達方面。譚學純等十一年前由上海教育出版社出版的《接受修辭學》一書，被認為是中國第一部建構系統的修辭接受理論的力作，因而受到學術界的廣泛好評，該書二○○○年由安徽大學出版社修訂再版，其意義就在於突破傳統研究模式，創新和完善修辭學體系。我曾用「鳥之雙翼、車之雙輪」比喻修辭研究的「表達和接受」兩極，並興奮地預言它對學科建設的重要推動作用。現在，作者又站在學科前沿，用雙向互動理論，把靜態研究和動態研究結合起來，把微觀研究和宏觀研究結合起來，把言語研究和文藝美學、文化哲學和諧地結合起來，寫成《廣義修辭學》，這種跨學科的理論創新和實踐，促進了修辭學研究從「技」向「藝」提升。作為修辭學研究領域的重大突破，其學術貢獻會隨著學科建設的發展體現出來。該書是作者修辭理論建構的新一輪啟動，全書體系嚴謹，創獲迭出，解釋性強，且文筆靈動，既體現了修辭學研究的大氣象、大格局，又讓人看到了學科發展的美好前景。隨著時代的前進，知識更新和交際的廣泛，修辭學也將與時俱進，增強學科活力，《廣義修辭學》是具有這種特點的。

（三）宗廷虎：〈一部創獲迭出的修辭學新著——評譚學純、朱玲《廣義修辭學》〉，《外國語言文學》2004年第1期，頁68-72。

文摘：《廣義》提出一個新理論：「人是語言的動物，更是修辭的動物」，這是一個語言學命題，也是一個哲學命題，這個雙重命題的提出，使得作為《廣義》一個重要層面的「修辭哲學」，具有了科學的理論前提。在現有的修辭學研究中，像本書這樣從修辭哲學的高度深入論證「人是修辭的動物」，「修辭參與人的精神建構」的專著，似很少見。本書很多章節一旦深入到理論核心，面對理論難題時，常常見出作者攻堅、創新的勇氣和多學科的理論準備。這對於解決一些令人困惑的重要理論問題，是一種扎扎實實的研究，也有助於推動修辭學界對一些重大理論問題的開放性思考和深入研究。理論體系之「新」的堅實基礎，來自理論論證之「新」。理論體系的新創獲和理論論證的新創獲是互相聯繫的，前者為後者「預留」空間，後者支持前者的建構，必須處理好兩者的關係，理論大廈才不是空中樓閣。對此，本書的處理是嚴謹的，並同樣體現原創性。一本書，為什麼能夠有如此多的理論創獲呢？這是作者的修辭學研究始終堅持創新原則的結果。

作者在〈後記〉中寫道：「我們曾給自己定下一條寫作規則：談不出自己見解的問題，儘量不向讀者重述在別處可以見到的內容。我們以為，這是對讀者的尊重。」筆者認為，這一點已經很好地實現，並且彌足珍貴。作者堅持發揚了自己追求理論創新的傳統，就以他們堅持不懈走跨學科研究之路這一點來說吧，作者有自己長期的研究史。一九八六年，譚學純和唐躍在《文藝研究》上發表了近二萬字的長文〈語言情緒：小說藝術世界的一個層面〉，表明了作者把修辭學和文藝美學結合起來研究的高起點。同年，譚學純和朱玲在北京《語言研究和教學》上發表〈一個類義俗語群的綜合分析〉，也體現了作者對語言學和鄰近學科相結合研究方法的運用頗為熟練。經過十多年的探索和積累，作者對多學科互補的研究方法，從實踐上升到理論認識。在《人與人的對話》一書中，譚學純曾用二萬字的篇幅，專章討論「作為對話的文學話語讀解」，指出文學話語解讀進入語言學、文學、美學——哲學等學科視野，需要在整合互動的關係中重新定位。由於有實踐、有理論，使作者從當年寫作《接受修辭學》到最新推出《廣義》，都能發揮不同學科研究方法的優勢。作者的學術著作能在不同學科獲得好評，並在不同學科獲獎，也得力於作者融會多學科理論、吸收不同學科研究方法的長處所致。

（四）錢冠連〈中國修辭學路向何方〉，《中國社會科學報》，2010年1月5日。

文摘：《廣義修辭學》將修辭學拓展為修辭三論——表達論、接受論、互動論，本身就是一次成功突圍的實際先行。若干年後，我們會覺得這本書很可能是為一個時代（即「修辭學基本理論研究進展緩慢，有些觀點循循相因」這樣的「靜態格局」，宗廷虎語）的結束，畫上句號。不僅如此，譚的其他修辭活動，在學界內外組織突圍與推動突圍的各項學術活動，其意義並不比他與朱合作提出修辭三論更小。

（五）王委豔：〈修辭的「主動態」：從技巧到哲學的理論建構——譚學純〈廣義修辭學演講錄〉及其修辭思想述評〉，《社科縱橫》2014年第11期，頁94-97。

文摘：譚學純的修辭學思想從「走出技巧論」到修辭詩學、修辭接受，再到修辭哲學，構建了一整套的修辭學思想，為中國修辭學的發展開拓了廣闊的視域，形成了中國修辭學研究的譚學純模式。尤其是建立在中國文化傳統基礎上的修辭哲學的提出，使修辭從「被動態」轉變為「主動態」，即人們修辭地從事語言活動，同時也受到來自修辭的反向支配。修辭的「主動態」意味著修辭學作為一種哲學思想開始向多種學科滲透，修辭學研究範式由此產生了革命性變革。《廣義修辭學演講錄》是譚學純近年思想的集中體現，是對修辭的「主動態」——修辭哲學的精彩演繹。

（六）鄭敏惠：〈廣義修辭學視野中的語義研究〉，《阜陽師範學院學報》2013年第4期，頁14-19。

文摘：廣義修辭學宏闊的跨學科視野造就了其語義研究獨特的學術眼光與別樣的學術風貌：理論基點是修辭認知催生語義變異，研究對象從靜態轉向動態，研究單位從語詞走向語篇，研究模式從語言學邁向詩學以至文化哲學。著眼於表達與接受之雙重視角，從整個語義信息的傳遞過程研究語義。在學術研究中，不斷引入新術語與自創新術語，是廣義修辭學的一貫的學術風格，是廣義修辭學學術思想活躍、學術生命力旺盛之體現。對他者新術語的引入與運用，意味著廣義修辭學對新理論、新思路的借鑒與接受，意味著海納百川的學術胸懷與精騖八極的學術視野，自我創設新術語則標誌著學術研究新思維、新理論的提出，標誌著學術新發現、新收穫、新推進。同理，在修辭語義研究中，「存在編碼」的引進，「亞義位」、「空義位」、「自設義位」等新術語的創設，標誌著廣義修辭學語義研究獨特的學術眼光、研究取向與創獲。

（七）朱良志：〈修辭與審美〉，《人民日報》，1993年11月19日。

文摘：(《接受修辭學》)為完整意義上的修辭學補上了不該疏漏的一筆，嘗試建立具有獨立意義和價值的接受修辭學這一修辭學分支學科。作者十分注意打通美學和修辭學的學科界限，將修辭問題視為一種審美問題。美學的考察成了接受修辭學學科體系的核心。這一研究，大大拓寬了修辭學的視域。

（八）陳志國、尚永亮：〈篳路藍縷　自鑄新範——讀增訂本《接受修辭學》〉，《江淮論壇》2002年第2期，頁124-126。

文摘：縱觀漢語修辭學史，歷來研究最少，需要填充的最大理論空白乃是修辭接受。作為國內最早涉足修辭接受理論研究的論著，《接受》對備受冷落的修辭接受問題予以充分的關注，將修辭接受置於其理論話語的中心，從宏觀的視野和理論的高度闡明了修辭接受過程中的諸多問題。本書的一大特點乃是鮮明而系統地提出了建構「中國化的接受修辭學」的思想，同時注重吸納外來理論資源，顯示出「有容乃大」的氣魄。接受修辭學在進行自身理論建構的同時，也以積極的姿態參與了「人文學科西方理論資源中國化的文化改造工程」。閱讀《接受》一書，不難窺見作者勤勉的治學態度和理論創新的學術勇氣。在看慣了陳陳相因、急功近利的論著之後，這樣一部富於創見的著作確實令人耳目一新。

（九）吳禮權：〈評譚學純、朱玲〈修辭研究：走出技巧論〉〉，《福建師範大學學報》2005年第2期，頁146-147。

文摘：古今中外研究修辭學卓有成就的一些大家，他們的學術背景和學術貢獻都可以說明修辭學的多學科性質。古希臘的亞里斯多德，中國古代的劉勰自不必說，中國現代修辭學大家陳望道曾著《美學概論》，《修辭格》的作者唐鉞是美國哈佛大學心理學博士，回國後先後任北京大學、清華大學心理學教授；著《漢語語法修辭新探》的郭紹虞，是復旦大學一級教授、文學批評家。但是，二十世紀特別是後半個世紀以後的中國修辭學研究，絕大多數學者囿於「修辭學是語言學的一個分支」的觀念，千軍萬馬躑躅於「辭格論」、「言語技巧論」的天地。幾年前，譚學純、朱玲《廣義修辭學》從理論上對二十世紀中國修辭學研究重在「辭格論」與「技巧論」的主流價值取向進行了深刻反思，對今後的研究取向闡明了自己的觀點，從修辭學體系建構層面有力地衝擊了「技巧論」的研究格局，所體現的理論勇氣與深邃的理論思辨力，在當今中國修辭學界是非常值得敬佩的。但是，光有理論，容易使人覺得「理論是灰色的」。要使理論的生命之樹常青，需要以實證的、個案研究來印證自己的理論觀點。我們都知道，中國目前的學術界，那種光提口號和理論觀點而不加實證的著述是不少的，有人喻之為「只聽樓梯響，不見人上來」。譚、朱二氏在中國修辭學界向來以理論創新見長，但他們並不滿足於理論研究，而是非常重視在提出新的重要理論之後，用扎實、深入的實證研究來印證自己的理論，使理論突破和實證研究互相支持。作者的新著《修辭研究：走出技巧論》所探討的問題，研究的視角與方法，都與中國修辭學界學者久已習慣了的套路大相逕庭，完全突破了前此將研究的視點侷限於修辭技巧、受限於語言學範圍的研究模式，在與國內許多修辭學者的研究拉開距離的同時，拉近了與國外修辭學研究進行前沿對話的距離。如果說作者的《廣義修辭學》是走出技巧論的理論宣言，那麼《修辭研究：走出技巧論》就是在理論建設和實踐操作的結合中，給學界做了一個修辭學研究如何走出技巧論的成功範本。這對修辭學學術生態環境的優化、對漢語修辭學研究的深入與修辭學科的發展，必將起到重要的推動作用。

作者簡介

譚學純

文科二級教授、福建師範大學語言學及應用語言學博士點學科帶頭人、教育部高校哲學社會科學學報名欄「修辭學大視野」學術專欄（《福建師範大學學報》）特邀主持人。中國修辭學會副會長。享受國務院特殊津貼。研究領域：修辭學、文學語言學、文藝美學等。倡導並踐行打通學科界限、融入學科大生態的廣義修辭學研究。獨著、合著廣義修辭學系列論著《廣義修辭學演講錄》《問題驅動的廣義修辭論》《文學和語言：廣義修辭學的學術空間》《廣義修辭學研究：理論視野和學術面貌》《廣義修辭學》及《接受修辭學》《修辭：審美與文化》《人與人的對話》《修辭研究：走出技巧論》《修辭認知和語用環境》《小說語言美學》等，主編《修辭學大視野》《漢語修辭格大辭典》《藝術符號詞典》，發表論文二百餘篇。作者作為中國修辭學界有影響力的代表人物之一，推動學科建設的理論主張、構建「廣義修辭學研究範式」及相關學術實踐，受到學術界廣泛的關注。曾獲省政府哲學社會科學優秀成果一等獎、二等獎六項。另獲福建省優秀教學成果一等獎。

本書簡介

區別於偏重「修辭技巧論」的狹義修辭研究，廣義修辭學涵蓋修辭技巧／修辭詩學／修辭哲學「三個層面」；區別於偏重「表達中心論」的狹義修辭研究，廣義修辭學同時關注「修辭表達——修辭接受」互動過程；區別於「純語言學」的狹義修辭研究和巴赫金倡導的「超語言學」修辭研究，廣義修辭學在「純語言學」和「超語言學」之間尋找平衡點。本書分上中下三篇：上篇探討修辭認知信息加工的另一種路徑；中篇呈現修辭批評解釋世界的另一個維度；下篇論述修辭學科發展的另一種思路。附錄與正文合成互文性閱讀空間，或許有助於更完整地呈現廣義修辭學的理論視野和學術面貌。

福建師範大學文學院百年學術論叢·第四輯 1702D10

廣義修辭學研究——理論視野和學術面貌

作　　者　譚學純
總 策 畫　鄭家建　李建華

發 行 人　陳滿銘
總 經 理　梁錦興
總 編 輯　陳滿銘
副總編輯　張晏瑞
編 輯 所　萬卷樓圖書股份有限公司
排　　版　林曉敏
印　　刷　百通科技股份有限公司

發　　行　萬卷樓圖書股份有限公司
臺北市羅斯福路二段 41 號 6 樓之 3
電話 (02)23216565
傳真 (02)23218698
電郵 SERVICE@WANJUAN.COM.TW
香港經銷　香港聯合書刊物流有限公司
電話 (852)21502100
傳真 (852)23560735

ISBN 978-986-478-173-7
2018 年 9 月再版
2017 年 12 月初版
定價：新臺幣 560 元

如何購買本書：
1. 劃撥購書，請透過以下郵政劃撥帳號：
帳號：15624015
戶名：萬卷樓圖書股份有限公司
2. 轉帳購書，請透過以下帳戶
合作金庫銀行　古亭分行
戶名：萬卷樓圖書股份有限公司
帳號：0877717092596
3. 網路購書，請透過萬卷樓網站
網址　WWW.WANJUAN.COM.TW
大量購書，請直接聯繫我們，將有專人為您服務。客服：(02)23216565 分機 10

國家圖書館出版品預行編目資料

廣義修辭學研究——理論視野和學術面貌 / 譚學純著.
-- 再版. -- 臺北市 : 萬卷樓, 2018.09
面 ; 公分. -- （福建師範大學文學院百年學術論叢・第四輯・第 10 冊）
ISBN 978-986-478-173-7（平裝）
1.漢語 2.修辭學
820.8　　107014162